KB240980

熱病 열병

열병(熱病)

초판 1쇄 찍은 날 § 2008년 2월 5일
초판 1쇄 펴낸 날 § 2008년 2월 15일

지은이 § 서야
펴낸이 § 서경석

편집장 § 문혜영
편집책임 § 이종민
편집 § 한지윤

펴낸곳 § 도서출판 청어람
등록번호 § 제1081-1-89호
등록일자 § 1999. 5. 31
어람번호 § 제5-0181호

주소 § 경기도 부천시 원미구 심곡1동 350-1 남성B/D 3F (우) 420-011
전화 § 032-656-4452 팩스 § 032-656-4453
http://www.chungeoram.com
E-mail § eoram99@chollian.net

ⓒ 서야, 2008

ISBN 978-89-251-1182-7 03810

※ 파본은 구입하신 서점에서 교환하여 드립니다.
※ 저자와 협의하여 인지를 붙이지 않습니다.
※ 이 책은 도서출판 청어람과 저작자의 계약에 의해 출판된 것이므로,
  무단 전재 및 유포·공유를 금합니다.

熱病

열병

• 서야 지음 •

도서출판
청어람

내가 죽거든, 사랑하는 사람이여.

날 위해 슬픈 노래를 부르지 마세요.

내 머리맡에 장미도 심지 말고 그늘진 삼나무도 심지 마세요.

내 위에 푸른 잔디를 퍼지게 하여

비와 이슬이 젖게 해주세요.

그리고 마음이 내키시면 기억해 주세요. 아니, 잊으셔도 돼요.

나는 사물의 그늘도 보지 못하고 비가 내리는 것조차 느끼지 못하리다.

슬픔에 잠긴 양 계속해서 울고 있는

나이팅게일의 울음소리도 듣지 못하리다.

날이 새거나 날이 저무는 일 없는 희미한 어두움 속에서 꿈꾸며

아마 나는 당신을 잊지 못하겠지요.

아니, 잊을지도 모릅니다.

'사랑하는 사람이여, 나 죽거든'

—크리스티나 G. 로세티.

• 프롤로그 •

"**넌** 대체 누구야?"

새된 목소리가 울렸다. 제 앞에 선 남자를 바라보는 그녀의 눈동자는 두려움과 낯섬, 그리고 당혹스러움이 서려 있었다. 실제로 그녀의 심정도 다르지 않았다. 사랑했다. 단 한 번도 그 사랑에 대해 의심을 품은 적이 없었다. 하지만 이 상황을 어떻게 규정을 지어야 할지 알 수가 없었다. 지금 그녀 앞에 선 사람은 낯선 남자였다.

"난 언제나 같은 사람이야."

심연처럼 무겁게 내려앉은 목소리로 그가 말했다. 언제나 같은 사람……. 설은 힘껏 고개를 저었다. 아니야. 언제나 그녀 곁에 머물던 그 사람이 아니다.

"네가 사랑했고, 널 사랑했던 남자. 아니, 지금도 널 변함없이 사랑하는 남자."

음산하다. 이 남자의 목소리가 이토록 음산했던가? 말이 없고, 묵직하긴 했지만 한 번도 음산하다고 느껴본 적이 없던 남자의 목소리가 오늘은 늪처럼 음산하고 습하다.

뺨으로 주룩, 눈물이 떨어져 내렸다. 공포가 엄습했다. 떨리는 몸짓으로 그녀는 남자에게 비켜섰다. 표범처럼 날렵한 태도로 남자가 도망치는 그녀의 앞을 가로막았다.

"난, 반율이야. 네가 지금까지 사랑했던. 왜 모든 걸 부정하려는 거지?"

내뱉는 말 한 마디 한 마디가 씹어뱉듯 짓이겨 있었다. 남자 역시 고통스러운 거다. 하지만 지금 그녀는 아무 생각도 할 수 없었다. 뇌리가 멈추어 버렸다. 봉인했던 기억이 스르르 풀려지며 그녀는 조금씩 어긋났던 퍼즐이 하나씩 맞추어지는 걸 느꼈다.

"그래, 반율이지. 반효가 아닌……."

힘없이 떨어지는 남자의 손아귀에서 구겨진 사진 한 장이 떨어졌다. 지금보다 한층 치기 어린 열 살 남짓한 두 소년이 똑같은 얼굴로, 똑같은 미소를 지은 채 박혀 있었다. 설의 시선이 잠시 그 사진에 머물렀다. 끔찍한 것을 본 것처럼 온몸으로 치를 떨었다.

"……그게 우리 둘 사이를 규정할 특별한 의미가 되는 건가?"

"그래. 그래서 너 역시 철저히 모른 척, 방관하지 않았어?"

뜨거운 눈물과 달리 내뱉는 말은 얼음 조각처럼 날카롭고 차갑기 그지없었다. 굳게 바닥을 지키고 섰지만 정작은 허공에 떠 있는 것처럼 불안하다. 짧은 키스에도 열꽃이 피고, 그의 손길이 스칠 때마다 열정적으로 갈구하던 그녀는 없다. 설은 앞에 선 연인 못지않게 자신의 실체조차 의심스러웠다. 눈물은 그치지 않은 채 끊임없이 흘러내리고 남자의 침묵도 그 눈물만큼 길어졌다.

율의 손가락이 설의 뺨 위로 흐르는 눈물을 훔쳤다. 용암처럼 이글댄다. 그녀에게서 흐르는 눈물은 눈물이 아닌 용암으로 그를 태워 버린다. 심장조차 사라지고 없다. 그녀가 없는 세상에서는 살 수 없고, 그녀가 없는 가슴은 심장이 빠져나간 미라다. 그래서 그는 그녀를 놓아줄 수 없었다. 아무리 그가 욕심낼 수 없는 노스텔지어라 해도…….

"제발, 돌아가게 해줘. 혼돈스러워."

그녀가 애원했다. 율의 입술이 굳게 여물어졌다. 돌아갈 수 없어. 이대로 놓아버리면 넌 또 그 녀석에게 갈 거잖아? 깊은 어둠 속에 갇혀 그 녀석만 기억하고, 그 녀석만 사랑하며, 그 녀석에게만 속할 거잖아!

뺨을 붙든 그의 손등으로 뜨거운 눈물이 계속 흘렀다. 떨어져 내린 용암은 그의 피부를 짓누르고, 그의 뼈를 녹이며 그의 심장까지 삼켜 버렸다.

"놓아줘."

설이 또다시 작은 목소리로 속삭였다. 텅 빈 눈동자가 그를 완벽히 거부하고 있었다. 아무리 사랑한다, 외친다 해도 지금 그녀의 귀에는 들리지 않았다.

움켜쥔 손아귀에서 서서히 힘이 빠져나갔다. 설은 재빨리 몸을 돌렸다. 한시라도 그의 곁을 벗어나고 싶었다. 모든 것이 혼돈스러웠고, 어지러웠다. 단단하다 느꼈던 땅이 유리가 되어 산산조각으로 부서져 버렸다. 그녀의 사랑도…….

서둘러 빠져나온 건물 속에서 남겨진 남자의 울부짖음이 환청처럼 들려왔지만 돌아보지 않았다. 돌아볼 수가 없었다. 살이 찢어지듯 뜨거운 불기운이 아래로 쏟아지며 설은 그대로 바닥으로 떨어져 내렸다. 까만 어둠이 일말의 동정도 없이 그대로 그녀를 강타했다. 웅성이는 목소리, 소란스러운 발자국 속에서 한줄기 음성이 스쳤다.

"윤설, 또 울어?"

효…….

떨어지는 의식 속에 설이 속삭였다. 난 네 생각만 하면 늘 눈물이 나.

"잊지 마, 나를……."

슬프디슬픈 효의 목소리. 어둠 속에서 설은 주륵, 눈물을 흘렸다.

당신이 누구인지 모르겠어, 효…….

어둠 속에 자신의 목소리가 낯설게 울렸다. 온몸의 피가 다 빠져 버렸나? 힘없이 떨어지는 손끝으로 온기가 스몄다. 뜨겁고 열정적인 온기였다. 익숙하기도 하고.

"난 율이야, 윤설! 너의 연인."

그의 음성이다. 떨어진 의식 속에서도 선명하게 울리는 저음의 목소리. 율이다. 아니, 효인가?

난 모르겠어, 당신이 누구인지…….

혼잣말을 한 것 같은데 그는 끈질기게 멀어지는 그녀의 의식을 놓아주지 않았다.

"너를 사랑해. 날 부정하지 마, 윤설!"

부탁이야.

들리지 않는 음성으로 율은 속삭였다. 그녀는 그가 살아가는 유일한 이유이다. 살아서는 벗어날 수 없고, 죽어서도 놓지 못하는 그의 모든 것이었다. 자신에게서 돌아선 설의 심장을 움켜쥐며 율은 절규했다. 놓아줄 수 없었다. 설사 그녀의 가슴에 아직도 효가 살고 있다 해도 율은 결코 설을 놓아줄 수 없었다. 그녀는 그의 생애 단 하나의 연인이며 생명이었으니까.

1. 목련의 계절

그해, 설이 내려선 전주는 목련의 계절이었다. 손바닥만한 크기의 하얗고 소담스러운 꽃은 한가한 도시의 거리보다 먼저 그녀에게 다가왔다. 마치 눈꽃이 내리듯, 마른 나뭇가지에 흐드러지게 매달린 목련이 아니었다면 설은 조금 더 비참했을지 몰랐다.

잔뜩 인상을 굳힌 엄마 옆에서 설은 손바닥을 쭉 내밀었다. 바람결에 하얀 꽃잎이 제 손바닥으로 떨어질 것 같다.

"추워! 문 닫아."

엄마가 퉁명스런 목소리로 말했다. 서울보다는 확연히 봄기운이 스미는 전주이긴 했지만 손바닥에 닿은 바람은 얇은 모시 이불처럼 서늘하고 겨울의 끝자락처럼 서걱거렸다. 하지만 실상 추위는 창문에서가 아닌 엄마의 가슴에서 스미는 것이라 생각하며 설은 별 투정 없이 차창을 올렸다. 그러자 금방 후끈한 열기가 올라섰다. 바람이 사라진 3월의 볕이 생각보다 강렬한 탓이었다.

"아름다운 도시네."

여전히 창에서 시선을 떼지 않은 채 설이 말했다. 하얀 목련나무 사이에 연분홍 벚꽃나무까지. 파스텔 톤의 도시였다. 엄마는 창문만 흘깃거릴 뿐 대답이 없었다. 차 안에 감도는 침묵 속에서 설은 편안하게 창밖을 바라보았다. 엄마의 불편한 심정을 모르는 건 아니지만 그렇다고 맞장구쳐 줄 생각도 없었다. 지금 이 상황은 엄마가 자초한 것이니까.

"할머니 말씀 잘 들어."

"걱정하지 말고 엄마나 잘살아."

필요없는 당부에 설이 톡 쏘았다. 엄마의 충고 따윈 솔직히 귀에 닿지도 않았다. 아빠의 사업이 망하고 여기 전주에 홀로 떨어져야 하는 신세이긴 했지만 그리 불행할 건 없었다.

오랜 시간이 흐른 뒤에도 설은 그날의 전주를 선명히 기억했다. 발갛게 튼 아이의 볼 같은 연분홍 벚꽃과 순백의 신부를 닮은 목련이 먼저 그녀를 반겼던. 가장 힘든 시기였고, 비참한 현실이었지만 열여덟의 설은 담대했고, 두려움이 없었다. 그건 그녀가 아직 어른이 되지 못한 이유도 있었고, 수선스럽지 않은 성격 탓이기도 했다.

"금방 데리러 올게."

그건 확신보다는 그저 위로일 뿐이라는 것도 알았다.

"천천히 와. 도시가 아름다워서 금방 정이 들 것 같아."

나름 배려한 말이었지만 엄마는 딴생각에 잠겨 알아차리지 못한 것 같았다. 설은 몰래 한숨을 내쉬었다. 가족과 떨어져 홀로 살아가야 하는 그녀의 입장은 그리 말처럼 녹록한 건 아니었다. 외할머니 집에 더부살이하러 가는 심정이 그리 좋을 리 없는 건 당연지사였다.

"금방 자리 잡을 거야."

엄마가 또다시 다짐했다. 글쎄? 솔직히 별 상관이 없었다. 사치스러운 성격이 아니라 전처럼 부유해지지 않는다 해도 그다지 힘겹거나 괴로울 건 없었다. 아빠의 사업 실패보다 오히려 더 가슴 아파할 게 있다면 아마도 극과 극을 향해 있는 부모님의 성향일 것이다. 자신이 없는 서울에서 이 두 사람이 어떻게 함께 마주 보며 살아갈까, 잠시 걱정이 들긴 했지만 설은 애써 털어냈다.

"그나마 빚이 많지는 않으니까 다행이야."

운영하던 약국 건물까지 다 털어내고 겨우 빚을 줄인 엄마의 목소리는 힘이 빠져 있었다. 이건 일종의 가출과 비슷했다. 아니, 퇴출인가? 망한 가산으로 어떻게든 가족이 함께 모여 살며 힘을 합치기보다, 귀찮은 짐을 떠넘기듯 전주에 사는 외할머니에게 내맡겨진 건 엄마의 의사가 더 컸다. 그건 퇴출이다. 강력한 아빠의 반대에도 불구하고 선뜻 설이 찬성하고 나선 건 가출이었고.

외할머니의 집은 전주에서 조금 벗어난 외곽 쪽에 있었다. 도시를 벗어나 푸른 강줄기를 따라 차가 달리면 커다란 호수가 그 끝에 있다. 댐을 건설하다 생겨 버린 커다란 호수는 깊은 푸른빛을 띠고 있었다. 햇살이 맞붙은 수면은 보석처럼 반짝반짝 빛을 냈다.

"경관이 좋긴 하다. 올 때마다 느끼는 거지만, 솔직히 나이가 더 들면 이런 곳에 살고 싶어."

굳어진 얼굴이 조금씩 펴지며 엄마가 말했다. 설은 부정적인 미소를 지었다. 도시의 화려함이 엄마만큼 어울리는 사람이 없었다. 그녀의 식구 중 이곳과 어울리지 않는 사람이 있다면 그건 단연코 엄마다. 이곳에서 태어나 자라났음에도 불구하고 말이다.

가소롭게 웃는 그녀의 미소에 엄마가 실쭉한 표정을 지었다.

"이번에 큰 외삼촌이 새로 집을 수선했다니까 사는 데 별 불편함은 없을 거야. 화장실도 전부 다 고쳤다더라."

전주에서 커다란 골프 샵을 운영하고 있는 큰 외삼촌은 제법 금전 운이 좋은 편이었다. 전에 한 번 내려왔을 때, 시멘트를 발라 구멍만 만들어놓은 재래식 화장실을 보고 기겁했던 기억을 상기하며 설은 그나마 다행이라 생각했다.

"다행이네."

"집도 예쁘게 다시 지었대."

"그사이 한 번도 온 적이 없지?"

"바빴잖아."

명품 쇼핑을 하느라 좀이나 바빴어야 말이지. 잔뜩 꼬이게 들으며 설은 차창으로 시선을 돌렸다. 마치 호수 위에 세워진 것 같은 펜션을 지나면 언덕 위로 듬성듬성 그림처럼 예쁜 집들이 나온다.

"저기는 카페야."

풍차가 달린 언덕 위의 집을 가리키며 엄마가 알려주었다.

"데이트하기엔 딱 좋네."

"쓸데없는 생각 하지 마! 여기 산다고 해서 성적 떨어지면 혼날 줄 알아!"

엄마가 으름장을 놓았다. 귀찮아 제 자식을 남에게 떠넘기는 주제에 참견도 많다.

"애고! 설이 왔냐아?"

자갈을 튕기며 대문 안으로 들어서자 정감있는 사투리가 들려왔다. 외할머니다. 영화 촬영지라 해도 손색이 없는 집에 사는 것치고는 허름한 차림이긴 했지만 고운 외할머니의 얼굴엔 반가움이 담겨 있었다. 지난 십팔 년 동안 만난 횟수가 다섯 손가락으로 셀 정도이니 아무리 외할머니라 해도 서먹한 건 어쩔 수 없었다. 꾸벅 인사를 드리긴 했지만 설의 서먹함을 외할머니 역시 눈치를 챘는지, 네 방 구경할래? 하고는 얼른 위층으로 올려보냈다.

외할머니가 올려보낸 이층엔 방이 두 개였다. 이층이긴 해도 제법 넓은 거실도 있었고 무엇보다 호수가 정면으로 내려다보이는 발코니가 있다는 게 장점이었다. 뭐, 서울보다 썩 괜찮은 환경이긴 했다. 두 개의 방 중 자신의 방을 찾는 건 쉬웠다. 노인 하나 사는 집이라 별 짐이 없는 탓에 하나는 거의 창고처럼 비어 있었고, 남은 방 하나는 화려하지는 않지만 손녀인 설을 고려한 화이트 일색의 가구와 핑크색 침구로 꾸며져 있었다.

겨우 일 년 살다 갈 손녀를 위한 방치고는 지나치게 손이 많이 갔다. 굳이 이렇게까지 할 필요는 없는데……. 설은 중얼대며 옷장 문을 열었다. 미리 서울서 내려 보낸 짐들은 이미 옷장에 얌전히 정리되어 있어, 소박하지만 정성스러운 외할머니의 배려를 느낄 수 있었다. 가져온 옷 가방을 방 한구석에 놓아두고 설은 아래층으로 내려섰다.

"뭐여? 이호혼!"

계단을 다 내려서지 못했는데 외할머니의 고함 소리가 먼저 들려왔다.

"이젠 나도 지긋지긋해. 그렇게 하기로 했으니까 엄마도 더 이상 말 말아요."

다부진 엄마의 음성이 외할머니의 말을 칼처럼 잘라냈다.

"자석 낳아놓고선 제 싫다고 마음대로 이혼을 혀? 윤 서방이 뭘 잘못해서? 사업하다 망한 사람들이 어디 윤 서방뿐이라더냐? 이십 해를 같이 살고 낳은 자석이 벌써 열여덟이여. 이제사 이혼을 한다는데, 그걸 지금 말이라고 혀?"

"사업 망했다고 이혼하는 거 아녀! 엄마는 꼭 딸을 그렇게 야박하게 몰아야 속이 시원하겠어요? 서로 성격이 맞지 않는 것뿐이에요."

"성겨억? 성격 좋아한다. 그저 저 마음에 안 들면 성격이 안 맞다고들 허지. 끌끌!"

철없는 엄마에게 대놓고 혀를 차는 외할머니의 심정에 설 역시 동의였지만 이혼에 대해서만큼은 할머니만큼 놀라지 않았다. 어쩌면 그동안 그녀 스스로도 조금은 눈치를 챘는지 모르겠다. 그리고 성격 차이라는 엄마의 말은 거짓이 아니었다. 도대체 어떻게 서로 사랑이라는 걸 해서 결혼까지 했는지 모를 정도로 그녀의 부모는 물과 기름 같은 존재였다. 설사 아빠의 사업이 망하지 않았다 해도 이 두 사람의 종착역은 백년해로보다는 이혼 쪽에 더 가까웠다.

그래도 이런 식의 통보는 좀 그렇지 않나? 이혼을 한다 해도 반대할 생각은 없었다. 엄마가 원한다면, 그리고 아빠가 원했다면 인정해 줄 수도 있었는데 도둑 이혼하듯 의논 한마디 없이 결정해 버린 건 좀 심했다. '그래도 이건 좀 심하지 않아? 최소한 의논 정도는 해줄 수 있었잖아?' 따지고 싶은 충동이 잠깐 일었다.

잠시 계단에 선 채 망설이던 설은 다시 이층으로 돌아섰다. 그건 엄마보다는 할머니에 대한 배려였다. 일 년에 얼굴 한 번 제대로 보지 못하는 손녀딸을 위해 반질거리도록 청소하며 반긴. 그렇지 않아도 이곳에 홀로 떨어진 손녀가 앙금 맺어 가슴 아픈 외할머니 앞에서 그런 행동까지 할 순 없었다. 이층으로 올라온 설은 제 방 발코니로 나섰다. 언덕 쪽에 있어서 그런가. 햇살 사이로 닿는 바람이 칼날 같다. 칼날 같은 바람이 심장으로 스친다. 섬뜩한 한기에 설은 저도 모르게 부르르 몸을 떨었다.

"자전거는 아직 못 봤냐?"

저녁때쯤, 전주에 사는 큰 외삼촌이 방문했다. 좋은 일로 내려오지는 않았다 해도, 오랜만에 보는 막내 여동생의 귀향을 환영하는 뜻에서 싱싱한 주꾸미와 횟감을 두 손에 가득 든 외삼촌은 생김새도 그랬지만 목소리도 엄청 컸다. 대문을 들어서자마자 설의 어깨를 툭 치며 외삼촌은 마당 한쪽을 가리켰다. 하얀 자전거가 그곳에 놓여 있었다. 미처 보지 못했던 자전거다.

"운정 고등학교가 여서 좀 멀다. 걷기엔 힘드니께 자전거로 가면 될 거여. 자전거 탈 줄은 알겠제?"

"네."

"잘됐구만. 전학 수속은 은제여?"

이건 그녀의 엄마에게 하는 말이다.

"내일."

피곤한 음색과 지친 표정으로 엄마가 대답했다. 새벽부터 운전하고 내려온 피곤을 쉴 틈도 없이 낮 내내 외할머니에게 시달린 탓이었다. 게다가 그것으로 끝이 아니었다. 이젠 2차로 큰 외삼촌의 잔소리까지 들어야 할 판이다. 아니나 다를까,

"미쳤구만, 아예 미쳤어!"

저녁식사를 끝내자마자 엄마의 소식을 들은 외삼촌이 버럭! 소리를 쳤다. 외할머니와 달리 설의 심정을 배려하는 섬세함은 없다. 예상했던 외삼촌의 타박에 엄마 팩! 성깔을 부렸다.

"다들 왜 그래요? 내 삶이야. 내가 살아가는 거라고! 대신 살아줄 것도 아니면서 옆에서 도움 안 되는 소리 좀 그만 해! 그냥 좀 힘들었냐고, 그렇게만 물어봐 주면 안 돼? 엄마나 오빠나 다 똑같아!"

쯧!

설은 절로 터지려는 타박을 얼른 입 안으로 삼켰다. 도무지 대사라는 게 그렇다. 저런 대사는 사춘기 시절 청소년이 반항할 때나 하는 소리다. 어른이라면 최소한 이혼까지 오게 된 경위 정도는 설명할 수 있어야 되지 않겠냔 말이지.

"늬 딸한테도 그런 말 해봐라. 아버지 사업 망했다고 부모랑 헤어져서, 외할머니한테 뚝 떨어진 늬 딸한테도 그런 투정이 통하는지 보라고!"

갑자기 방 안에 앉아 있던 세 어른의 눈동자가 일제히 설에게 향했다. 설은 난감한 얼굴로 자신에게 향한 세 쌍의 눈동자를 바라보았다. 어찌하라고? 부모의 이혼 문제는 당사자의 해결 사항이다. 이 복잡한 사항에 끼어들고 싶은 생각이 없었다. 아무리 그녀가 반대한다 해도, 엄마의 고집이 꺾일 리 만무하고. 오히려 외삼촌이나 외할머니가 엄마의 그런 성정을 왜 모르는 건지 오히려 더 답답할 정도였다.

"전 별로 상관없는데……."

설의 엉뚱한 대답에 흉물스럽게 외삼촌의 턱이 아래로 뚝! 떨어졌다. 승리감에 도취된 엄마의 시선이 여봐란 듯, 외삼촌에게 향했다. 외할머니의 어깨는 눈에 띄게 아래로 처졌고. 진실로 외할머니가 원하는 게 어떤 것인지 정확히 알지는 못하겠다. 그래도 딸이랍시고 편을 들고 싶은 건지, 아니면 설의 예기치 못한 반응에 실망한 건지 말이다.

"상관이 없어?"

"그것 봐! 설은 상관없다잖아. 부모가 아이를 키우는 것도 서로 사랑할 때의 이야기야. 사랑하지도 않고, 늘 미워하는 부모 밑에서 자라는 것보다는 차라리 깔끔하게 헤어지고 각자의 사랑을 주는 게 더 낫다고."

"내, 어이가 없다. 어이가 없어! 세상 사람들한테 다 물어봐라.

스무 해를 같이 산 부부가 아직도 사랑타령하고 사는지! 늬 나이 마흔다섯이여. 철이 들었어도 진즉에 열댓 번은 더 들었겄다. 어째 지 딸보다 더 못하냐?"

둔탁한 가슴을 쾅쾅! 내치며 외삼촌이 한바탕 설교를 뿜어내도록 외할머니와 설은 침묵을 지켰다. 한 마디도 지지 않고 꼬박꼬박 말대답을 하는 엄마와 외삼촌의 싸움 속에서 둘은 철저히 방관자였다.

"참말, 괜찮겄어?"

두 사람의 고성 속에 외할머니가 조용히 물어왔다.

"네."

"놀라지는 않았냐?"

"조금요."

자신이 여기에 내려온 명확한 이유를 알게 된 것으로 어찌 되었든 속이 좀 편하기는 했다. 왜 엄마가 굳이 여기로 그녀를 내려보내야 했었는지 살면서 내내 궁금했을 것이다. 풀리지 않는 수수께끼는 분명 오해를 낳았을 테고, 부모의 이혼보다 그 오해가 더 상처가 될 수도 있었을 테니까.

허! 이 어린것을 두고……

외할머니가 연신 머리를 쓸어내리며 한숨을 쉬어댔다. 그러나 설은 말짱한 얼굴이었다. 외할머니 눈에 보인 모습보다 그녀는 훨씬 자랐고, 부모의 이혼쯤은 제법 어른스럽게 받아들일 자세가 되어 있었다.

끝내 엄마를 설득하지 못한 외삼촌이 제 분을 못 이긴 채, 자리를 박차고 일어섰다.

"놔두쇼! 그렇지 않아도 밥알이 속에서 곤두서는 것 같으요."

과일이라도 좀 들고 가라는 외할머니의 만류에도 불구하고 외삼촌은 저녁에 먹은 밥알이 그대로 가슴에 얹혔다며 엄마를 한참 동안 노려본 후 제 집으로 돌아갔다. 솔직히 그제야 좀 평화가 찾아온 기분이었다.

"정말 괜찮아?"

잠이 들기 전 그녀의 방으로 찾아온 엄마가 뒤늦은 질문을 했다. 폭탄 선언을 한 주제에 너무 느긋한 태도라 생각했다.

"괜찮지 않으면 이혼 취소할 거야?"

"……."

"아빠는?"

"……아빠도 동의했어."

"결국은 내 의견과 상관없이 이혼할 거면서 묻기는 왜 묻는 건데?"

엄마는 대답이 없었다. 설은 낮게 한숨을 내쉬었다. 막내로 태어난 엄마는 영원히 성장을 멈추어 버렸는지도 모르겠다. 제 부모가 이혼한 상황이 편할 리 없었고, 의논은커녕 한마디 언질조차 없었던 아빠에 대해 배신감을 느끼지 않을 리도 없었다. 이혼이 괜찮냐고 묻는 것. 그 자체가 설은 엄마의 변명처럼 느껴졌다.

"엄마의 인생이야. 외삼촌에겐 엄청 당당하게 외쳤잖아? 아빠까지 이미 동의를 했다면 내 의견은 필요없을 텐데 뭘. 그러니까 엄마 편할 대로 해."

그건 진심이었다. 설 역시 고등학교를 졸업하면 바로 독립할 생각이었다. 부모가 함께 살든 헤어지든 그녀의 삶은 달라질 게 없었고, 그런 이유로 엄마의 삶을 역류하는 족쇄가 될 생각도 없었다.

"……고마워."

방문을 나서며 엄마가 안도하는 목소리로 말했다. 천만에. 대답하는 설의 표정은 담담했다. 엄마가 외할머니의 방으로 내려가자 비로소 어깨의 힘이 풀렸다. 하루 사이에 일어난 일치고는 너무 많았다. 낯선 환경과 부모의 이혼…….

굳은 얼굴로 설은 발코니로 나섰다. 언덕 위에 자리해서 그런가? 밤에 맞는 바람은 낮보다 한층 더 매서워져 마치 겨울과도 같았다. 가져온 옷 중에 가장 두툼한 옷을 꺼내 걸친 설은 발코니 난간에 기대어 하늘을 바라보았다. 서울에서는 좀처럼 보기 힘든 별이 떠 있었다. 구름에 가려 희미한 빛을 내는 은빛의 달 옆에 연하게 반짝이는 건 분명 별이었다.

"어찌 되었든 별은 볼 수 있잖아?"

음울한 기분을 털어내며 설은 애써 태연한 태도를 유지했다. 게다가 아름다운 곳이고. 서울보다 청아한 공기와 검푸른 하늘, 그리고 연한 별빛까지. 좀처럼 보기 힘든 정경이기는 했다. 그러나 아름다운 곳이라 다독이는 그녀의 눈빛은 눅눅해져 있었다. 썩 행복한 가족이라고는 할 수 없어도 그녀에게 있어선 유일한 가족이었다. 엄마에겐 단지 어느 순간엔 헤어질 수 있는 남편일지 모르지만 그녀에겐 한핏줄을 가진 아빠다. 그런데 엄마는 그녀가 가족이라는 것조차 잊고 있었다. 이혼에서 가장 상처받은 건 엄마나 아빠가 아닌 그녀 자신이라는 걸 말이다. 엄마와 아빠는 마흔을 훌쩍 넘은 어른들이지만 그녀는 단지 열여덟 살밖에 세상을 살지 못했다. 불행하다고 해서 부모가 이혼하길 바란 건 아니었다.

설은 입술을 비틀었다. 어떻게 되는 걸까?

그녀의 아버지가 다시 재기하게 되면, 엄마가 다시 약국 문을 열 수 있게 되면, 어디에 속해질 수 있는 건지 엄마는 말해주지 않았다. 이곳의 생활이 끝나면 아빠에게 돌아가는 걸까, 엄마에게 돌아가는 걸까? 솔직히 딸로서 그리 애교가 많거나 사랑스러운 성격은 아니다. 그래서 두 사람 모두 원하지 않는 걸까? 갑자기 숨이 답답해져 왔다. 아무리 세상은 홀로 살아가는 거라지만 그렇게 살아가기엔 열여덟은 아직 어린 나이다.

심장이 답답하다. 좀 더 맑은 공기를 마시기 위해 발코니 밖으로 조금 더 몸을 내밀었다. 습한 어둠 속에 문득 하얀 물체가 눈에 띄었다. 외삼촌이 생색을 내던 자전거였다. 충동적으로 방을 나선 설은 자전거에 몸을 실었다.

세찬 바람을 가르며 자전거가 빠르게 앞으로 속도를 내기 시작했다. 그러자 조금 더 청쾌한 바람이 폐부 깊숙이 스몄다. 그제야 막혔던 숨통이 트이는 것 같았다.

도로를 벗어나 나무들이 빽빽이 들어선 가장자리로 들어선 자전거는 빠른 속도로 한참을 내달렸다. 찬바람 속에 내려앉은 공기는 물기가 스며 호수 아래처럼 촉촉하고 맑았다. 뜨겁게 달아올랐던 심장이 조금씩 냉정하게 식어가기 시작했다.

어둠 속을 한참 달리던 설의 자전거가 멈춘 곳은 가로수 끝에 위치한 학교 교문 앞이었다. 고즈넉한 어둠 속에 긴 그림자를 드리우고 있는 학교는 알 수 없는 생기가 돌았다. 혹시 동네 아이들이 놀고 있는 건가? 싶어 설은 자전거를 끈 채 학교 안으로 들어섰다.

그러나 예상 밖으로 학교 운동장은 사람의 그림자 하나 없이 텅 비어 있었다. 사락거리는 모래를 밟으며 설은 자전거를 입구에 버려둔 채 끌리듯 학교 안으로 들어섰다. 그건 참으로 미묘한 기분이었다. 스르르, 유령처럼 들어서는 걸음은 마법처럼 그녀를 작은 건물 쪽으로 이끌었다.

그곳으로 다가서자 설은 자신을 이끈 것이 무엇인지 알 수 있었다. 시선 끝에 작은 불빛이 유혹하듯 흔들거렸다. 그리고 둔탁하지만 경쾌한 소리도 함께.

삐끄덕.

녹슨 문고리가 약하게 마찰을 일으키며 문이 서서히 열리기 시작했다.

그 순간이었다.

갑자기 쏟아지는 하얀 형광등 불빛 속에 검은 그림자가 하늘로 비상해 올랐다.

"아!"

설은 저도 모르게 외쳤다. 커다란 몸체가 마치 날개라도 단 듯 가볍게 하늘로 올라 곧장 떨어져 내렸다.

타앙!

주홍빛 공이 바닥으로 튕겨 오르며 경쾌한 소리를 냈다. 위잉! 소리를 내며 둥근 고리가 제 몸을 흔들어댔다.

한 손으로 골대를 향해 그대로 공을 내리꽂은 남자아이가 유연한 몸짓으로 바닥으로 떨어져 내렸다. 그보다 짧은 찰나의 여유를 둔 채 떨어진 공을 집던 그가 뒤늦게 그녀가 선 입구 쪽을 바라보았다.

"이런…… 관객이 있는 줄은 몰랐는데?"

아직은 겨울이 가시지 않은 쌀쌀한 저녁임에도 불구하고 땀에 흠뻑 얇은 반팔 셔츠 위로 드러나는 선명한 근육과 하늘만큼 삐쭉 솟은 거대한 몸체와 달리 그의 미소는 아이처럼 천진하고 맑았다. 부서지는 형광 불빛 속에 이마 위의 땀이 천사의 날개처럼 흩어졌다. 뿌연 천장 속으로 하얀 깃털이 떨어져 내리는 착각이 들었다. 오똑한 콧날과 장난스럽게 미소 짓는 검은 눈동자. 생각하지 못했던 준수한 외모는 인간보다는 천사에 더 가까웠다.

멍하게 선 채 설은 하늘로 비상하다 잠시, 땅에 내려앉은 천사를 마주 보았다.

그것이 열여덟, 설과 효의 첫 만남이었다.

전학 수속 정도는 혼자 할 수 있었는데, 엄마가 굳이 고집을 피우는 통에 설은 어쩔 수 없이 초등학생 꼬마마냥, 엄마의 뒤를 졸졸 따라갔다. 낮에 도착한 학교는 어제와는 사뭇 다른 분위기였다. 담장을 따라 심어놓은 목련과 벚꽃은 전주의 첫인상처럼 아름답기 그지없었다. 아마 이곳 전주는 목련의 도시인 모양이다. 곧

피어오를 꽃망울을 달기 위해 파릇 돋기 시작한 철쭉의 파릇함은 운동장 가장자리에 심어져 교무실까지 곧장 이어져 있었다. 학교가 아닌 화원에 온 것 같은 느낌을 주는 길을 따라 설은 건물 안으로 들어섰다. 바깥의 화사함과는 달리 복도는 어두침침하고 으슥한 기분마저 주었다.

"성적이 꽤 좋았네?"

전의 학교 성적을 훑으며 담임이 아는 척을 했다. 불편한 집안 분위기와 별개로 그녀의 성적은 좋은 편이었다.

"의대에 보낼 거예요."

거만한 태도로 엄마가 덧붙였다. 사정상 잠시 머물기는 하지만 결코 여기에 동화될 수 없는 이질적인 존재라는 뜻이었다. 엄마의 태도에 설은 몹시 부끄러움을 느꼈다. 이곳 아이들을 무시할 권리가 엄마에게는 없었다.

"그 정도로 잘하는 건 아니에요."

"뭘! 이만한 성적이면 어머니 말씀처럼 의대는 갈 수 있겠는데?"

다행히 선생님의 엄마의 거만한 태도를 느끼지 못한 듯해 보였다.

"오늘부터 수업할 수 있지?"

"아니요."

설은 단호하게 거절했다. 선생님은 엄마가 아닌 설을 거만하게 본 모양이다. 미간을 좁힌 눈매가 가늘게 설에게 향했다.

"할 수 없어?"

"네. 어제 내려와서 아직 적응을 못했어요. 이번 주까지는 이곳에 적응하고 싶습니다."

호오~ 이것 봐라?

선생님의 눈매는 딱 그랬다. 어제의 지은 죄가 있는 탓에 엄마는 설의 태도에 별 제재를 가하지 않았다. 설의 입장에서는 단지, 아직은 낯선 이곳의 지리나 분위기에 익숙해 볼 생각이었는데, 엄마는 그 이유를 이혼으로 유추했다. 엄마의 오해야 어찌 되었든 설은 며칠간의 휴가를 얻을 수 있었다.

전학 수속을 마치자마자 엄마는 곧장 서울로 떠났다. 엄마의 빈자리는 생각보다 컸다. 늘 철없는 엄마라 빈자리쯤은 아무것도 아닐 줄 알았는데, 불행히도 그렇지가 못했다. 나흘간의 휴가 동안 설은 자전거와 함께 보냈다. 바람 속을 달리다 보면 엄마에 대한 그리움을 잊을 수 있었다. 아주 가끔은 학교 체육관에서 만났던 천사가 떠오르기도 했지만 일부러 학교 쪽으로는 가지 않았다. 이곳에 남을 기간은 길어야 이 년이었다. 엄마는 일 년의 시간을 약속했지만 설은 넉넉히 이 년의 시간을 유예기간으로 잡았다. 잠시 머물다 떠날 곳에 추억 따위를 남기고 싶은 생각은 없었다. 설이 체육관을 피한 이유는 그랬다. 그 아이를 더 이상 보고 싶지 않은 건 아마도 자기보호 기능이었을 것 같다.

외할머니의 집이 있는 언덕을 내려서면 다리가 있다. 다리 반대편의 언덕엔 또 다른 집들이 옹기종기 모여 있고, 다리 아래로는 제법 큰 호수가 펼쳐져 있었다. 설이 가장 좋아하는 곳이 이 호수였다. 좁은 외길에 자전거를 세워놓고 설은 호숫가에 즐겨 앉았다. 크지는 않지만 그녀의 작은 몸 하나쯤은 가려줄 둔덕도 있었고.

학교 등교를 하루 앞둔 일요일, 설은 호수로 향했다. 마을 사람들 대부분은 교회로 향한 탓에 숨 쉬는 공기마저 고요해진 날이었다. 길 가장자리에 심어진 고추 밭들도 고요했고 나뭇가지에서 노래 부르던 까치 녀석도 오늘은 어디로 나들이 갔는지 숨소리 하나 없었다. 살아 있는 모든 것들이 경건히 주일을 맞이하고 있었다. 자전거를 스치는 바람 소리를 음미하며 설은 호수로 향했다. 오늘은 흑염소 가족이 호수 근처까지 내려와 풀을 뜯고 있었다. 동물원에서도 이렇게 가까이 본 적이 없는 염소라 설은 신기한 시선으로 염소를 향해 슬금슬금 다가갔다.

"다가가지 마! 겁 많은 녀석들이야."

그때였다. 부드럽지만 단호한 음성이 염소에게 뻗어지는 그녀의 손을 붙들었다.

누가 있어?

화들짝 놀란 설이 재빨리 고개를 돌렸다. 그녀가 늘상 앉아 있는 자리에 그가 앉아 있었다. 비상하던 천사.

그리고 그날처럼 천사는 그녀를 향해 싱긋 웃었다. 햇살 속에 그의 하얀 이가 부시게 빛을 냈다. 아, 이건 좀 곤란하다. 설은 콩닥거리는 심장을 얼른 붙잡았다.

"잘못 본 게 아니었네?"

그가 아는 척을 했다. 체육관에서의 일을 말하는 걸 알았지만 설은 모른 체했다. 조금 민망한 탓이었다.

생전 처음 남자를 본 아마존의 여인처럼 어수룩하게 도망쳐 버린 제 몰골이 어찌나 어이없었는지 그때의 기억을 통째로 지워내고 싶을 정도였다. 남자아이에게 그토록 부끄러운 꼴을 보인 건 그녀 인생에 있어 단연코 처음이었다. 단순, 과격한 하등동물로 취급하던 일개 남자아이한테 이토록 심장이 콩닥거리다니!

"새로 이사 온 거야?"

친근하게 말을 거는 남자아이를 무시한 채 설은 다시 호수 위쪽으로 올라섰다. 그가 하늘로 비상하는 천사가 아닌 또래의 남자아이라면 그토록 가슴 두근거릴 것도 없었다.

"여긴 옥정호야. 저쪽 운암댐을 만들면서 생겼대."

호수 건너편을 가리키며 남자아이는 설명을 했다. 누가 알고 싶다고 했나? 고까운 눈빛으로 설은 실쭉거렸다.

"여길 좋아하는 것 같아서…… 연습 끝나고 지나가다 몇 번 보았거든."

난 알고 싶지 않거든? 설은 거만하게 팔짱을 낀 채 턱을 올렸다. 자신의 이런 모습이 상대에게 위압감을 준다는 걸 충분히 알고 한 행동이지만 미처 상대방의 키를 계산하지 못했다. 겨우 160㎝를 넘는 키로 한껏 고개를 들어보았자 그의 가슴께에 겨우 미칠 정도였다. 그녀의 모습에 남자아이가 피식, 미소를 지었다. 그게 설의 심정을 조금 더 긁었다.

"저기 기순 할머니 댁 손녀지? 난 반효야."

시키지도 않은 제 소개를 하며 불쑥 손을 내밀었다. 설은 묵묵히 제 앞에 뻗어진 손을 바라보았다. 참으로 잘생긴 손이다, 제 주인의 얼굴만큼이나. 물론 이쪽에서 받아들일 준비가 되지 않았다는 것은 별개로 하고 말이다. 당연히 설은 그가 내민 손을 무시했다. 반효라는 이름을 기억하고 싶지도 않았고, 제 소개를 할 생각도 없었다. 집에 갈 요량으로 자전거에 오르다 보니 이곳에 올 땐 미처 보지 못했던 까만 오토바이가 보였다. 오토바이에 대해 문외한인 그녀가 보기에도 돈깨나 주었을 것 같은 근사한 몸체였다. 이곳에 도착했을 때 먼저 보지 못했다는 게 신기할 정도로 눈에 띄는 날렵한 오토바이였다.

"윤설이지?"

집요하게 따라붙은 효를 향해 설은 핑글, 몸을 돌렸다. 자신도 모르는 사이 정보가 노출되는 건 정말로 딱 질색이다. 서울의 익명성에 익숙한 설에겐 시골 마을의 이런 대책없는 친밀한 태도가 정겹게 느껴지기보단 거부감이 먼저 들었다. 독기 서린 눈빛에 효가 흠칫하는 게 느껴졌다.

"악취미구나, 너!"

"……?"

"알고 있으면서 왜 이름은 묻니? 난 처음 보는 사람에게 반말하는 거 굉장히 예의없다고 생각하는 사람이야."

"같은 학년이라고 들었는데? 나도 2학년이야."

"두 번째! 내가 알려주지도 않는 내 이름과 학년, 상대방이 아는 것도 불쾌해."

서울에서 가끔 그런 적이 있었다. 그리 예쁜 편이 아닌 데다 쌀쌀하기 그지없는 성격인데도 뭐에 콩깍지가 씌었는지 되지도 않

는 대시를 하는 녀석들 말이다. 말 한마디 붙이기 힘들게 톡톡 쏘
아대는 그녀의 독특한 어투에 언제 그랬냐는 듯이 뒤꽁무니 빼기
바빴는데. 효는 좀 특이했다. 순진한 눈빛으로 화났어? 하고 묻는
다. 이 녀석에게 세상은 온통 아름다운 무지갯빛인가? 설은 좀 황
당하게 바라보았다.

"보통은 굉장히 무례하게 느끼지 않니?"

덕분에 짜증이 잔뜩 실렸다.

"왜?"

하고 효가 물었다. 설의 얼굴이 벌겋게 달아올랐다. 정말 자신
의 행동이 남에게 상처 주고 있다는 걸 모르는 눈치였다. 효가 자
신을 어떻게 알고 있을지 뻔했다. 그렇지 않아도 몇몇 동네 어르
신들이 마실 삼아 집에 놀러오곤 했다. 사람 좋은 미소 속에 담긴
호기심. 그 의미는 뻔했다.

"기순 할머니 딸, 있잖아? 남편 사업 망하고 이혼까지 했다는
데, 그래서 손녀딸이 지금 여기 내려와 있다잖아."

직접 듣지 않아도 뻔했다. 정작 본인은 상관이 없는데 겉으로만
보이는 상황에 동정 어린 시선을 돌리고 있을 마을의 분위기를 추
측하며 설은 혼자 상처를 받았다.

아는 척하지 마!

실상 설이 하고 싶었던 말은 그것이었다. 일 년, 길어보아야 이
년, 그 시간만 조용히 이곳에 유배된 후 존재감없이 사라지면 그
만이다. 한눈에 자신의 심장을 흔들었던 천사의 날개 따위는 잊어
버리고 자신의 세계로 사라지면 그만인.

"너…… 마음이 아프니?"

이 정도면 분명 둔한 녀석이다.

"아니! 설사 아프다고 해도 네가 상관할 일은 아니지 않니?"

"윤설……."

흐릿해진 검은 눈동자가 비수처럼 가슴을 찔렀다. 그녀는 아프지 않았다. 부모의 이혼 따위가 상처 될 리가 없었다. 어차피 반은 예상하고 있었던 일 아닌가. 겨우 이 년여 살다 갈 곳에서 만난 녀석 따위가 안쓰럽게 쳐다볼 만한 일이 아니었다. 그녀 스스로도 받아들인 일이었다. 그렇게 불쌍한 아이처럼 쳐다보는 건 용납할 수 없었다.

자신에게 향한 효의 고운 눈동자를 뱀독처럼 쏘아본 후 설은 자전거에 몸을 실었다. 뜨거운 열기가 머리끝까지 치밀었다. 이런 상황으로 몰아버린 부모에 대한 원망이 새삼 솟구쳐 올랐다.

그런 눈으로 날 보지 말란 말이야!

끈덕지게 따라붙는 시선을 향해 설은 소리 없이 외쳤다.

2. 동질의 유사성

확연히 서울과는 다른 일상이긴 했다. 전학생을 맞이하는 분위기도 그랬고, 방과 후 아이들의 생활도 그랬다. 각기 학원에 다니느라 바쁜 그룹과 수업이 끝나자마자 섣부른 어른 흉내를 내며 유흥가를 헤매는 또 다른 그룹의 서울 아이들과 달리 이곳의 아이들은 주로 분식집에서 떡볶이를 사먹거나 누구의 집에 모여 수다를 떠는 게 주중의 일과였다. 심심하기 그지없는 일상이었지만 오히려 설에게는 나은 일이긴 했다.

학교는 말이 남녀공학일 뿐, 한 학년에 남녀로 구분 지어 세 개의 반으로 구성되어 있었다. 솔직히 반이 세 개라는 것도 의외였다. 이렇게 많은 아이들이 다닐 만한 군락이 아니었기 때문이다.

옆에 앉은 짝꿍, 은영의 말로는 전주 시내에서 오는 아이들도 제법 된다고 했다.

"전주는 고등학교 수가 거의 중학교 절반밖에 되지 않아서 근교로 많이들 와."

묻지 않았는데 은영은 친절히 설명해 주었다. 담임과 그리 다르지 않은 인상을 가진 아이들은 전학생인 설에 대해 은근히 비호의적이었다. 은영이를 제외하면 특별히 말 한 번 붙이는 아이가 없어 하루 종일 입 한 번 떼지 않고 집으로 돌아오는 날도 있을 정도였다.

그사이 효는 가끔 보았다. 설에 대한 아이들의 비호감 노선에는 어느 정도 효의 영향도 무시할 수는 없었다.

전학 첫날, 내성적이다 못해 거만해 보이는 설에 대한 아이들의 탐색이 채 끝나기도 전에 효가 교실로 찾아왔다. 아무리 어릴 때부터 함께 자라온 동네 아이들이라지만 사춘기에 들어선 남자아이가 여학생들만이 우글대는 여자 반으로 찾아오는 건 흔치 않는 일이었다. 그것도 제 개인적인 이유로 인해서 말이다.

"윤설!"

천장까지 훌쩍 닿는 키로 창문 앞에 선 효가 염치없이 그녀의 이름을 크게 부를 때까지만 해도 아이들의 시선이 쌀쌀맞지는 않았다고 설은 장담했다.

"역시 이 반이 되었구나. 난 바로 옆 반이야."

묻지 않았거든요?

설은 실쭉한 표정으로 효의 인사를 외면했다.

"효랑 아는 사이야?"

호기심이 만연한 얼굴로 은영이 처음 말을 붙인 것도 그때였다.

"아니."

"그래? 이상하네……."

믿지 않는 투였지만 굳이 변명하지도 않았다.

"점심 안 먹어?"

효가 물었다. 그리고 보니 점심시간인데도 도시락을 펴는 아이들이 없었다. 가방에서 꺼낸 도시락을 들고 하나둘씩 교실을 빠져나가는 아이들을 보며 설은 당혹스런 표정을 지었다. 아무리 시골학교라지만 설마 교내 잔디밭 아무 데나 퍼질러 앉아 점심을 먹는건 아니겠지?

"우리 학교는 급식실에서 따로 먹어. 이리 와. 안내해 줄게."

"필요없어."

"첫날이잖아."

"너의 그 뻔뻔함은 도대체 어디에서 나오는 거니?"

설이 한껏 고개를 쳐들며 냉소를 퍼부었다.

"같이 밥 먹는 것으로 무슨 뻔뻔함씩이나. 원래 전학생이 오면 이렇게 학교 안내해 주고 그러는 거야."

그녀의 구박에도 천연덕스럽게 대꾸하며 효가 성큼 교실 안으로 들어섰다.

"꺄아악!"

좋다는 의미인지, 싫다는 의미인지 알 수 없는 괴성이 교실 안으로 쩌렁 퍼져 갔다. 뭐냐? 놀란 설 앞으로 순식간에 다가선 효가 덥석 그녀의 손을 붙들었다. 몹시도 부끄럽고 생소한 감촉이었다.

딱딱하면서도 뜨겁고, 바위처럼 강인한 손 안으로 가는 설의 손목이 포옥 감싸였다.

놀라기는 효 역시 마찬가지였다. 그저 같이 급식실에 갈 요량으로 붙든 손목이었는데 처음 잡아본 여자아이의 손목이 생각보다 여리고 가늘어 저도 모르게 얼굴이 벌겋게 달아오르고 말았다. 맞닿은 살갗이 불에 닿은 듯 이글거렸다.

"놔!"

덕분에 설이 약한 힘에도 미끄덩, 잡았던 손목이 힘없이 빠져버렸다.

"기, 기순 할머니가 부탁했어."

효가 더듬거리며 변명을 늘어놓았다. 실은 일부러 기순 할머니 집 앞에서 기웃거리는데 설이 생각보다 일찍 등교해 버린 탓에 대신 기순 할머니를 만났었다. 지나가는 말로 건넨 인사가 그것이었다.

"낯선 곳이라 영 어설플 것이여. 니도 전학 왔으니께 그 속 알것지. 지나가다 혹여 만나면 친절하게 혀줘."

"할머니가?"

"……등굣길에 만났어. 첫날이니까 잘 부탁한다고."

"일부러 찾아올 필요까지는 없었는데."

설은 살짝 미간을 찌푸렸다. 예민한 십대의 감정을 고려하지 못한 외할머니의 배려가 슬슬 불편해지기 시작했다.

"어쨌든, 안내해 줄게."

"됐어! 신경 쓰지 말아줘, 부탁이야."

설은 일부러 더 싸늘한 어투로 잘랐다. 황금 같은 점심시간임에도 불구하고 둘의 대화를 엿듣느라 여전히 교실에 남아 있는 아이들의 시선이 신경 쓰인 탓이었다. 두 사람을 보는 눈초리가 여간 매섭지가 않다. 노골적이리만큼 말이다. 직접 듣지 않았다 해도 아이들의 눈빛이 말하는 의미는 쉽게 알 수 있었다. 조금씩 그 시선들이 불편해지기 시작했다. 눈에 띄지 않고 조용히 지내기엔 이미 그른 것 같다.

설은 무언의 압박을 담아 효를 노려보았다. 더 이상 아이들의 시선을 끈다면 두 번 다시 말조차 걸 수 없을 만큼 짓밟아줄 요량이었다.

"설아, 나랑 같이 가자. 내가 안내해 줄게."

다행히 은영이 구원의 손을 내밀었다.

"어?"

"짝꿍이잖아."

"뭐……."

얼떨떨한 태도로 일어선 설을 냉큼 잡아 은영이 허둥지둥 교실을 나섰다. 교실을 나서던 설의 시선이 잠깐 효에게 멈추었다. 히죽거리는 여학생들의 시선 한가운데 멍하게 선 몰골이 어딘지 안쓰럽다. 허공 속에 둘의 시선이 부딪쳤다. 상처 입은 걸까? 살짝 일그러진 효의 눈동자에 설은 어쩐지 미안한 마음이 들었다. 원래부터 붙임성 좋은 성격은 아니지만, 그렇다고 해도 이런 상황이 아니었다면 그런 식으로 대하지는 않았을 것이다.

"효, 괜찮은 아이이긴 한데 가까이 지내지 않는 게 좋아."

복도를 따라가며 은영이 충고를 했다. 묻지 않았는데 성격 좋은 은영이 먼저 설명을 해주었다.

"효, 우리 학교 농구부 주장이거든. 전주 내에서는 그래도 제법 이름이 있는 선수라 극성 팬들도 꽤 있기도 하고."

"……."

"성격이 쾌활한 편이긴 해도 특별히 누굴 따로 사귄 적이 없어서 그나마 조용했던 거야. 효가 계속 저런 식으로 호감을 표시하면 아마 꽤나 귀찮아질걸?"

"나 역시 조용하게 지내길 원해."

체육관을 튀어 오르던 효의 모습을 떠올리며 설이 힘 빠진 목소리로 대답했다. 반 아이들이 노려보던 시선엔 그런 이유가 있었던 거다. 아무튼 다른 아이들에게 반감을 얻지 않기 위해선 효와 거리를 두라는 은영의 충고를 설은 순순히 받아들였다.

"아무튼 좀 의외이긴 하다. 효가 저렇게 여자애한테 대시한 적은 그동안 한 번도 없었거든. 정말 오늘 처음 본 사이야?"

"……응."

양심에 찔렸지만 설은 대충 거짓말로 둘러댔다. 더 이상 가까이 해봐야 좋을 게 없다는 결론이었다.

그 후로 설은 효를 무시했다. 애초부터 서글한 관계는 아니었으니 별다를 건 없었지만, 효를 대하는 태도에 확실한 경계가 선 것만은 사실이었다. 가끔, 체육 수업을 같이 하거나 음악 수업을 받을 때에도 설은 효를 철저히 무시했다. 이상한 건 효였다. 아무리 그녀가 무시해도 한 번도 그냥 지나치는 법이 없었고, 늘 웃는 얼굴로 반가운 인사를 건넸다. 때문에 은영의 말처럼 아이들에게 확실히 반감을 사버렸고. 억울했지만 설은 아이들의 거부를 그대로 수용했다. 어차피 친숙한 태도가 더 불편했을 게 자명했으니까. 오히려 설에게 상처가 된 건 한 달이 넘도록 전화 한 통 걸려오지 않은 부모님이었다.

일 년을 약속한 엄마는 그사이 한 번도 내려오지 않았고, 전화도 걸지 않았다. 아빠는 어떻게 되었을까? 궁금했지만 설은 전화하지 않았다. 아마 그녀 스스로 조금씩 이별을 준비하고 있었는지도 모르겠다. 그건 그녀 나름의 생존 법칙이었다. 홀로 남는 것에 두려워하지 않기. 원하지 않는 상대에게 기대하지 않기. 그리고 이미 끝난 일로 상처받지 않기…….

"윤설, 쟤 말이야."

소란스러운 급식실에서도 설의 이름은 금방 효의 귀를 파고들었다. 아무리 그라 해도 설의 쌀쌀한 태도에 조금씩 지쳐 가고 있을 때였다. 따스한 봄날이 계속된다 싶더니 4월에 들어서자 날씨가 변덕을 부리기 시작했다. 꽃샘추위가 몰려와 아침부터 하늘이 까맣게 죽어 창문이 덜컹거릴 정도로 바람이 세차게 불던 날이었다.

"윤설? 전학생이 왜?"

극히 전학생이 적은 시기라 설은 여전히 아이들 속에서 '전학생'이라 불리고 있었다. 오후에 전주 시내에 있는 광덕고 애들과 연습 시합이 있어 급히 식사를 마치고 연습을 해야 함에도 불구하고 식사를 하는 효의 손은 느려지고 있었다. 바짝 귀를 세운 채 효는 느긋이 밥알을 셌다.

설의 이름을 부른 것은 앞 테이블의 네 녀석들이었다.

"이번 월말고사에서 지루 제치고 1등 했잖아. 서울에서도 꽤 공부를 잘했다더라고."

"지루 너, 꽤 신경 쓰이겠다."

키득대는 녀석들은 학년 전체 수석인 강지루 녀석의 패밀리였다. 전주에서 한의원을 하는 아버지를 둔 지루는 초등학교 때부터 지금까지 한 번도 수석을 놓쳐 본 적이 없는 수재였다. 지루 녀석의 표정은 옆에 앉은 승현이 때문에 보이지 않았지만 어딘지 냉소적으로 느껴졌다. 지금껏 한동네에 살았어도 말 섞은 게 몇 번 되지 않을 정도로 데면데면한 사이였지만 딱딱하게 굳은 등만으로도 대충 녀석의 표정을 짐작할 수 있었다.

"아무래도 여기와 서울은 수준 차이가 있겠지."

담담한 목소리였다. 하긴, 급물살을 타는 감정과는 거리가 먼 녀석이긴 했다. 입맛이 뚝 떨어져 효는 내던지다시피 젓가락을 내려놓았다.

"어쨌든 처음부터 재수없다고 생각은 했었어."

"뭐가?"

"계집애가 서울서 왔다고 잘난 척하는 거 말이야. 우릴 한참 아래로 보는 눈치도 그렇고. 아무튼 인상부터가 별로였어."

승현이 녀석이 괜한 흠을 잡았다. 어차피 설이 아니었다고 해도 한 번도 지루를 이겨본 적이 없는 주제에 잘난 척만 하는 녀석이었다. 지루 패밀리 중, 유일하게 설을 훔쳐보지 않는 건 지루뿐이었다.

승현과 우성, 그리고 정섭이 녀석은 자신들의 자리에서 제법 멀리 떨어진 곳에서 식사하는 설을 훔쳐보며 뭐가 그리 좋은지 한참을 실실댔다.

"혹시 애초부터 못 먹을 감이라 그렇게 생각한 거 아냐?"

정섭이 승현의 심정을 예리하게 찌르고 나섰다. 엿듣는 효의 눈썹이 움찔, 솟구쳤다. 불쾌했다. 자신에게 늘 냉정하게 대하긴 했지만 그래도 저 녀석들의 입질에 오르내리는 건 역시 기분 나빴다.

"아서라! 먹을 수 있는 감이라고 해도 내가 먼저 사양이야. 얼굴만 예쁘장하면 뭐 해? 난 저렇게 냉기 뚝뚝 흐르는 아이는 딱 질색이야."

승현이 펄쩍 뛰며 손사래를 쳤다. 그 수선에 목소리가 더 높아져서 급식실이 쩌렁 울렸다. 제 짝과 함께 식사를 하던 설의 손이 알아차리기 힘들 정도로 아주 잠깐 허공에 멈추었다가 다시 도시락으로 향했다.

저런 미련스런 녀석 같으니! 짜증이 벌컥 일었다. 멱살이라도 잡을 기세로 벌떡 일어서는데 누군가가 효의 어깨를 잡았다.

"주장, 감독님이 불러! 시합 전에 광덕고 녀석들 시합 비디오 한 번 더 보자고 하셔. 연습도 빨리 시작해야 하고."

"알았어."

"지금 당장 오래."

"알았다니까!"

센터를 맡고 있는 고준이 녀석이 자꾸 채근이었다. 이런, 제기랄! 낮게 욕설을 뿜어내며 효는 남은 도시락을 챙기기 시작했다. 조용히 식사를 하고 있는 설은 고개 한 번 들지 않았다. 어깨를 타고 넘긴 머리카락 때문에 하얗게 드러난 목덜미가 애써 상처를 감추고 있었다. 전에 잠깐 잡았던 손목만큼 여리고 가는 목이었다. 왜 설의 상처를 보지 못하는 걸까? 무신경한 승현이 녀석을 갈겨주고 싶은 충동을 억누르며 효는 도시락을 마저 챙겼다.

"그만한 자존심이 있는 아이라고 생각해."

조용한 음성이 거친 효의 걸음을 멈추게 했다. 효가 놀란 시선으로 지루를 돌아보았다. 제 또래 여자아이에 대해 효만큼이나 관심이 없는 녀석이었다. 자신의 경쟁 상대로 설을 인정한 건가? 그렇다고 해도 설에 대한 지루의 평가는 의외였다.

"그나저나 광덕 녀석들, 저번처럼 벤치 녀석들로만 오는 거 아냐?"

효의 눈치를 살피지 못한 고준은 온통 광덕고와의 연습 시합에만 골몰하고 있었다.

"하긴, 저번에 너한테 엄청 깨졌으니 이번만큼은 스타트 멤버로 올지도 모르겠다. 수민 자식, 코를 한번 납작 눌러주어야 하는데. 자신은 있는 거지?"

광덕고 주장, 이수민에 대한 관심은 효의 머릿속에서 까맣게 사라지고 없었다. 효가 보는 자리에서 지루가 성큼, 설에게 다가갔다. 덜커덩, 창문이 한차례의 바람에 몸살을 떨었다.

"축하한다. 네가 1등이더라."

설의 고개가 바짝 들렸다. 효 못지않게 설 역시 놀란 눈치였다. 그리고 그건 사실이었다. 서울에서도 상위권의 성적을 유지하던 설이었다. 이런 시골에서 수석을 했다고 해서 특별히 감명받을 리가 없었다. 그저 1등을 했나 보다, 했을 뿐 제 이름 밑에 적힌 '강지루' 라는 석 자를 보지도 못했다. 그러니 난데없는 축하 인사가 당혹스러울 밖에.

"……아, 그래."

"난 강지루야."

지루의 인사에 감명을 받은 건, 설보다는 오히려 옆에 있던 은영이었다. 야, 지루가 너한테 관심있나 보다, 하고 설에게 속닥거렸다. 물론 설은 콧방귀를 뀌었다.

"야, 강지루!"

"왜?"

"뭐 그런 애한테 축하까지 해주냐? 그렇지 않아도 코가 하늘에 걸렸구만."

조금 전 설에 대한 악의를 쏟아내던 승현이 파르르 성질을 부렸다. 보란 듯이 제 앞에서 설에게 축하 인사를 건넨 지루의 이해 못할 행동에 자존심이 몹시 상한 몰골이었다. 승현의 목소리가 엄청 컸는데도 설은 마치 듣지 못한 것처럼 무표정했다. 그 속에 담긴 상처가 효는 가슴 아팠다. 당장 저 녀석, 멱살을 잡아 끌어내 버릴까?

"네 녀석의 실례야. 관심있으면 솔직히 행동해, 짓궂은 초등학생처럼 굴지 말고. 아까는 우리 쪽에서 잘못했다."

차가운 어투로 승현을 나무란 지루가 정중히 설에게 사과를 했
다. 비틀린 심정으로 지켜보던 효의 얼굴이 더욱 일그러졌다. 친
하지도 않았지만 그렇다고 특별히 사이가 나쁜 지루도 아니었다.
그런데도 설에게 보이는 녀석의 태도 하나하나가 전부 가시처럼
그의 신경을 긁었다.

"반효! 안 갈 거야?"

기다리다 못한 고준이 효의 팔을 거칠게 잡아끌었다. 그 순간,
지루에게 멈추었던 설의 시선이 아주 짧게 효에게 반짝 돌아섰다.
서늘하도록 깊은 눈동자에 효의 심장이 함께 서늘해졌다. 열려진
문 때문이었을까?

효는 자신도 모르게 부르르 몸을 떨었다. 찰나지만 영겁처럼 긴
시간 동안 두 사람의 시선이 허공에서 엮이었다. 효는 부릅 눈에
힘을 주었다. 자신에게 멈춘 설의 시선을 결코 놓지 않을 생각이
었다.

투두둑!

세차게 몰아치던 바람 속에 하얀 우박 알갱이가 요란한 소리를
내며 바닥으로 떨어져 내렸다.

"어머! 뭐야? 우박이잖아!"

일제히 자리에서 일어선 아이들이 우르르 창가로 향했다. 그 속
에 유일하게 미동조차 없이 마주친 설과 효의 시선을 그제야 지루
가 알아차렸다.

"아, 우박인가?"

지루의 음성 속에 마법이 풀렸다. 가면을 쓴 듯 딱딱해진 설의 시선은 그대로 제 도시락으로 박혀 버렸고, 효는 떨어지는 우박을 맞으며 체육관으로 향했다. 이해할 수 없는 기묘한 감정이 체육관으로 가는 내내 효를 괴롭혔다.

찌릿하면서도 어딘지 아릿하고, 서걱거리는…….

방과 후 체육관에서 광덕고와 농구 시합이 열린다는 말은 들었지만, 설은 보러 갈 생각이 없었다. 평상시였다면 아무리 은영이 졸라댔다 해도 거절했을 것이다. 하지만 점심시간에 갑자기 떨어진 우박은 굵은 빗줄기가 되어 우산 없이 집으로 향하기엔 여간 곤란하지 않아 설은 어쩔 수 없이 은영의 고집에 따라가 보기로 했다.

"저번 가을에 광덕고에서 우리 학교를 엄청 우습게 본 거야. 순전히 후보 선수들만 끌고 온 거 있지? 하긴, 그땐 효도 겨우 신입생이었으니까. 중학교 땐 농구팀이 없어서 솔직히 우리도 실력을 모르긴 했지. 서울서 전학 온 애라 그저 샌님처럼 보았거든."

거센 빗줄기를 피해 학교 건물 사이로 요리조리 피해가며 체육관을 향하는 내내 은영은 끊임없이 조잘댔다.

"전학 왔었어?"

"응. 부모님이 이혼하셔서 중학교 1학년 여름쯤에 전학 왔어."

이혼?

"효는 엄마 따라 내려오고, 동생은 아빠랑 서울에 살게 되었나 봐. 그거 좀 웃기지 않니? 무슨 재산 나누는 것도 아니고 자식들을 하나씩 공정하게 나누는 거 말이야."

빠르게 향하는 은영의 뒤로 설은 걸음을 멈추었다. 비로소 효를 향한 수상한 감정에 대한 정체를 알 수 있었다. 같은 상처를 지닌 동질성. 콩닥대는 심장도, 비상하는 그의 모습에 시선을 빼앗긴 것도 이런 필연 속에 숨겨진 동질의 유사성 때문이었던 거다.

"늦겠다. 얼른!"

바삐 손짓을 하는 은영을 뒤따르며 설은 여전히 불편한 심정을 눌렀다. 가기 싫은데……

도착한 체육관 안은 벌써부터 뜨거운 열기로 가득 차 있었다. 겨우 연습 시합일 뿐인데 때아닌 우박과 빗줄기는 심심한 아이들의 시선을 시합 쪽으로 이끌어 평소보다 훨씬 북적거리고 있었다.

"아, 너도 왔니?"

은영을 따라 이층 관람석, 깊숙이 들어서는 그녀에게 먼저 아는 척한 사람은 낮에 급식실에서 인사를 건넸던 지루였다. 강지루라고 했던가? 나중에서야 지루가 여기 단골 수석이라는 말을 은영에게서 들었다. 초등학교 때부터 같은 학교를 다녔다던 은영은 지루에 대한 상세한 정보를 알려주었다. 별로 관심이 없었지만, 옆 자리에 앉은 탓에 싫어도 들을 수밖에 없는 입장이었다. 지루에 대한 악감정은 없었지만, 옆에 선 그의 친구 녀석을 보곤 어쩔 수 없이 미간을 찌푸리고 말았다. 급식실에 있던 모든 아이들이 다 듣도록 크게 악의를 뿜어내던 녀석이 삐뚜름하게 지루의 어깨에 기대서 있었다.

"강지루, 그냥 집에 가자니까! 이런 건 봐서 뭐 하게?"

"궁금해서."

"이런 연습 시합 따위가 뭐가 그리 대단하다고……."

지루 친구가 투덜댔다. 밉살스런 녀석이긴 하지만 그 점에서만은 같은 생각이었다. 설 역시 체육관에 들어선 순간, 벌써부터 후회가 밀려오고 있었다. 은영의 고집에 져주는 게 아니었다. 그저 동네 연습 시합이려니, 하는 생각이었는데 체육관 안은 의외로 인파들로 **빡빡** 채워져 있어 사람들의 입김만으로도 숨통이 막힐 지경이었다.

"드디어 이수민하고 효가 정면 대결하는데 당연 대단한 거지. 승현이 너, 괜한 질투 하는 거 아냐?"

지루 친구 녀석하고도 아는 사이인지 은영이 냉큼 대화 속에 끼어들었다. 이 아이 이름이 승현이군. 설은 새치름한 표정을 지었다.

"질투는 무슨! 내가 저따위 녀석에게 무슨 질투를 한다고 그래?"

"아니면 시샘인가?"

설이 대신 대답했다. 뭐? 황당하게 바라보는 승현 옆에서 지루가 살짝 눈을 치켜떴다. 역시 기분이 상했군. 자신에게 향한 무심한 태도와 달리 승현에게 향한 설의 태도는 분명 반감이었다. 급식실에서 태연히 행동한다 했더니 설 역시 또래의 아이들과 다를 게 없었다. 냉정한 태도 속에 감추어진 설의 단면에 지루는 약간의 호기심이 생겼다.

"내, 내가 왜 저런 녀석한테 시샘을 한다는 거야?"

승현이 벌컥 화를 냈다. 승현을 바라보는 설의 시선은 한마디로 철없는 유치원생을 보는 것과 별반 다르지 않았다. 저 급한 성격을 고치기 전엔 평생 설에게 한 번도 이길 수 없으리라는 생각을 하며 지루는 입가에 미소를 머금었다.

관람석과 달리 후끈 달아오른 농구 코트에서는 주황색 공이 천장과 바닥을 난무하고 있었다. 빠르게 뛰어다니는 아이들 속에서 효는 단연 눈에 띄었다. 효와 같은 4번을 달고 있는 파란 유니폼의 아이가 철저히 마크하고 있었지만 겹겹이 싸인 사람들의 벽 사이를 유유히 종횡하며 효는 제 팀 선수들에게 공을 던지거나 스스로 골을 시도하며 화려한 경기를 펼치고 있었다. 제 성질을 못 이겨 팔딱 뛰는 승현에게서 시선을 비켜 설은 흥미진진하게 효의 경기를 지켜보았다. 전에 체육관에서 보았던 현란한 몸짓은 결코 과장이 아니었다. 혼자 날아오를 때보다 시합 중에 뛰어 오르는 효의 비상은 더욱 화려하고 아름다웠다. 멀리서도 허공에 터지는 효의 땀방울이 신비로울 정도로 아름답게 보였다.

"반효! 반효!"

효의 경기가 펼쳐지면 펼쳐질수록 그의 이름을 외치는 아이들의 흥분도 더욱 거세어졌다. 이미 체육관 안은 효의 몸짓 속에 열광하고 있었다.

"얘가 진짜 웃기네. 내가 겨우 저런 애한테 시샘을 한단 말이야? 우리 학교 꼴통인 녀석을?"

7번 마크를 달고 있는 제 팀 선수에게 빠르게 공을 던지는 효에게서 시선을 돌리며 설이 차분한 태도로 승현에게 말했다.

"그건 네 자신이 더 잘 알겠지."

"야, 윤설! 너, 지금 네가 뭐 대단한 아이라도 되는 줄 착각하나 본데!"

버럭 지르는 고함 소리에도 꿈쩍하지 않던 설의 머리가 다음 순간, 빛처럼 빠르게 돌아섰다.

"부모가 이혼해서 내려온 주제에 너무 거만한 거 아니야? 기껏 해야 이런 시골 학교에서 1등 한 것 가지고 무슨 유세야?"

지나쳤다. 설사 학교 전체가 설에 대해 비호의적이거나 반감을 가졌다 해도 승현의 말은 분명 지나쳤고 도를 넘어섰다. 평온하던 설의 얼굴이 새파랗게 질렸고, 지루의 표정 역시 전과 달리 칼처럼 날카로워졌다. 효를 부르던 옆의 아이들 시선이 일제히 설에게 향했다. 갑자기 그녀 주위 1m 반경 안으로 싸늘한 냉기가 흘렀다.

"김승현!"

"야, 너!"

지루와 은영이 새되게 소리쳤지만 이미 늦었다. 설의 손이 허공에 번쩍 올라섰다. 뺨이라도 내려칠 기세에 절로 승현이 움찔거리던 바로 그때였다.

팡!

공기를 가르며 엄청난 속도로 관람석 쪽으로 향한 주홍빛 물체가 정확히 승현의 머리카락을 스쳐 벽 쪽으로 떨어졌다. 어찌나 세찬 힘이었던지 공에 부딪힌 벽이 부르르 떨리는 착각이 들 정도였다. 반사적으로 공을 피했던 아이들이 웅성거리며 아래쪽으로 시선을 돌렸다.

"뭐, 뭐야? 방금 그거 효가 던진 거야?"

"진짜? 정말 저 아래에서 여기까지 던졌단 말야?"

"시합 중에?"

시끌벅적한 소란 속에 효가 보였다. 격렬하고 힘찬 경기 도중, 실제로 그가 승현의 목소리를 들었는지는 모르겠다. 하지만 상대의 골을 향해 힘차게 뛰어야 할 농구공이 분명 승현을 향해 날아들었고, 효를 제외한 모든 선수들이 놀란 시선으로 그를 바라보는 것으로 보아, 아이들의 추측이 아주 틀린 것은 아닌 것 같았다. 진실로 공을 내던진 건 효였다.

하마터면 광속의 공을 정면으로 받을 뻔한 승현이 핼쑥해진 얼굴로 설과 효를 번갈아 바라보았다. 경기장 한가운데 곧게 선 채 효는 승현을 죽일 듯 노려보았다. 고목처럼 버티어 선 효의 몸체가 긴 시간 머물렀다, 설은 생각했지만 실상은 겨우 일이 분에 불과한 시간이 흘렀을 뿐이다.

삐익!

날카로운 호각 소리가 울리며 심판에 효의 손을 번쩍 들었다.

"저거 테크니컬 파울이야."

놀란 와중에 은영이 속삭였다.

"저, 저…… 저 자식이 미친 거 아냐?"

애써 진정하며 승현이 허세를 부렸지만 누구도 신경 쓰지 않았다. 심판에 의해 파울을 선언당한 효는 마치 아무 일도 없었던 것처럼 경기로 돌아갔고, 설은 여전히 승현을 마주 보았다. 이글대는 눈동자에 번쩍, 번개가 내리쳤다.

짜악!

효가 내던진 공으로 인해 적막이 찾아든 체육관 안으로 날카로운 마찰음이 울렸다. 잠시 허공에 멈추었던 설의 손이 정확히 승현의 뺨으로 날아든 소리였다.

"이건 내 몫이야."

설이 차갑게 내뱉었다. 공을 내던진 건 효의 상처였지만, 승현의 뺨을 내려친 건 설의 상처였다. 같은 상처를 지녔기 때문이야.

승현에게 향한 공의 명분을 그렇게 규정하며 설은 체육관을 나섰다. 뒤에서 은영이가 다급하게 불렀지만 아는 체하지 않았다. 그녀가 그토록 감추고 싶어하던 상처가 고스란히 까발려진 곳에서 한시라도 머물고 싶지 않았기 때문이다.

"하!"

설의 입에서 실소가 터졌다. 그건 아니지. 감추고 싶은 상처가 까발려진 것이 아니라 누구나 알고 있는 사실이 그저 공식적으로 터진 것뿐이다. 그렇게 위로하긴 했지만 헛헛해진 심장이 나아진 건 아니었다.

쏟아지는 빗줄기를 몽땅 맞으며 설이 자전거를 끈 채 집으로 사라지고 있을 때 효는 홀로 남은 경기를 치르며 아파하고 있었다. 승현에게 공을 내던지고도 분이 풀리지 않았다. 경기 도중, 언뜻 스친 설의 모습에 기뻐하는 것도 잠시 승현이 악의적으로 설에게 뿜어내는 독설이 어찌 그리 또렷이 박혀 버린 건지……

시합 중에 감히 있을 수 없는 파울을 저지르고도 효는 후회하지 않았다. 경기 중이 아니었다면 승현은 저곳에서 감히 서 있을 수도 없었을 것이다. 정확히 녀석의 미간을 날려 버리지 못한 것이 아쉬울 뿐이었다. 하얗게 질린 설의 얼굴을 보아선 그 정도로는 약소했다.

빌어먹을 자식!

상대 팀의 공을 블로킹하는 효의 눈빛이 얼음처럼 차갑게 굳어 있었다. 정말 죽을 것 같은 몰골은 한 것은 농구공의 습격을 받은 승현도, 승현의 악담 공격을 받은 설도 아닌 효 그 자신이었다.

3. 동전의 양면

효가 승현에게 농구공을 날려 버린 그 주, 설의 엄마가 찾아 왔다.

"이젠 정말 끝났어."

한 달 동안 찾아오지 못한 건 이혼 문제를 마무리하느라 그랬단다. 외로웠지만 설은 차마 외롭다는 말도 하지 못했다. 토요일, 늦은 저녁쯤 찾아온 엄마가 그대로 이불을 머리까지 덮어버린 채 누워버렸기 때문이다. 그나마 대충 사연을 이야기해 준 것도 엄마가 아닌 외할머니였다. 내리사랑이라, 외할머니는 엄마가 못내 안쓰러운 모양이었지만 설은 덤덤하다 못해 서늘할 정도였다. 엄마는 아무도 보지 않았다, 제 자신을 제외하곤.

최소한의 책임성이 있었다면 혼자 이불 속으로 숨어버리기 전에 한 번쯤은 설을 부둥켜안고 울어도 괜찮았을 것이다. 미안해, 한마디 덧붙여서…….

"늬 엄마가 엄청 속이 아픈가 보다."

외할머니가 위로랍시고 건넸지만 설의 가슴엔 이미 상처가 깊이 패인 후였다.

"어쩔 수 있겠냐? 그래도 이혼한 건 당사자인디, 옆에서 위로라도 해주어야제. 스무 해를 산 세월인디 저 속이야 편하겠냐?"

"그럼 저는요?"

처음으로 설이 외할머니에게 물었다. 당황한 외할머니의 시선이 설에게 향했다.

"아야, 설아…….."

"열여덟 해 동안 같이 살았던 가족이 갑자기 뿔뿔이 흩어져 버린 저는 누가 위로해 줘요?"

"그게 말이다, 설아."

"엄마도 보지 않는 전 어떻게 해야 하는데요? 연락 한 번 하지 않는 아빠도 이해해 주어야 해요?"

참으려 했는데 솟구치는 감정 때문인지 목소리가 파르르 떨렸다. 당황해 어쩔 줄 모르는 외할머니가 곧이라도 울 것처럼 일그러져 있었다. 그래서 설은 집을 나와 버렸다. 엄마와 한집에서 공기를 마시는 게 몹시 불쾌했다. 소식없는 아빠도 그랬다. 정작 도망치고 싶은 건 외할머니 집이 아닌 세상이었다. 버림받은 딸에 대해선 그 누구도 신경 쓰지 않았다. 이혼하면 점 하나 찍은 남이 되는지 모르겠지만 그래도 제 핏줄을 나눈 딸에 대한 배려는 엄마나 아빠, 그 어느 쪽도 없었다. 단지 자신의 상처만 깊고 쓰릴 뿐. 아직 제 딸이 홀로 살아갈 수 없는 열여덟이라는 것은 깨닫지 못하는 부모였다.

"아야, 설아!"

애타게 부르는 외할머니의 부름을 뒤로한 채 설은 자전거에 올라타 옥정호를 향해 내달렸다. 작은 시골 마을이라 따로 갈 만한 곳도 별로 없었다. 성년이 되었다면 캬아! 목을 넘기는 독한 소주라도 들이켰겠지만 미성년자인 주제에 슈퍼에서 당당히 술을 살 자신도 없고 해서 그저 할 수 있는 거라고는 호수나 바라보며 씩씩, 숨을 몰아쉬는 게 전부였다.

벌써 5월의 초입으로 들어서 한낮에는 반팔을 입어야 할 정도로 더운 날씨였음에도 불구하고 호수 근방이라 그런지 여즉 남은 한기가 살갗을 돋우었다. 얇은 카디건을 한껏 추스르며 설은 조금씩 호수 가까이 다가갔다. 낮에는 염소와 누렁소가 실컷 풀을 뜯어먹는 자리였다. 물밑은 까맣다 못해 늪처럼 새까맸다. 오늘따라 달빛도 없어 멀리 선 별빛으로 보기엔 지독히도 어두운 색이었다. 갑자기 시야가 흐려졌다. 저도 모르게 눈물이 고였나 보다.

"쳇!"

설은 낮게 혀를 찼다. 엄마나 아버지 문제로 눈물 따윈 흘리고 싶지 않았는데 이렇게 감정을 주체하지 못할 때엔 어쩔 수 없이 십대 소녀에 불과한 자신이 괘씸했다. 발목도 스치지 못하는 낮은 풀잎 위에 엉덩이를 대고 앉아 설은 제 무릎을 끌어안았다. 혼자 있는 곳이라 누가 뭐라 할 사람도 없다.

"쳇! 뭐든 제멋대로야. 한 번쯤은 의견을 물어볼 수도 있잖아? 제 부모가 이혼하는데 아무렇지도 않는 애가 어디 있어?"

결국 속내가 터져 나왔다.

"여기 혼자 떨구어놓았으면 적어도 미안한 기색은 있어야 하는 거 아니야? 부모한테 버림받는 기분, 엄마는 알기나 해? 난 이제 겨우 열여덟이야. 마흔다섯이나 된 엄마도 힘겨운데 나라고 별수 있는 줄 알아? 혼자 이곳에 떨어져 살아가는 게 말처럼 쉬운 것처럼 보여? 엄만……."

감정이 복받쳐 숨이 끊어졌다.

"엄만…… 엄만 왜 그렇게 바보야?"

저 멀리 떨어진 집까지 들리지 않을 자신만 있다면 목청껏 '엄마는 바보야!' 하고 소리쳐도 시원하지 않을 판이었다.

"나도…… 힘들어. 외롭고 쓸쓸하고, 적응하기 힘든 이곳에 살아가는 게 버겁다고. 왜 그걸 모르니?"

아까보다는 힘 빠진 목소리였다. 답답한 가슴이 풀리는 건 아니지만, 그래도 말 한마디 할 때마다 청한 밤공기가 폐부에 스며 조금씩 풀리는 것 같기도 하고.

잠깐!

혼자 중얼대던 설의 어깨가 움찔거렸다. 청한 공기 속에 낯선 향이 느껴졌다. 매캐하고도 뿌연 느낌. 뒤늦게 설은 이곳에 있는 게 혼자가 아님을 알아차렸다. 두리번거리던 그녀의 시선 끝에 저쪽, 그녀와 멀지 않은 곳에 빨간 불꽃이 보였다. 담배 향기도 함께.

갑자기 심장이 벌떡 뛰었다. 불길한 신문 기사가 빠르게 머리를 스쳐 갔다. 아무리 시골이라 해도 여자 혼자 낯선 이와 떨어져 있는 건 그리 좋은 일은 아니다. 벌렁거리는 심장을 움켜쥔 채 설은 화들짝 자리에서 일어섰다. 하얀 변사체가 된 자신의 모습이 언뜻 떠올라 등줄기로 식은땀이 주룩 흘렀다.

설은 조심스럽게 발을 뒤로 옮겼다. 머리끝이 쭈뼛, 일어섰다. 발끝으로 최대한 힘을 실어 몸체를 뒤로 옮겼지만 발밑에서 밟히는 자갈 소리까지 묻어버릴 수는 없었다.

이런…….

낭패감이 들었다. 이미 존재를 드러낸 자신의 거동이 신경 쓰여 죽을 것만 같았다. 그때 사라락, 풀잎 스치는 소리가 들렸다. 동그랗게 뜬 설의 눈동자가 공포감에 질려가기 시작했다. 결코 서두르지 않는 태도로 느릿하게 움직이는 풀잎들이 사라락, 또다시 소리를 내며 검은 그림자가 옅은 빛 속에 몸을 드러냈다.

헉!

새어나오는 비명을 틀어막으며 설은 얼른 주위를 살폈다. 여차하면 곧장 튕겨 나갈 작정이었다. 조심스럽게 뒤 쪽으로 몸을 실으며 도망갈 태세를 하던 그녀의 시선 앞으로 빨간 불빛이 더욱 선명히 드러났다. 낯익은 몸체가 불빛에 어른한 그림자를 드리웠다.

"아……."

설의 입에서 약한 한숨이 새어나왔다. 대체 왜 이 시간에 나와 있었던 거야? 익숙한 자태에 안심한 것도 잠시, 짜증이 벌컥 일었다. 게다가 하필 이 밤중에 까만 옷을 입고 있을 건 또 뭐람! 천사를 연상케 했던 첫인상과 달리 담배를 입에 문 효는 제 머리카락처럼 까만 옷을 입고 있어 악마에 더 가까웠다. 하긴, 악마는 천사보다 더 아름다운 모습으로 유혹을 한다지만.

한 손을 바지 주머니에 넣은 채 거만한 태도로 담배를 물고 있는 효는 지금껏 그녀가 알아왔던 모습과 사뭇 달랐다. 전혀 다른 사람이라 해도 믿을 수 있을 만큼 말이다. 게다가 저 무표정한 눈빛이라니…….

그녀가 선 호수 위쪽으로 효가 조금 더 움직였다. 덕분에 둔덕 위에 자리한 가게에서 새어나오는 불빛에 그의 모습이 고스란히 드러났다.

"여, 여기서 대체 뭐 하는 거야?"

공포감의 실체가 효였다는 걸 알게 되자 설의 성미가 불끈 밖으로 치솟았다. 평소 쌀쌀맞은 그녀의 태도에도 늘 웃음을 잃지 않던 효이라 더욱 그랬는지 모르겠다. 엄마에 대한 짜증에 검은 그림자에 대한 두려움이 보태져 설의 음성은 더욱 날카로웠고 신경질적이었다.

그녀의 짜증에 효가 물끄러미 바라보았다. 느릿하게 담배 연기를 뿜어내며 살짝 그녀를 마주 보는 눈빛에 설은 괜스레 얼굴을 붉혔다.

뭐야, 이 녀석?

그렇지 않아도 까만 옷에 감싸여 어딘지 어른스런 느낌의 효의 모습이 생소하고 낯설었다. 도망치려던 걸음이 멈추어진 것도 그런 낯섬 때문이었다. 이런 모습의 효는 어딘지 성인 남자가 풍기는 사향 같은 느낌이었다. 매혹적이고 진한 유혹 같은, 뭐 그런 거 말이다. 하늘로 비상해 오르던 천사의 이미지보다 훨씬 위험하고 소름 돋는, 미묘하면서도 독특한 분위기였다.

"놀랐잖아! 있는 척을 하든지!"

그럴 의도는 아니었는데, 날카롭게 올라선 목소리가 튀어나와 버렸다. 뜨끔, 하면서도 오기 찬 눈빛으로 쏘아보는데 효의 입술이 얄팍하게 올라섰다. 그것이 또 굉장히 차갑게 느껴져 설은 혼돈스러웠다. 이 녀석, 원래 이런 성격이었나?

"여, 여기에서 뭐 하고 있었던 거야? 노, 놀라게시리……."

성큼, 한 발 내딛는 효의 모습에 설이 잔뜩 털을 세우며 물었다. 뒷걸음질치는 그녀의 모습에 효가 살짝 눈썹을 올렸다. 섬뜩한 한기를 느끼며 설이 한 걸음 더 뒤로 물러섰다. 눈앞에 선 효가 마치 처음 보는 사람처럼 무섬증이 일었다. 담배를 피우는 것도 그렇고, 호수보다 더 싸늘한 눈빛도 그랬다. 어느새 바로 코앞까지 다가선 효가 아무 말 없이 설의 손을 잡았다. 독한 담배 냄새가 코를 찔러 설은 자신도 모르게 얼굴을 찡그렸다.

"뭐, 뭐야?"

"너한테 더 필요한 것 같아서."

차갑고 매끄러운 감촉이었다. 설은 제 손바닥에 놓인 작은 유리 병을 황당하게 바라보았다.

그제야 효의 입술이 움직였다. 솔직히 미소를 짓는 것인지도 알 수 없을 만큼 아주 작은 움직임이긴 했지만 말이다. 그녀가 아는 효의 미소는 저런 게 아니었는데…….

평소와 달린 깊이 가라앉은 음색이 어딘지 외롭고 쓸쓸하게 느껴지는 것도 그랬다.

"부모님이 이혼하셔서 중학교 1학년 여름쯤에 전학 왔어."

은영의 말이 뇌리를 빠르게 스쳐 갔다. 설은 손에 놓여진 소주병을 움켜쥐었다. 본 제품 모양 그대로 축소시킨 작은 병이 손바닥에 착 감겼다. 효가 천천히 그녀의 곁을 스쳐 갔다. 평소처럼 히죽거렸다면 조금 더 편했을 텐데. 묵묵한 눈빛이 바위처럼 무거워 설은 자신도 모르게 묻고 말았다.

"이거…… 같이 마실래?"

부모님의 이혼이 확정되지 않았다면, 효의 눈빛이 지금보다 덜 슬퍼 보였다면 결코 내뱉지 않았을 말이다.

걸음을 멈춘 효가 손가락을 털었다. 빨간 불꽃이 빠르게 사라지며 담배꽁초가 멀리 호수 근처로 낮게 날았다. 농구 선수라 그런지 담배를 던지는 품도 개멋에 겨웠다.

'개폼은…….'

입술을 삐죽이는 설의 머리카락을 효가 가볍게 흩뜨렸다. 손가락 끝에는 연한 담배 냄새가 배어 있었다.

"난 꼬마랑은 안 마셔."

그리고는 성큼 도로 변 쪽으로 향하는 게 아닌가!

"꼬마?"

이런, 썩을!

되지도 않게 호의를 베푸는 게 아니었다. 건방진 자식 같으니라고! 화가 치민 설은 재빨리 자전거에 올라탔다. 적절한 순간 내민 소주 한 병에 괜히 마음이 훈훈해진 것뿐이었다. 싫다고 할 땐 죽어라 따라붙더니 막상 손을 내미니까, 뭐? 꼬마? 지금까지 자신에게 했던 효의 태도가 이중적으로 느껴져 더욱 불쾌해졌다.

거칠게 자전거 페달을 밟으며 설은 효의 뒤를 따랐다. 다리가 길어서 그런가? 금방 따라잡을 줄 알았는데 효는 한참 멀리 떨어져 있었다. 어두컴컴한 도로를 한가롭게 걷고 있던 효의 등 뒤로 설이 자전거를 바짝 세웠다. 유치하기 짝이 없는 장난이었지만 상대가 조금 놀랐다면 그나마 속이 풀렸을 것이다. 그러나 화가 나게도 효는 날렵한 몸짓으로 자신의 곁으로 위태하게 몰아선 설의 자전거를 가볍게 피했다. 오히려 지나치게 힘을 실은 그녀의 자전거가 옆으로 쏠릴 뻔했다.

"조심해, 꼬마야."

막 가장자리로 곤두박질치려는 설의 자전거를 효가 얼른 붙들었다.

덜컥!

순간 덜컥거리는 심장의 고동에 설은 살짝 미간을 찌푸렸다. 뭐지? 지금 상처를 받은 건가? 처음 체육관에서 만났을 때 이후로 한 번도 마음에 담지 않았던 효였다. 그런데 지금 이 순간, 덜컥거리는 심장의 통증을 설은 이해할 수 없었다. 감정이 실리지 않은 냉혹하고 차가운 눈동자가 그녀를 마주 보았다. 얼음 같은 눈동자다. 싸늘한 한기가 뜨거운 혈관을 타고 넘었다.

능숙하게 제 감정을 숨겨 버린 차가운 검은 눈동자에 상처받은 제 심장에 설은 몹시 당황하고 말았다. 도저히 제 앞에 있는 남자가 그녀가 알던 효라 믿기 힘들었다.

장난기 섞인 해맑던 검은 눈동자.

그녀가 보았던 효의 눈빛은 그러했다. 늪처럼 까만 흑빛이 이토록 다른 두 가지의 느낌을 주는 것도 처음 알았다.

"너, 내가 아는 효 맞니?"

혼돈 속에 설이 물었다. 효이자 효가 아닌 기묘한 물체를 보는 기분이었다. 그녀의 물음에 얇고 지적인 입술이 살풋 벌어졌다.

"너무 늦었다. 들어가라. 부모님이 걱정하셔."

그리고는 그녀의 자전거를 잡았던 손을 떼어냈다. 제 몸의 일부가 떨어진 듯 설은 이상한 아쉬움을 느꼈다. 그녀가 알던 효의 모습이 천사라면 지금 그녀가 본 효의 모습은 악마다. 원래 인간은 천사보다는 악마에 매력을 느낀다는데. 그래서 그런가? 한 번도 누군가에게 흔들린 적이 없던 그녀의 심장이 격렬하게 떨리기 시작했다.

시선 한 번 주는 법 없이 효는 곧장 언덕 위쪽으로 향했다. 그의 집이 있는 곳이다. 곧게 뻗은 허리선이 날렵해 보인다. 언덕 모퉁이를 돌아서는 검은 옷자락에 묘한 바람이 묻어 있었다. 어딘지 음험하고 쓸쓸한 가을 녘의 바람 같은.

진실로 그녀가 알던 효가 맞는 건가?

설은 고개를 갸웃거렸다. 학교에서 보았던 효는 지나치게 밝고 맑았었는데 말이다. 이젠 사라진 효의 그림자. 그 쓸쓸함이 아마 효의 본체에 더 가깝지 않을까, 설은 그런 생각이 들었다.

끼이익.

무거운 철문 소리에도 집 안은 고요했다. 원래부터 이른 잠을 취하는 외할머니는 이미 잠들어 있을 테고, 엄마 역시 지친 심신을 쉬고 있을 터였다. 발끝을 세워 위층 제 방으로 올라선 설은 털썩, 자리에 주저앉았다. 괜한 신경전에 몸만 더 지쳐 버린 것 같다. 손 안에 느껴지는 둥근 감촉에 설은 꽉 쥐었던 주먹을 폈다. 효가 건네준 소주였다. 엄지 손톱만한 뚜껑을 열자마자 알싸한 향이 코를 톡 쏘았다. 충동적으로 술을 입 안으로 털어 넣었다. 목이 후끈거리며 불이 일었다.

"캑캑!"

목을 넘지 못하는 뜨거운 불길에 마른기침이 마구 터져 나왔다. 그대로 목 안을 태우며 식도를 넘어선 술은 온몸에 짜릿한 전율을 일으켰다. 멈추지 못한 기침 때문에 눈가에 물기가 절로 맺혔다.

"아, 이거 뭐야! 제법 톡 쏘잖아?"

킥킥대며 설은 남은 술을 또다시 입 안에 부어 넣었다. 아까보다는 약품 냄새가 한결 덜 풍겨왔지만 대신 목을 넘기는 감촉도 부드러워졌다. 비록 적은 양이었지만 막힌 속을 풀기엔 그다지 부족함이 없는 작은 병을 홀딱 비운 설은 밤새 킥킥대며 울었던 것 같다.

아침에 쪼개지는 두통만 빼면 효가 전해준 소주는 제법 제 몫을 다 한 축이었다.

참으로 알 수 없는 곳이라는 생각을 하며 설은 앞에 선 승현을 바라보았다. 상처를 입긴 했지만 그녀의 인생에 있어서 긴 시간, 고심할 만한 일은 아니었다. 애초부터 질질거리는 정 따위는 흘리지 않고 떠나리라 결심한지라 굳이 나쁜 관계를 맺었다고 해도 별 상관이 없는 곳이기도 했고. 그래서 승현의 뜻 아닌 방문에 놀라움보다는 번거로움이 먼저 앞섰다.

도대체 알 수 없는 녀석이었다. 그게 무어 그리 중요하다고…….

중간고사를 나란히 지루와 함께 1등을 하던 날이었다. 일찍 하교해 텃밭에서 남아도는 시간을 허비하고 있을 때, 헐레벌떡 외할머니가 뛰어와 반가운 낯색을 했다.

"친구가 찾아왔다야. 얼렁 가봐라."

친구? 은영이가 먼저 떠올라 설은 엉덩이에 묻은 흙을 털어내며 자리에서 일어섰다.

"친구요?"

"그려. 은제 남자 친구는 사귀었디야? 갸가 우리 집에 온 것도 참말 오랜만이네."

남자 친구라는 말에 그 다음 떠오른 건 효였다. 맨 처음 그녀에게 호의를 베푼 사람이기도 했지만 그보다 더 친근감을 느끼게 한 건 그날밤, 효가 건네준 소주 때문이었다. 이상한 일이긴 했지만 그녀에게 환하게 웃어 보이던 미소보다 효를 가깝게 느끼게 한 건 오히려 소주였다.

괜히 주책없이 뛰어대는 심장 때문에 평소보다 더 느린 걸음으로 집에 도착한 설은 아, 하고 실망스런 소리를 내고 말았다. 현관에서 어정쩡한 자세로 선 사람은 큰 키에도 불구하고 날렵한 몸매를 지닌 효가 아닌 작달막한 승현과 지루였다.

대체 저 둘은 여길 왜 온 거야?

반가움보다는 짜증이 먼저 앞섰다. 지루나 승현이나 그녀에게 귀찮은 존재이긴 마찬가지였다. 이런 개인적인 방문을 할 사이가 아니라는 거다.

"반갑지 않는 손님인 모양이군."

주춤거리는 설을 보며 지루가 피식, 미소를 지었다. 말하지 않아도 네 속내가 뻔하다는 태도였다. 알면서 왜 오니? 고까운 마음에 설 역시 싸늘한 미소를 지었다.

"뭐, 썩 반가울 건 없지."

"너무 노골적으로 티 내는 건 아니니?"

"설마 반갑게 맞을 거라 생각하며 온 거야?"

"하하하!"

타박하는 말에도 괘념치 않고 지루가 너털한 웃음을 터뜨렸다. 뜨악한 표정으로 설이 지루를 마주 보았다. 몇 번 마주치지는 않았지만 이런 웃음을 터뜨린 건 좀 의외였다.

"쳇! 기집애가 도대체 싹싹한 맛이 없어."

옆에서 승현이 타박을 하며 끼어들었다. 시비 걸려고 여기까지 온 거야? 싶어 설이 눈썹을 곤추세웠다. 외할머니가 마음에 걸리긴 하지만 시비를 건다면 못 받아줄 것도 없었다.

"한번 붙자는 거니?"

"뭐? 한번 붙어? 넌 무슨 여자애가 말버릇이 그 모양이냐?"

"시비 걸러 온 거 아니야?"

"뭐야? 우리가 그렇게 한가한 줄 알아!"

"그럼 바쁘신 몸이 여긴 왜 온 건데? 초대한 기억도 없는데 말이야."

"어휴! 정말 서울 애들은 다 저 모양이냐? 어째 정 가는 데가 하나도 없어? 전학 온 지 몇 달인데 너, 친구 하나 없지?"

"왜? 그래서, 친구 하자고 온 거니? 미안하지만 절대 사양이야."

"누가!"

벌컥, 성을 내는 승현의 모습에 설은 절로 스미는 웃음기를 애써 꾹꾹 눌렀다. 그녀의 말 한마디에 파르르 떠는 게 성질 못된 강아지처럼 어딘지 귀여운 맛도 있었다.

"친구 해도 좋은데, 난……."

옆에서 지루가 재미없는 농담을 했다. 됐거든! 하는 시선으로 그를 째려보았다.

"야! 내가 뭐 할 일이 없어 너처럼 재미없는 애랑 친구 하냐? 나도 여기 동창 여자애들 많아!"

"그러니까 나도 됐다니까. 용건이나 말하지 그래?"

정곡을 찌르자, 갑자기 지금까지 팔팔하던 녀석의 얼굴이 시뻘겋게 달아올랐다. 뭐야! 그래서 설이 더 놀랐다.

"여기 온 용건이나 빨리 말하고 가!"

"재촉하지 마! 너 때문에 더 헷갈리잖아."

"헷갈리기는 무슨……."

지루가 조그맣게 중얼거렸다.

"정식으로 사과한다고 찾아왔대."

꾸물대며 한껏 시간만 허비하는 승현을 보다 못해 지루가 대신 설명해 주었다.

"사과?"

처음엔 무슨 의미인 줄 몰라 고개를 갸웃했다. 아무리 기억을 더듬어보아도 도무지 떠오르는 게 없었다.

"뭐야, 괜히 나만 신경 쓰고 있었잖아. 그것 봐! 얘는 바늘도 안 들어갈 애라니까."

"시끄러워, 김승현! 그렇게 효에게 혼나고도 아직 정신 못 차렸지?"

효?

지루 입에서 불쑥 튀어나온 효의 이름에 그제야 설이 조금 관심을 표명했다. 그리고 보니 전에 효가 농구 연습 시합 때 승현을 향해 공을 날린 적이 있었지. 아……. 그제야 설이 고개를 끄덕였다.

"효가 엄포를 놓았거든. 사실은 나 역시 진즉에 이 녀석 혼내줄까, 했는데 시험 때문에 정신이 없었어."

네가 승현이 부모냐?

지루에게 묻고 싶었지만, 대신 어깨를 으쓱거렸다. 이제 와 새삼 무슨 사과람? 하는 번거로움이 먼저 앞섰다.

"상관없어. 신경 쓰지 않았고."

"하지만 분명히 이 녀석 잘못이야. 사과해야 마땅하고."

지루가 대답하며 승현의 어깨를 툭! 밀쳤다. 솔직히 이젠 승현보다 지루가 더 짜증스러웠다. 아무리 무어라 해도 결국 승현과의 문제였다. 매번 이렇게 쓸데없이 끼어드는 지루의 이해할 수 없는 참견이 더 귀찮았다. 굳이 승현과 웃는 낯을 할 이유도 없었고, 복도를 스칠 때조차 그의 존재를 알아차릴 때가 드물었다. 설명하자면 승현과 이렇게 계속 불편한 사이가 지속된다 해도 설로서는 그리 불편할 게 없다는 말이다. 하지만 지루의 옆구리 가격에 승현은 다른 생각을 한 모양이다. 뻘쭘한 태도이긴 했지만 어쨌든 사과라는 걸 하기는 했다.

"미안. 말이 좀 지나쳤어."

"신경 쓰지 않았다고 했잖아."

"그래도 어찌 되었든 상처는 주었으니까."

"상처를 받았든 받지 않았든 그건 내 마음이야. 그러니 굳이 사과할 필요 없어."

"야!"

"신경 쓸 것 없다니까! 그 문제라면 돌아가도 돼."

"넌 대체 애가 왜 그러냐? 일부러 여기까지 사과하러 온 사람한테……."

"어차피 나도 널 한 대 갈겼으니까 피차일반이야. 설마 나한테도 사과하라는 건 아니겠지?"

"윤설!"

"아무튼 이미 끝난 일이야. 더 이상 이런 일로 얼굴 마주하고 싶지 않아. 그리고 이것 봐! 한가한 모양인데 나나, 이 녀석의 문제에 언제까지 끼어들 셈이야? 사과를 받든 받지 않든 네가 상관할

일 아니거든?"

"강지루야."

무표정한 얼굴로 지루가 교정해 주었다.

"뭐?"

"강지루라고. 이것 봐, 가 아니라. 여긴 김승현이고. 상처받지 않았다면 다행이지만 그래도 승현이 사과는 받아줘라. 그렇지 않았다간, 이 녀석 조만간 효에게 맞아 죽을지도 몰라."

그런 섬뜩한 말을 저런 태연한 표정으로 내뱉다니…….

설이 놀란 얼굴로 지루를 바라보았다. 부드러운 표정으로 분명한 경계를 긋고 있는 눈빛이었다. 이곳 생활이란 정말 알 수가 없었다. 상처받지 않았다는데 굳이 사과를 받아주어야 하는 이 과장스런 인사라는 게 그렇다. 끝내 알았노라는 대답을 받고 나서야 돌아서는 두 사람의 등 뒤로 설은 한숨을 내쉬었다. 정말 이런 시골의 방식은 귀찮다.

토요일, 비가 엄청 내렸다. 땅 위로 빗물이 떨어지는 것이 아니라 이 세상을 옴팍 떼어내 물속에 박아놓은 것처럼 사방이 온통 물소리뿐이었다. 마당으로 떨어지는 빗물은 자갈을 튕겼고, 여름으로 들어서 제법 두툼해진 나뭇잎 위로도 떨어졌다.

토도독!

아침부터 빗소리는 세차게 들려왔다. 발코니를 적시는 빗줄기를 바라보며 설은 천상에 오른 것처럼 가슴이 설레었다. 이곳의 비는 서울과도 확연히 차이가 있다. 눅눅하고 습한 서울의 비와 달리 청쾌할 정도로 맑고 시원스럽다.

"비 오는디 어딜 가냐?"

노란 우산을 들고 밖으로 뛰쳐나가는 설을 향해 외할머니가 소리를 쳤다.

"비 구경하려고요."

"거 참, 희한하다니께. 뭔 비 구경을 밖에서 한디야. 집에서도 볼 수 있는디."

예순을 넘은 할머니는 십대 소녀의 낭만을 모르고, 십대 소녀는 예순 할머니의 삶의 지혜를 알지 못한다. 한심스런 시선으로 바라보는 외할머니의 시선을 외면한 채 설은 흥겨운 마음으로 옥정호로 향했다. 비가 오는 날의 운치로 말하자면 옥정호만한 곳이 없을 것 같다.

차르르!

세찬 물줄기를 뿜어내며 빠르게 달리는 자동차들을 피해 설은 곧장 옥정호 쪽으로 내려섰다. 빗줄기에서 쏟아지는 물안개가 호수 표면에 드리워져 마치 구름 위에 올라선 것처럼 아련하다. 물기에 젖어 더욱 짙은 색을 띠는 검은 나뭇가지의 연두색 잎 끝에서는 연둣빛 빗줄기가 쏟아지고 호수 표면으로는 파란 파문이 너울졌다.

이토록 아름다운 천상이 있을까?

설은 황홀한 시선으로 옥정호 아래 쪽으로 걷기 시작했다. 질퍽한 흙더미조차 거스를 것이 없었다. 그저 아름다웠고, 그 아름다움에 소녀다운 치기로 흠뻑 젖어 있었을 뿐이었다. 이곳에서는 엄마도, 아빠도 없었다. 부모의 이혼 따위는 상처가 되지 않는, 오로지 그녀만의 세상이었다.

새각시의 살결처럼 뽀얀 물안개를 스치며 유유자적한 산책을 즐기던 설의 시선에 한 남자가 들어왔다. 황홀히 걷던 설의 걸음이 주춤 멈추어 섰다.

"아, 또 너로군…… 윤설."

멈칫, 설의 이름을 내뱉은 효는 반가운 기색도, 그렇다고 귀찮은 기색도 없이 담담한 표정이었다. 지난 소주 일로도 꽤 호감을 느끼고 있었고, 승현이 문제도 있어 그때보다는 부드러운 인상으로 설은 효의 인사를 받았다.

"비 오는데 여기에서 뭐 하는 거야?"

"너와 같은 이유."

효가 간단히 대답했다.

"그저 산책 나온 것뿐이야."

설이 퉁퉁거렸다. 다정한 듯하면서도, 무뚝뚝한 효가 왠지 얄미워진 탓이었다.

"나 역시. 호수 위의 비 구경은 좀처럼 할 수 없는 전경이니까."

"중학교 때 전학 왔다면서 뭘 새삼스럽게."

"하하하! 그렇군."

괴상한 말투였다. 그래도 지난번보다는 한결 친숙해진 태도에 설은 조금 더 효에게 다가섰다. 우산에서 떨어지는 빗방울이 서로의 어깨를 적시지 않는, 딱 그만큼의 거리를 두고 둘은 나란히 호수 쪽을 바라보았다.

"그때는 고마웠어."

"뭘?"

"소주."

"정말 마신 거야?"

효가 놀란 눈으로 설을 바라보았다. 어? 설이 흠칫했다. 효는 마시지 않나?

"마시라고 준 거 아니야?"

"정말 마셔 버릴 줄은 몰랐지. 술 같은 거, 마시지 않게 생겨선."

"원래는 안 마셔. 그냥, 그날은 좀 울적해서."

"아…… 그래."

참 이상한 화법이다. 뭔가 어긋난 듯 초점을 비켜선 대화인데, 그게 또 그리 나쁘지만은 않다.

또다시 침묵.

호수 면에 떨어지는 물방울 소리와 바람에 스치는 풀잎 소리만이 두 사람 사이를 휘돌았다. 학교에서 보는 효는 지금보다는 유쾌한 이미지인데 옥정호에서 보는 효는 조용하고 자박한 편이다. 어느 쪽이 더 편하냐, 하면 당연 설로서는 옥정호의 효이다. 말이 없어도 어딘지 편한 느낌이 있고, 불편하지 않는 침묵도 좋았다. 의지와 상관없이 펄떡거리는 심장의 떨림만 제외하면 말이다. 신경이 바늘 끝처럼 날카로워 빗소리 속에서도 그의 숨소리 하나까지 선명히 들리고, 작은 움직임도 예민하게 반응된다. 그래도 그 설렘이 이상하게 싫지 않고 적당한 긴장감에 조금 흥분이 일기도 했다. 참으로 알 수 없는 아이다.

"참으로 무상하군."

한동안 호수에만 시선을 고정시키던 그가,낮은 음성으로 속닥였다. 실상 그녀에게 하는 말인지는 모르겠지만 설의 고개는 자연스럽게 효 쪽으로 향했다.

"여기 올 때마다 정말 무엇 하나 변한 게 없이 그 모습 그대로야. 사람처럼 쉽게 변하는 게 있을까, 싶을 정도로."

무슨 의미인지 몰라, 설은 가만히 귀를 기울였다.

"저 호수를 바라보면 우리가 느끼는 감정 따윈 티끌 같은 존재라고 생각하지 않니?"

"난 잘 모르겠어. 여기 온 지 얼마나 되었다고……."

"그런가? 하하하."

듣기 좋은 저음이다. 물기에 젖어서 그런지 꽤나 그윽하게 들리기도 했고. 왜 이러지? 설은 몰래 울상을 지었다. 왜 이런 작은 것에도 새롭게 느껴지는 걸까? 이곳에서 보는 그는 학교에서 보았던 것과 사뭇 다르다. 마치 다른 두 사람을 만나는 것처럼 말이다. 대책없이 뛰는 심장을 잡으며 설은 애써 태연스럽게 섰다.

"그저 세월이라는 거, 이렇게 무심히 지나가 버릴 수 있는 건가 싶어서."

이해하지 못한 설을 향해 효가 잔잔히 설명을 덧붙였다.

"내일, 다음 주, 다음 달, 그리고 내년. 그렇게 십 년의 세월이 흘러도 저 호수는 그대로이고, 저 호수를 둘러싼 밭들도 그대로이겠지? 그래서 여기 서면 마음이 잔잔해져. 슬픔 같은 거, 실은 아주 짧은 시간 흘러가는 감정뿐이라 생각하면 좀 위로가 되는 것 같아서."

"너 역시 슬프니?"

그녀의 질문이 의외였을까? 물기 젖은 까만 머리카락이 그녀 쪽으로 돌아섰다. 속을 알 수 없는 깊고 깊은 늪의 눈매. 벌써 두 번째다. 아무 대답이 없었지만 설은 홀로 그 역시 상처받고 있었던 거라 추측했다. 하긴, 아무리 그라 해도 부모의 이혼으로 이곳에 떨어져 있는 것이 괜찮을 리 없었다. 같은 아픔을 지닌 동질감을 느끼며 설은 조잘거렸다.

"이혼 같은 거 법적으로 금지해 버렸으면 좋겠어. 순전히 어른들만을 위한 법이라고 생각하지 않니? 우린 아직 한참 어린데 왜 어른들의 실패까지 감당해야 하는 건지 좀 억울한 생각이 들어."

"하하하!"

또다시 효의 웃음소리. 이번에는 조금 더 경쾌하다. 괜히 기분이 가벼워져 싱긋거리는 그녀에게 뻗은 손이 살짝 머리를 쓰다듬었다. 왠지 오빠 같은 느낌이 들어 심장으로 짜릿한 온기가 스몄다. 아니면 주인의 손에 머리를 맡긴 고양이 같다고 할까? 절로 갸르릉, 기분 좋은 울음을 낼 것 같다.

"네가 더 많이 자랐다 해도, 그다지 지금과 다를 것 같지는 않아. 단지, 조금 더 능숙하게 자신의 아픔을 가릴 수 있는 방법 하나 정도 터득하게 될지도 모르지."

"별로 위로가 되지 않아. 사라지는 게 아니라 겨우 가릴 수 있는 것으로는 많이 모자라서."

"욕심쟁이로군."

"쳇!"

불평을 터뜨리는 설이 막내의 투정처럼 보였는지 효가 더 크게 웃음소리를 냈다. 그 웃음이 좋아 설 역시 하얗게 입을 벌렸다.

"그러게……. 하지만 엄마나 아빠가 나만큼은 아니라 해도 조금쯤은 고통을 느꼈으면 좋겠어. 우리 엄마는 솔직히 너무 뻔뻔해."

"그냥 포기하지 그래?"

"포기할 수밖에 없어. 우리 엄마는 뻔뻔할 뿐만 아니라 철도 없거든."

"하하하! 대체 넌 누굴 닮은 거니?"

"아빠! 아빠도 나처럼 냉정하고 무정하거든."

농담이었는데 좀 가슴이 아팠나 보다. 잠깐, 말을 잃던 효가 주머니를 뒤적거리다 까만 영양갱 하나를 내밀었다.

뭐야? 뜨악한 표정으로 설이 바라보았다.

"줄 게 이것밖에 없어서."

"너무 달잖아."

"소주는 없어. 그날은 특별하게 선물 받은 거였거든. 혼자 몰래 먹을 셈이었는데 너한테 주어버렸잖아. 혹시 다음에 만나면 한 번더 권해줄 줄 알았는데, 혼자 먹어버리다니……. 쯧!"

혀까지 차며 고개를 젓는 효의 모습은 학교에서 보았던 모습과 많이 닮았다. 겨우 소주 하나 가지곤……. 설이 몰래 구시렁거렸다.

"가자. 비가 거세지면 여기 서 있는 것도 위험할 것 같아."

둔덕으로 이끄는 효의 손을 잡고 설은 지상으로 올라섰다.

"효!"

먼저 성큼 앞장선 효를 불렀다. 응? 돌아서는 효의 머리카락으로 빗줄기가 뚝 떨어져 내렸다. 물기에 젖은 얼굴이 말갛게 보여 설의 심장이 함께 두근거려졌다.

"나…… 나랑 사귀어보지 않을래?"

순간, 아주 미묘한 감정이 효의 얼굴을 빠르게 스쳐 갔다. 아, 거절인가? 생각할 정도로 복잡한 감정이었다. 아, 이런……. 하는 소리도 들렸던 것 같다. 설의 얼굴이 빨갛게 부풀어 올랐다. 그의 작은 친절을 오해했던 모양이다. 오기가 단단히 서린 눈빛으로 설은 효를 잔뜩 쏘아보았다. 거절해도 당당히 받을 생각이었다. 뭐, 어차피 부모에게조차 버림받은 그녀가 아닌가. 잠깐 인생에 스친 남자아이에게 거절당하는 것쯤은 괜찮을 것 같았다. 아니! 그건 아니다. 진실을 말하자면, 그렇지는 않았다. 아무리 무정한 그녀라 해도 처음 고백한 상대에게 거절당하는 게 괜찮을 리 없었다. 길어진 효의 침묵에 설은 애써 아무렇지도 않은 듯 미소를 지었다. 마치 장난이라는 듯.

"……아, 농담이야. 남자아이 따윈 딱 질색인데."

집으로 향하는 잰걸음으로 자꾸 발이 꼬였다. 얼른 이 자리를 벗어나고 싶은 마음뿐이었다.

비 때문이야.

설이 궁색한 변명을 했다. 호수 수면에 스민 물안개 때문이고 귀가 멍해질 정도로 세차게 떨어지는 빗줄기 때문이다. 그렇지 않았다면 그녀 평생, 이런 바보 같은 짓은 하지 않았을지 모른다. 돌아선 등 뒤로 그의 미묘한 감정이 느껴졌다. 무얼 갈등하는 거지? 돌아보고 싶었지만 돌아볼 수가 없었다. 다만 찐득하게 따라붙은 그의 의미모를 시선이 단지 거절만은 아니라는 걸 느꼈을 뿐이다. 그것보다는 차라리 아픔이라고나 할까? 그것도 아닌 다른 감정도 실렸다. 등 뒤에 닿은 시선에서 이만큼 많은 감정을 느낄 수 있다는 것도 신기할 따름이었다.

"윤설!"

멀리 효가 외쳤다. 설의 걸음이 주춤거려졌다.

"대답은 보류야!"

효가 다시 한 번 외쳤다. 보류? 설의 몸체가 핑글 돌며 노란 우산에서 젖은 빗물이 마구 튕겼다. 빗물로 인해 뿌연 시야 속으로 그의 모습이 어른거렸다. 덕분에 표정이 보이지 않았지만 웃고 있는 것 같지는 않다. 무슨 의미야? 설은 고개를 갸웃거렸다.

"보류?"

"그래, 보류."

당혹해하는 그녀의 눈동자를 효가 거뭇한 시선으로 마주 보았다. 깊이를 알 수 없는 눈동자다. 무얼 말하고 싶은 거니? 묻고 싶을 정도로 다양한 감정이 실린 눈동자 앞에서 설은 어찌할 바를 몰라 잠시 멍하게 서 있었다. 그녀가 등 뒤로 느꼈던 모든 감정들이 그의 눈동자에서 또렷이 느껴졌다.

"월요일……."

효가 덧붙였다. 월요일?

"월요일에…… 다시 물어봐 줄래?"

아, 뭐야! 무슨 남자가 결단성이 없는지. 죽어도 물어보지 않으리라 결심하며 돌아선 설에게 효가 다시 한 번 다짐했다.

"꼭, 월요일에 물어봐 줘. 부탁이야."

종종 사라지는 설의 뒷모습을 율은 안타까운 시선으로 바라보았다. 그녀를 차마 붙들 수가 없었다. 이름조차 밝히지 못한 게 잠간 후회가 들었다. 차라리 처음 마주쳤을 때, 알려주어야 했지 않았을까? 아니, 그렇다면 그녀의 경계심은 더욱 커졌을 것이다. 상처받고 버림받은 짐승처럼 그가 처음 마주친 소녀는 지독한 경계심으로 온통 자신을 무장하고 있었으니까.

"그 애 이름은 윤설이야."

형의 목소리가 설의 등 뒤로 울렸다. 좋아하는 아이가 생겼다며 모처럼 환하게 웃던 형의 얼굴이었다. 형이 묘사하는 모습만으로도 그가 전에 옥정호에서 소주를 건네주었던 소녀라는 걸 쉽게 알아차린 것도 아마 운명이었는지 모르겠다.

그 역시, 첫눈에 반해 버렸지만 차마 고백할 수 없었던 건 형의 첫사랑이기 때문이다. 아버지에게 유폐되어 버린 자신의 쌍둥이에 대한 그가 할 수 있는 최소한의 배려이기도 했고. 가끔 힘들게 찾아와도 반기는 기색 없는 어머니와 쌍둥이임에도 한참은 어색한 형을 바라보는 자신의 고통 따위는 작은 심술에 불과한 거다. 율은 그렇게 스스로를 위로했다.

그녀는 형의 첫사랑이니까……

4. 사랑이 흩어지다

설이 떠난 자리에 율은 그림자처럼 서 있었다. 이곳에서 언덕을 따라 올라가면 그의 어머니의 집이 있다. 아버지에게 버림받아 병들어 버린 어머니와 그런 어머니를 간호라는 미명하에 함께 버리어진 자신의 형이 사는.

형과 똑같은 얼굴을 지닌 자신을 매일 바라보며 아버지는 무슨 생각을 하고 있을까? 그를 향한 무표정한 아버지의 시선을 보면 율은 늘 그게 궁금하였다. 마주 선 그의 얼굴 너머 얼굴을 한 또 하나의 아들을 떠올리기는 하는 걸까?

율은 낮은 한숨을 내쉬며 안주머니를 뒤졌다. 얄팍한 담뱃갑이 손에 잡혔다. 운동을 하느라 다른 친구들보다 늦게 배운 담배였다. 하지만 요즘 들어 담배를 피우는 횟수가 잦아졌다. 올 때마다 더욱 까매지는 어머니의 얼굴과 그 곁에서 함께 시들어 버리는 형. 그리고 설.

그 셋 중, 누가 더 그를 슬프게 하는 건지는 모르겠다. 설에게 생각이 미치자 쓴 담배가 더욱 쓰게 혀끝에 닿았다. 운명의 장난인가? 형 옆에 선 설을 떠올리기만 해도 자잘한 실금이 심장에 그어졌다. 하필 생전 처음 가슴 설렌 여자아이가 형의 첫사랑이라니. 그건 그가 넘지 못할 경계선이었다. 어머니의 죽음을 견디어내야 하는 형에게 그가 빼앗을 수 있는 건 아무것도 없었다. 설사, 그것이 처음으로 품은 연정이라 해도 말이다.

낡고 푸른빛이 도는 고풍스러운 집 쪽을 바라보며 율은 길게 담배 연기를 뿜어냈다. 월요일이면 형은 설에게서 고백을 받게 되겠지. 서늘한 냉기가 가슴을 스쳤다. 저 혼자 울고 있던 주제에 한껏 코를 세우던 작은 짐승 같던 설의 모습. 행여 거절당하진 않을까 두려우면서도 오기 찬 눈동자로 쏘아보던 설. 제 딴에는 무정하고 쌀쌀맞은 아이라 하면서도 눈동자에 담긴 상처조차 감추지 못하는 여린 여자를 떠올리며 율은 묵직한 통증으로 느꼈다. 정말 형에게 양보할 수 있을까? 확신이 서지 않았다.

묵묵한 표정으로 담배 하나를 모두 태워낸 후 율은 우산을 곧추세웠다. 집으로 향하는 걸음이 점점 느려졌다.

열여덟.

아직은 세상의 어둠보다는 밝음이, 슬픔보다는 기쁨이 더 많을 나이인데 그나 설, 그리고 형은 너무 아픈 삶을 살고 있다는 생각이 들었다. 느려진 걸음 속에 율의 몸이 돌아섰다. 시선 끝에 설의 집이 보인다. 이층 예쁜 발코니의 창문 너머 환한 불빛이 반짝거렸다. 그 속에 설이 있을 것이다.

너무 많이 사랑하지 않기를…….

작은 소원을 빌었다. 형의 존재가 그녀에게 기쁨이 될 수 있으면 좋겠지만 그래도 너무 많이 사랑하지 않았으면 좋겠다. 그건 소박하리만큼 작은 질투였다.

"어디 갔다 오는 거니?"

집에 들어서자마자 마침, 거실 쪽으로 나오던 효가 물었다. 천장에 걸린 샹들리에 아래 효의 눈동자가 흔들렸다. 약간은 서늘하고 한기가 든다.

"옥정호."

"비 오는데?"

"비 오니까."

단답형으로 대답하는 율에게 효의 시선이 멈추었다. 입술이 달싹거린다. 무언가 할 말이 있는 눈치였다. 단박에 율은 설을 떠올렸다. 이 집의 장점은 옥정호가 고스란히 한눈에 들어온다는 거다. 살짝 젖은 머리카락에서 눅눅한 냄새가 난다. 설과 함께 걷느라 비를 맞은 어깨 역시 눅눅하긴 마찬가지였다. 율은 석상처럼 효와 마주 섰다. 어머니의 방 쪽으로는 설의 집에서 여기까지 올라오는 골목길이 보인다. 직감적으로 효가 두 사람을 지켜보았다는 것을 알아차릴 수 있었다. 설을 처음 만난 것도 효였고, 그녀를 먼저 좋아하기 시작한 것도 효였으니 지금 그의 입장은 옹색하기 그지없었다.

"누구…… 만났어?"

효가 조심스럽게 물었다. 역시!

율은 숙였던 고개를 위로 치켜올렸다. 순한 눈동자가 보인다. 유독 많이 닮은 쌍둥이긴 하지만 정작 자신들이 보기엔 다른 점이 너무 많다. 우선 효는 까만 자위가 훨씬 진갈색에 가깝다. 콧날도 조금 더 날카롭고 반듯하다. 율은 초등학교 때, 축구 골대에 부딪혀 약간 휘어져 있다. 효보다는 율의 눈꼬리가 살짝 길게 나 있고, 그래서 둥근 효의 눈동자는 그보다 훨씬 순한 느낌을 준다. 실제로 성격 역시 그 눈빛과 그리 다르지 않았다. 또다시 담배 생각이 났다. 쌉쌀한 담배 맛을 떠올리며 입맛을 다셨다. 효는 담배를 피우지 않는다. 참 많이도 다른데, 설사 둘을 나란히 세워놓는다 해도 설은 차이를 알아내지 못할 것이다. 또다시 자잘한 아릿함이 심장을 관통했다.

"설."

아직 소년스러움이 남은 효의 눈동자를 곧바로 마주 보며 율은 담담히 대답했다.

"아……."

효가 어정쩡한 표정을 지었다. 그 속에 담긴 걱정이 눈에 빤히 보였다. 그리고 같은 남자로서의 질투도. 그래서 율은 일부러 아무렇지도 않은 듯, 어깨를 으쓱거렸다.

"내가 형인 줄 알았나 봐."

"그래?"

단박, 환해지는 웃음에 더욱 입맛이 썼다. 담배를 꺼내고 싶었지만, 놀랄 효를 생각해 율은 애써 참았다.

"무슨 이야기 했어?"

비밀이다, 그건.

"그저, 비 온다는 이야기."

"뭐야, 그게……. 심심하게시리."

"그렇지 뭐. 어머니는 어떠셔?"

"율아."

어머니의 방으로 들어서려는 율을 효가 붙들었다. 응? 돌아서는 율의 눈동자가 거뭇하다.

"여기……."

"응."

"그만 내려와라. 많이 힘들어."

"난, 괜찮아."

"아니. 어머니가 널 보는 걸 힘들어하셔. 같은 얼굴을 하고 있긴 해도, 어쩔 수 없이 너한테서는 아버지를 떠올리지 않을 수 없으니까."

아…… 하고 율은 고개를 끄덕였다. 두 사람의 다른 특징을 정확히 집어내는 유일한 사람은 어머니다. 그런 어머니에게 있어, 아버지 편에 서버린 율을 보는 건 또 하나의 고통이라는 말이다. 아직도 이른 걸까? 죽음을 앞둔 어머니의 병 앞에 아직도 용서는 이른 말인 모양이다. 율은 곧장 대답하지 않았다. 평소라면 형의 말에 군더더기없이 수긍했을 그였지만, 이번은 좀 그랬다. 이 생애에서의 삶이 얼마 남지 않은 어머니의 마지막 모습을 조금 더

가슴에 담아두려는 것조차 욕심이라니. 어머니의 편협한 속내가
답답했다.

왜 있는 모습 그대로 보아주지 않죠? 난 아버지의 그림자가 아
니라, 그저 또 하나의 아들일 뿐이에요.

자신을 외면하는 어머니의 시선 속에 그렇게 외치고 싶었다.

"얼마…… 남지 않았잖아?"

"그래서 더욱 그렇지. 지금은 암과 투병 중인 것만으로도 벅차.
아버지에게 받는 심적인 고통까지 받기엔 체력이 전만 못해. 너를
보면 자꾸 아버지가 떠오르고, 그래서 자신이 버림받았다는 생각
이 더욱 절실해지나 봐."

"그렇군."

율은 이층으로 걸음을 옮겼다. 지금으로선 어머니의 방에 들어
가기에 좋은 시점이 아니었다.

"설……."

한 계단 오르던 걸음이 멈추었다.

"설…… 많이 좋아해."

효가 말했다. 그래, 하고 율은 고개를 끄덕였다.

"어머니가……."

효의 말이 잠시 멈추었다. 그 의미를 율은 알 수 있었다. 어머니
의 죽음은 둘에게 있어 금기 사항이었다. 췌장암으로 처음 검진을
받았을 때, 어머니가 받은 시한은 육 개월이었다. 그리고 이미 그
육 개월은 지나 버렸다. 지금 어머니가 숨을 내쉬는 하루하루는
단지 덤일 뿐이었다. 그러므로 둘은 어머니의 죽음을 그대로 수용

하면서도 입 밖으로 꺼내는 건 은연중 금기시하고 있었다.

"어머니가…… 돌아가신다 해도 난 여기 남을 거야."

효가 금기를 깨고 입을 열었다. 그만큼 절박하다는 의미다.

"아버지는 형이 돌아오길 원하셔."

"아마 설은 대학을 서울로 갈 거야. 공부를 잘하는 아이니까."

꽤 영민한 눈동자라 생각하긴 했었다. 형에게서 듣는 설은 그가 알고 있는 설과 사뭇 다른 느낌이다. 좀 더 야무지고 똑똑하지만, 그만큼 더 차갑고 냉정한 느낌? 그가 보는 설은 유리처럼 얇고, 섬세하다.

"그때, 같이 올라갈 거야."

그 말에 율의 얼굴에 미약한 변화가 생겼다. 생각보다 설에 대한 마음이 깊나 보다. 이미 형의 미래는 설과 함께 설계되어 있었다. 티나지 않는 질투가 스멀 기어올라 왔다.

"그렇게 먼 미래까지 생각하기에 우린 너무 어리지 않아?"

"아니!"

효가 단호하게 부정했다. 이번엔 좀 더 강한 전율이 심장을 관통했다. 절로 미간이 찌푸려졌다.

"자신의 운명쯤은 알아볼 나이라고 생각해. 처음으로 내 심장에 박힌 아이야. 평생 그 아이만 담고 싶어."

"잘됐군."

시니컬한 음성이 새었다. 처음으로 그의 심장에 박힌 것도 설이다. 지독한 운명이란 생각이 들었다.

"나중에 소개시켜 줄게. 당분간은 설이 좀 헷갈릴 거야."

결국 율은 어머니를 위해서도, 그리고 설을 위해서도 그리 환영받을 존재가 못 된다는 뜻이다. 한쪽 입술이 비틀렸다. 새 어머니와 함께 사는 아버지에게도 율은 그리 환영받는 존재가 아니다. 최고의 성적으로 최고의 대학에 가도 마땅찮을 판에 농구를 한답시고 공부를 내팽개치고 있는 중이니, 더더욱 말할 것도 없다.

율은 멈추었던 걸음을 다시 걷기 시작했다. 계단으로 오르는 길이 좀 버겁다. 설과 함께 나란히 옥정호에 선 모습을 지켜본 형이 무슨 생각을 하고 있었는지 빤히 보였다. 그런 면에서 형은 좀 영악하다. 월요일, 설은 분명 약속을 지킬 것이다. 설에겐 단호한 결의 같은 게 있다. 그리고 당연, 두 사람의 미래는 영원히 행복했습니다, 로 끝을 맺을 것이고.

계단 끝에 오르자, 형의 발걸음 소리가 들려왔다. 어머니 방문 쪽이다. 이혼할 때에 부모님들은 분명 양쪽 공평하게 나뉘어 가졌지만, 이건 좀 불공평했다. 형은 어머니의 소유이지만, 자신은 아버지의 소유가 되지 못한다. 그리고…… 또 하나.

이곳에 내려오길 원했던 건, 형이 아닌 율이었다. 외할머니의 집이 있는 전주의 고즈넉함을 사랑한 건 효가 아닌 율이었는데 정작, 이곳으로 오게 된 건 효였다. 인생은 언제나 공정하지 못하고 합리적이지가 않다.

자신을 거부하며 차갑게 닫혀진 방문을 여는 율의 얼굴은 그 어둠처럼 어둑했고, 무거웠다.

아, 이런…….

신음이 절로 새었다. 참으로 절묘하기 짝이 없는 타이밍이었다.

율은 난감한 기색으로 마주친 설을 바라보았다. 이른 시간이었다. 새벽부터 일어난 어머니의 발작에 효는 정신 차릴 사이도 없이 붙들려 있었고, 그 무언의 압력에 의해 이르게 서울 갈 차비를 서두르는 중이었다. 한가롭긴 하지만 그래도 늘 손이 빌 시간이 없는 시골에서 일요일, 이 시간은 그나마 조금은 느긋한 시간이었다. 물론 작은 동네였고, 그와 설의 집은 겨우 100m 남짓 떨어져 있는 곳에 위치하고 있으니 마주친다 해도 이상할 건 없었다.

하지만 하필 왜 지금 이 순간이란 말인가! 조용히 이곳을 떠나 다시는 찾지 않으리라 결심하고 있던 이 순간에!

이곳을 찾지 말라는 효의 부탁을 율로서는 거역할 수 없었다. 다시 그가 부르기 전까지는. 솔직히 어머니가 돌아가신다 해도 진실로 효가 연락을 해줄지 확신하기는 힘들었다. 그렇다면 그나 아버지는 어머니의 장례조차 볼 수 없을지도 모른다. 이 작은 동네와 푸른 옥정호를 다시는 볼 일이 없다는 말이다. 그러다 흐려지는 기억 속에 아마 설이라는 존재도 희미하게 사라질지도 모르는…….

"어디 가는 거야?"

말간 얼굴을 한 채 설이 친절하게 물었다.

왜 그렇게 따스한 얼굴로 바라보는 걸까? 그렇지 않아도 힘든 상황이었다. 율은 앞에 선 설을 뚫어지게 바라보았다. 심장에 새겨진 이 얼굴을 되도록 오랫동안 기억에 남기고 싶었다.

"대답하지 않을 거야? 어디 가는 건데?"

설이 다시 물어왔지만 율은 단 한 마디도 대답할 수가 없었다. 서울이라는 그의 행선지는 많은 비밀과 사연을 가지고 있는 탓에 자신이 율이라는 사실을 밝히지 않는 이상, 설명하기가 복잡했다. 설에게 율이란 사람은 단지 낯선 사람일 뿐이었고. 머뭇거리는 그를 설이 가로막고 있다. 그래서 어쩔 수 없이 둘은 골목길 중앙에 서서 서로를 마주 볼 수밖에 없었다. 그리 작은 키는 아니지만 양 갈래로 머리를 땋은 설은 제 나이보다 한참은 어려 보여 중학생이라 해도 믿을 정도였다. 피부는 어찌 이토록 투명한가. 아침 기운 탓인지, 아니면 반가운 만남 탓인지 뽀얀 물속에 퍼지는 분홍 물감처럼 연한 핏줄이 자잘하게 퍼져 있었다. 그건 분명코 수줍음이었다. 자신을 향해 수줍게 웃는 설을 보는 율의 심정은 복잡했다. 그녀가 원하는 사람은 소주를 건네주었던 자신일까, 아니면 그녀의 일상에 있는 효일까?

설이 살짝 미간을 찌푸렸다. 대답을 재촉하는 거다. 율은 어깨에 걸린 가방을 추슬러 올렸다.

"산책."

가장 무난한 대답이었다. 어이없어. 설이 조그맣게 속살거렸다. 하긴, 가방을 멘 몰골로 산책이라는 말은 좀 웃기긴 했다. 그래서 피식, 작은 웃음소리를 냈다. 여자아이 앞에서 이런 태도를 보이는 것도 처음이었다. 농구 명문으로 유명한 시화고의 농구부 주장인 그에게 또래의 여학생은 낯선 존재가 아니었다. 끊임없이 후배나 선배들이 미팅을 주선했고, 그중 몇 번은 예의상 참석하기도 했으니까. 반은 동경으로, 그리고 나머지 반은 호기심으로 그에게 호감을 표시하는 여학생들에게 조금 지루해하던 참이었다. 그저 누군가의 친구, 또는 누군가의 여동생, 그뿐이었다. 새로이 결성된 가족과 떠나 버린 어머니와 형의 존재로 늘 무거운 그의 심장은 아마 누군가를 받아들이기 힘들었던 것 같다.

"꼭 어딘가로 도망치는 사람 같아. 가출하는 건 아니지?"

설이 놀렸다. 눈이 반짝반짝, 유난히 빛을 낸다. 어딘지 기분 좋아 보이기도 하고, 또 어딘지 슬퍼 보이기도 하고……. 어쩌면 진실로 가출을 생각하고 있는 건 설이 아닌가, 순간 뇌리를 스쳐 갔다.

"왜, 같이 가출하고 싶어?"

살짝 놀리는 기분으로 율이 내뱉었다. 그러나 설은 진지했다.

"정말 데리고 가줄 거야?"

이런 어이없는…….

율은 혀를 끌, 찼다. 밤사이 무슨 일이 생겼나 보다. 어찌, 넌 행복해 보인 적이 없니? 따지고 싶을 정도로 절박한 눈빛이었다. 결국 서울로 향하려던 발걸음이 붙들려 버렸다. 멀리, 그녀의 인생에서 떠나줄 셈이었는데. 나중에 설이 효를 기억하는 몇 개의 단편 속에 오늘이 들어갈 수 있을까? 잠깐 생각했다.

"영화 볼까?"

"식상해."

남학생과 식상할 정도로 영화 볼 성격 같지는 않은데, 설은 퇴물이 된 여자처럼 굴고 있었다. 그게 이상하게 귀엽다. 중학생의 얼굴로 인생을 다 살아버린 뒷방 늙은이처럼 굴다니.

"여긴 놀이동산이 없어. 동물원 갈래?"

어머니에게 거부당할 땐, 마땅히 갈 곳이 없어 혼자 제법 전주를 돌아다니던 기억을 떠올리며 율이 제안했다. 같은 농구팀 녀석들과 무리 지어 여자아이들과 어울린 적은 있어도 이렇게 따로 여자아이와 단둘이 있어본 적은 없는지라 그저 평이한 데이트 코스를 주워 담았다. 이제 더 이상은 밑천도 없어 이것마저 거부당하면 그녀의 가출을 도와줄 수가 없었다.

"있지, 난 바다가 싫어."

설이 뜬금없이 말했다. 율은 멀뚱, 쳐다보았다.

"끝이 보이지 않는 바다를 보면 마구 충동을 느껴. 죽어버리고 싶다. 그래서 정말 벼랑 끝에서 바다로 뛰어내릴까 봐 가지 못하겠어. 난, 아직 죽기엔 이른 나이거든."

섬뜩한 이야기를 태연스럽게 내뱉은 설의 표정에 괜한 율의 심장만 철렁, 떨어졌다.

부탁이니, 제발 그 소견을 버리지 말아줘.

"너에게 바다는 어울리지 않는 것 같다."

"내 생각도 그래. 그래서 산이 좋아."

앞으로는 절대 설을 옥정호로 내보지 말아야지. 하긴, 그럴 기회라도 있을까?

뛰어내리고 싶어지는 바다를 피해, 율은 설을 무주로 끌고 갔다. 지난해 합숙 훈련이란 명분으로 몹시 고문을 당했었지만, 짙푸른 나무들로 둘러싸인 산골짜기가 선계처럼 아름다웠다, 기억하는 곳이었다. 무주 구천동으로 향하는 버스에서 설은 졸았다.

가파른 경사를 오를 때에 팔걸이에 걸린 손목이 약간 파르르 떨리는 것으로 보아선 정말 잠들진 않아 보였지만 율은 모른 척했다. 눈을 감음으로써 세상과 단절되고 싶어하는 설의 마음을 십분 이해할 수 있는 탓이었다.

구천동을 끼고 덕유산에 오르는 산길은 좁고 고즈넉하며 푸르다. 머리 위로 드리워진 나무들은 청쾌한 그림자를 드리우고, 녹음으로 둘러싸인 산길을 오르는 기분은 마치 옥정호의 깊은 수면은 걷는 것 같은 착각을 불러일으켰다.

아직 여름이 오지는 않았지만 그래도 한낮의 햇볕은 이글댈 정도로 뜨거운 편이라 사람들의 대부분은 계곡에 머물러 있을 뿐, 산행 길은 한적했다. 느린 걸음으로 보조를 맞추긴 했지만 설은 아침에 보았을 때보다 한결 기운이 빠진 모습이었다. 산을 잘 오르지 못하는 건가? 율은 걱정스런 시선으로 설을 살폈다.

"등산을 잘 못하는 편이야?"

"실은 어제 잠을 잘 못 잤어. 쭉 뻗은 길을 보니까 좀 나른해지네. 잠 와."

근방에 잘 만한 곳이 없다. 설사 잠깐 오수를 즐길 수 있는 넓은 잔디밭이 있다 해도 밑에 깔 만한 돗자리도 없는 터였다. 율은 가방을 앞으로 돌려 멘 후, 설 앞에 쪼그려 앉았다.

"왜?"

"업혀."

"뭐?"

"재워줄게."

"말도 안 돼! 사람들이 보잖아."

"어차피 다시는 안 볼 사람들인데 뭘. 뭣하면 등에 얼굴을 묻으면 돼."

"넌?"

설이 물었다. 고개를 갸웃거렸다. 뭘?

"넌 괜찮아? 창피하지 않아?"

"별로."

농담한 게 아닌데 설은 키득댔다.

"하긴, 너 그렇게 보이긴 했어. 전학 첫날, 느닷없이 점심 먹자고 할 때도 그랬고. 가끔은 못 말리게 대담하고 생각했거든. 그날, 시합 때에도."

그건 율이 알지 못하는 일이었다. 그래서 침묵했다. 심장이 아릿하게 톡톡거린다.

"정말 업혀도 돼?"

유혹을 뿌리치기 힘든지 설이 조심스럽게 되물었다. 대답 대신 율은 가만히 기다렸다. 한참 망설인 후에야 작은 몸체가 등 뒤에 올라섰다. 작은 동물보다 가벼운 몸무게였다. 아니면 두근대는 심장이 뇌의 모든 감각을 멈추게 해버렸는지도.

실제로 설이 등에 업힌 순간, 흘끔거리며 지나치는 다른 등산객의 시선도, 조금 전까지 따갑게 울려대던 계곡물의 거침없는 물소리도 스펀지에 스며들듯 사라져 버렸으니까. 덕유산으로 오르는 길은 좁고 경사가 지긴 했지만, 험준하지는 않다. 지난여름에는 이 길을 모래주머니를 찬 채 정상까지 뜀박질로 뛰었었다. 이 정도의 몸무게쯤은 그리 고달플 게 아니었다. 잠이 온다더니, 설은 그의 등에 한쪽 뺨을 댄 채 조잘거렸다. 그녀의 숨결이 귓불을 스칠 때마다 숨이 헐떡거려졌다. 아, 심장 떨려!

이대로 심장이 멈추는 게 아닌가, 율은 진실로 걱정되었다. 등에 닿는 말캉한 여자의 감촉도 그랬고, 맞닿은 곳에서 풍기는 연한 비누 향도 그랬다. 거리에서 스치는 여자에게서도 맡아질 수도 있는 지극히 평범한 향인데도 마치 남자를 유혹하는 미향처럼 정신이 혼미해져 왔다. 이런 감정을 무어라 하는 걸까? 단순히 첫눈에 반했다는 말로는 표현하기 힘든 섬세하고 찌릿한 감정이었다.

"우리 엄마 말이야. 나 별로 업어준 적이 없어. 어렸을 때, 가끔 전주로 내려오면 낯선 곳이라 하루 종일 칭얼대는 나를 업어준 게 외할머니였대. 그래서 그런가? 난 이렇게 업히는 거 굉장히 좋아해. 아이 같지?"

"아니."

"잠이 안 오는 밤엔 누군가 이렇게 업어주면 금방 잠들 것 같은데……."

"이번뿐이야."

율이 단호히 잘라냈다. 그 대신 이렇게 업어줄 효는 생각하고 싶지도 않았다. 이 작은 추억 하나 정도는 그의 몫으로 남기고 싶다.

"칫! 인색하기는……."

하고 설이 괜한 투정을 했다. 그 후로 조금 잠잠해졌다. 비로소 자신이 딛는 땅에 집중하며 율은 천천히 산의 정상을 향해 올랐다. 정상까지 오르기보단 근처 백련사에서 잠시 숨도 고르고, 목도 축일 생각이었다. 이번에야말로 정말 잠이 들었는지 설은 조용했다. 지나가던 여자 등산객이 율을 보며 눈꼬리를 흘렸다. 연하게 화장을 하긴 했지만 또래로 보이는 일행이었다.

"어머! 쟤들 뭐니? 부끄러운 줄도 모르나 봐."

"아예 영화를 찍는다, 영화를 찍어! 주책이야."

"여자가 혹시 무슨 병에 걸린 거 아냐? 왜, 있잖아. 시한부 인생 같은 거."

제각각 소설을 쓴다. 킥! 설이 작게 소리를 냈다. 자는 줄 알았더니, 또 척만 한 모양이다. 혹 그 여자들의 말에 괜히 내린다, 고집을 피울까 율은 걸음을 재촉했다.

"괜히 부러우니까 하는 소리야."

"그래도 시한부 인생은 너무했다. 난, 정말 오래오래 살고 싶은데."

오래오래 살고 싶다는데, 왜 금방 죽을 것처럼 들리는지 알다가도 모를 일이다. 잠깐, 설이 고개를 들었나 보다. 등줄기로 시원한 바람이 스쳤다. 유난히 설의 뺨이 닿았던 부분이 서늘하다. 마치 예리한 얼음 날이 스친 것처럼. 축축하게 물기가 젖은 것 같기도 하고. 등 어깨 옆으로 가는 팔이 쭉 뻗쳤다. 설의 손가락이 건반을 두드리듯 산길 가장으로 뻗어진 나뭇가지들을 다다다 두들겼다. 손가락이 스칠 때마다 진한 솔 향이 공기 중에 퍼져 갔다.

"아빠가 떠난대."

문득, 설이 고백했다. 담담한 어투 속에 상처받은 티가 여실하다. 밤사이 생긴 일은 아버지의 소식이었나 보다.

"이상해. 보통은 떠날 때, 한 번쯤은 자식을 보고 싶어하지 않나?"

그의 아버지 역시 소리 소문 없이 떠날 것 같았지만, 굳이 대답하지는 않았다.

"멀리, 아주 멀리 떠나는 건데 달랑 전화 한 통이야. 있지, 어제 밤새 내내 생각했는데 아직도 잘 모르겠어. 엄마나 아빠, 두 사람에게 나란 존재는 어떤 것이었을까? 특별히 말썽을 피워본 적도 없고, 귀찮게 한 적도 없었는데 그리 사랑받을 존재는 아니었나 봐. 난 결국 부모님의 인생에 원치 않은 실패작이었던 걸까? 같이 가자고 말하지 않아도 괜찮았는데 그냥 떠난다는 말엔 좀 섭섭했어."

아니, 사실은 많이 섭섭했을 것이다.

"어디로?"

"말레이시아. 가까운 곳이라고 말은 하는데, 솔직히 가까운 건 아니잖아? 서울과 전주도 이렇게 먼데. 내일 아침 비행기로 떠나는 거라 전화했대. 그래서? 하고 심술맞게 굴었어. 이혼도 다 결정된 뒤에야 통보하고, 떠나는 것도 마찬가지야. 엄마는 미리 알고 있었단 말엔 굉장히 배신감이 들었어. 난 아빠를 귀찮게 하려는 게 아니었어. 엄마와 이혼했어도 난 자식이잖아? 멀리 떠나 있어도 가끔은 생각나고 소식도 궁금해지고, 뭐 그런 거 말이야. 아빠 소식을 궁금해하는 것조차 거부당할 거라 생각하지 못해서 당황스럽기도 했고. 게다가 달랑 전화 한 통이라니. 여기 내려온 후 아빠 전화는 그게 처음이었어. 그것도 말레이시아로 떠난다니! 그런 일 정도는 얼굴 보고 말해주는 게 예의잖아? 붙잡을 생각도 없었는데, 갑자기 심술이 나서 같이 가고 싶어, 했는데 단박에 안 돼! 그러는 거야. 나 참! 어이가 없어서."

애써 당차게 말하는데 목소리 끝이 울먹거렸다. 걸음을 멈추고 설을 내렸다. 외면한 고개 너머 빨간 코끝이 보였다. 오는 내내 그의 등에서 운 티가 여실했다. 불치의 병은 그가 걸렸다. 목 끝에 설의 눈물이 걸려 체한 듯 답답해졌다.

너를 어찌 놓아둘까?

잠이 들지 못해도 업어주지 못하고, 이렇게 울고 있어도 안아줄 수가 없다. 그가 없는 곳에서 설은 효에게 업혀 잠이 들 테고, 그녀의 울음은 효의 손가락이 닦아주고 있을 것이다.

율의 손가락이 천천히 뺨으로 향했다. 손가락 끝이 뜨겁다. 온 천물보다 더 뜨겁고 용암처럼 이글거린다. 활화산이 펑! 그의 가슴에서 터져 버렸다. 율이 작은 얼굴을 감쌌다. 날렵한 턱 선과 도톰한 입술이 그의 손 안에 담겼다. 하얗고 투명한 물속으로 그의 손이 잠겼다.

"너를 어찌하면 좋니……."

나직한 음성 속에 붉은 입술이 용암으로 떨어졌다. 파르르, 찬 입술이 그의 입술 밑에서 몸살을 떨었다. 짭짤한 소금기가 입술 안으로 스몄다. 그리고 말캉하고 부드러운 살갗도.

벌어진 설의 눈동자로 투명한 눈물이 다시 뚝 떨어졌다.

울지 마…….

율이 속삭였다. 울지 마, 제발······. 그녀의 눈물은 치유될 수 없는 독이 되어 심장으로 흐른다. 재워줄 수 없는 불면과 멈추어줄 수 없는 눈물은 조금씩 그의 심장에 잠식해 가, 끝내 놓아줄 수 없게 만들지 몰랐다. 아무리 형의 연인이라 해도 말이다. 행복해지길, 이 작은 심장에 더 이상 상처가 남지 않기를, 사랑받지 못하는 아이라 스스로 자책하지 않기를······. 율은 빌었다.

떨리는 손가락으로 설의 뺨을 감싸 안았다. 손짓 하나에 그녀가 얼마나 사랑스러운 사람인지 전해지면 좋겠다. 그저 쌀쌀한 어투 속에 따스한 마음을 지닌 아이인 줄 알았다. 그게 귀엽기도 하고 사랑스럽기도 했었다. 하지만 스스로 사랑받지 못한 존재라는 자괴감에 빠진 설은 그보다 더 깊다. 버려진 강아지처럼 가엾고 슬펐다. 단순히 반했다는 것과는 조금 다른 섬세하고 찌릿한 감정. 그것이 사랑이라는 걸 율은 비로소 느낄 수 있었다. 언제까지 지켜주고 싶다. 더 이상 상처받지 않게, 영민한 눈동자가 행복하게 반짝거리고 세상을 향해 환하게 웃을 수 있게 지켜주고 싶었다. 형이 아닌 그가!

"효······."

살짝 벌어진 붉은 입술이 슬프게 부른다.

율은 질끈 눈을 감았다.

그리움에 목이 메어 죽을 것 같은 열병(熱病)이 머리 위로 후두둑 쏟아졌다.

사랑을 한다고 생각했다. 구천동의 계곡이 굽이지는 덕유산 자락에서 나누었던 날카로운 첫키스의 추억은 그녀의 인생을 생각하지 못했던 방향으로 전환시켰음이 분명했다. 쌀쌀맞던 그녀의 입가엔 어찌할 수 없이 미소가 자꾸 스미고, 시선은 늘 효를 찾느라 여념이 없었다. 효는…… 다정하고 자상한 연인이었다. 아빠 문제에 있어서만큼은 난해한 태도를 보이긴 했지만.

"그냥 편해졌어. 떠나던 날, 아침 일찍 전화하셨는데 담담히 잘 계시라고 말해줄 수 있을 만큼."

잘했다고, 씩씩했다고 칭찬 한마디쯤은 해줄 줄 알았다. 하다못해 아무 말 없이 머리를 쓰다듬어 주거나. 그러나 마주 본 효의 표정은 조금 미묘했다. 흔들리는 눈동자는 많은 의문을 담고 있었고, 그 의문은 빠른 순간 알 수 없는 장막으로 가려졌다.

느릿하게 아, 아…… 하는 효의 대답은 어딘지 미지근했다. 설이 다시 덧붙였다.

"아빠 말이야."

"아…….."

효가 아는 척을 했지만 설은 좀처럼 답답증이 해소되지 않았다. 그날 이야기했었는데…… 하고 낮게 투덜댔다.

"알아. 좀, 네 행동이 예상 밖이라서."

그제야 효가 설명해 주었다. 대답 역시 뜻밖이었다. 그날, 속상하긴 했지만 아빠가 떠나는 걸 못 받아들일 만큼 못되게 말하지는 않았던 것 같은데. 그녀 못지않게 가슴 아파하던 모습은 어디로 갔을까? 어딘지 알 수 없게 쌀쌀해진 효의 태도에 설은 애써 변명하고 말았다.

"새삼, 내가 붙든다고 안 갈 것도 아닌데 뭘. 엄마까지 수긍한 마당에 내가 더 이상 뭘 할 수 있겠어? 그냥 편하게 보내 드리는 것밖엔 할 수 있는 게 없었어. 그래도 잘했다고 생각은 해."

"그래."

하는 효의 대답으로 끝이었다. 더 이상 설도 아빠의 이야기를 꺼내지 않았고, 효 역시 아는 척하지 않았다.

여름방학을 며칠 앞둔 날, 늦둥이를 임신한 아내의 급작스런 출산으로 허겁지겁 조퇴한 도덕 선생님 덕분에 6교시 수업은 효의 반과 합동으로 체육 수업을 하는 행운을 얻었다. 촌스러운 풀잎 체육복을 입은 시커먼 사내아이들 속에 효는 말끔한 얼굴로 서 있었다. 설의 입가에 절로 미소가 스몄다. 농구 주장답게 고등학생 치고는 근사한 근육질의 늘씬한 효는 촌스런 풀잎의 체육복을 입었음에도 불구하고 모델처럼 근사했다. 까만 머리카락이 천장에 걸린 불빛을 따라 파르스름한 빛을 내 체육관에 들어선 순간부터 설의 시선을 붙들었다. 시큰둥한 표정으로 반 아이들 속에 묻혀 있던 효가 손을 번쩍 들어 반색을 했다.

"우우~"

아이들의 야유가 곳곳에서 쏟아졌다. 설과 효의 사이는 이미 학교 안에 파다하게 소문이 난 후였다.

"도덕 선생님 수업이었던 거야?"

주위의 야유 속에 성큼 설에게 다가온 효가 물었다.

"응."

"여기가 너 네 연애장이냐? 선생 앞에서 잘하는 짓이다."

체육 선생님이 피싯거리며 농담을 했다.

"에이, 선생님! 다 아시면서⋯⋯."

"아직 장가도 못 간 노총각 선생님도 있다. 적당히 해라."

"선생님 때문에 저도 노총각 되라는 말이세요? 그건 좀 너무했다."

농구부 코치까지 겸하는 체육 선생님인지라 서로 대하는 태도가 스스럼이 없었다. 노골적으로 티를 내는 효 때문에 얼굴을 벌겋게 붉히고 있는데 저쪽에서 번뜩이는 시선 하나가 잡혔다. 승현이었다. 그리고 지루도 함께.

평소에도 그리 다감한 녀석은 아니었지만 효와 사귀게 된 후부터 유독 쌀쌀맞게 대하는 승현이었다. 복도에서 스쳐도 아는 척하지 않았고, 특유의 심술맞은 태도도 없었다. 무심한 눈빛으로 스윽 스쳐 가는 승현 옆에는 그보다 더 알 수 없는 지루의 눈빛이 있었다. 도무지 알 수 없는 녀석들이었다. 귀찮으리만큼 간섭을 할 때엔 언제고 이젠 마치 널 언제 알았냐 싶은 태도엔 조금 약이 오를 정도였다. 오늘도 역시 야릇하게 노려보는 승현을 한껏 노려본 후 설은 일부러 효에게 상큼한 미소를 날렸다. 덕유산 자락에서 첫키스를 나눈 후부터 그랬다. 머리카락 한 올만큼의 정도 남기지 않으려는 이곳에서 설은 조금씩 적응하기 시작했고, 세상에 대해 욕심이 생겼다. 말하지 않아도 그날 효가 그녀에게 주었던 눈빛을 설은 잊을 수 없었다. 여린 그녀의 속내를 알아차리고, 가슴 아파하고, 그녀 역시 누군가에게 사랑받을 수 있음을 깨닫게 해준 그날 말이다. 그런 효 앞에서라면 아무것도 마음에 들어오지 않았다. 지루도 쌀쌀맞은 승현이도 그녀에겐 하등의 존재 가치가 없었다. 그녀의 세상엔 효만이 전부였다.

"오늘 1반 남학생들 농구 연습 게임 있으니까, 여자 반들은 저쪽에서 피구를 해도 좋고, 응원을 해도 좋다."

"응원할래요!"

갑자기 반 아이들이 이구동성으로 소리를 치기 시작했다. 가만히 있어도 등줄기로 땀이 흐르는 판에 굳이 뛰면서까지 땀을 흘릴 필요가 뭐 있겠냐는 약삭빠른 계산이었다. 너희들의 그 정도 영악함쯤은 이미 계산에 넣었다는 듯, 체육 선생님은 씨익 미소를 그렸다. 비록 온갖 문을 열어놓기는 했지만 교실과 달리 천장에 선풍기 하나 없는 체육관은 찌는 듯한 열기로 가득 차 있었고, 서 있는 것만으로도 후덥지근할 정도였다.

지루와 승현은 한 팀이 되었고, 효는 다른 팀으로 게임이 시작되었다. 2학년에 소속된 농구 선수들을 균등하게 편을 가르다 보니 그렇게 된 모양이었다. 체육 선생님의 호루라기 속에 공이 천장으로 튀어 올랐다. 솔직히 별로 재미있는 구경은 아니었다. 실력 좋은 농구 선수들끼리 다양한 기술을 구사하는 정통 게임도 아니었고, 서툰 손길로 이리저리 실수를 남발해 대며 튕겨내는 공의 움직임은 조금 지루하다 못해 따분할 지경이었다.

그 속에서 단연코 효는 눈에 띄었다. 빨간 띠를 팔뚝에 둘러맨 같은 팀들을 지시하며 화려한 개인기로 코트 위를 나는 움직임은 초원 위를 노니는 표범처럼 본능적인 날렵함이 있었다. 허공 속에 뻗쳐지는 아름다운 검은 머리카락과 질펀하게 흐르는 땀방울은 예술의 한 장면처럼 거침이 없었다. 농구부 주장이 낀 빨간 띠가 당연 이길 거라 누구나 예상했었다. 그러나 의외로 푸른 띠를 두른 지루의 팀 또한 만만치가 않았다. 지난 학기 내내 한 번도 설을 이겨본 적이 없는 지루이긴 했지만, 평소의 인상은 당연 운동 젬병인 샌님이었다. 그러나 코트 위에 선 지루는 마치 다른 사람 같았다. 날카로운 눈매로 효가 던지는 공을 차단하며 그의 공격선을 가로막는 그의 움직임은 제법이라는 소리가 나올 정도로 재빠르고 공에 대한 집착도 남달랐다.

"우와! 지루가 저렇게 운동을 잘했었나?"

옆에서 은영이 놀란 소리를 했다. 설 역시 마찬가지였다. 흉물스럽게 입을 떡 벌린 채, 그녀의 시선은 이제 효에게서 지루에게 뻗어지고 있었다. 원래 농구 선수가 아닌가 싶을 정도로 지루의 움직임은 효 못지않게 재빠르고 현란했다. 게다가 오랜 시간 함께한 승현과의 절묘한 호흡까지. 오히려 고전하는 건 효였다. 처음엔 장난삼아 놀리던 효의 얼굴이 조금씩 굳어지며 호흡마저 거칠어지기 시작했다. 매번, 지루에게 차단된 공격은 승현으로 인해 득점과 연결되었고, 같은 편에게 지시하는 효의 목소리도 점차 커져 갔다. 대충 수업이나 때우자는 식으로 뒹굴거리던 아이들도 하나둘씩 코트 근처로 모여들었다.

신이 난 건 체육 선생님이었다.

마치 실제 시합이라도 열린 것처럼 생기 도는 얼굴로 아이들의 파울을 지적하고, 긴박한 긴장감 속에 공은 이리저리 사람들 속을 헤매기 시작했다.

"꺄아아~"

여자아이들의 괴성 속에 효가 하늘로 날랐다. 어떻게 저토록 높이 날 수 있는 건지. 하늘로 솟구쳐 오른 효가 힘껏 공을 내려쳤다. 원통의 링 안으로 뻗쳐진 공은 바닥으로 튕겨 올랐고, 아직도 남은 효의 힘을 털어내지 못한 링이 부르르 몸살을 떨었다. 생전처음 보는 덩크 슛이었다.

벌떡 일어선 설을 향해 효가 싱긋 웃으며 엄지손가락을 치켜올렸다.

"반효! 반효!"

아이들의 함성 속에 설의 음성도 함께 울리기 시작했다. 열광적인 환호 속에 지루의 얼굴이 거멓게 스러졌다.

그날, 결국 빨간 띠는 파란 띠를 4점 차로 누르고 결국 승리했다. 그나마 4점 차에서 끝날 수 있었던 건 지루의 힘이 컸다. 샌님처럼 여린 몰골로 어떻게 그런 재빠른 몸짓이 나왔는지 오히려 효보다 더 많은 관심을 받은 지루였지만, 수업이 끝나 체육관을 떠날 때까지 지루의 어둑한 표정은 사라지지 않았다.

"야! 강지루! 너 대단하더라. 다음에 한 게임 더 하자."

효가 지루의 어깨를 툭 치며 인사를 건넸다. 제 어깨에 놓인 효의 손을 흘깃 바라보던 지루가 가볍게 그 손을 털어냈다. 전처럼 무표정한 얼굴이었다. 승현은 옆에서 잔뜩 분한 기색을 드러냈지만 지루는 좀 전의 게임 같은 건 이미 까맣게 잊은 멀뚱한 표정이었다.

"그럴 일 없을 거다."

"자식, 농구 선수 해도 될 걸 그랬어."

"농구 정도는 가벼운 몸 풀기로 적당하지, 인생을 걸 만큼 매력적인 스포츠는 아니야."

"야, 강지루! 그거 나 들으라고 한 소리야?"

"간다."

뭐 저런 애가 있어? 효가 황당한 표정을 지었지만, 설은 좀 달랐다. 지루가 놀랄 만큼 농구 실력을 펼쳐 보인 것과는 별개로 지금 그녀의 뇌리 속에는 허공을 날던 효의 모습이 좀처럼 떠나지 않았다. 이곳에 처음 도착해 보았던 그날의 효의 모습이 겹쳐져 몹시 흥분된 상태였다. 하늘로 비상하던 천사의 날개를 다시 보았던 것이다. 그녀에게 있어 효는 운명처럼 땅에 떨어진 천사였고, 그 천사는 이제 그녀의 것이었다. 하긴, 지금 그녀로서는 효가 설사 졌다 해도 여느 영웅 못지않게 근사했을 것이다. 한 번의 키스로 씌워진 콩깍지는 그녀의 모든 것에 마법을 걸고 있었다.

"천사 같았어."

황홀한 시선으로 설이 중얼거렸다.

"응?"

지루에게 향하던 시선을 거두며 효가 물었다. 반짝이는 설의 눈동자가 효에게 향했다. 자신에게 향한 올곧은 눈동자에 효는 자신도 모르게 비틀거렸다. 지금 그녀가 바라보는 건 누구일까? 그가 아닌 율이라는 걸 효는 애써 모른 척했다. 하나 정도는 양보해! 이곳에 없는 율을 향해 효가 중얼거렸다. 어머니와 함께 이곳에 버림받은 건 나이니까, 어머니의 죽음을 대신 지켜야 하는 것도 나이니까. 그러니까 율아, 하나 정도는 양보해 줘.

그의 속을 알지 못하는 설이 황홀한 빛으로 속살거렸다.

"넌, 내게 떨어진 천사야. 처음에 널 본 순간에도 그렇게 보였거든. 그때만큼 네가 아름답게 보인 적이 없었어."

"천사?"

"하늘로 비상하는 천사! 기억나지 않아?"

"아니, 기억해."

효가 대답했다. 그 역시 마찬가지였다. 어둔 체육관 문을 열고 들어선 작은 천사, 효는 입술을 잘근 씹었다. 설이 제 아버지의 이야기를 꺼낸 순간, 그는 직감적으로 설이 바라보는 건 자신이 아니라는 걸 알아차렸다. 내내 쌀쌀맞게 굴던 자신에게 쏟아진 급작스런 호감도도. 그건 율의 몫이었다. 비가 내리던 토요일, 옥정호에서 돌아온 율의 모습에서 그는 미리 예견했는지도 몰랐다. 어머니를 핑계로 율을 몰아세운 건 그의 질투였고, 불안감이었다. 그가 알지 못하는 시간 속에 설의 아픔을 공유하고, 그녀를 위로한 율에 대한 치졸한 질투와 자존심!

그의 곁에 놓인 작은 주먹을 효는 꽈악 움켜쥐었다. 미약한 아픔에 설이 놀란 표정으로 바라보았다. 놓아주고 싶지 않아. 효는 속으로 중얼거렸다. 아무리 율을 향한 심장이라 해도, 지금 설의 곁에 있는 건 자신이었다. 그리고 앞으로도 영원히…….

"사랑해, 윤설."

그리고 그 사랑은 결코 변하지 않을 것이다. 죽는 그 순간까지…….

아니, 설사 죽더라도 그의 사랑은 영원히 설의 곁에 머무를 것이다. 불사조의 날개처럼.

"나도."

수줍은 설의 대답에 심장이 후끈, 떨려왔다.

놓치지 않을 거야. 절대! 그러니까, 네가 포기해 줘, 율!

5. 열대야

열대야가 시작되던 여름, 엄마가 내려왔다.

"너, 그사이 제법 적응되었나 보다. 많이 밝아졌어."

하고 아는 척을 할 만큼 설의 모습은 전과 확연히 달라져 있었다. 외할머니가 내온 수박을 갉아대던 설이 어깨를 으쓱거렸다.

"뭐, 별로."

"뭐가! 벌써 얼굴부터가 살이 올랐는데 뭘! 여기 생활이 체질에 맞나 보다."

"왜, 그래서 아예 여기 눌러 살라고?"

"무슨……. 애가 무슨 말을 못하게 해."

"그래도 별 상관은 없어. 여기 전주에서 대학 다니는 것도 나쁘지는 않을 것 같아."

펄떡 뛰는 엄마에 비해 설의 태도는 심드렁했다. 진심으로 그런 생각이었다. 효가 여기 남아 있다면, 굳이 엄마를 따라 서울로 가지 않아도 될 것 같았다. 어차피 서울로 돌아간다 해도 예전으로 돌아갈 수는 없었다. 아빠의 빈자리를 그대로 남겨둔 공간에서 살아간다는 것도 감정적으로 힘들고. 어쩌면 그녀에겐 이곳의 삶이 더 어울릴지 몰랐다. 한 폭의 풍경화처럼 펼쳐진 옥정호도 좋았고, 한가로운 시골의 여유도 좋았다. 텃밭에 자라는 상추의 싱그러움도, 햇살을 그대로 베어 문 고추를 된장에 찍어먹는 소박한 찬도 그녀에겐 성찬이었다. 한마디로 이곳의 모든 것이 만족스러웠고 나름, 행복했다는 의미다.

"그건 나중에 천천히 생각하고. 그나저나 아무튼 좀 기묘하긴 하다. 저 꽃은 네가 해놓은 거야?"

거실 한쪽에 놓인 들꽃을 가리키며 엄마가 물었다. 그건, 며칠 전 효가 꺾어준 꽃이었다. 아픈 엄마의 병 수발 때문에 낮엔 좀처럼 시간을 내지 못하는 효는 주로 저녁쯤 그녀를 찾아왔다. 어차피 낮엔 더워서 갈 곳도 마땅치 않았고, 어스름한 저녁 바람 속에 옥정호를 산책하는 것도 나름 운치가 있긴 했다.

태생이 냉정한 딸이 다른 것도 아닌 들꽃을 화병에 꽂아놓았다는 사실에 엄마는 경악을 했다. 들꽃의 진실을 알고 있는 외할머니는 살포시 미소를 깨물며 모른 척을 했다. 여기 시골에서는 남녀 구분 없이 모두 소꿉친구로 지낸다. 그 속에 설이 적당히 버무려져 어울리는 것만으로도 만족하는지라 굳이 성마른 딸에게 손녀의 새 남자 친구에 대해 고자질할 생각이 없는 외할머니와 설은 엄마 몰래 모종의 합의를 마쳤다.

"참, 엄마 약국 다시 얻었어."

"어떻게?"

"아시는 분이 좋은 자리가 나왔다고 해서."

"돈은?"

"아빠가 보내주었어. 조금이긴 하지만⋯⋯."

친구를 따라 말레이시아로 간 아버지는 제법 사업이 잘되는 모양이었다. 이번 기회에 아예 그곳에 뿌리를 박을 셈으로 열심히 매진하고 있다는 아빠는 얼마 전 돈을 보내왔단다. 사업의 빚으로 엄마의 약국이 몽땅 처분된 것에 대해 몹시 미안한 기색이었다고 엄마는 전해주었다. 그것으로 두 사람의 감정이 조금이나마 해소되지 않았을까, 은근히 기대하는 마음이었는데 아쉽게도 아빠의 소식을 전해주는 엄마의 표정은 담담하다 못해 무심할 정도였다.

"그 돈으로 얻을 수 있는 곳이 있었어?"

어딘지 미심쩍어 설은 날카롭게 캐물었다.

"좀 싸게 나온 데가 있었어."

"싼 게 비지떡이라던데⋯⋯."

"아니야!"

엄마가 강하게 부정했다. 어쩐지 너무 오버스럽다.

"목은 좋은데 그냥 주인이 싸게 내준 거야. 그 가격에 그만한 자리 못 얻어."

"잘 알아보고 혀. 세상에 넘 좋은 일만 하는 사람이 어디 있겠냐."

"그 사람은 달라. 원래부터 집안 대대로 물려온 재산이 있다니까, 돈으로 장난할 사람은 아니야."

그 사람?

은근히 풍겨오는 뉘앙스가 어쩐지 수상쩍었다. 더위 때문에 열어놓은 창문 쪽에서 부채질을 하고 있던 설이 귀를 쫑긋거렸다.

"그 사람? 어째 호칭이 영 거슬린다."

역시, 외할머니다. 예리하게 엄마의 취약점을 재깍 잡아챈다.

"지금 근무하고 있는 약국 고객인데 알고 보니 공인중개사더라구."

"공인중개사? 복덕방 말여?"

"엄마는 참. 이런 시골 복덕방하고는 차원이 다르지. 그 사람은 사무실만 해도 빌딩 한 채야. 이런 코딱지만한 시골 땅 같은 거 말고, 공장 부지나 뭐 그런 거 전문적으로 하는 거 있어요. 토지 감정사 같은 것도 하고. 아무튼 그 사람이 자기 빌딩에 빈자리 하나 났는데 들어가지 않겠냐고 해서 얼른 기회를 잡았지 뭐."

"기회가 될지, 덜미가 될지는 모르는 일이잖아?"

결국 설이 어이없는 엄마의 말을 싹둑, 잘랐다. 아무런 흑심 없이 그런 자리를 내주었을 리가 없었다.

"원래 신사적인 사람이야. 대학도 캠브리지 나왔대. 그런 사람이 뭐가 아쉬워서 나 같은 별 볼일 없는 관리 약사한테 괜한 가게 자리 내주겠어?"

엄마의 항변에도 설은 콧방귀를 뀌었다. 엄마의 말처럼 그런 사람이 뭐가 아쉬워 열여덟 딸까지 둔 늙다리 이혼녀에게 그런 호의를 베풀겠느냐는 말이다. 악마는 천사보다 더 아름답고, 흑심은 하얀 웃음 뒤에 숨는다는 건 코흘리개 아이들도 아는 진실이었다.

"엄마, 세상은 엄마에게 그토록 너그럽지가 않아. 이젠 그 정도쯤은 알 만한 나이가 되지 않았어?"

"윤설! 너, 엄마한테 그게 무슨 말버릇이야? 내가 호의인지 흑심인지도 구분 못하는 줄 알아?"

"설이 너보다는 세상 보는 눈이 훨씬 낫구만 뭘 그려? 암튼, 입에 단 떡이라고 홀떡 삼킬 생각 하지 말고 좀 더 지켜봐. 세상이 그처럼 호락호락하지 않다는 말이 영 틀린 건 아닌 것 같다."

외할머니의 동조에 더 이상 엄마는 말을 하지 않았지만 진득한 불쾌감을 도저히 떨쳐 버릴 수가 없었다. 잔뜩 튀어나온 입이 '그 사람'이 단지 그 사람에게 그치지 않는다는 것을 여실히 보여주고 있었다.

"그 사람…… 실은 청혼했었어."

"청혼?"

"뭐여?"

결국, 두 사람의 냉소를 견디지 못한 엄마가 숨겨놓았던 속내를 털어놓았다. 어이가 없다 보니, 화보다는 한숨이 먼저 새어나왔다. 아빠와 이혼한 지 일 년이 채 되지 않았다. 아니, 정확하게 말하자면 육 개월도 채 되지 않았다. 이십 년 가까이 살아왔던 한 남자와 헤어진 지 겨우 몇 달 사이에 다른 남자를 사랑하고, 그 남자와의 새로운 미래를 결정하다는 게 과연 있을 수 있는 일일까? 설은 불가사의한 시선으로 엄마를 바라보았다.

사랑이라는 게, 엄마에게 있어서는 하루아침에 갈아 신는 양말 같은 존재라는 생각을 떨칠 수 없었다. 낡아지고, 싫증이 나면 언제든 버릴 수 있는.

"어디 가? 이 밤중에!"

"어딜 가든?"

"너 그게 무슨 말버릇이야?"

"열대야잖아! 더워!"

폭탄선언을 한 주제에 당당한 태도의 엄마를 도저히 봐줄 수가 없었다. 엄마는 늘 그렇다. 함께 있으면 안락하고, 풍요로운 느낌보다는 척박하고 마른 광야 같은 느낌이 더 강하다. 몰아치는 바람에 숨을 쉬기 버겁고, 살갗을 찌르는 모래가 가시처럼 따갑다.

"지금이 몇 시인데?"

"그게 무슨 상관이야? 이혼도 엄마 마음대로, 결혼도 엄마 마음대로이면서 잠자는 시간은 웬 참견이야?"

"너 정말 말버릇이 왜 그래? 할머니 밑에서 자라더니 버릇이 영 나빠졌어. 엄마는 대체 애 교육을 어떻게 시키는 거유?"

이젠 웃음도 나오지 않았다. 퍼렇게 핏물 선 눈동자로 설은 제 엄마를 쏘아보았다.

"교육? 무슨 교육? 엄마도 버린 딸이야. 왜 외할머니가 책임져야 하는 건데? 대체 애는 왜 낳았어? 그냥 사랑이나 하면서 대충 살아가지 결혼은 왜 하고, 애는 왜 낳는 건데!"

머리끝까지 치민 화 때문일까? 고함을 치는 목소리가 사막처럼 갈라졌다.

"윤설!"

짝!

순간 날카로운 마찰이 뺨에서 불꽃을 튀었다. 순식간에 빨갛게 부푼 얼굴로 설이 엄마를 한껏 노려보았다.

"우습지도 않아. 세상을 그렇게 제멋대로 살면서 다른 사람의 비난은 조금도 듣지 않으려 하지. 그게 엄마야."

"너, 너……."

"엄마 마음대로 해. 어차피 이혼도 엄마 혼자 결정한 일이잖아? 재혼하는 것 역시 마음대로 하지 못할 것도 없지. 안 그래?"

집을 나서며 설은 톡 쏘아붙였다. 엄마가 오면 이 모양이다. 조용하고 평화롭던 일상이 갑자기 시끄럽고 번잡스러워진다. 숨 막히는 더위를 피해 설의 발걸음이 향한 곳은 당연, 옥정호였다. 외할머니의 집이 옥정호와 딱 산책하기 좋을 만큼 가까운 거리라는 건 정말 행운이었다. 이토록 찌는 열대야엔 옥정호만한 곳이 없었다.

늦은 밤이었지만 옥정호는 제법 소란스러웠다. 도로 건너편에 자리한 작은 가게에서는 야외 술자리가 벌어지고 있었다. 동네 어른들이 삼삼오오 모여 맥주를 기울이고, 그 곁엔 아이들이 벤치를 맴돌며 술래잡기를 하는 중이었다. 행여 아는 사람과 마주칠까, 설은 마을 사람들이 모여 있는 도로 건너편이 아닌, 집 쪽으로 나 있는 작은 도로로 들어섰다. 이곳은 잔디를 제외하곤 마땅히 놀만한 시설이 없는지라 황무지처럼 버려진 공간이었다. 그리고 그녀와 효만의 공간이기도 했다. 멀리, 간간하게 울리는 웃음을 흘리며 설은 천천히 옥정호 안쪽으로 걸음을 옮겼다. 아마 효는 나오지 않을 것이다. 저녁을 먹을 즈음, 어머니가 몹시 고통스러워한다며 걱정했었으니까. 이런 날엔 잠시 효를 차지할 수 있었으면 좋겠다. 우울하고 젖은 풀처럼 온몸이 무거웠다. 어차피 아버지와 다시 재회할 게 아니라면 언젠가는 엄마의 재혼은 겪어야만 하는 과정 중의 하나라는 것도 알았다. 하지만…… 너무 빠르다.

잔디에 쪼그리고 앉아 설은 괜한 돌멩이만 옥정호에 내던졌다. 풍당! 길게 여운을 남기며 돌멩이는 깊은 물속으로 떨어졌다.

풍당! 풍당!

"설아!"

자잘한 물소리 속에 그립던 목소리가 울렸다.

"어? 어떻게 온 거야?"

"네가 보였어."

길쭉하게 늘어선 나무들 사이로 효가 몸을 내밀었다. 뛰어왔는지 내쉬는 숨이 거칠었다.

"우리 집에선 이곳이 환히 보이거든."

놀란 기색을 감추지 않으며 효가 설명했다. 저녁나절부터 계속 통증에 시달리던 어머니가 잠시 잠든 사이, 이층으로 오르던 길에 보았단다.

한눈에도 널 금방 알아보겠더라고.

하며 씨익 웃는 효의 미소에 절로 울컥, 심장이 저렸다. 순박한 모습에 설이 덥석 커다란 몸체를 끌어안았다. 떨어지려는 눈물을 꾹 참은 채 설이 속삭였다.

"있지, 내가 아무리 멀리 있어도 금방 찾아줘. 놓치지 말고. 많은 사람들 속에 숨어 있어도 꼭 찾아."

효가 더욱 강하게 그녀의 몸을 끌어안았다. 아무리 많은 사람들 속에 숨어 있어도, 아무리 멀리 떨어져 있어도 이 작은 몸은 한눈에 찾아낼 수 있다. 그녀만 원한다면.

"찾을게. 너만 날 바라본다면 난 어디서든 널 찾을 수 있어."

묵직한 음성이 울렸다. 그의 가슴에선 미약한 약 냄새가 스며 있었다. 어머니와 부대끼는 날엔 늘 비릿한 약 냄새와 병원 냄새가 살짝 풍겨온다. 설은 효의 체취를 힘껏 들이켰다. 부글거리던 심장이 조금씩 가라앉았다.

이렇게 영원히 이곳에 남아 있을 수 있을까?

그녀가 지금 유일하게 바라는 건, 더 이상 부모로 인해 아프지 않고 이곳에서 효와 함께 살아가는 거다. 바다의 왕국에 사랑하는 연인과 살았던 행복한 애너벨 리처럼……

"우리, 엄마……"

효가 중얼거렸다.

"오래 사시지 못할 것 같아. 자꾸 아파오는 빈도가 빨라져. 이미 시한이 지났는데, 난 자꾸 희망을 꿈꿔. 엄마가 살아나지 않을까…… 암 같은 건 그냥 이대로 훌훌 털어내지 않을까……"

울고 있어?

설이 물었다. 어깨에 닿은 그의 뺨이 뜨겁다. 아니, 하며 대답하는 목소리도 좀 전보다 더욱 내려앉아 있었다.

"난, 네가 행복하면 좋겠어. 아프지 않고 늘 웃으면 좋을 것 같

아. 농구를 할 때의 그 모습처럼 세상이 너 하나만으로도 가득 차고, 빛을 내면 좋겠어. 아프지 않고, 슬프지 않고, 그냥 그렇게……."

"난…… 행복해. 네가 내 곁에 있고, 나만 바라보면 언제든 행복할 것 같아."

거짓말이었다. 행복하지 않다. 율의 자리를 대신 차지하고 시시각각 다가오는 어머니의 죽음을 바라보는 이 순간이 사실은 죽고 싶을 만큼 괴롭고 힘들었다. 매일 아침 눈을 떠, 어머니가 죽지 않았는지 숨소리 살피는 것도 힘들었고, 설이 행여 자신이 사랑하는 건 그가 아닌 율이라는 걸 알아차릴까 봐 매일이 두려웠다. 작은 그가 견디기엔 세상은 온통 두려움 투성이었다. 떨리는 마음을 알아차렸는지, 설이 감싸 안은 그의 어깨를 토닥토닥 두드렸다. 나름의 위로였다.

어떻게 내가 너를 가질 수 있을까?

언젠가는 그녀의 기억 속에 율을 지우고 온전히 자신만의 사람으로 가질 수 있을까? 훗날, 그녀가 진실을 알게 되면 원망하지 않을까?

그건 이미 준비되어 있는 어머니의 죽음보다 더욱 고통스러운 현실이었다.

효와 헤어진 후, 집으로 돌아오자 엄마가 기다리고 있었다. 이미 자정이 넘는 시간까지 그녀를 기다리는 건 이례적인 일이라 들어서던 설은 잠깐 긴장했다.

"잠깐, 이야기 좀 해."

"나중에 해. 피곤해."

설은 비겁하게 발걸음을 돌렸다.

"엄마, 그 사람 좋아해."

"엄마는 세상 모든 사람을 다 좋아하잖아. 뭘 새삼스럽게 그래?"

"설아!"

"아빤 말레이시아가 잘 맞나 봐?"

엄마의 절절함을 외면한 채, 설을 일부러 화제를 돌렸다. 아빠를 좀 기억해 주면 안 돼?

"엄만 아빠와 재혼할 생각 없어. 그건 아빠도 마찬가지이고."

"알아."

그걸 모를 만큼 눈치없지는 않았다.

"그 사람, 너 보고 싶어해. 그쪽도 아들 하나가 있어. 좋은 사람이니까 만나면 마음에 들 거야."

"들지 않으면?"

설이 고집을 피웠다.

"마음에 들지 않으면 결혼하지 않을 거야?"

"아니! 그러니까 네가 좋아해 주면 좋겠어."

영락없는 아이 같다, 무조건 사탕만 달라 떼를 쓰는. 상대의 말 따위는 전혀 귀 기울이지도 않은 채 말이다.

"결국……."

지친 얼굴로 설이 돌아섰다. 모든 일들이 너무 한꺼번에 먼지처럼 일어서고 있다. 천천히 적응할 시간도 없었다. 부모님의 이혼에 채 적응하기도 전에 아빠는 떠나 버렸고, 이젠 엄마가 재혼을 하겠단다. 대학 입시를 코앞에 둔 고2짜리 딸아이에 대한 배려는 조금도 없이 모든 게 어른들 마음이었다.

"결국, 엄마는 단 하나도 양보하지 않을 거야. 이혼도 그랬고, 재혼도 그래. 아빠 역시 마음대로 혼자 떠나 버렸고. 엄마! 대체, 난 어떤 존재야? 날 낳으면서 잠시나마 기쁘기는 했어?"

갑자기 감정이 복받쳐 저도 모르게 눈물이 주룩 흘리고 말았다. 이런, 제길…….

투덜대며 설은 재빨리 흐르는 눈물을 닦아냈다. 설의 눈물에 엄마는 몹시 당황했다. 하긴, 좀처럼 눈물을 쉽게 보이는 편이 아니었으니까. 그래도 재혼하지 않겠다는 말은 하지 않는 엄마를 보니 실소가 터져 나왔다. 세상은 언제나 그렇게 제멋대로 굴러가기 마련이다.

"엄말 이해해 줄 수 없어?"

"언제나 엄마를 이해했어. 아니, 이해하려고 했었지. 태어나서 늘 그랬어."

"이혼한 건 어쩔 수 없었어. 아무리 널 위해서라지만 사랑하지 않는 남자에게 내 평생을 맡길 수 없잖아? 그리고 그 사람은…… 내 생애 다시 만날 수 없을 것 같아 놓칠 수가 없었어. 정말 따뜻하고 다정한 사람이야. 너도 그 사람 만나면 분명 좋아하게 될 거야. 그 사람도 너랑 같이 살길 원해. 언제까지 이곳에 살 수도 없잖아? 제 딸처럼 예뻐해 줄 사람이라 나 역시 재혼할 생각도 한 거야."

그건 엄마의 편리한 변명일 뿐이었다.

"반대하지 않아. 엄마의 인생이고, 난 간섭할 권리가 없으니까. 그 사람과 결혼하는 것도 엄마 마음이야. 하지만 내 감정까지 엄마가 결정하지는 마. 그건 월권이야."

차갑게 쏘아댄 후 설은 이층, 제 방으로 올라와 버렸다. 방 안은 미리 피워놓은 모기향이 매캐한 향을 뿜어내고 있었다. 열어진 창문 너머 까만 하늘이 보인다. 깊은 수면처럼 어둑한 빛이었다. 효의 집이 보이면 좋겠다. 하지만 그보다 아래쪽에 자리한 외할머니의 집에서는 효의 집이 보이지 않는다. 그것이 어쩐지 섭섭해, 설은 털썩 침대에 눕고 말았다.

이곳을 떠나게 되는 걸까?

열대야의 더위는 쉽게 가시지 않아, 밤새 내내 설은 지글대는 열기로 잠을 이루지 못했다.

엄마의 새 남자를 만나보는 일로 설은 한동안 외할머니와 외삼촌에게 시달렸다. 대체적으로 집안 분위기는 조금 무거웠다. 고지식한 집안 어른들의 생각은 조강지부와 재혼하는 것만큼 완벽한 결말은 없기 때문이었다. 하지만 새 남자에 대한 호기심도 누를 수는 없었던 모양이다. 어찌 되었든 초대받은 건 설이니 만나보고, 어떤 사람인지 대충 살펴보고 오라는 것이었다. 엄마 문제에 있어서 설보다는 훨씬 관대한 태도를 취하는 외할머니는 이미 반쯤은 엄마 편에 선 것 같았다. 그래도 본인이 저토록 원하면 윤 서방이 아니라도 재혼시키는 게 낫지 않겠냐는 것이었다. 서로 동의하에 이혼했다 하더라도 세상은 이혼남에 비해 이혼녀에게 더 각박하다는 외할머니의 지혜였다. 어차피 윤 서방이 말레이시아로 떠난 이상, 재혼도 고려해 보아야 하지 않겠냐는 주장엔 외삼촌도 동의였다. 그나마 사람 보는 눈은 엄마보다 설을 더 믿는 관계로 일주일 내내 외할머니가 보내는 무언의 압박과 적나라한 외삼촌의 충동질 속에 결국, 설은 손을 들고 말았다. 마침, 여름방학이라 기회가 좋다는 말에는 더 이상 시기를 미룰 수도 없었다.

"여길 떠나게 되는 거니?"

며칠 뒤, 서울행에 오르는 설을 배웅하며 효가 물었다. 어둡지는 않지만 무언가 고민스런 표정이었다. 효도, 설도 이곳이 아닌 곳은 생각해 본 적이 없었다. 옥정호를 떠난 효는 마치 다른 사람처럼 생소할 것 같다. 아픈 엄마를 버리고 떠날 효도 아니었고.

"잘 모르겠어."

답답한 심정으로 설이 대답했다. 엄마가 원한다 해도 어쨌든 설은 여길 떠나지 않을 생각이었다. 하지만 진실로 그렇게 될 수 있을까? 어찌 되었든 집 문제에 있어서만큼은 외할머니의 의견이 절대적이었다. 그리고 외할머니의 의견이라는 건 당연, 엄마와 딸이 함께 살길 원하는 것일 테고. 그래서 설은 쉽게 장담할 수 없었다. 효 역시 설처럼 어중간한 경계선에 있는 건 마찬가지였다. 굳이 말하지 않아도 지난주보다 효의 어머니 병세는 훨씬 더 심각해지고 있었다. 그녀를 찾아오는 효의 빈도도 그만큼 줄어들었다. 집에서 돌보아주는 사람이 있긴 해도, 병이 심각해지면 효의 어머니는 아들만 찾았다. 살갗을 쥐어뜯고 싶을 만큼 고통스러운 병마엔 그 어느 누구도 위로가 되지 못하는 모양이었다. 아니면 언제 맞이하게 될지 모르는 죽음 앞에서 잠시나마 아들과 함께하고 싶은지도…….

"금방 올 거야. 우리 엄마 엄청 변덕스럽거든. 그사이 몇 번 싸웠을지도 모르고, 헤어진다고 아마 서너 번은 말했을 거야."

그건 희망사항이었다. 그러나 효에게 조금이나마 위로가 될 수 있다면 작은 거짓말 정도는 괜찮을 것 같았다.

"꼭 돌아와야 해! 기다릴게."

불안한 심정으로 효가 다짐했다. 매정한 버스가 출발하는 동안에도 효는 점박이가 될 때까지 그 자리에서 꼼짝없이 서 있었다. 전주를 벗어나는 길은 이곳에 처음 왔을 때와는 사뭇 다른 분위기였다. 여린 연분홍 벚꽃과 목련이 흐드러지던 가로수 길은 어느새 짙푸른 잎사귀로 녹음을 이루어 그때보다는 한결 강인한 모습이었다. 아마, 자신의 모습 역시 마찬가지이지 않을까 싶다. 잠시 머물다 떠날 곳이었는데 어느새 전주는 그녀가 뿌리를 박고 살아야 될 터전이 되어 있었다. 사랑하는 사람을 만나고, 그 사람과의 삶을 꿈꾸는…….

그녀에게 있어 전주는 희망이었고, 빛이었다.

녹음 진 전주를 벗어나 서울로 향하는 길은 지루하고 삭막했다. 비린 에어컨 냄새와 통증이 느껴질 만큼 세차게 불어오는 냉기는 오히려 창밖의 더위가 그리울 정도로 한기가 들었다. 지끈거리는 두통을 짓누르며 설은 애써 잠을 청했다. 잠시 세상을 잊은 사이, 얼른 서울에 도착하기를 바랄 뿐이었다.

서울에 도착하자마자, 그녀를 맞이한 건 인상 좋은 아저씨와 엄마였다. 효에게 말했던 희망사항은 단지 희망사항으로 끝나 버렸다. 불행히도, 정말 몹시 불행히도 엄마의 새 연인은 떠난 아버지보다 훨씬 근사한 몰골이었다. 부유하다는 엄마의 말을 증명이라도 하듯 가볍게 차린 옷은 품위가 있었고, 잘생긴 외모는 아니었지만 설을 반기는 미소는 풋풋하고 근사했다. 남자의 미소가 저렇게 아름다워서 어쩌란 거야? 하고 괜한 트집을 잡을 정도로 말이다.

"성이연이라고 한다."

잘 다듬어진 손톱 끝도 마음에 들지 않는다. 쭈그리고 앉아 발톱을 깎아대던 아버지의 청승맞은 등을 떠올리게 하는 말끔한 손톱을 노려보며 설은 마지못해 손을 내밀었다. 이름까지 고급스럽다.

대체, 이 아저씨는 우리 엄마의 어딜 보고 반한 거야?

오히려 의문스럽기까지 했다. 심술일지 모르겠지만, 엄마의 새 연인이 좀 더 배가 튀어나오고 머리도 약간 벗겨진 전형적인 아저씨였다면 좀 더 동정을 받았을 텐데 그 점이 아쉬웠다. 이연의 인사에도 생뚱맞게 쳐다보는 설이 민망스러웠던지 엄마가 서둘러 변명을 해댔다.

"우리 딸이 좀 퉁명스러워요. 얘를 낳던 날, 눈이 엄청 내려서 설이란 이름을 지었는데 그래서 그런지 애가 성격이 좀 차요. 문하를 좀 닮았으면 좋을 텐데……."

문하는 또 무엇 하는 물건인고?

"그래도 역시 딸만 못하죠. 난 아들만 키워서 그런지 딸은 그 존재 자체만으로 빛이 나는 것 같아요. 게다가 당신을 닮아서 예쁘기까지 하니 나로서는 금상첨화죠."

"예쁘기만 하면 뭐 해요? 그래도 난 좀 싹싹했으면 좋겠어요. 자식인데도 어쩔 땐 부모보다 더 엄격하다니깐."

무뚝뚝한 설을 살짝 꼬집으며 엄마가 강아지처럼 남자에게 꼬리를 흔들어댔다. 참 목불인견이군……. 고까운 눈짓으로 엄마를 야리며 졸졸 따라가니 하늘빛 근사한 스포츠카가 놓여 있었다. 뭐야? 마흔을 훌떡 넘은 어른이 이런 차를 타도 되는 건가?

"아, 차가 좀 그렇지? 마침 내 차가 공장에 들어가게 돼서 아들 차를 빌려 타고 왔더니 영 품이 안 나네. 좀 더 근사한 차로 모시고 싶었는데……."

마뜩찮은 설의 눈초리에 이연이 변명을 했다. 어쩔 줄 몰라 하는 품새가 딱 소년스럽다. 이 각박한 세상에 왕자와 공주가 영원히 행복하게 살 수 없을지 몰라도, 소년과 소녀는 영원히 행복하게 살 수 있는 모양이다. 이연과 엄마를 바라보는 설의 판단은 그랬다. 메마른 어른이 소녀를 품고 살기엔 힘들지 몰라도, 아직 소년을 간직한 이연에게 있어 엄마는 충분히 세상을 살아가는 가치가 되어줄 수 있을 것이다. 두 사람을 바라보며 설은 솔직한 심정으로 반은 포기한 상태였다. 어찌 되었든 아빠와 있을 때보다 엄마는 훨씬 행복해 보였고, 자신의 본성에 가까운 모습이었다. 삭막한 어른의 모습으로 세상을 짊어지던 아빠 곁에서 다 자라지 못한 어른으로 살아야 했던 엄마는 지금보다 더 늙어 보였고 초췌한 몰골이었으니까. 비로소 이연 옆에서 빛을 내는 엄마의 모습에 설은 조금이나마 동정을 느꼈다. 그녀가 효와의 행복을 꿈꾸듯, 엄마 역시 자신의 행복을 꿈꿀 권리가 있는 것이 아닐까? 자신이 엄마의 자식이라는 이유로 그 권리를 파괴할 수 없다는 것도 뒤늦은 깨달음이었다.

"문하는 잠깐 학교에 일이 있어서 마중 못 나왔어. 그 녀석이 그래 봬도 선생이거든."

그래 보이는 게 어떤 것인지 정확히 알 수 없었지만 설은 대충 고개를 끄덕여 주었다. 세 사람을 실은 차는 조용하고 한적한 동네로 들어섰다. 부유층이 많이 산다는 동네였다. 띄엄띄엄 떨어진 집들 사이에 박힌 붉은 벽돌집 앞에서 차는 멈추었다. 잘 다듬어진 정원을 지나 고급스럽게 장식된 대리석 계단……

속되게 이야기한다면 엄마는 신데렐라가 되었다. 자상하고 근사한 남편과 적당히 허영을 채워줄 수 있는 물질적 풍요. 엄마는 가장 완벽한 자신의 삶을 찾아낸 것이다.

"어이, 까칠한 새 동생이 찾아왔네. 아, 미안. 미리 배웅 가지 못해서."

엄마가 무어라 소개를 해놓았기에 저토록 좌불안석인 걸까? 지나치리만큼 친절한 이연에게 느꼈던 설의 궁금증은 그의 아들, 문하의 등장으로 해소되었다.

까칠하다니!

첫 만남에 대놓고 까칠하다, 말할 정도이니 그사이 엄마가 얼마나 흉을 보았는지 알 만했다. 새로 등장한 그래 봬도 선생이라는 이연의 아들은 정말 그래 봬도였다.

노랗게 물들인 짧은 커트 머리와 한쪽 귀에만 걸린 귀걸이, 그리고 불타는 붉은 셔츠를 걸친 문하는 선생이라기보다는 날라리 양아치에 가까웠다. 소박한 베이지 빛으로 차린 제 아버지와 엄청 상반된 몰골로 나타난 문하는 언제 보았다고 설에게 스스럼이 없었다.

"까칠한 성격치고는 어째 범생 느낌이 강렬한데?"

문하가 못마땅한 티를 냈다. 끌끌, 혀까지 차댔지만 그리 밉상이지는 않았다. 그건 그의 아버지 이연이 따놓은 점수의 여파였다. 이연에 대한 첫인상이 그나마 나은 편이라 아들에 대해서도 대체적으로 관대한 마음이었다.

"이 삼복더위에 웬 단추를 그렇게 목까지 꼼꼼히 채웠어? 땀띠 나겠다. 보는 사람이 더 답답해. 좀 느슨하게 풀어놓지 그래? 그럼 좀 더 섹시해 보일 텐데. 하긴, 날라리 오빠에 날라리 여동생은 좀 재미없지?"

허걱, 하는 표정의 이연 앞에서 문하는 혼자 키득댔다.

"혹시 게이예요?"

허락도 없이 옆자리를 꿰어 차고선 지나치게 친근하게 구는 문하에게 설이 냉소적으로 물었다.

"게이?"

"윤설! 너 지금 그게 무슨 말이야!"

깜짝 놀란 엄마가 사정없이 옆구리를 꼬집었다. 제 아들의 버릇에 대해서는 이력이 붙었는지 이연은 피식거리며 관망 중이었다.

엄마에게 꼬집힌 살점을 문지르며 설은 덧붙였다.

"아니……. 그저 동성애적인 사람이 한쪽에만 귀걸이를 한다고 들어서."

"하하하하!"

설의 변명에 문하가 호탕하게 웃음을 제꼈다. 뒤로 젖혀진 목 때문에 커다란 목구멍이 한눈에 다 보였다. 하지만 그건 농담이 아닌 진심이었다. 눈물만큼 작은 다이아가 박힌 귀걸이를 보며 느낀 첫인상이 그랬다. 하하거리는 문하를 설은 물끄러미 바라보았다. 가볍다. 불면 훅 날아갈 것처럼 가벼운 남자는 사실 별로였다. 엄마의 결혼이 확정된 사실이라면, 분명 새 아버지보다 새 오빠로 인해 엄청 골치를 앓을 것 같은 예감이 들었다.

"이건 말이지, 아가씨! 저 따분한 아버지에 대한 반항이야. 아 님, 고루하기 짝이 없는 세상에 대한 반항일 수도 있고."

"귀걸이 하나로 세상에 반항해 보았자, 별로 달라질 건 없을 거 예요."

거 참, 별 시답잖은 반항이라는 생각이었다. 도대체 이 남자는 몇 살인 거야?

"윤설!"

엄마가 파르르 성깔을 올렸다. 처음으로 두 가족이 상면한 자리 라는 걸 깜빡 잊은 모양이었다. 다행히 이연이 손사래를 치며 끼 어들었다. 아들에 대한 반항인지, 아님 새 가족이 될 설에 대한 배 려인지 어찌 되었든 이연의 입장은 설에 대한 동조였다.

"괜찮아요. 설의 말이 틀린 것도 아닌데. 스물일곱이나 먹은 녀

석이 노랗게 머리 물들이고 하는 변명치고는 참 치졸하다는 생각
은 나도 해요."

"치졸하기는……. 그래도 스무 살에 아이 낳은 아버지의 반항
보다는 좀 귀엽지 않아요? 우리 아버지는 늙은 할아버지한테 반항
하느라 스무 살에 날 낳으셨거든."

에에? 스무 살? 그렇지 않아도 생각보다 제법 많은 문하의 나이
에 놀라는 중인데 스무 살에 아이를 낳았다는 말엔 정말 기함이었
다. 스무 살이라면 지금 그녀의 나이보다 겨우 두 살이 많은 때다.
스무 살에 아이를 낳은 아버지와 제 집안이 이사장인 학교에 근무
하는 특혜로 노랗게 머리를 두른 아들은 친구처럼 편했고, 다정했
다. 토닥거리는 모습이 귀여울 정도로 말이다.

환하게 햇살이 들어오는 넓은 거실 속에 나란히 선 두 남자의
모습을 설은 다소 호감스럽게 바라보았다. 시끄럽고, 어이없는 꼴
골에, 지나치게 화려한 집안이었지만 이상하게도 이 소란이 평화
스럽게 느껴졌다. 지금까지 그녀가 느꼈던 가정과는 사뭇 달랐지
만 따스했고, 애정이 넘치는 것만은 분명했다. 장난스럽기는 했지
만, 이들은 나름대로 설을 환영하고 있는 것이다.

"내일은 놀이동산에 가줄게. 오늘 마중 못한 값은 해야지."

집을 나서는 설에게 문하가 인심을 썼다. 실은 오늘 저녁 내려
갈 예정이었다고 말을 했지만 남은 세 사람은 막무가내였다. 어떻
게 만난 사이인데 이렇게 섭섭하게 헤어질 수 있느냐는 것이었다.
적극적인 문하의 태도에 설은 불편함을 느꼈다. 옆에서 바라보는
것으로는 그나마 나았지만 그 속에 합류하는 것은 별개의 문제다.

정중하고 예의 바른 태도로 다시 한 번 거절을 했지만 문하는 거의 배신자마냥 설을 닦달해 댔다. 그럼, 전주까지 자신이 직접 내려가겠다는 것이었다. 그런 소란까지는 사양이었다.

결국 설은 세 사람의 고집에 제 뜻을 꺾을 수밖에 없었다. 어느 정도는 미래에 대한 계산도 있었다. 엄마가 재혼한다고 해도, 함께 살 생각이 없었기에 이 정도쯤은 양보해 주지 뭐, 하는 속셈이었다. 내일을 기약하며 힘차게 손을 흔드는 이연을 남겨두고 설은 엄마의 작은 오피스텔로 돌아왔다.

설이 전주로 내려올 때 가지고 있던 세간들은 대부분 처리를 한지라 오피스텔에 있는 물건들은 얼마 되지 않았다. 실패한 결혼에 대한 잔재는 가져오고 싶지 않았던 걸까?

싸구려이긴 했지만 분명 그것들은 새것이었다. 이연의 집에서 배부르게 먹고 온 터였지만 설은 엄마가 내민 찻잔을 아무 말 없이 받아 들었다.

오랜만에 함께한 모녀는 참 말이 없었다. 엄마는 설의 눈치를 보는 것이겠지만 설은 쉽게 입을 열지 않았다. 이연이 좋은 사람이라는 것은 별개로 복잡한 심정이었다. 이대로 영원히 아빠가 돌아올 자리는 없어져 버리는구나 하는 허전함이 우선은 컸다.

"좋은 사람 같아."

한참 만에 설의 입술이 열렸다. 그렇지? 하고 엄마가 방정을 떨었다. 그리고 봇물처럼 이연에 대한 칭찬이 쏟아졌다. 첫사랑에 빠진 소녀처럼 발갛게 볼까지 붉혀대며 자랑에 여념없는 엄마를 설은 좀 한심스런 시선으로 바라보았다. 지금 마주 앉은 딸이 전

남편의 자식이라는 건 까맣게 잊은 태도다. 참 단순해서 좋겠어, 하고 설은 쓴웃음을 짓고 말았다.

엄마의 수다를 흘려들으며 설은 방에 난 작은 창문으로 시선을 돌렸다. 손톱만한 창문에 보이는 건 기껏해야 낡은 전깃줄과 건물 벽의 벗겨진 페인트뿐이었다. 노랗게 둥실 떠오르는 만월의 달과 검푸른 하늘 속에 점박이처럼 박힌 별은 찾아볼 수도 없다. 시원하게 뻗어진 푸른 나뭇가지도 없고, 밤새 울어대는 매미 소리도 없다. 이곳은 습하고 숨통 막히게 답답한 더위만이 전부였다. 열여덟 해를 살았던 곳인데도 이제 서울은 그녀에게 낯설고 삭막한 도시에 불과했다. 참으로 간사하다. 겨우 사 개월 남짓 산 주제에 전주의 모든 것에 익숙해져 버린 게 말이다.

"엄마가 행복해 보이는 건 처음이었어."

엄마의 수다를 뚫고 설이 조용히 대답했다.

"……그랬어?"

"응. 아빠랑 살 때, 엄마는 늘 조급해 보였어. 선생님에게 혼나지 않으려고 애쓰는 학생처럼 말이야. 나한테 아빠는 조용하고 울타리 같은 어른이었는데 엄마에겐 단지 지키기 힘든 규칙 같은 사람이었나 봐. 성이연 씨 앞에 선 엄마는 훨씬 자유로워 보였어. 원래 엄마는 자유 부인이잖아?"

홋! 하고 설이 작은 웃음을 지었다.

"그 사람이 편해. 내 모습 그대로 꾸밀 필요도 없고, 있는 그대로의 날 받아들이니까. 넉넉하고 자유로워서 좋아. 그 사람을 사랑한다는 건 잘 모르겠어, 솔직히. 하지만 이미 인생의 절반을 허

비했다면 이제 남은 인생은 좀 더 편하게 살고 싶어. 너랑 둘이서
만 사는 것도 좋지만……."

"좀 아등바등하며 살겠지."

응. 하고 엄마가 냉큼 수긍했다. 쥐꼬리만한 관리 약사 월급으
로 빠듯하게 살아가는 엄마의 모습은 상상하기조차 어렵다. 아니,
그보다 남편 없이도 씩씩하게 자식을 키워내는 이 나라 대표 아줌
마의 모습을 엄마에게 기대하기는 좀 어렵다는 게 정답이었다.

"그 사람, 능력은 별개로 하고 정말 좋은 사람이야. 친아빠와 똑
같을 수는 없겠지만 너에게 좋은 새 아빠는 될 거야."

"알아. 엄마가 원한다면, 굳이 반대하지는 않을게."

설의 대답에 엄마는 엄청 놀란 모습이었다. 하긴, 그렇게 까칠
하다 노래하던 딸이 순순히 허락했으니 당연했다.

"정말이야?"

"엄마 말처럼 친아빠보단 못하겠지만, 그래도 나쁘지는 않아."

"그래, 그렇다고 했잖아."

엄마가 활짝 웃었다. 오늘 하루 사이에 엄마의 미소를 근래 몇
년 사이 보았던 미소보다 더 많이 본 것 같다. 엄마는 분명 행복했
고, 그런 엄마를 설은 거부감없이 받아들였다.

"엄마."

설이 가라앉은 음성으로 엄마를 불렀다. 앞에 앉은 엄마가 어쩐
지 엄마가 아닌, 그저 하나의 여자로 보였다. 사랑하고 싶어하고,
사랑받고 싶어하는…….

아마 효를 사랑하면서 설 스스로가 여자가 되어버렸는지 모르

겠다.

"엄마가 이혼하는 순간, 우리 가족은 각자의 삶을 지니게 된 것 같아."

"무슨 뜻이야?"

"그냥…… 그런 것 같다고. 예전에 우리가 함께 살았을 땐, 그저 내 삶은 가정이라는 곳에 속한 작은 부분 같았거든. 그런데 요즘 그래. 내 삶이 그대로 통째 내게 넘겨진 것 같은 기분이 들어. 가족이란 구성을 이루는 작은 조각이 아니라 그냥 내가 짊어져야 할 인생이라는 거. 엄마는 엄마가 스스로가 행복한 삶을 살면 되는 거야. 실패하지만 않으면 돼. 세상에 속지 말고, 그냥 행복한 거."

"애늙은이 같아."

엄마가 투덜댔다. 설이 살풋 미소를 지었다. 앞으로 더 많은 삶을 산다 해도 지금과 특별히 다르지는 않을 것 같기는 했다. 엄마가 변한 만큼 설도 변했고, 두 사람의 삶도 달라졌다. 말레이시아에 떨어진 아버지의 삶도 이 두 사람과 그리 다르지 않을 것이다.

"일찍 자. 피곤하잖아."

엄마가 깔아놓은 이불에선 독한 나프탈렌 냄새가 남아 있었다. 예전의 집처럼 마음껏 햇볕에 빨래를 말릴 수 없는 곳이라 대신 나프탈렌이 눅눅함을 지워내고 있었다. 돌아선 엄마의 등이 유독 좁다. 한결같다고 느꼈는데, 서울에 홀로 살아가던 엄마는 전보다 훨씬 더 어른이 되어 있었다. 몰랐는데……. 설이 홀로 중얼거렸다.

폭폭한 숨소리가 옆에서 들려왔지만 엄마 역시 잠 못 이루는 긴

밤을 보내고 있다는 걸 설은 알아차렸다.

전주로 돌아가고 싶다.

어둠에 싸인 천장을 바라보며 설은 멍하게 생각에 잠겼다. 엄마의 삶에서 튕겨 나왔듯이, 이곳 서울에서의 삶에서 튕겨 나온 그녀는 이제 여기가 아닌 전주가 그리웠다. 옥정호의 비릿한 물 내음과 함께 효의 체취가 절로 떠올랐다.

잘 지내고 있을까?

겨우 반나절의 시간이 흘렀을 뿐인데 벌써 그가 그립고 보고 싶었다. 버스가 떠난 자리에 한참 동안 남아 있던 외로운 그의 그림자도 가슴 아팠고, 숙여진 고개가 계속 마음에 걸렸다.

쓸쓸할 텐데…….

아픈 엄마의 모습이 힘겨울 때, 곁에 있어줄 자신도 없는 쓸쓸한 전주에 남겨진 효가 가슴에 저려 설은 쉽게 잠을 이룰 수가 없었다.

아침에 일어나자마자 전주로 돌아가리라 했던 설의 결심은 이른 아침부터 찾아온 이연으로 인해 무산이 되어버렸다. 다 자란 열여덟 살에게 과천 동물원에 가자는 황당한 제안에 어이가 없었지만, 어찌 되었든 순박한 이연의 친절은 좀 거절하기가 힘들었다. 설의 눈치를 알아차린 문하가 통박을 준 덕분에 동물원에서 수족관으로 변경이 되었지만 그녀에게 있어서는 별 차이가 없었다. 오히려 수족관에서 신이 난 건 이연이 더했다. 마치 아이들의 소풍에 따라온 학부모마냥, 엄마와 이연의 뒤를 졸졸 뒤따르는 설에게 문하가 동지라는 의미로 어깨를 으쓱거렸다.

"그래도 팥빙수 만드는 솜씨 하나는 끝내주니까 좀 봐줘."

시큰둥한 태도로 두 사람을 따라가던 설에게 문하가 속닥거렸다.

"팥빙수요?"

"우리 아버지, 팥빙수 하나는 끝내주게 만들거든. 할 줄 아는 게별로 없어서 여름만 되면 그것 하나로 만사 통과야. 벌써부터 재료 준비 다 해놨으니까 기대하라고."

뭘 기대씩이나……. 팥빙수가 뭐 거기서 거기지 않나?

했던 설이었지만 실제로 이연의 솜씨는 보통이 아니었다. 베이스로 깔리는 팥까지 전부 수제로 만들어 역겨우리만큼 달디단 시중의 팥과는 질부터가 달랐다. 고명으로 얹어놓은 젤까지 손수 만들었다는 말엔, 까칠한 설마저 감탄이 절로 샐 정도였다. 이 팥빙수를 매일 먹을 수만 있다면 여름방학 동안은 엄마 집에 눌러 있어도 괜찮겠다는 생각을 했을 정도니 이연의 팥빙수에 홀딱 반했다 해도 과언은 아니었다.

"겨울에 먹는 팥빙수도 별미야. 설의 한마디라면 매일 식사는 팥빙수로 대령할 아버지이니까, 언제든 주문만 하라고."

엉큼한 문하가 옆에서 부추겼다.

"뭐, 그 말이 과장은 아니네요. 이런 팥빙수라면 매일 식사로 먹어도 되겠어요."

담담한 설의 칭찬에 이연이 헤벌쭉, 기쁜 티를 감추지 못했다. 너른 식탁에 네 사람이 옹기종기 모여 앉아 팥빙수를 즐기는 모습에 도우미 아주머니가 흐뭇한 미소를 짓는 것도 몰랐다. 낮의 지

열이 채 가시지 않는 더운 저녁, 식사 후 음미하는 팥빙수와 즐거운 수다 속에 설의 입가엔 저도 모르게 자주 미소가 스몄다. 그리고 그 미소를 보는 문하의 눈빛에도 냉소 대신 즐거움이 감돌고 있었고. 겉으로 보기에 네 사람은 완벽한 한가족이었다.

매일 저녁, 잠이 들 때쯤엔 내일은 돌아가리라 결심했던 설의 다짐은 다음날이면 어김없이 찾아오는 이연으로 매번 불발로 끝이 났다. 남긴 효에 대한 걱정 때문에 끈질긴 이연의 고집을 끝내 꺾고 설이 전주로 돌아간 건 결국 일주일이나 지나서였다.

그사이, 이연의 가족들도 모두 만났고 말이다. 스무 살의 이연이 제 아버지에게 반항하느라 아이를 낳게 만든 문하의 할아버지는 전형적인 완고한 노인이었다. 소개 받으러 간 자리에서 마땅찮은 기색을 숨기지 않았고, 엄마는 그 속에서 잔뜩 주눅이 들어 죄인처럼 고개만 숙이고 있었다. 그 모습이 안쓰럽긴 했지만 동정하지는 않았다. 그래도 엄마 곁에는 이연이 있었고, 좀 버릇없고 괴상하긴 했지만 뻔뻔한 문하가 든든하게 버티어주고 있었으니까.

다른 가족들은 대체적으로 무덤덤한 태도였다. 특별히 환영하지는 않았지만, 그래도 대놓고 반대하지도 않았다. 그런 면에서도 이연은 제법 괜찮았다.

그렇게 일주일 체류를 마치고 설이 내려선 전주는 음침한 빗줄기가 강타하고 있었다. 깜짝 놀라게 해줄 요량으로 효에게 알리지는 않았지만 무섭게 쏟아지는 굵은 빗줄기엔 못내 당황스러웠다. 홀로 버스에 올라 할머니의 집으로 향하는 길은 사방이 보이지 않을 정도로 쏟아지는 비 때문인지 모르겠지만 탈색된 회색빛이었고, 거리는 온통 질척이고 있었다. 일주일 동안 비어진 전주는 마치 낯선 도시처럼 그녀를 맞이하고 있었다.

6. 운명이었을까?

옥정호로 들어서는 다리 끝에 버스는 멈추었다. 세상을 부수어 버릴 듯 세차게 내리던 비도 그사이 잠잠해져 있었다.

버스에서 내린 설은 천천히 다리를 따라 걷기 시작했다. 마을은 괴기할 정도로 조용했다. 아무리 비가 내리는 오후라 해도 이토록 어둠침침할 수가 없었다. 사방이 어둠에 휩싸인 듯 거뭇했고, 풀잎 하나조차도 숨을 죽이고 있었다. 집으로 향하던 설의 걸음은 마치 자석에 끌리듯 옥정호 쪽으로 향했다. 어쩐지 효가 그곳에서 기다리고 있을 것 같은 예감이 들었다. 그녀가 떠나 있던 시간 동안 홀로 기다리고 있었을 효가 가시처럼 박힌 탓이었다. 이파리를 적신 물기는 이미 멈추어진 비와 상관없이 제 몸무게를 이기지 못하고 여전히 바닥으로 떨어져 내렸다. 자꾸 구두 끝에 걸리는 질퍽한 진흙과 곁을 스치기만 해도 무거운 물줄기를 쏟아내는 나무들 사이를 비집고 걷는 설의 마음도 그 진흙처럼 무거웠다.

지금 이 순간, 효를 보고 싶은 마음과 보고 싶지 않은 마음이 점점 비례해지고 있었다. 이곳에서 언제 올지 모르는 그녀를 기다리는 것보단 차라리 그녀가 없어도 동네 녀석들과 시끄럽게 떠들고 있는 게 더 나을 것 같다. 효의 외로움은 그녀 곁에서만 있어야 했다. 혼자 견디어내야 하는 외로움만큼 슬픈 건 없으니까.

내려선 옥정호 끝에 선 긴 그림자에 설은 절로 한숨이 새었다. 아직 채 어둠이 내리지 않는 흐릿한 빛 속에 묵묵히 선 효는 그사이 많이 말라 있었다. 건장하던 어깨가 날초롬하게 좁혀 있어 그렇지 않아도 커다란 키가 더 길쭉하게 늘어져 있었다.

"효……."

외할머니와 외삼촌에게 꼭 전해달라, 이연에게 부탁받은 선물들을 추스르며 설은 힘겹게 그를 불렀다.

"……설?"

설의 목소리에 묵묵히 호수를 바라보던 효가 재빨리 그녀 쪽으로 돌아섰다. 뜻밖의 해후였는지 몹시 놀란 눈치였다. 뭐야? 왜 그렇게 놀라는 건데? 오히려 설이 더 놀랄 정도였다. 마른 볼살 탓에 더욱 날카로워 보이는 눈동자가 그녀를 빤히 노려보았다.

아, 이런…….

작은 신음 소리가 흘러나왔다. 약간은 불만이 서린 음색이었다. 알 수 없는 이 반응에 설은 살짝 미간을 찌푸렸다. 내내 가슴에 박혔는데 괜한 걱정이었을까?

"······기다린 줄 알았는데."

설이 작은 투정을 부렸다. 하지만 그녀의 농담에도 그는 같이 맞장구를 쳐주지 않았다. 평소라면 기다렸어, 하고 싱긋거리며 거짓으로나마 웃었을 텐데, 미소 짓지도 않았고 반갑게 안아주지도 않았다. 낯선 이를 보듯, 멀리 떨어진 채 그녀만 뚫어지게 바라볼 뿐이었다. 버스에서 내린 후 느꼈던 전주의 모습처럼 낯설고 먼 사람 같았다.

"······화난 거야? 너무 늦게 와서?"

설이 조심스럽게 물었다. 금방 돌아올 줄 알았는데 생각보다 체류가 길어지긴 했다. 천천히 효가 고개를 저었다. 예전, 소주를 주었을 때 보았던 무표정한 눈빛이다.

"아니."

"새 아빠 되실 분이 계속 붙드는 거야. 좋으신 분이라 차마 냉정하게 거절할 수가 없었어. 미안, 기다리게 해서."

그제야 작은 미소가 효의 입가에 떠올랐다.

"다행이야, 좋은 사람이라서."

짧은 대답에 힘을 얻은 설이 한 걸음 더 효에게 다가섰다. 효가 펄쩍, 한 걸음 뒤로 물러섰다.

뭐, 뭐야?

다가서던 설이 그대로 얼음처럼 굳어버렸다. 지금 거부당한 건가? 미간이 절로 찡그려졌다. 일주일 빈 공간치고는 심한 처우였다. 갑작스런 효의 태도에 설은 당황스럽고 은근히 화가 치밀었다.

"윤설……. 행복하니?"

"아니, 행복하지 않아."

행복하지 않았다, 전혀! 그녀를 반기지 않는 효처럼 지독한 불행은 없었다.

"왜 화를 내는 거야?"

"화나지 않았어."

"그럼 왜 안아주지도, 미소 짓지도 않아? 웃지 않는 효 따위, 행복할 리 없잖아?"

목소리가 올라섰다. 잔뜩 독이 오른 설의 눈엔 까만 효의 양복도, 그리고 양복 깃에 꽂힌 하얀 리본도 보이지 않았다. 거부당한 상처가 더 컸다. 효에게 거부당하리라고는 단 한 번도 상상해 본 적이 없었으니까.

설의 어린아이 같은 투정에 율의 입술이 슬프게 올라섰다.

운명인 걸까?

왜 잊으려는 순간, 넌 나타나는 거니?

"……윤설, 넌…… 내…… 곁에 있으면 행복할 수 있어? 내 미소만으로도 행복해?"

"넌? 너 역시 내 곁에 있으면 행복하다고 하지 않았어?"

새삼스럽다는 듯 설이 물었다. 찌릿한 통증이 스쳤다. 현실로 닥친 둘의 모습은 생각보다 고통스러웠고 견디기 힘들었다.

"서울에서 내내 네가 그리웠어. 금방 돌아오고 싶었지만 그럴 수가 없었어. 미안. 솔직히 엄마랑 그런 시간을 보내본 적이 오랜만이라 쉽게 유혹을 떨칠 수 없었나 봐. 기다리는 거…… 많이 힘들었던 거야?"

그리웠다, 라······.

율이 중얼거렸다. 그가 없는 곳에서 결국, 설은 효를 사랑하고 그의 연인이 되어 살아가고 있었다. 어머니가 돌아가셨다는 효의 연락을 받고 내려왔을 때, 설은 이곳에 없었다. 자세히 설명하지 않는 효 때문에 막연히 어머니를 따라 서울로 돌아갔으리라, 추측했었다. 어쩌면 잘된 일인지도 몰랐고. 효의 곁에 선 설을 보는 건 지옥보다 더 고통스러웠으리라. 보지 않아도 좋았다. 죽을 때까지 만날 수 없어도 좋았을 것이다. 한하늘 아래 설과 같은 숨을 나눌 수 있는 것만으로도 충분하다고 생각했다. 덕분에 느닷없이 나타난 설의 등장에 심장이 떨어질 만큼 놀랐다. 또다시 새어나오는 시름을 삼키며 율이 대답했다. 힘들다. 지금 그녀 곁에 있어도 차마 만질 수도 없는 이 순간이 영겁처럼 길고 지루했다.

"······어머니가 돌아가셨어."

흑! 설이 짧게 숨을 삼켰다. 고슴도치처럼 날을 세우던 파르르한 성미가 금방 움츠러든다. 달래줄 요량이었는지 자신에게 뻗어진 설의 손을 피해 율이 훌쩍 뒤로 물러섰다.

다가오지 마, 제발······.

율은 속으로 애원했다. 형의 연인을 빼앗고 싶은 강렬한 충동을 억누를 수가 없었다. 이미 제 존재를 밝히기엔 늦었고, 새삼 지난 기억까지 더듬어 확인시킬 수도 없었는데 말이다. 그의 거부에 상처받았을 텐데 설은 의외로 담담했다. 아마, 자신보다는 그의 처지가 더 걱정스러웠던 모양이다.

"많이 아파하시며 돌아가셨니?"

"아니."

실은 알지 못했다. 그가 이곳에 왔을 땐 이미 장례식이 끝난 후였으니까. 농구부 전지훈련 중이라서 미처 말하지 못했다는 아버지의 변명이 믿기지 않았지만 뒤늦게 허겁지겁 내려왔을 땐, 모든 절차가 끝나 있었다. 다만 고통없이 돌아가셨길 바랄 뿐이었다.

"그나마 다행이야."

"글쎄?"

"그동안 많이 힘드셨으니까 마지막 가는 길은 편안하면 좋잖아?"

"아마도."

대충 대답하며 율은 언덕 위 어머니 집 쪽을 바라보았다. 아마 지금쯤 아버지와 형이 한창 실랑이 중일 것이다.

"떠날 거야, 여길."

율은 일부러 잔인하게 말을 짓이겼다. 충격으로 벌어진 설의 눈동자로도 그리 위로가 되지는 못했지만.

"무슨 소리야? 떠나지 않을 거잖아. 어머니가 돌아가셔도 여기 남는다고 했잖아!"

설이 외쳤다. 그러나 율은 위로해 줄 의향이 없었다. 이곳에 내려온 순간 아버지는 이미 이곳을 매물로 내어놓았고, 집은 빠른 순간 매매가 이루어졌다. 마침, 서울에 사는 아버지의 친구 분이 별장 겸 시골 집 하나를 구하고 있던 참이라 했다.

결국 아버지는 어머니의 죽음을 참을성있게 기다린 것뿐이다.

아버지는 모든 걸 전부 소유했고, 어머니는 모든 걸 잃고 떠났다. 심지어 그토록 끔찍했던 아들조차 자신의 몫이 되지 못했다. 어머니를 묻으며 아버지는 효와 함께 이곳을 떠날 거라 통보했다. 이곳에 남은 형의 삶 따윈 안중에도 없었다. 얄팍한 미소가 걸렸다. 원래 아버지는 그런 사람이었다. 잔인하고 비정한 심장을 지닌.

"내버려 두란 말이에요! 지금까지 잘도 그랬잖아요? 엄마랑 이곳에 사는 동안 한 번도 찾아오지 않고, 그냥 그렇게……."

눈물이 하나 가득 고인 형은 소리쳤지만 불행히도 그 속에 담긴 그리움까지는 어찌하지 못했나 보다. 옆에 선 그가 보기에도 아직도 아버지를 그리워하고 있었고, 홀로 남겨지는 외로움을 두려워하고 있었다. 설이 붙들어도, 아버지가 명령하지 않아도 아마 형은 이곳을 떠났을 것이다. 율은 그것이 가슴 아팠다. 아무리 설을 사랑해도 형은 외로움을 견딜 수 없고 그건 긴 이별을 의미하니까. 이곳에 남겨진 건 형이 아닌 설이다. 이젠 그녀가 눈물을 흘려도 안아줄 수 있는 그도, 그리고 효도 없었다. 그래서 율은 더욱 모질게 굴 수밖에 없었다.

"여기 남을 거라고 했잖아!"

설이 다시 절박하게 소리쳤다. 지킬 수 없는 약속이야. 율이 속으로 비꼬았다.

"떠나지 않는다고, 사랑한다고 했잖아! 모두 거짓이었던 거야?"

"아니, 사랑해. 하지만 떠날 수밖에 없어."

형은 외로움을 견디기엔 너무 약한 존재이니까.

"어떻게 그럴 수 있니?"

한 치도 물러서지 않는 대답에 설은 그제야 현실을 깨달았다. 떠난다. 그녀가 난생처음 사랑했던 사람이 그녀의 곁을 떠난다.

"내가 없는 사이에 모든 걸 결정하고, 끝내고……. 겨우 일주일이야. 내가 떠난 게 겨우 일주일인데 넌 모든 걸 다 결정해 놓았구나."

"……떠날 수밖에 없어. 아버지가 집을 팔아버렸으니까."

"변명이야."

빌어먹게도 설은 너무나 영특하다. 그래, 그건 변명일 뿐이다.

"결국 떠나길 원하는 건 너야. 나 같은 건 쉽게 버릴 수 있는 거잖아?"

"그럴지도 모르지. 하지만 그렇다고 널 사랑하지 않는다는 건 아니야."

하!

설이 자꾸 아프게 웃는다. 율은 그녀에게 향하려는 제 손목을 힘껏 움켜쥐었다. 이 순간, 그녀를 안으면 두 번 다시 놓아줄 수 없을 것 같았다. 그녀 곁에 있을 수 있다면 아버지 따위는 쉽게 버릴 수 있을 텐데, 불행히도 그녀가 원하는 건 그가 아니었다.

율은 그녀 너머 옥정호를 벗어나기 시작했다. 지독한 운명에서도 이렇게 쉽게 벗어날 수 있으면 좋을 텐데.

"……제발."

등 뒤로 설의 목소리가 점점 잦아든다. 율의 심장도 함께 작아지고 작아져 이젠 통증조차 느껴지지 않았다. 돌아보지 않아도 알 수 있다. 그녀의 눈물은 보지 않아도, 묻지 않아도 알 수 있을 정도였다. 울지 마라. 속으로 속삭였다. 단단하게 세운 벽이 허물어진 작은 소녀는 작은 상처에도 쉬이 아파하고 눈물을 흘린다.

"제발, 부탁이야. 떠나지 마. 네가 없는 이곳이 내게 무슨 의미가 있니? 같이 있을 거라 약속했었잖아."

마지막 음성은 거의 들리지 않을 정도로 울음으로 잠겨 있었다. 가닥가닥 찢어진 심장이 산산이 부서졌다. 겨우 내딛던 걸음도 멈추었다. 설의 눈물 앞에 떠날 수 있는 강심장을 지니지 못했다. 설사, 그녀가 진정으로 붙들고 있는 것이 자신이 아닌 효라 해도 말이다.

율은 천천히 몸을 돌렸다. 무거운 가방을 어깨에 짊어진 채, 설이 그를 바라보고 있었다. 여린 아이 같은 눈동자가 그의 심장을 짓눌렀다.

너를 어찌해야 할까? 네가 바라는 건 내가 아닌 형인데 자꾸 다가서려는 난 또 어찌해야 하는 걸까?

정작 울고 싶은 건, 묻고 싶은 건 율 자신이었다.

"울지 마."

"떠나지 마. 부탁이야, 효. 내가 잘못한 거야. 널 홀로 남겨두는 게 아니었어. 서울 따위 가지 말았어야 했어. 이렇게 너 혼자 슬프게 하는 게 아니었는데……."

그렇게 애원하지 마! 속으로 외치며 율이 성큼 설에게 다가갔다. 그리고 옴팍 품에 담아버렸다. 다시는 울리게 하고 싶지 않았다. 그녀가 원하는 사람이 설사 형일지라도 울지 않기를, 외롭지 않기를 원했다. 외로움과 기다림의 고통은 그 혼자 짊어질 생각이었는데. 아버지의 이기심에 율은 몸살을 떨었고, 설의 눈물에 심장이 떨렸다.

"울지 마. 제발 부탁이야, 윤설."

율이 속삭였다. 그녀의 눈물은 그로서는 해약할 수 없는 독이었다. 죽음보다 더 고통스럽고 심장조차 사라지게 만드는. 언제쯤 그녀의 웃음을 볼 수 있을까? 뺨 위로 흐르는 눈물을 닦아내며 율은 한숨을 내쉬었다. 그녀의 눈물이 잠시라도 멈출 수 있다면 이대로 효가 되어도 좋을 것 같다. 효가 되어 그녀를 안아 위로하고 슬픔을 멈추어줄 수 있다면 남은 생을 다 주어도 아깝지 않을 것 같았다.

"떠나지 마, 효."

또다시 애원하는 설을 가만히 안아주었다.

"떠나지 않는다고 했잖아."

"돌아올 거야."

그러기만 바랄 뿐이다. 형의 마음이 진실이길. 아니, 형이 진심이 아니라 해도 괜찮았다. 그의 심장이 이곳에 남을 테니까. 양손으로 설의 뺨을 움켜쥔 율이 천천히 입술을 내렸다. 뜨거운 열기가 스며들었다.

"잠시의 이별일 뿐이야."

"그래도 떠나는 거잖아."

"잠시만 놓아두는 거야. 다시 돌아올 테니까. 그러니까……."

더 이상 말이 나오지 않았다. 형이 아닌 그가 돌아온다면 설은 받아줄 수 있을까? 자신이 사랑했던 효가 아니라 해도 받아줄까?

"내가…… 내가 다른 사람이 되어 나타나도 사랑해 줄 수 있어?"

"말도 안 돼."

방울, 떨어지는 눈물 속에 설이 실쭉 웃었다.

"내게 넌 언제나 같은 사람이야. 시간이 흘러도, 서로 알아볼 수 없을 만큼 많은 시간이 흐른다 해도 지금과 달라지지 마."

그래도 네가 떠나지 않았으면 좋겠어. 종알거리는 설의 입술을 한입에 삼켰다. 짭짤한 눈물이 입술 안으로 스며들어 왔다. 깊은 한숨이 샜다.

"영원히 너만 간직할 거야. 그러니까 잊지 마."

그래. 율이 속삭였다. 그녀의 가슴속에 영원히 간직되는 건 그가 아닌 형. 하지만 지금 그녀의 입술에 입을 맞추는 건 그다.

"너 역시 기억해 줘."

하지만 오늘의 기억은 또다시 신기루처럼 그녀의 뇌리 속에서 사라지겠지. 그녀가 기억하는 모든 것은 효일 뿐이다. 그것은 진실로 고통스러운 현실이었다.

일주일 사이 모든 게 끝이 나버렸다. 허망할 정도로 말이다. 왜 미리 연락하지 않았느냐, 따질 수도 없었다. 연락처를 남기지 않은 것도 그녀였고, 서울에 있는 내내 연락을 하지 않은 것도 그녀였으니까.

늦은 저녁 시간에 한걸음에 달려온 외삼촌과 외할머니는 이연에 대한 궁금증에 몸이 달아 있었다. 효와의 실랑이 탓인지 당장이라도 쓰러질 것처럼 피곤했지만 설은 대충 이연에 대해 간단한 프로필만 언급했다.

꽤 이름있는 명문 집안의 셋째 아들인데다, 제 아버지에게 반항하느라 스무 살에 낳은 아들도 있더라는 말에 할머니는 입을 쩍 벌리며 몹시 황당해했다. 이연에게 있어서 가장 매력적인 점이 스무 살에 낳은 아들이었는데 할머니의 관점은 설과 좀 달랐다. 어렸을 때부터 발랑 까진 날라리라는 이미지를 버릴 수 없는 모양이었다.

스무 살에 낳은 아들까지 노란 머리에 반짝이는 다이아 귀걸이를 한 꼴을 보았다면 뒤로 꽈당 넘어질 기세였다. 제발, 결혼식 때엔 검정으로 염색하고 오길 바랄 뿐이었다.

"정말, 괜찮은 거여?"

정말 괜찮다는데도 할머니는 재차 물었다. 아무리 좋은 사람이라 해도 저를 낳은 부모만 못하다는 건데. 그 말엔 동의였지만 설은 그저 피곤하다고만 대답했다. 실제로 당장이라도 자리에 눕고 싶기도 했고.

효가 떠난다.

그것은 엄마의 재혼 소식보다 스무 배는 넘는 충격이었다. 어차피 재혼하지 않고 홀로 자식을 키우는 엄마는 상상해 본 적도 없었다. 아마 엄마가 끝내 혼자 살겠다고 말했다면 오히려 더 충격적이었을 것이다. 하지만 효가 떠난다는 건, 정말로 생각조차 못한 일이었다. 언제나 자신의 곁에 있어줄 거라 믿어 의심치 않았다. 지금보다 훨씬 더 성숙한 모습으로 한적한 시골길을 산책하는 둘의 모습을 늘 상상했다. 아마 그때는 연인이 아닌, 부부의 모습이겠지. 이제 겨우 걸음마를 배운 두 사람의 아이와 함께 자박한 음성으로 하루의 일과를 나누고, 변치 않은 두 사람의 애정을 확인하며 그렇게 함께 살아갈 줄 알았다.

"참, 지난주에 끝내 효네 엄마가 죽었댄다. 니 서울 올라가고 다음날이었던가?"

그리 흡족하지는 않지만 그나마 좋은 사람이라는 설의 말에 가슴을 쓸며 외삼촌이 떠난 후, 빈 수박 껍질을 치우던 설에게 외할머니가 문득 소식을 전했다.

"네."

쥐어짜듯 설이 대답했다. 아픔이 쉽게 가시질 않았다.

"참말, 사람이 참 독하더라."

할머니가 꿍시렁댔다.

"아무리 이혼한 내외간이라 해도, 자석 놓고 사는 사이인디 눈물 한 방울도 안 흘릴 수 있간디. 돌아서면 남이 되는 사이라 한다더만, 참말로 독하디독한 사람이여. 제 자석 보고도 어째 그리 눈빛이 냉한지, 다덜 한소리씩 하더라."

효의 아버지를 놓고 하는 말이다. 괜한 수박 껍질만 부서뜨리며 설은 귀를 가울였다. 냉정한 아버지일지라도 효 혼자 장례를 치르지 않았다는 말은 좀 위로가 되었다.

"사람 사는 것이 그리 허망한 줄 몰랐다. 그래도 몇 년을 산 곳인디, 사람 죽었다고 그렇게 한순간에 싸악 정리하고 떠난다는 디······. 못 떠난다고 효가 엄청 울더라. 옆에 선 동네 사람들이 죄다 눈시울 적시는데도, 그 독하디독한 양반이 눈 하나 꿈쩍 않더라니께. 장례 치름서 사람들이 지독한 사람이라고 다들 입을 모으더라."

"네에……."

가슴으로 눈물이 흘렀다. 너를 떠나보내고 이곳에서 나 혼자 살아갈 수 있을까? 설은 치밀어 오르는 눈물을 애써 눌렀다.

"남은 자석만 불쌍한 것이제."

끌끌, 혀를 차며 할머니는 이부자리를 펴기 시작했다. 빈 그릇을 정리하고 설은 터덜터덜 제 방으로 돌아왔다.

떠난다…….

효가 떠난다는 그 사실 이외에 아무것도 떠오르지 않았다.

사람 사는 것이 허망하다는 외할머니의 말처럼 지워진 자취가 참으로 허탈했다. 끝내, 효는 전주를 떠났다. 남은 짐 정리와 전학 수속을 마치고 오 년여 머문 그의 자리를 정리하는 데는 많은 시간이 필요없었다. 아버지가 허락한 일주일 사이, 농구부와의 송별식이 있었고, 반 아이들이 작은 환송회를 열어주었다. 시골, 겨우 한 학년에 세 개밖에 없는 반에서 네반내반이 어디 있겠냐며 설의 반에서도 이 동네에 사는 아이들 몇몇은 환송회에 참여했지만 효는 굳이 와달라고 부탁하지 않았고, 설도 일부러 참석하지 않았다. 은영이 몇 번이나 권유를 했지만 말이다. 효와의 이별은 둘만이 조용히 치르고 싶었다. 일주일은 설에게 있어서 영겁처럼 긴 시간이기도 했고, 찰나처럼 순식간에 스치는 시간이기도 했다. 낮

동안엔 마을 어른들과 친구들에게 이별 인사를 하느라 바삐 보내고 저녁때쯤에야 온전히 설의 차지가 되었다.

저녁이 되면 둘은 무언의 약속대로 매일 옥정호에서 만났다. 아무 말도 없었다. 그저 나란히 선 채 두 손만 꼬옥 움켜쥐었을 뿐이었다. 굳이 입을 열지 않아도 서로의 마음은 마주 잡은 손만으로 충분히 전해졌다. 아프고 저린 둘의 사랑처럼 말이다. 말이 없어도 서로의 마음을 알 수 있다는 것. 그것으로 설은 만족했다. 아니면 실상, 그녀가 전주에 돌아왔던 그날 마음속으로 효와의 이별 인사를 끝냈는지도 모르고. 돌아오겠다는 그날의 약속을 가슴 깊이 간직하며 설은 겨우 웃으며 효를 보낼 수 있었다.

"잊지 않을 거야."

버스에 오르는 효에게 설이 말했다.

"그래. 잊지 마, 나를……."

가라앉은 음성으로 효가 속삭였다. 그녀를 사랑했지만 아버지와 함께 사는 것도 뿌리칠 수 없는 유혹이었다. 어머니도 없이 혼자 전주에 살아갈 자신이 없었다. 설에겐 미안했지만 그 역시 어쩔 수 없는 열여덟 소년이었을 뿐이었다.

"그땐, 이해하지 못했어. 왜 떠나는 건지. 사랑한다고 했으니까 당연히 남아줄 줄 알았지. 가슴 아픈 말 해서 미안해. 우린 결국 어른이 아닌 건데……. 너에게도 누군가 필요하다는 걸 잊었어. 네 말처럼 아주 잠깐이라면 기다릴게. 이 모습 그대로 돌아와. 찾기 힘드니까."

미세하게 효의 눈썹이 떨렸다. 또다! 전에 느꼈던 알 수 없는 감정이 그의 눈동자를 빠르게 스쳤다. 그의 시선은 그녀가 아닌 다른 곳을 향한 것 같다. 어딜 보고 있니? 설이 잡은 손에 힘을 주었다.

"설아……."

"응?"

"우린, 운명이었을까?"

"무슨 말이야?"

되묻는 설의 동그란 얼굴에 효가 연한 미소를 지었다. 운명이라 한순간도 믿어 의심치 않았다. 하지만 자꾸 어긋나는 찰나들이 효는 조금씩 불안했다. 그녀가 기억하는 순간은 늘 율이다. 마치 운명처럼 말이다. 잠깐 떠오르는 생각에 효는 절로 머리를 저었다. 아니다. 율이 끼어들 만한 여지는 없었다. 그와 설. 둘은 한 쌍으로 맞추어놓은 운명이다. 그건 결코 변할 수 없는 사실이었다.

"체육관에서 네가 처음으로 내게 다가온 날, 운명이라고 생각했어. 그건 아주 짧은 순간 느낀 예감이었지. 네 미소에 심장이 떨렸고, 네 모든 것을 사랑했어. 널 생각하면 늘 그날이 먼저 떠올라."

"나도 기억해."

설이 낮게 웃음소리를 냈다. 아직도 선명히 떠오른다. 하늘로 뛰어오르던 효의 비상을.

사람이 그토록 높이 날 수 있다니……. 처음엔 천사가 아닌가, 착각했었다.

"천사라고 생각했어. 그렇게 높이 나는 사람은 처음 보았거든."

설이 아득한 표정을 지었다. 효가 설을 따라 가볍게 웃었다.

"그래, 운명이라고 생각했지. 하지만 네가 진정으로 사랑하는 건 내 모습 중 어떤 것일까, 궁금해."

"전부 다!"

설이 자신만만하게 대답했다. 그의 모든 것을 사랑했다. 그가 작은 소주병을 건네주던 그 순간, 천사가 그녀의 가슴으로 떨어졌다. 덕유산 자락에서 그녀를 위로하던 첫키스의 추억도……. 효를 기억하는 매 순간을 사랑하지 않을 수가 없었다.

"그래도 그때 네가 소주병을 주지 않았다면 그냥 스치는 아이로 남았을 거야. 그날, 실은 절실히 술이 필요했었거든. 말해주지도 않았는데 어떻게 알아차렸니?"

"아마……."

"아마, 그게 운명이었던 거야. 우린 서로 같은 아픔을 공유하고 있었으니까."

심장이 따끔거렸다.

"돌아올 거야, 반드시."

표를 준비하라는 직원의 음성 사이로 효가 다짐했다.

응!

설의 고개가 힘껏 흔들었다. 돌아올 거야, 반드시!

이별이 아니다. 지금은 창 하나를 사이에 두고 나뉘었지만 이것이 끝이 아닌 거라, 설은 애써 위로했다. 잠시뿐이야. 그녀가 일주일 서울로 떠났듯이, 효 역시 그보다는 조금 긴 시간 떠나 있을 뿐이다. 그것이 전부라 생각했다.

효가 떠난 후, 설은 한동안 몸살을 앓았다. 그토록 사랑했던 옥정호도 더 이상 매력적이지 않았고, 마을 전체가 빛을 잃었다. 효가 없는 공간을 살아간다는 건 낯선 삶에 적응하는 것만큼이나 힘들었다. 그나마 방학 동안은 효를 볼 수 있었다. 아버지가 출장 간 주중에 가끔 내려와 동네 친구의 집에 머무르기도 했다. 가끔은 전주에 사는 지루나 승현의 집에 머물 때도 있었다. 이곳에 있을 땐 앙숙처럼 굴더니 묘하게도 효가 전주로 올 땐 제 집에 머물러도 좋다고, 지루가 초대했다. 그렇게 둘은 끈질기게 서로를 사로잡았다. 물론 둘만의 데이트가 아닌 승현과 지루, 그리고 심지어 은영까지 낀 단체 행사가 되기 십상이었지만 효의 얼굴을 볼 수 있는 것만으로도 참을 수 있었다. 간혹 자신에게 박힌 지루의 시선이 의아해질 때가 있긴 했지만 모임이 나름대로 즐겁기도 했다.

설은 효와 함께 지루와 승현이 친구가 되어 있었다.

덕분에 잠시 효의 이별을 잊을 수 있을 때쯤, 짧았던 여름방학이 끝나 버렸다. 개학하던 날엔 가을을 부르는 찬비가 제법 내렸다.

"정말, 효가 떠나긴 했나 보다."

창밖을 두드리는 세찬 비를 바라보며 심란스런 목소리로 은영이 중얼거렸다. 방학 땐 몰랐는데 막상 효가 떠난 빈 학교를 보려니 절로 마음이 울적해졌다.

"농구부에서도 주장이 빠져서 지금 몹시 심란한가 봐. 괜히 지루랑 승현이한테 가입하라 졸라대는 모양이야."

"말도 안 돼."

"그러게. 그래도 그날, 지루랑 효의 시합은 참 볼만했어. 그렇지?"

은영이 생기 도는 얼굴로 돌아보았다. 하긴, 학교로 들어서는 순간 맨 먼저 눈에 들어온 곳도 교실이 아닌 체육관이었다.

보고 싶다⋯⋯.

턱을 고인 채 창밖을 응시하며 설은 은영 몰래 중얼거렸다. 그립고 또 그립다. 비 때문에 수업을 체육관에서 한다는 체육 선생님의 말에 더욱 그랬다. 학교 곳곳에 그의 자취가 배이지 않는 곳이 없겠지만 유독 체육관은 더했다. 아마 효가 돌아올 때까지 두 번 다시 체육관엔 갈 수 없을 것 같다.

"네가 없는 학교는 좀 그렇더라. 방학엔 몰랐는데 막상 개학하니까, 텅 비어진 것 같아."

저녁에 걸려온 효의 전화에 설이 투정을 부렸다. 이젠 제법 떠남에 익숙해진 줄 알았는데 어이없는 자신감이었던 모양이다.

[내려갈까?]

"아니."

설이 단박에 거절했다. 그렇지 않아도 얼마 전 아버지의 출장을 틈타, 이곳에 내려온 게 발각되어 엄청 혼났다는 말을 잠깐 흘렸었다. 그의 아버지는 이곳을 병적으로 싫어한다는 말도 함께. 헤어졌던 가족과 만났는데도 효는 아버지나 동생, 그리고 새 어머니에 대해 이상하리만큼 말이 없었다. 그게 더 걱정이 되었다. 정말 잘 지내고 있는 걸까?

"잘 지내고 있어, 효?"

걱정스럽게 물었지만, 들리는 건 여전히 씩씩한 대답이었다.

[물론.]

하지만 진실이라고 믿지는 않았다.

[보고 싶어. 여긴 너무 삭막해. 답답하고 숨이 막혀. 하늘이 마치 땅에 붙어버린 것 같아. 숨 쉴 공간이 없는 기분이야.]

효가 말했다. 이해할 수 있는 말이었다. 그녀가 서울에서 느꼈던 느낌도 그와 별반 다르지 않았으니까. 그사이 한 번 더 올라오라는 엄마의 말에도 설은 올라가지 않았다. 서울에 올라가면 효를 만날 수 있겠지만, 서울에서 살아가는 효를 보고 싶지 않았다. 그곳에서 효를 만나면 둘의 이별이 기정사실처럼 박힐 것 같았다. 돌아온다고 했으니까…….

설은 아이처럼 효를 붙들고 있었다.

가을이 시작되고, 푸르던 논이 누렇게 변해가는 사이 효가 몇 번 더 내려왔다. 일요일 이른 아침 잠시 내려왔다, 다시 올라가긴 했지만 그 짧은 만남으로도 둘은 끈끈히 이어졌다. 그녀는 매일 효를 꿈꾸었고, 그를 기억하며 살아갔다. 그녀의 일상은 효를 그리워하고, 효를 기다리며 하루하루 흘러갔다.

짧은 가을 동안, 엄마의 결혼 날짜가 잡혔다. 상견례 삼아 전주에 내려온 이연은 그 특유의 순한 미소로 외할머니의 마음을 단번에 사로잡았고, 까다로운 외삼촌까지 '뭐, 그 정도면 나쁘진 않구만' 하고 선심을 썼다. 좀 걱정을 했는데 그래도 생각이 아예 없지는 않았는지 제 아버지를 따라온 문하는 서울에서 보았던 것과는 판이하게 다르게 얌전한 갈색 머리로 내려왔다. 잘 교육 받은 태도로 할머니에게 정중하게 인사를 드리곤 머무는 내내 자상한 오빠 노릇까지 제법 해 덤으로 점수까지 얻었다.

"결혼식 끝나면 너도 서울로 가야지?"

엄마의 결혼식을 앞두고 외할머니는 마치 수순처럼 그렇게 결정을 지었다.

"여기 있을래요."

설은 단호히 거절했다.

"성 사장은 같이 살 거라고 하던만."

"알아요. 그래도 여기 있을래요. 당분간만……."

효는 대학을 전주로 진학한다고 했다. 설도 요즘 전주에 있는 대학으로 목표를 설정하고 있는 중이었다. 서울 일류 대학의 좋은 과로도 충분히 진학할 수 있는 성적이라 담임은 진로 변경을 권유했지만 설은 완강했다.

"친아버지보다야 못하겠지만 그래도 너한테 못되게 굴 사람 같지는 않아 보이더라."

오해한 외할머니가 설을 설득했다.

"알아요. 새 아버지나 문하 오빠가 싫어서 그러는 건 아니에요. 그냥, 나까지 그 사람 집에 있으면 나중에 아빠가 돌아올 때 너무 쓸쓸하지 않을까 싶어서. 이곳도 그리 편하지는 않겠지만 그래도 새 아버지의 집보다는 나을 테니까. 연락하는 것도 그렇구요."

"애고, 끌끌! 어린 것이 어째 그리 생각이 깊냐."

외할머니가 안쓰럽다는 듯 혀를 찼다. 그러나 실상, 외할머니가 생각하는 것만큼 설은 불행하지 않았다. 엄마의 재혼도 나쁘지 않았고, 새 가족도 마음에 들었다. 이연도 그렇지만 무엇보다 문하가 그랬다. 좋은 사람들이었고, 엄마의 새 가족이 좋은 사람이라는 게 만족스러웠다. 하지만 그녀의 거취는 별개의 문제였다. 지금, 그녀가 걱정하는 유일한 일은 효였다.

벌써 며칠째 효의 연락이 오지 않고 있었다. 시험 기간 중에도 꼬박 연락을 끊지 않았던 효다. 한 번도 이런 적이 없었는데…….

전화를 걸 수도 없었다. 매번 효 쪽에서 전화를 해온 탓에 서울의 전화번호도 몰랐지만, 설사 알고 있다 해도 그의 집에 전화를 걸 수도 없었다. 효의 침묵은 공포 영화의 배경 음악과도 같았다. 다음에 등장할 살인귀의 존재처럼 불길하고 음침했다.

왜일까?

엄마의 결혼식이 끝나고 겨울이 찾아와도 효의 소식은 없었다. 여전히 전화는 불통이었고, 마치 이곳 전주는 까맣게 잊은 듯 그는 사라지고 있었다. 주말이면 어김없이 창문을 열고 그를 기다렸지만 창문을 두드리는 건 소리 없는 눈송이뿐이었다.

운명이라 생각했는데, 결코 끝나지 않을 것 같던 그녀의 운명은 그렇게 어이없이 끝나 버렸다. 첫사랑은 이루어지지 않는다는 진리를 잠시 잊었던 모양이다. 겨울이 끝나고 봄이 다시 시작되었을 때, 설은 조금씩 현실을 인정하기 시작했다. 설에게는 운명이었던 사랑이 효에게는 단지 풋사랑에 불과했음을 말이다.

모든 것을 잃었던 열여덟, 아픔 이외엔 가진 것이 없었던 그녀에게 웃음이 되었고, 삶의 전부가 되었던 첫사랑은 그렇게 끝이 났다. 날카로운 첫키스의 추억도 색이 바랜 낙엽처럼 지워졌다. 남은 일 년을 악착같이 버티어낸 설은 서울에 있는 대학을 지원했다. 더 이상 이곳 전주에 미련이 없었다.

"잘된 거여. 아암, 그래야지. 어찌 부모 자석을 갈라놓는다냐. 성 서방도 좋은 사람이라 너한테 잘할 것이다."

합격 통지문이 날아든 후, 서울로 떠나겠다는 설에게 외할머니는 눈물을 훔치며 반색을 했다. 외할머니로서는 섭섭함보다 이제 제 살 곳을 떠나는 설에 대한 기쁨이 더 큰 기색이었다. 하지만 설은 달랐다. 효에 대한 분노로 가득 찬 심장은 날카롭게 날이 서 겨울처럼 얼어 있었다. 대학 합격조차 기쁘지 않았다. 그것은 단지 효의 추억이 남아 있는 이곳을 떠나기 위한 빌미였을 뿐이니까.

철저히 잊어줄 거야.

졸업식을 마친 후 서울로 향하는 버스 속에서 설은 이를 갈았다. 그가 남아 있는 전주 따위는 철저히 잊어줄 셈이었다. 가슴에 남은 기억 역시 미련없이 지울 것이다. 그녀의 인생에 두 번 다시 사랑은 없었다. 그리고 연인도…….

그녀의 사랑은 전주에서 끝나 버렸다. 그녀의 삶과 함께.

모든 게 끝난 거라 다짐을 했지만, 서울로 향하는 세 시간 내내 설의 뺨엔 뜨거운 눈물이 멈추지 않았다. 진실로 사랑했었다. 그에겐 풋사랑이었을지언정 그녀 자신에겐 열병처럼 쏟아진 소중한 사랑이었다.

어둠이 스민 창문에 제 얼굴이 비쳤다. 초췌하고 많이 말라 삭막해진 눈빛엔 미소가 사라지고 없었다.

그토록 사랑했고, 아파했던 첫사랑을 어찌 잊을 수 있을까?

자신을 잊어버린 효를 설은 절대 이해할 수도, 용서할 수도 없었다. 그녀에게 남은 진실은 자신이 버림을 받았다는 것이었고, 그건 지울 수 없는 깊은 상처였다.

7. 세월이 흐르면…

동네 곳곳에 장미가 피었다. 시골 담장을 타고 흐르는 짙붉은 색이 아닌, 고혹적인 주홍빛의 탐스런 봉오리가 먹음직스럽게 벌어져 있었다. 5월은 장미의 계절이라는 말이 실감나도록 유난히 장미가 기승을 부린 한 해다. 지난 가을부터 동네 이곳저곳에서 나무를 심는다 했더니, 전부 장미 나무였던 모양이다. 어른 주먹 크기의 꽃을 피워내는 장미 나무 사이사이에는 미니 장미가 소박하게 제 멋을 내고 있었다. 어딜 가나 꽃이었다.

지난 4월까지 한창 맛깔스런 빛을 내던 철쭉이 잠시 소강상태를 보인다 했더니, 이젠 장미의 차례였다. 서울치고는 운치있는 동네였다. 그것 역시 가진 자들의 여유라, 설은 냉소적인 미소를 지었다. 어쨌든 골목 어귀마다 핀 장미꽃 덕분에 버스 정류장까지

가는 길이 그리 심심하지는 않겠다.

얼마 전, 짧게 쳐낸 머리카락을 쓸어 올리며 설은 천천히 길을 내려섰다. 언덕길이긴 했지만 낮은 굽을 신은 탓에 그리 불편하지는 않았다. 매일 등산하듯, 이 길을 걷다 보니 굳이 운동을 하지 않아도 설은 늘 날씬한 몸매를 유지했다. 같이 근무하는 신애는 먹는 밥이 다 어디로 갔느냐고 늘 타박이었지만 말이다.

"윤설!"

묵묵히 걷고 있던 그녀 곁으로 고급스런 은빛의 차체가 슬슬 다가섰다. 그녀 앞에 멈추어 선 차의 창문이 열리며 낯익은 갈색 머리가 튀어나왔다.

"타! 정류장까지 태워줄게."

설이 나올 때까지 게으름을 피우더니 금세 그녀의 걸음을 따라잡은 문하였다. 노란 머리로 한동안 선생 노릇을 하더니 결국은 동료 교사와 교감에게 들들 볶여 삼 년 전, 문하는 학교를 때려치우고는 제 집안의 회사에 입사했다. 새 아버지는 한 직장에 오래 붙어먹지 못한 녀석이라 한심스럽게 생각했지만 설은 좀 달랐다. 문하가 학교를 박차고 나온 것은 앞으로 이 나라의 새 일꾼이 될 새싹들에게 있어서는 진실로 잘된 일이었다. 양분을 먹고 자라도 시원찮을 새싹들에게 굳이 독약을 부을 필요는 없으니까.

그래도 학교보다는 적성에 맞는지 몇 년 동안 고수하던 노란 머리를 갈색으로 염색하고 제법 직장인다운 면모를 갖춘 문하는 전보다는 훨씬 어른스럽게 변해 있었다. 요란스런 하늘빛 자동차 대신 평범한 은색 차로 바꾼 것도 그 변화 중 하나였고.

문하의 차에서 한 발짝 뒤로 물러선 채, 설은 고개를 저었다. 정류장까지 태워주겠다는 말은 차에 오른 순간, 약국까지로 변할 테고 약국 입구까지 바래다준 문하로 인해 설은 하루 종일 신애한테 볶일 게 뻔했다. 같이 근무하는 관리 약사인 신애는 그렇지 않아도 잘생긴 오빠 좀 소개시켜 달라, 늘상 조르고 있던 참이었다.

"힘들잖아. 구두 신고."

"낮은 굽이라 괜찮아."

"이 늙은 오빠는 혼자 심심하게 차 타는 거 별로 안 좋아해요. 그러니까, 성질 까칠한 동생님! 말벗 좀 해주시죠?"

"라디오 들으며 가지 그래?"

문하의 애교에도 설은 강건한 태도를 버리지 않았다. 문하가 몰래 한숨을 내쉬었다. 벌써 팔 년이나 흘렀다. 전주에 있는 대학에 갈 거라더니 급작스런 심경 변화로 서울로 진학한 이래 함께 산 지가 팔 년인데도 설은 여전히 한 걸음 뒤다. 오히려 열여덟, 풋풋하던 사춘기 시절이 더 나긋했을 정도였다. 사람의 마음이라는 건 결코 세월의 무게로 잴 수 없다는 걸 문하는 절실히 통감했다. 물론, 새 가족에 대한 거부감은 아니라는 건 알고 있지만 말이다.

스무 살 갓 상경한 설을 보고 문하는 엄청 놀랐다. 첫 만남에서 어린 나이치고는 꽤 진중한 편이라 생각했지만, 나름 귀여운 면도 많았었다. 하지만 짐 가방을 몽땅 든 채 대문 앞에 섰던 팔 년 전의 설은 빈 껍질만 남은 듯 온기라고는 찾을 수 없는 텅 빈 눈동자로 그를 보고 있었다. 바늘 하나 들어갈 틈도 없이 자신을 완벽하게 차단한 설은 그 누구도 받아들이지 않았다. 대학 시절에도 그 흔한 동아리 하나 들지 않은 채 홀로 학교를 다녔고, 혼자 공부하며 사 년 내내 수석을 놓친 적이 없었다. 의대에 진학해도 남을 성적으로 약학대에 간 것도 전주에서 알았던 동창을 만나고 싶지 않아서라고 했다. 잠시 방황하는 거라 생각했었는데 이제 다 자란 성인이 되었어도 설은 여전히 위태하고 공허했다.

그때 그녀에게 무슨 일이 생겼을까?

문하는 궁금증이 일었다.

"라디오는 대답이 없잖아. 그러니까 좀 타시지, 동생?"

"저 역시 말대답할 주변머리 없어. 그러니까 혼자 가."

"정말, 정류장까지만 태워줄게. 약속한다니까."

문하가 애걸했다. 거 참! 동생 차 한번 태우기 무지 힘들다, 구시렁대면서도 징징거림을 멈추지 않았다. 어느 날, 집에 돌아오던 길에 앞서 터벅터벅 걷는 설을 본 적이 있었다. 석양의 노을 탓인지 모르겠지만, 지금까지 그토록 가슴 저린 모습은 그의 나이 서른일곱이 될 때까지 맹세코 처음이었다. 겨우 서른 해도 못 산 아이가 마치 세상의 모든 슬픔을 지닌 사람처럼 걷다니…….

그 후부터였을 것이다. 게으르기 짝이 없는 습성으로 매일 아침 설의 출근을 뒤따르는 것이.

"전에도 약속했었잖아."

겨우겨우 꼬드겨 태워놓고 곧장 근무지까지 날라다 준 일을 되짚으며 설이 고집을 피웠다.

"그날은 동생이 지각할 것 같아서 그랬지. 이번엔 정말 정류장까지만 데려다 준다니까. 자자, 동생! 서른일곱짜리 오빠 말씀을 한 번은 믿어보지 그래?"

버려진 강아지마냥, 순하게 바라보는 문하의 표정에 설이 결국 뒤로 물러서고 말았다. 이러다간 정말 지각이다. 버스 정류장까지만이라, 다시 한 번 다짐을 받고서야 설은 차에 올랐다.

차 안에선 상쾌한 향이 풍기고 있었다. 제멋대로 구는 것에 비해 문하는 제 차 간수를 제법 잘하는 편이었다. 하긴, 바람둥이의 풍모 중 하나가 잘 관리된 차일 테니까. 스무 살에 결혼해, 아이까지 낳은 새 아버지에 비해 아들인 문하는 영 결혼엔 관심이 없었다. 이제 새 직장에 입사한 지 삼 년밖에 되지 않아 가정을 꾸릴 만한 기반이 없다는 핑계를 대긴 했지만, 그녀가 알기론 문하가 물려받은 신탁금과 집안 주식으로도 이미 기반은 충분했다. 설의 말이라면 꼼짝을 못하는 문하인지라 여러 번 새 아버지의 부탁을 받은 적이 있었지만 굳이 결혼에 대해 종용하지 않았다. 결혼이나 사랑에 대해선 더 이상 관여하고 싶지 않은 탓이었다. 어느 누구이든 말이다.

상쾌한 향이 풍기는 차 안은 조용한 음악만 흐를 뿐, 말소리는 없었다. 원래부터 말이 없기도 했고, 그런 설을 잘 알고 있는 문하인지라 굳이 대화를 시도 하지 않았다. 조용히 창밖을 응시하는 설은 무상한 눈빛이었다. 소녀답던 둥그런 턱 선도 스물을 넘어서면서 날카롭게 각이 지기 시작했고, 한결 갸름해진 얼굴은 짧은 머리카락 탓인지 쉬크한 분위기를 자아내고 있었다. 깊어진 검은 눈동자는 신비로운 느낌마저 감돌았지만, 정작 본인은 제 외모에 대해 관심이 없었다.

가만히 사념에 젖은 설에게선 누구의 접근도 허용하지 않는 냉기가 흘렀다. 저 얼굴에 미소가 머문 적이 언제였을까? 떠올려 본다 해도 몇 번 되지 않는 것 같다. 문하는 또다시 깊은 시름을 뱉어냈다. 첫 만남부터 가슴에 담았던 동생이었다. 전생에 분명, 남매였음이 분명했다. 그렇지 않고서야 이토록 가슴 아릴 리가 없었다. 이 어리고 조그만 동생이 행복해지길 바랐는데……. 설의 행복은 그의 가족으로는 채워줄 수 없다는 걸 요즘 문하는 뼈저리게 느끼고 있는 중이다.

약속대로 정류장에 내려준 문하가 비로소 차를 출발시키자 설은 긴장된 얼굴 근육을 조금씩 풀기 시작했다. 그해, 서울에 도착한 설은 세상으로부터 완벽히 자신을 차단했다. 대학 사 년 내내, 친구도 없이 오로지 공부에만 전념했다. 아무도 필요하지 않았고, 혼자 세상을 살아가는 것으로도 충분했다. 그래서일까? 이젠 사람을 대하는 게 어렵고 거북해져 버렸다. 더구나 문하처럼 스스럼없이 대하는 사람에겐 더더욱.

빳빳하게 굳은 어깨를 털어내며 설은 정시에 도착한 버스에 올랐다. 그녀가 근무하는 약국은 집에서 버스로 십오 분 정도 걸리는 거리에 위치하고 있었다. 개인 약국을 차려주겠다는 새 아버지의 제의를 거절하고 남편을 따라 지방으로 내려간 선배 언니의 후임으로 근무하게 된 약국이었다.

그녀보다 일찍 도착한 신애는 열심히 진열장을 닦고 있었다. 카운터도 봐줄 겸, 근무하는 경화는 주인 약사의 친척이라는 이유로 웬만한 허드렛일은 관리 약사에게 떠맡기는 편이었다.

"늦게 왔네?"

동그란 얼굴이 순해 보이는 신애가 인사를 건넸다.

"오빠에게 붙들렸어."

못마땅한 어투로 설이 대답했다. 괜찮은데도 마주칠 때마다 문하는 매번, 약국까지 데려다 주지 못해서 안달이었다. 그래서 일부러 문하의 빈틈을 틈타 출근을 서둘렀는데…….

"정말? 어디?"

눈에 띄게 티를 내며 신애가 고개를 쭉 뺐다. 도로변에 혹시 문하의 차가 서 있는지 확인하는 품새다.

"버스 정류장까지만."

아, 아…….

신애가 몹시 실망스런 기색으로 고개를 끄덕였다.

"약국까지 바래다달라고 하지……. 너네 오빠, 네 말이라면 꼼짝 못하잖아."

"포기해. 바람둥이는 사랑하기 벅찬 상대야."

아직도 미련을 버리지 못한 신애에게 설이 매몰차게 선을 그었다. 신애가 좋은 아이라는 건 알고 있었지만 그래도 새언니로서는 아니었다. 사람의 관계라는 건 처음 그대로 멈추는 게 더 좋다. 경계선을 넘어 새로운 관계로 들어서는 건 결코 환영할 만한 일이 아니었다.

"원래 바람둥이가 결혼하면 더 잘하는 거래. 아직 제 짝을 만나지 못해서 그런 거지."

"네가 그런 운명적인 만남일지 모른다는 거야?"

설이 콧방귀를 뀌었다.

"혹시 모르잖아?"

꿈에 부푼 눈동자를 보니, 한심스럽기 그지없었다. 사랑이라는 건 착각에 불과한 거다. 운명이라는 허울 속에 가두어두는 비루한 착각. 하지만 그 착각이 끝나고 나면 남는 건 버려진 심장의 조각과 깊은 상처뿐이라는 걸 순진한 신애는 알지 못했다.

"착각일 뿐이야."

가운을 걸치며 설은 담담한 어투로 신애의 착각을 잘라냈다.

"그래도 시도조차 해보지 않는 건 바보 같은 짓이야."

"운명이라는 것으로 오빠를 변화시킬 수 있을 거라 생각해?"

"사랑은 세상도 바꿀 수 있는 거라 그랬어."

"누가 한 말인지 모르지만, 참으로 바보 같은 소리네. 사랑이라는 말로 다른 사람을 변화시킬 수 있다는 건 단지 착각에 불과해. 그 착각이 깨어지면 여전히 변하지 않은 현실만 보이지. 그러니까 애초부터 그런 사람과 사랑하지 마."

얼음 같은 냉소에 신애는 상처받은 표정을 지었다. 그러나 설의 동정하지 않았다. 그런 어리석은 사랑에 동조해 줄 생각은 없었다. 문하 스스로 신애를 원한다면 모를까.

"소개만 시켜줘. 아픈 상처는 나 혼자 다스릴 수 있으니까."

신애가 끈질기게 졸라댔다. 도대체 겉으로만 보는 문하의 어떤 점이 사랑으로 발전할 수 있는 건지 정말 불가사의다. 방금 내린 구수한 커피를 들이키며 설은 고개를 저었다. 귀찮은 일 같은 건 딱 질색이다. 그것도 다른 사람의 사랑 문제에 관여하는 건 더

더욱.

"다음에 문하 오빠, 여기 한 번 오라고 해. 내가 근사하게 저녁 쏠게."

"김신애! 미안하지만 남의 애정사에 관여하는 거 딱 질색이야. 오빠가 너에게 혹시 관심이 있다면 굳이 내가 나서지 않아도 먼저 손을 내밀겠지. 오빠 스스로가 원하지 않은 인연에 간섭할 권리는 내게 없어. 그러니까 포기해."

여지도 없이 단호한 어투로 딱 잘라낸 후 설은 곧장 업무를 시작했다. 어제 주인 약사가 적어놓은 물품 물량을 확인하고 도매상에 주문 전화를 넣으며 일부러 신애는 무시했다. 더 이상 이가 박히지 않을 소리라는 걸 뒤늦게 깨달았는지 신애가 몹시 실망스런 기색으로 조제실로 사라지고 그 뒤로 설이 한숨을 내쉬었다. 대학 동기가 직장 동료라는 건 좀 피곤한 일이었다. 생판 모르는 남이었다면 차라리 나았을 텐데…….

"참! 저쪽 병원, 오늘 개업한다더라. 그 병원 조제약 명단 확보하라던대."

조제실 쪽에서 신애가 소리쳤다. 보통, 그런 업무는 경화나 신애 담당이었는데 아무래도 문하의 일로 몹시 심기가 틀어졌나 보다. 뾰로통한 신애의 입술이 비틀어져 있다.

"미리 말해놓았다니까, 명단만 가지고 오면 된대."

미적거리는 설에게 신애가 또다시 재촉했다. 귀찮은 일엔 대충 귀를 닫는 경화는 이미 저쪽으로 자리를 옮긴 후였다. 남은 커피를 아쉽게 쳐다보던 설은 결국 자리에서 일어나고 말았다. 귀찮은 건 매한가지였지만, 이곳에 남아 신애의 심술을 지켜보는 것도 그리 유쾌한 일은 아니었다. 산책 삼아 다녀오지 뭐. 하는 심정으로 설은 약국을 나섰다.

한 달 전부터 요란하게 공사를 진행하던 건너편 병원은 페인트 냄새가 채 가시지 않은 말끔한 몰골로 그녀를 기다리고 있었다. 고급스런 앤틱 무늬의 철장 문까지. 누구 취향인지 몰라도 인테리어에 꽤나 공들인 기색이었다.

"저기 문 약국에서 왔는데요."

끼익거리는 철장 문을 뒤로한 채 설은 병원 안으로 들어섰다. 이제 막 병원 문을 열던 참이었는지, 바닥을 닦던 간호사가 그녀 쪽으로 돌아섰다. 그리고 한 남자도······.

"아······!"

설의 입에서 절망스런 탄식이 터져 나왔다.

아침부터 문하가 끈질기게 괴롭히더니, 불운은 하루 종일 그녀를 괴롭힐 모양이다. 꼿꼿하게 얼어버린 그녀 앞으로 성큼 다가온 남자는 얄미울 정도로 태연한 낯이었다. 최소한······ 놀란 기색 정도는 있어야 하지 않나?

"오랜만이야, 윤설."

팔 년의 세월이 흘렀어도 그다지 변하게 없는 모습이다. 잊었던 상처가 날카롭게 그녀의 심장을 베어냈다. 다시는 떠올리고 싶지 않았던 기억이 봉인을 뚫고 수면으로 솟아올랐다.

아름다운 목련이 흐드러지게 피던 전주가 세월을 거슬러 그녀 곁으로 성큼 제 존재를 드러냈다. 자신도 모르게 설은 눈을 질끈 감았다.

　사라져 줘, 부탁이야.

　"팔 년 만이지?"

　그러나 남자의 그윽한 목소리는 그녀를 놓아줄 생각이 없어 보였다.

　"퇴근하는 거야?"

　오후 다섯 시.

　아침 아홉 시부터 시작하는 그녀의 업무는 오후 다섯 시면 끝이 난다. 가운을 벗고 가방을 챙겨 든 설의 앞으로 긴 그림자가 가로막아 섰다. 딱딱하게 굳은 얼굴로 설은 그를 무시한 채 약국 문을 나섰다. 등 뒤로 호기심 어린 시선들이 따갑게 박혔다. 이곳에 근무한 이래 설을 찾아온 첫 번째 남자다. 조금 전 도착한 주인 약사까지 노골적으로 두 사람을 흘끔거리고 있었다. 원래부터 차가운 성격인데다 특히 사랑이나 결혼에 대해서만큼은 냉소적이다 못해 한기가 드는 설이다. 그런 설에게 남자가 찾아왔다. 그건 기상이변보다 더 흥미로운 사건임이 분명했다.

　"아깐 많이 놀랐지?"

　"……."

　"사촌 형 병원이야. 잠깐 개업식 도와주러 왔고."

　고등학교 시절엔 그리 말이 많은 것 같지 않았는데, 팔 년 만에 만난 지루는 제법 서글해졌다. 속내를 알 수 없는 눈빛은 여전했지만. 설은 칼바람 나게 그의 곁을 스치며 애써 모른 척했다. 전주에 속한 건 모두 기억 속에서 지웠다. 심지어 그녀 자신까지.

"왜 의대에 오지 않았니?"

잰걸음으로 자신을 벗어나는 설을 뒤따르며 지루가 물었다.

"적성에 맞지 않았어요."

예의 바른 설의 어투에 지루가 눈살을 찌푸렸다. 처음 보는 사람처럼 설은 지나치게 정중했다. 예전 전주에서는 거만해 보였을지언정, 이토록 얼음장 같지는 않았었는데.

"모두들 네가 의대에 갈 줄 알았었어."

지루가 다시 한 번 대화를 시도했다. 의대에 진학하라는 선생님과 엄마의 고집에도 끝내 약학대 진학을 꺾지 않은 건 지루 때문이었다. 그때엔 전주를 기억하는 모든 것으로부터 벗어나고 싶었다. 효를 떠올릴 수 있는 모든 것에서 그녀는 완벽히 자유로워야 했다.

"윤설!"

지루가 그녀의 팔을 붙들었다. 마른 몸매는 여전했지만, 은빛 안경테와 정갈하게 갖추어 입은 양복에 어울리도록 잘 커트 된 머리스타일이 그때보다 훨씬 성숙하고 날렵해 보였다. 전형적인 의사다운 모습이라 설은 잠깐 생각했다.

"내가 불편하니?"

"네."

지루가 작게 한숨을 내쉬었다.

"가끔, 학교에서 마주치지 않을까 기대했었는데……."

설은 침묵했다. 지루에게 잡힌 손이 불편하다. 왜 놓아주지 않는 걸까?

"놓아줘요. 지금 방해하고 있는 거 모르나요?"

"아직도…… 효를 잊지 못하고 있는 거니?"

설을 싸고 있던 단단히 껍질이 소리 없이 부서지기 시작했다. 빌어먹게도 십 년의 세월 앞에서도 효란 이름은 강력한 영향을 미치고 있었다. 열여덟 그해 겨울, 효가 떠난 후로 완벽히 지웠다고 생각했는데 겨우 이름을 듣는 것만으로도 심장이 갈가리 찢겨졌다. 뜨거운 피가 거꾸로 솟구쳐 오르고 달뜬 열이 눈동자를 쏘아댔다. 치밀어 오르는 물기를 억누르며 설은 자신을 붙들고 있는 지루의 손을 뿌리쳤다.

어느 누구도 감히 그녀 앞에서 효를 말할 수는 없었다. 효는 그녀에게 금기된 존재다.

"나에게 다가오지 마, 강지루! 그리고……."

설은 숨을 헐떡거렸다. 치밀어 오르는 감정을 억누르기가 좀 힘들었다.

"그리고…… 두 번 다시 내 앞에서 그 이름 올리지 마. 다시는 떠올리고 싶지 않은 기억일 뿐이니까."

"윤설!"

"비켜줘!"

설이 냉엄한 어투로 명령했다. 기이할 정도로 번뜩거리는 눈동자에 지루는 절망감을 느꼈다.

아직도 그를 사랑하고 있다.

효의 이름 한마디에 날카롭게 반응하는 설의 태도는 그녀가 아직도 효를 사랑하고, 그를 기억하는 여실한 증거였다. 십 년의 세월이 흐르는 사이 조금은 잊은 줄 알았는데.

외모는 변했을지 몰라도, 그가 보는 설은 열여덟의 그 시절에서 조금도 변한 게 없었다. 여전히 제 상처를 거만한 태도로 감추는 여린 심장을 가진 어린 소녀일 뿐이다. 단단한 껍질이라 생각하는 그 겉모습이 사실은 작은 충격에도 쉽게 부서지는 얇은 유리 조각에 불과하다는 것조차 모르는.

지루는 설에게서 한 걸음 비켜섰다. 잠깐 격렬한 감정을 드러냈던 설은 아무 일 없는 듯, 무표정한 얼굴로 그의 곁을 스쳐 갔다.

이제 시작일 뿐이야.

멀어지는 설의 뒷모습을 바라보며 지루는 스스로를 위로했다. 처음엔 그저 난생처음 자신을 이겨 버린 서울 계집애에 대한 오기라고 생각했다. 그러나 실상은 눈속임에 불과했던 거다. 효 앞에서만 부시게 웃는 설의 미소가 점점 거슬리기 시작했고, 어느 순간엔 서로 완벽하게 영혼을 공유하는 두 사람에게 미치도록 질투가 일었다.

잊을 수 있을 거다. 그리고 그가 잊게 해줄 거다.

사라져 버린 효 따위는 충분히 잊게 해줄 자신이 있었다. 결국 그녀의 곁에 남은 건 효가 아닌 자신이니까.

"그 남자 누구야?"

다음날, 출근하자마자 신애가 득달같이 뛰어왔다. 이럴 줄 알았다. 설은 끙! 소리를 냈다. 되살아난 과거의 망령은 끈질기게 그녀를 떠나지 않는다. 잊기를 바랐는데…….

"의사."

의사라는 것 이외엔 지루를 설명할 말이 없었다. 신애의 눈이 동그랗게 벌어졌다.

"이번에 새로 개업한 병원 의사야?"

"아니."

"그래? 그런데 어떻게 여기 오게 된 거야?"

"글쎄?"

"잘 아는 사이 같아 보이던데. 혹시 전에 사귀었던 애인?"

"아니."

단답형으로 짧게 끝나는 설의 대답에도 지치지 않는지 신애는 끝없이 볶아댔다. 세상에 대해 왜 그리 궁금한 게 많은지 제 운명조차 어쩌지 못한 주제에, 신애는 설의 운명에까지 관여하지 못해 안달이었다.

"그 남자, 널 바라보는 눈이 아주 절절하던데 뭘. 정말 사귀던 사이 아니야?"

"김신애! 관심 끊어줘."

그건 진심이었다. 누군가 자신의 인생에 끼어드는 건 거절이었다.

"어떻게 끊니? 너랑 근무한 지 사 년 만에 처음으로 찾아온 남자인데…… 어제 너 퇴근하고 문 약사님도 내내 궁금해 죽으려고 했어. 내일 나보고 꼭 알아보라고 신신당부까지 했다니까."

떠나고 싶다. 징글맞은 신애의 간섭도, 지루의 느닷없는 등장도 모두 벗어나 처음의 상태로 되돌아가고 싶은 간절한 마음이었다.

"김 약사!"

그렇지 않아도 냉한 음성이 더욱 차갑게 변했다. 김신애도 아닌 김 약사라.

지금 설의 심정이 몹시 사납다는 뜻이다. 뒤늦게 상대의 불쾌감을 알아차린 신애는 얼른 벌어진 입술을 다물었다. 한 번 호기심이 일면 도무지 제어가 되지 않는 게 자신의 단점이었다. 주춤거리는 신애에게 설은 가차없이 쏘았다.

"경고하는데 나에 대해 더 이상 간섭하지 마! 장난삼아 함부로 가지고 놀 만큼 녹록하지 않으니까."

쌩! 찬바람을 일으키며 설이 약국을 빠져나가자 바짝 긴장했던 신애의 입에서 그제야 휴우우 숨이 터져 나왔다.

"우와! 진짜 윤 약사님, 카리스마 장난 아니네. 뭐, 원래부터 저런 사람이긴 했지만 화내니까 소름이 쫘르륵 돋아난 거 있죠?"

후다닥, 신애에게 뛰어오며 경화가 수선을 피웠다. 솔직히 신애역시 온몸에 소름이 돋긴 했다. 소리를 높인 것도 아닌데 자신을 쏘아보는 눈빛이 어찌나 냉기 도는지 한겨울, 얼음 밑처럼 오소소 한기가 들었다.

어우, 계집애! 성질 하고는…….

하고 신애가 투덜대는 사이, 설은 약국 건물의 모퉁이를 벗어나 뒤편으로 향하고 있었다. 주먹을 꽈악 움켜쥐었지만 파르르 떨리는 손가락을 어찌할 수는 없었다. 잘근거리는 입술 안쪽으로 비릿한 피 맛이 느껴졌다. 실은, 신애보다 더 심장 떨린 건 그녀 자신이었다. 건물 뒤에 제 몸을 감춘 후 설은 두 손으로 얼굴을 감싸 쥐었다. 곧이라도 눈물이 쏟아질 듯, 한껏 물기가 스며 있었다. 잊었다고 생각했다. 두 번 다시 사랑은 없다고, 그녀의 인생에 있어 효는 이미 사라진 존재라 믿으며 살았다. 그러나 효가 아닌 지루의 존재만으로 이렇게 흔들리다니……

어제도 몇 번이나 뒤돌아서 지루를 붙들고 싶은 충동을 억누르느라 피가 마를 지경이었다.

효의 소식을 들은 적 있어? 진실로 나를 잊은 거야? 이곳 서울에서 하얀 목련이 피던 전주의 봄날도, 푸른 옥정호가 펼쳐지던 우리들의 공간도 모두 잊고 그렇게 살아가고 있는 거야? 얼마나 묻고 싶었는지…….

터지는 울음을 겨우 짓누르며 설이 돌아왔을 때, 약국 안은 어색한 분위기가 감돌고 있었다. 새로 개업한 병원 탓에 아침부터 붐비는 손님들로 눈코 뜰 새도 없이 바쁜 와중에도 설의 빈자리를 타박조차 하지 않았다. 슬금, 눈치를 보는 신애와 경화 사이에서 겉으로야 덤덤하게 하루 일과를 마친 설에게 다시 불청객이 들이닥쳤다.

"요즘, 의사는 한가한 모양이네요."

약국 입구에 떠억 버티어 선 지루에게 설이 비꼬았다.

"인턴이야."

거 참, 엄청 한가한 인턴이라 고개를 외로 꼬는데 지루는 편한 태도로 약국 로비에 놓인 의자에 걸터앉아 주절주절 설명을 늘어놓기 시작했다.

"학기 중에 군대를 갔다 왔더니 좀 늦었어. 늦깎이 인턴이라 그렇지 않아도 바쁜데 마침 영상의학과 순회라 그나마 좀 편해."

대학 1학년 시절, 사라져 버린 설로 인해 방황했었다. 아버지의 반대를 무릅쓰고 학기 중에 군대에 지원해 버린 것도 설 때문이었다. 이렇게 다시 보게 될 거라 생각하지 못했는데……

날카롭게 줄을 세운 약사 가운을 걸친 설을 바라보며 지루는 꽤 어울린다 생각했다. 물론, 의사 가운 역시 지금처럼 어울렸겠지만. 햇빛 한 번 본 적 없는 듯 하얀 피부는 핏줄이 비칠 것처럼 투명하고 순수하다. 그가 상상했던 것처럼 설은 아름답고 성숙한 여인으로 자라 있었다. 간혹 꿈속에서 보았던 설의 모습도 이와 비슷했던 것 같다. 지루는 황홀한 빛으로 설에게서 시선을 떼지 않았다. 효 곁에서는 단 한 번도 허락되지 않았던 시선이었다.

"승현이는 증권 회사에 취직되었어."

퇴근하는 설을 따라가며 지루가 소식을 전해주었다. 승현은 여전히 그의 단짝 친구인 모양이다. 또다시 떠오르는 기억의 단상에 설은 미간을 찌푸렸다. 이래서 그의 존재가 반갑지 않았던 건데……

"어이, 동생!"

이 년 전, 건설 회사에 근무하는 동갑내기 남자와 결혼식을 올린 은영의 소식과 그다지 기억나지 않은 동창들의 소식을 지루가 줄줄이 나열하고 있을 때, 버스 정류장 앞으로 차 한 대가 멈추어 섰다.

"다행히 퇴근 시간은 맞췄네? 마침 이 오빠께서 근처에 일이 있어서……."

차 창문 너머 고개를 내민 문하가 말끝을 흐렸다. 반색하던 입이 딱 벌어졌다. 옆에 선 지루에 몹시 놀란 눈치였다.

"……누구?"

지루가 문하를 향해 허리를 반으로 접었다. 부르는 호칭에 설의 새 오빠라는 것쯤은 쉽게 알아차릴 수 있었다.

"안녕하세요, 전주 친구입니다."

아직은…….

뒷말을 삼키는 지루를 바라보던 문하의 표정이 조금 복잡해졌다. 조금 전까지 벙싯되던 입술이 꼿꼿하게 얼어 어딘지 희극적으로 보였다.

"혹시…… 효?"

순간, 설의 얼굴에서 핏기가 싸악 가셨다. 문하가 어떻게 효를 알고 있는 걸까? 아마 출처는 외할머니일 것이다. 스무 살, 이곳에 올라왔을 때 이후로 한 번도 효의 이름을 입에 담아본 적이 없으니까.

"……아닙니다. 강지루라고 합니다."

지루의 부정에 문하가 실망스런 기색을 띠었다.

효인 줄 알았다. 효의 존재는 새 어머니와 전주 외할머니의 대화 속에서 얼핏 엿들었던 이름이었다. 설에게 그가 어떤 의미인지도.

"아, 그거 몹시 실망스러운 일이군."

문하의 말에 설은 허리를 꼿꼿하게 세웠다. 실타래처럼 헝클어진 그녀의 심정 속에 어느 한줄기는 그와 같은 기분일 것이다.

실망감.

잊었다 해도, 언젠가 이런 식으로 마주치게 될지 모른다는 실낱같은 기대감이 있었는지도 모르겠다. 그를 만나면 어떻게 인사를 건넬까? 끊임없이 상상했었다. 자신을 떠난 이유를 듣게 되면 어떤 식으로 반응해야 할지, 그를 용서할 수 있을지, 그리고 다시 그를 만나도 예전처럼 사랑을 느낄 수 있는지……

그러나 다시 만난 사람은 효가 아닌 지루다. 그건 변하지 않는 현실이었다. 아무리 문하나 설 스스로가 실망감을 느낀다 해도 말이다.

"하지만 언젠가는 사라져 버린……."

잠깐 지루의 시선이 설에게 멈추었다.

"……효의 자리에 설 수도 있겠지요. 오랜 시간 오로지 설만 바라보았으니까."

단호한 어투다. 흘낏거리는 설에게 지루가 똑바로 시선을 마주쳤다. 분명한 의미가 실린 눈빛이었다. 문하의 입술이 올라섰다. 효의 자리라……

"아, 이런……."

난감한 문하의 음성이 두 사람 사이로 끼어들었다. 설 역시 마찬가지였다.

아, 이런……

8. 날아오르는 내 천사는…

"**불**쾌해."

깍듯이 예의를 갖추던 가면을 벗어던진 채 설이 톡 쏘았다. 재미없는 농담에 장단 맞추어줄 만큼 한가하지도 않았다.

"농담 아니야, 윤설."

지루가 진지한 태도로 부정했다. 이 아이가 지금까지 알던 그 강지루가 맞는 건가? 어처구니없는 표정으로 설은 고개를 저었다.

"전혀 재미있지 않는 진담이야, 강지루!"

느닷없는 고백에 문하는 줄행랑을 친 지 이미 오래였고, 근처 카페에서 지루와 실랑이 중이었다. 반듯하게 허리를 세운 지루는 그런 그녀 앞에서 한 치의 양보도 없었다.

"십 년 전에도 네겐 같은 마음이었어. 너만 눈치 채지 못했을 뿐이지. 그때 넌……."

지루의 말이 멈추었다. 그에게 있어 설은 오로지 효의 여자였다. 그토록 관심을 표명했어도 설의 시선은 늘 효에게 멈추어져 있었다. 그게 좀 아쉬웠다. 설에겐 효보다 자신이 훨씬 더 어울렸으리라.

"신경 꺼!"

잠시 딴생각에 젖은 그에게 냉혹한 음성이 채찍처럼 날아들었다. 그가 기억하는 것보다 훨씬 단단하고 차디찬 눈빛이 자신을 쏘아보고 있었다. 지루는 씁쓸한 미소를 지었다. 아무리 아니라 해도, 역시 설과 효는 떼어놓고 생각할 수 없다. 지금의 설의 모습에서 불행히도 효가 겹쳐지는 건 어쩔 수 없는 일이었다.

"사랑이란 건, 결코 제 마음대로 되는 게 아니야. 그건 누구보다 네가 잘 알 거라 생각해."

하!

설이 코웃음을 쳤다.

"지금 내 실패한 첫사랑에 대해 충고하는 거니?"

"아니. 그저 나도 너와 같은 한 인간이라는 것뿐이야."

"너의 장난에 놀아날 만큼 한가한 사람 아니야. 더 이상 내 삶에 끼어드는 건 원치 않아."

"장난 아니야, 윤설. 너에게 당장 날 사랑해 달라는 것도 아니고. 그저 그때와 다른 시선으로 날 봐달라는 거지."

설의 냉소에도 지루는 꿋꿋하게 버티어 섰다. 흔들림 없이 반듯한 눈매가 서늘하다. 하긴, 지루는 늘 그랬다. 한여름에도 서늘한 토굴처럼 그다지 온기가 없는 편이었다.

"십 년이라면 다시 사랑을 시작해도 부족함이 없는 시간이라고 생각해."

답답한 지루의 고집 앞에 설은 자리에서 일어섰다. 지금쯤, 집에 도착할 시간이었다. 쓸데없는 일에 할애한 시간이 너무 많았다.

"다시 사랑을 시작하는 건 내 의지야. 누군가의 강요에 의해서 하는 게 아니라. 내 직장에 함부로 찾아오는 것도 그만둬. 한가한 인턴이 심심파적 삼아 드나들 만한 곳이 아니니까. 내게 있어 넌 단지 지나간 과거의 일부분일 뿐이야. 더더구나 다시는 떠올리고 싶지 않는. 그러니까 다음부턴 이런 일로 너를 만나지 않았으면 해."

지루는 가만히 고개를 숙이고 있었다. 그래서 속내를 알 수가 없었다. 눈을 마주쳐 바라본다 해도 뭐 쉽게 속내를 드러내는 편은 아니었지만.

어찌 되었든, 채 불쾌감을 지우지 못한 설이 카페를 박차고 나오는 순간 느릿한 지루의 음성이 뒷덜미를 붙들었다.

"아니, 이번만큼은 쉽게 포기하지 않을 거야."

"마음대로. 하지만 내 마음은 변하지 않아."

카페는 버스 정류장 뒤편 위층에 위치하고 있는 곳이다. 넓은 카페의 통유리 너머로 자신에게 향한 지루의 시선이 느껴졌다. 따끔따끔, 살갗이 쏘였다.

설은 일부러 그곳을 외면한 채 멀리 다가오는 버스들만 바라보았다. 늦은 봄날의 바람이 한껏 달아오른 그녀의 뺨에 찰싹거렸다. 후끈거리는 열기를 식혀내며 설은 떨리는 심장을 애써 가라앉혔다. 이렇게 정면으로 치고 나오는 데엔 아무리 그녀라 해도 당혹스러움을 감출 수 없었다. 게다가 이미 집으로 도망친 문하가 어떤 식으로 지루에 대해서 풀어놓았을지 걱정이었고.

버스를 기다리는 그녀의 등 뒤로 이젠 익숙해져 버린 구두 굽 소리가 울렸다. 오가는 인파 속에서 지루의 발자국 소리는 예민하게 그녀의 귀에 박혀왔다. 지루는 그녀의 등 뒤에 선 채 미동이 없었다. 아마, 그녀가 먼저 떠날 때까지 배웅하려는 모양이었다. 그러나 설은 돌아보지 않았다. 어차피 동조해 줄 수 없는 감정이라면 철저히 무시하는 게 서로를 위해 나았다.

평소보다 늦장을 부린 버스에 겨우 올라타 집으로 돌아오자 예상대로 엄마가 상기된 얼굴로 뛰쳐나왔다.

"강지루가 누구야? 전주 친구라며?"

신발을 벗기도 전에 다다다! 속사포처럼 퍼부어대는 엄마 뒤로 문하와 새 아버지가 실쭉, 얼굴을 내밀었다. 호기심이 만연한 두 부자의 반짝이는 눈동자에 절로 한숨이 새었다.

"어떻게 된 건지 말 좀 해봐. 그래서 사귀기로 했어?"

대답 없는 설이 답답한지 엄마의 음성이 더 올라섰다.

"아니, 단지 재미없는 농담일 뿐이었어."

"설마…… 그 친구 눈동자가 보통 진지한 게 아니었다고. 내 명예를 걸고 맹세하지."

얄미운 문하가 대화 속에 끼어들었다.

"이런 쓸데없는 일에 걸 만큼 명예가 남아도는 줄 몰랐군."

설이 시니컬한 태도로 대꾸했다. 새 가족의 못 말리는 관심이 불편하다 못해 짜증이 일 정도였다.

"걔 아버지가 한의사라던데. 본인도 의사이고."

"그 정보는 언제 다 캐낸 거야?"

"전주 외할머니."

머리가 지끈거렸다. 차마 직접 물을 용기는 없어 아들과 아내 사이에서 눈치만 보는 새 아버지가 가장 골치였다. 착하고 다정한 새 아버지에게만은 설도 어쩔 수가 없었다. 느글대는 문하야 손가락 하나로 어찌해 본다지만, 새 아버지의 저런 어린 향 같은 순한 눈빛엔 절로 가시가 수그러지고 만다. 평소와 달리 엄마와 문하를 냉큼 무시하지 못하고 거실에 미적거린 것도 그 때문이었다. 엄마가 계속 캐물었다. 속 시원한 대답을 듣기 전엔 놓아줄 의향이 전혀 없어 보였다.

"어떤 녀석이야? 애는 괜찮아?"

"별로 감정이 없는 녀석이야."

"감정이 없는 녀석이 대뜸, 사랑한다고 그러냐? 게다가 오빠 앞에서. 얼마나 떨리던지 내 심장까지 펄떡 뛰었다니까."

"사랑한다는 말은 없었어."

"오랜 시간을 바라보았다잖아! 그게 바로 사랑이라는 거야, 동생!"

옆에서 문하가 부산을 떨었다. 어이, 늙은 오빠! 오빠 사랑에나 심장 떨려보시지. 하고 톡, 쏘고 싶은 걸 꾹 참았다.

"어머! 정말? 남자가 그 정도는 돼야지. 진짜 멋있다. 남자는 적극적인 게 매력이야. 소심해서 술에 물 탄 듯, 물에 술 탄 듯 하는 남잔 매력없어."

말레이시아의 아버지는 좀 그런 편이었다. 엄마의 취향을 대충 알 것 같아, 설은 한쪽 입술을 비틀었다. 그렇다 해도 막상 만나본 지루는 결코 엄마의 이상형은 아닐 것이다.

"원래 냉정해 보이는 녀석이 사랑 앞에선 뜨겁게 불타오르는 법이죠. 하하하!"

"하긴, 호호호호! 카리스마가 완전 짱이지!"

죽이 잘 맞는 두 사람을 향해 고개를 절레 저으며 위층, 제 방으로 오르는 설에게 새 아버지가 조용히 속삭였다.

"난, 설이 사랑하는 남자라면 좋다고 생각해."

참, 맑은 눈빛이다. 오십이 훌쩍 넘은 남자의 눈동자가 저리 맑을 수도 있을까?

아마…… 효 역시 저런 눈빛일 것이다. 세월이 흘러도 그 시절 그녀가 보았던 투명하고 맑은 눈빛은 여전히 간직하고 있으리라. 잠시 떠오른 그의 생각만으로 심장이 아려왔다. 발끝까지 흐르는 통증을 짓누르며 설은 미간을 좁혔다. 아직도 남은 그리움이 있는 걸까?

"……네."

쥐어짜듯 겨우 대답을 했다. 사랑하는 남자라……. 그녀에게 있어 사랑은 기다림이었다. 십 년을 기다리고 앞으로 또 십 년을 기다린다 해도 다시 그를 만날 수 있을지는 모르겠지만 말이다.

방으로 올라와 침대에 피곤한 몸을 뉘었다. 아래층에서 울리는 엄마와 문하의 웃음소리가 그녀의 방까지 들린다. 새 아버지와도 그렇지만, 유독 마음이 잘 맞는 모자지간이었다. 스무 살, 동갑내기 남자의 아이만 낳고 사라져 버린 친엄마에 대한 그리움이나 원망 따위는 없는지 문하는 그녀의 엄마와 잘 지내는 편이었다. 주방에서 식사를 준비하는 두 사람의 모습을 보면 그녀 혼자만 외떨어진 이방인 같은 느낌을 지울 수 없을 때가 있다. 새 아버지가 아무리 잘해준다 해도 약간의 거리감을 무시할 수 없는 소심한 그녀에 비해 문하는 엄마에 대해 거리낌이 없었다.

수선스럽지만 그래도 나름 귀여운 문하, 다정하고 따스한 새 아버지. 그리고 엄마.

지금 그녀의 생활은 대략 만족이었다. 겉으로 보기에도 평온한 가정이었고 그녀 역시 불만이 없었다. 원하는 건 이 삶이 이대로 풍파없이 그대로 흐르는 것뿐이다. 지루가 끼어들 틈이라는 건 없다.

주말, 설은 뜻하지 않게 전주로 향했다. 금요일, 언덕을 내려오던 외할머니가 그만 발을 헛디뎌 엉덩이뼈에 금이 가는 사고가 발생했다. 그사이, 외할아버지 제사에도 엄마와 새 아버지만 다녀왔을 뿐, 스무 살 이래 설이 전주로 내려간 적은 없었다.

"어떻게 하니? 이연 씨네 가족 여행이 하필 이번 주말에 잡혔는데 이제 와 안 된다고 할 수도 없고……."

연희동 문하 할아버지 앞에서는 절절매는 엄마라 외할머니가 돌아가시지 않은 이상, 미리 잡힌 가족 여행을 취소할 만큼 담력이 없는 탓에 애먼 설만 붙잡고 징징거렸다. 물론 새 아버지가 알게 된다면 곧장 여행을 취소하겠다, 나설 터이지만 그것도 엄마에겐 그리 좋은 일은 아니었다. 순간, 문하에게 떠넘기고 싶은 유혹이 불쑥 들었지만 설은 결국 포기하고 말았다.

"왜 이야기 안 했어요? 여행이야 다음에 언제든지 갈 수 있는데. 당연히 장모님 병문안 가는 게 중요하죠."

아니나 다를까, 토요일 아침 사정을 알게 된 새 아버지가 펄떡 뛰었다.

"설이가 가겠대요. 그렇지 않아도 서울 온 후로 전주로 내려간 적이 없었잖아요. 그래도 이 년이나 키워준 외할머니인데 이 정도 인사는 해야죠. 우린 그냥 여행 가요. 나중에 엄마 퇴원할 때쯤 가면 돼요. 노인 양반이라 뼈 붙는 데 시간이 좀 걸린다니까."

엄마의 눈짓에 설까지 가세하고 나자 새 아버지도 좀 진정된 모양이었다. 병원비에 보태라 두툼한 봉투를 내밀고 문하까지 운전수로 건네주었지만, 정중히 사양하고 전주행 버스에 올랐다.

5월의 전주는 십 년 전에 비해 별로 변한 게 없었다. 높은 아파트들이 군락을 이루고 이제 막 짓기 시작하는 거대한 단지 안에 벌거벗은 콘크리트 건물이 흉물스럽게 솟구쳐 오르긴 했지만 도로 길가는 여전히 푸른 나무들로 가득했고, 틈 사이사이로 화사한 꽃들이 제 모습을 드러내었다.

조용하고 한적한 이 도시는 수선스럽게 않게 설을 맞이하고 있었다. 길거리를 걷는 사람들의 표정도 온순하고 어디론가 향하는 걸음마저 자박하고 조용했다. 빠르게 종종걸음 치는 서울과는 사뭇 다른 분위기였다. 창문을 스치는 전주의 정경을 바라보는 설의 눈빛이 심연처럼 깊어졌다.

한때는 이곳에 영원히 살 줄 알았는데.

하긴, 그 시절엔 사랑도 영원할 줄 알았다. 결코 변하지 않을 그 사람과 왕자와 공주처럼 영원히 그렇게 행복하게 살 줄 알았지. 전주를 바라보던 따스한 시선이 다시 얼음처럼 차갑게 굳어졌다. 도시는 그저 도시일 뿐이다. 아무리 그녀의 추억이 담겨 있다 해도 생명이 없는 하나의 이름에 불과한 거다.

버스에 내려 외할머니가 입원한 병원으로 향하는 설의 눈빛은 그렇게 얼어 있었다.

"아야, 설이 아니냐!"

병실로 들어서자 먼저 외삼촌이 반색을 했다. 그사이 많이 늙은 외삼촌은 눈가에 주름이 깊이 잡혀 있었다. 늘어진 뱃살은 나이를 감추지 못했고, 허옇게 반백이 된 삼촌은 십 년 전, 외할머니의 모습을 많이 닮았다. 한 번도 외삼촌과 외할머니가 닮았다는 생각을 해본 적이 없었는데. 주름 잡혀 까칠한 손으로 설을 얼른 붙잡으며 외삼촌은 외할머니 앞으로 그녀를 끌어다 놓았다.

"어째, 그리 얼굴 한번 보기 힘드냐. 늬 외할머니가 엄청 너 기다렸는디. 그래도 키워준 정이라고 이 년 같이 살았다고 입만 열면 설이 늬 이야기뿐이었어. 그래도 명절에는 한 번쯤 내려올 줄 알았지."

반가움이 지나니 그사이 섭섭했던 마음이 뒤늦게 떠올랐나 보다.

"무신 쓸데없는 소리가 그렇게 많냐!"

병상에 누워 있는 외할머니가 타박할 때까지 외삼촌의 섭섭함은 끊이질 않았다. 그 틈을 타 설이 내민 새 아버지, 이연이 쥐어준 두툼한 봉투를 얼른 내밀었다.

"오시지 못해 죄송하다고 전해달래요."

"뭘 이렇게까지 신경을 쓴다냐. 돈은 나도 충분혀. 그래도 사람이 참, 마음 씀씀이가 깊긴 허다. 고맙게 쓰겠다고 전하고."

그제야 외삼촌이 헤벌쭉 입술을 벌리며 과일이라도 씻어온다며 사라지자 비로소 설은 외할머니 곁으로 다가갈 수 있었다. 침대 곁에 선 설은 바짝 마른 외할머니의 손을 살짝 움켜쥐었다. 까칠한 살가죽이 따갑다. 그동안 찾아오지 못해서 죄송해요. 말을 해야 하는데 차마 말이 나오지 않았다.

말을 꺼내는 순간, 십 년 동안 눌러왔던 눈물이 걷잡을 수 없이 터져 나올 것 같았기 때문이었다. 이래서 오고 싶지 않았다. 그 시절을 고스란히 담은 외할머니를 보는 순간, 힘들게 억눌러 왔던 모든 감정들을 더 이상 통제하기 힘들 것 같아서. 자신보다 더 작아져 버린 외할머니의 품속에 그대로 제 몸을 묻은 채 엉엉! 소리 내어 울어버릴 것 같은 위기감에 설은 입술을 꾸욱 깨물었다. 지금까지 잘 버티어왔다. 이렇게 무너질 수는 없었다.

"고생혔지?"

설의 손등을 두드리며 외할머니가 인사를 건넸다. 고생이라는 말엔 여러 가지 의미가 함축되어 있었다. 자신을 바라보는 흐릿한 회색빛 눈동자에서 효의 이름이 생략된 걸 설은 알아차렸다. 목이 꽈악 잠겨 목소리가 나오지 않았다.

"세월이라는 게 참 무상한 거여. 질기게 버티어 산다 혀도 결국 돌아보면 내 손에 남는 게 아무것도 없는 것이지. 사람이 산다는 것이 다 그렇더라."

여전히 대답을 할 수가 없었다. 입을 열면 대답 대신 눈물이 먼저 터져 나올 것 같다. 자신의 손등을 두드리는 외할머니의 가시 같은 손만 바라볼 뿐, 설은 가만히 앉아 있었다.

그 시절을 기억해, 할머니?

설은 속으로 중얼거렸다.

효가 꺾어준 들꽃도, 호탕하게 너울지던 그 웃음소리도, 찰랑이는 옥정호의 물결 소리도 다 기억해요?

눈을 감아도 선명히 떠오르는 그 시절을 외할머니 역시 기억하고 있을 것이다. 효도 기억할까? 바쁜 세상을 살다가 이렇게 문득 전주를 생각하고 한때 사랑이라 했던 그녀를 떠올릴 수 있을까? 가만히 외할머니의 손등에 얼굴을 묻었다.

"그 시절을 어찌 다 지운다냐……."

토닥토닥, 외할머니가 그녀의 어깨를 두드렸다. 눈물이 가슴으로 대신 흐르는 모양이다. 먹먹해진 심장이 촉촉이 젖어들었다. 다시 열여덟, 그 시절로 돌아간 기분이었다. 이젠 외할머니의 집으로 돌아간다 해도 효를 다시 만날 수 없겠지만, 지금 이 순간은 그랬다.

외삼촌이 씻어온 방울토마토 몇 개를 대충 먹어치우고, 설은 내일 다시 오겠다 인사를 건네고 외할머니의 집으로 향했다. 전주

시내에 있는 외삼촌 집에서 자고 내일 외숙모랑 함께 병원에 오라 권유했지만 설은 거절했다. 막상, 외할머니와 마주치고 나니 생각했던 것보다 용기가 생겼다. 이젠 효의 존재를 버려도 되지 않을까, 싶은 생각도 있었다.

그곳에 가게 되면 오히려 지난 상처가 사라질지도 모른다. 제 모습처럼 변해 버린 지난날의 장소에 실망하게 될지도. 그래서 지난 추억쯤은 실상 아무것도 아닌 것이라 생각할 수도 있었다.

병원을 나서 외할머니의 집으로 향하는 버스 속에서 설의 심정은 그랬다. 전보다 훨씬 다듬어진 도로를 따라 버스는 한참을 달리기 시작했다. 열려진 창문으로 나무향이 스쳐 갔다. 더 많이 자라 하늘을 가린 나무들에서만 세월을 느낄 뿐, 집으로 향하는 길은 여전했다. 어찌 이렇게 변한 게 없을까?

어이가 없을 정도였다. 외할머니 집 근처에 몇몇 카페가 새로 생기긴 했지만 넓게 흐르는 옥정호는 여전히 그 시절과 다르지 않았다. 근처에 풀을 뜯는 염소도 여전했고, 무상히 흐르는 물줄기도 그랬다.

"너는 어째 이리 변한 게 없니?"

외할머니 집 마당에 놓인 하얀 자전거를 보곤 어쩔 수 없이 실소가 터졌다. 잘 관리된 자전거가 마치 주인을 기다리듯 마당 한 끝에 놓여 있었다. 아직도 바래지 않은 걸 보니 누군가 틈틈이 페인트칠을 해준 모양이었다. 천천히 자전거 앞으로 다가가 반질 윤이 흐르는 몸체를 쓸어내렸다. 이 자전거를 타고 처음으로 학교에 가던 날, 효를 만났었다.

충동적으로 설은 자전거에 몸을 실었다. 기름이 잘 발라진 체인이 부드럽게 발끝을 맴돌았다. 오돌토돌한 아스팔트 길을 자전거는 제 흥에 겨워 신나게 내달렸다. 오랜만에 미소가 입가를 스쳤다. 머리카락으로 스미는 바람의 향도 좋았고, 양산처럼 머리 위를 드리는 나뭇잎들의 짙푸른 녹음도 아름다웠다. 무엇 하나 변한 게 없었다. 살짝 넘어진 것으로 엉덩이뼈가 금 갈 만큼 외할머니의 나이도 늙었고, 양 갈래로 머리를 땋던 소녀의 머리카락도 성숙한 여인처럼 짧게 잘리었는데 녹음을 이루는 나뭇잎과 옥정호 만큼은 그 세월 속에 비켜 있었다.

한껏 자연에 취해 달리다 보니, 어느새 자전거는 제 주인의 의지를 배반하고 운정 고등학교 앞에 멈추어져 있었다. 이곳까지 올 생각은 없었는데.

하지만 주인의 의지를 배반하는 건 자전거만이 아니었다. 마치 무언가에 이끌리듯 설의 다리는 스르르 학교 안으로 들어서고 있었다. 그사이 여러 번 보수를 했는지 칙칙하고 낡은 시멘트 벽 대신 나무로 촘촘히 박아 담장을 대신한 학교는 한결 운치가 있었다. 깔끔하게 페인트를 발라놓은 말끔한 학교 건물 사이로 체육관이 보였다. 벽돌로 지어진 체육관만은 새로 보수하지 못해 벽면을 타고 오르는 넝쿨까지 옛 모습 그대로였다. 떨리는 걸음으로 조심스럽게 건물 안쪽으로 들어섰다. 지난 망령이 스멀, 되살아나기 시작했다.

탕탕!

코트 위를 튀어 오르는 공 소리와 아이들의 함성이 환상처럼 들려왔다.

"반효! 반효!"

심장이 파르르 떨려왔다.

하늘로 솟구쳐 곧장 공을 내리꽂던 떨림이 아직도 가시질 않았다. 천사인 줄 알았다. 자신이 가장 사랑하는 농구를 할 때의 효는 꽃처럼 행복한 미소를 짓고 있었었다.

탕탕!

떠오른 환청이 여전히 그녀의 귓가에 울렸다. 효는 떠나고 없는데 이곳은 여전히 기억하고 있는가 보다. 한때 이곳을 누구보다 사랑했던 열여덟 사내아이를 말이다. 묵중한 나무 문을 잡아당겼다. 다행히 잠기지는 않았다.

탕탕!

이번엔 좀 더 선명하게 들린다.

사라져 줘!

속으로 애원하며 설은 힘껏 체육관 문을 열어젖혔다.

"아!"

짧은 탄성이 설의 입술에서 터져 나왔다. 넓은 체육관 안으로 아직 여물지 못한 햇살이 가득 메우고 있었다. 나무로 만들어진 바닥은 잘 닦여 반질한 윤이 흐르고 청아한 공기가 허공을 맴돌았다. 밝은 햇살이 곧장 그녀의 눈을 쏘았다.

탕탕!

힘찬 공 울림이 코트 위를 튕기며 하늘로 솟구쳐 올랐다. 놀란 눈동자가 더욱 커다랗게 벌어졌다. 제 앞에 선 모습을 믿을 수가 없었다.

진실로…… 진실로 그가 맞는 걸까?

"……효?"

아주 작은 소리가 허공 속에 울리는 순간, 코트 위를 날아오르던 한 남자가 그대로 바닥으로 떨어져 내렸다. 까만 머리카락이 천사의 날개처럼 흩뿌려졌다. 햇살을 등에 진 남자의 얼굴이 그녀를 향해 똑바로 돌아섰다. 까만 눈동자가 홀린 듯 그녀에게 박혀 있었다.

"윤설?"

사랑해, 윤설.

아득한 음성이 허공 속에 울렸다.

주르륵…….

갑자기 눈물이 주룩 뺨 위로 흘러내렸다. 그러나 남자에게 시선을 맞춘 설은 그것조차 알아차리지 못했다. 도저히 믿을 수 없었다. 십 년 동안 다시 만날 수 있기를 얼마나 애타게 바랐던가. 이렇게 쉽게, 만날 수는 없었다. 이렇게 아무렇지도 않게 마주칠 수는 없는 일이었다.

"……꿈이야."

그래, 꿈이다. 결코 현실일 리 없었다.

통통!

주인 손에서 떨어진 공이 멀리서 통통! 남은 여운을 털어냈다. 그리듯 그녀 앞으로 바짝 선 효의 얼굴이 핏기 하나 없이 파리하다. 그 역시 이곳에서 설을 마주치게 될 거라 미처 예상하지 못한 눈치였다. 하긴, 어느 누가 예상할 수 있었을까? 멍한 두 눈동자가 허공에 부딪혔다. 진한 감정이 침묵 속에 흘렀다.

"꿈인 거야."

또다시 설이 중얼거렸다. 이번엔 좀 더 힘이 실린 목소리였다.

"아니."

꽉 잠긴 음성이 그녀의 바람을 깨뜨렸다.

"아니, 난 현실이야. 윤설."

질끈 눈을 감았다. 끔찍한 현실이다.

다시 살아난 그녀의 연인은······.

설은 멍하게 자신에게 다가오는 실체를 바라보았다. 아마 신애가 옆에 있었다면 살갗을 꼬집어보라, 했을지도 모르겠다.

하!

실소가 터져 나왔다. 살갗을 꼬집는다 해서 나아질 것도 없었다. 그가 현실이라 해도, 꿈이라 해도 상관이 없었다. 어차피 반효라는 사람은 이미 그녀의 기억 속에서 지워진 인물이 아닌가. 파랗게 질린 효가 그녀 앞에 섰다. 그녀의 안색 역시 그와 별반 다르지 않을 것이다.

"윤설······."

효가 그녀의 이름을 불렀다. 지난 기억처럼 습하고 낮은 음성이다. 아니, 또 다른 기억과는 좀 다르다. 경쾌하고 아직 치기가 가시지 않는 조금은 높은 음색. 지금 그녀의 앞에 선 효는 처음 소주를 건네주었던, 덕유산 자락에서 키스를 나누었던 그때의 효를 연상시켰다.

미련한 짓이다. 그를 떠올리는 건 말이다.

다시 그를 만나면 무슨 말을 해야 할지 수백 번 되새김질했지만 막상 현실에 닥쳐서는 아무 소용이 없었다.

"네가 내 이름을 부를 만한 자격이 있던가?"

지워지지 않는 상처가 고스란히 실린 냉정한 음성이었다.

"……많이 상처 입었니?"

무슨 바보 같은 말씀을! 당연히 상처 입었고, 그 상처는 깊고 깊었다.

"아니! 어린 시절 잠시 만났던 추억 때문이 상처 입지는 않아."

그녀의 대답에 효의 얼굴이 더욱 창백해졌다. 그럼 무얼 기대했던 걸까? 왜 떠났느냐고 원망이라도 퍼부을 줄 알았을까? 아님, 이제라도 돌아와 다행이라고 안길 줄 알았나?

"설아."

율이 안타깝게 이름을 불렀다. 상처 입지 않았다는 그녀의 눈동자가 얼마나 공허하고 깊이 패었는지 설은 알고 있을까? 그녀가 상처 입기를 형이나 그, 어느 누구도 원하지 않았다. 생각보다 설에 대한 형의 마음은 깊었고, 그래서 그 역시 한 번도 설을 찾을 수 없었다.

"늦었어."

아직 왜 떠났는지, 그리고 왜 돌아왔는지 설명조차 하지 못했는데 철저히 그를 외면한 설은 냉정히 돌아서고 있었다. 떠나는 설 앞으로 율이 성큼 가로막았다.

"윤설."

"집에 돌아가 봐야 해."

"여기…… 전주에 계속 있었니?"

핏물 도는 눈동자가 핑글 돌았다. 조금 전 뺨 위로 흐르던 눈물도 파삭하게 말라 있었다.

"왜 내가 여기 있었을 거라 생각하니?"

"윤설……."

"너조차도 떠난 곳이야. 왜 내가 이곳을 지켜야 해?"

그저 조금 전, 지났던 그녀의 집을 보며 이곳에 계속 남았을까, 궁금했을 뿐이었다. 그의 대답 따윈 상관없다는 듯, 비켜선 설이 다시 걸음을 재촉했다. 그 뒤로 율이 자박하게 따랐다. 어디서부터 이야기를 꺼내야 할지 도무지 가늠이 서지 않았다.

왜 형이 이곳으로 돌아오지 않았는지부터 꺼내야 할까?

너에게 오기 위해 한밤중 오토바이로 전주까지 달리다, 음주 차량과 정면으로 충돌해 즉사해 버렸다고. 너의 소식을 듣기 위해 얼마나 위험한지 알면서도 말리지 못했다고, 말을 해주어야 하나? 율은 땀에 젖은 머리카락을 쓸어 올렸다. 그 역시 한국에 도착한 후 맨 먼저 달려온 곳이 이곳, 전주였다. 그래서 붙잡지 않았다. 대신 오고 싶었지만 올 수 없었기에 형을 말리지 못했다. 형의 죽음은 그의 탐욕에 대한 대가였다. 감히 탐낼 수 없는 형의 연인을 탐했던 지독한 욕심. 여기까지 와서도 형을 기만할 수 있을까?

"형……."

"날 잊은 거니?"

힘겹게 꺼낸 율의 말 사이로 설이 불쑥 물었다. 순간, 율의 걸음이 비틀거렸다.

"그저 가볍게 스친 인연처럼 잊고 싶었니?"

"설아."

"돌아오겠다, 했었지. 내 영원한 사랑이라고, 그래서 다 자라 어른이 되면 다시 만날 거라 그랬어."

차마 말이 나오지 않았다.

"잠시의 이별이라고 그랬어. 기억하기나 해?"

독하게 쏘아보는 설의 눈빛에 심장이 잠식하는 것 같다.

"차라리 그때 그냥 떠나지 그랬니? 미련 따윈 남기지 말고 그렇게 철저히 떠나 버리지 그랬어! 그럼 그렇게 비참하게 널 기다리지는 않았을 것 아니야!"

잰 설의 걸음을 쫓다 보니 어느새 교문 앞이다. 전에 보았던 그녀의 하얀 자전거가 교문에 기대어 서 있었다.

"널 잊은 게 아니야, 윤설."

"하! 돌아오지도 않았지."

"······돌아올 수가 없었어."

형이 죽어버린 후로 그 역시 죽어버렸다. 형의 여자를 탐한 건 그인데, 그 대신 죽은 건 형이다. 그 죄를 차마 어찌하지 못해 율은 도망치듯 미국으로 향했다. 자신의 삶은 그 시절에 버렸다. 남은 그의 생은 오로지 형만을 위한 것이었다. 그것이 그가 갚을 수 있는 유일한 것이었으니까. 설이 입가에 서늘한 미소가 스몄다.

"반효란 이름은 이미 지웠어."

그리고 사랑도…….

들리지 않을 만큼 아주 작은 소리로 설이 중얼거렸다. 율의 시선이 아래로 떨어졌다. 자전거에 오른 설이 재빨리 시선 밖으로 사라졌지만 잡지도 못했다. 이미 지워 버린 효의 이름이 그녀의 심장 깊이 새겨진 것조차 모를 그가 아니었다. 그 사이로 끼어들 틈은 없었다. 그녀의 사랑은 이미 열여덟 그 시절에 멈추어 있었다. 반효라는 사람에게.

멀리 사라지는 설의 그림자를 율은 고통스럽게 바라보았다.

그녀가 아직도 형을 기억하는 게 행운인 걸까? 그건 알 수 없는 일이었다.

9. 다시 사랑할 수 있다면…

아침부터 몇 번이나 신신당부를 한 엄마 덕분에 잊을래야, 잊을 수가 없었다. 새 아버지의 집안 문제라면 껌벅, 죽는 엄마이 니 설도 그 문제에 대해서만큼은 어찌할 수가 없었다. 하긴, 새 아 버지를 생각하면 그 정도의 불편함이야 마땅히 감수하고도 남긴 했다.

"바로 집으로 오지 말고, 꼭 미용실에 들러서 머리 다듬고 와. 알았지?"

바쁘게 출근하는 그녀를 붙들고 몇 번이나 머리와 옷가지로 타 박을 해대던지, 하루 종일 엄마의 목소리가 귀에 맴돌 지경이었 다. 목 언저리에서 싹둑, 잘라낸 머리카락을 다듬어보았자, 거기 서 거기일 텐데 말이다.

남은 정리를 한 후 퇴근을 서두르던 설이 흘끔, 약국 입구 쪽을 바라보았다. 그새 이곳에 익숙해졌는지 지루는 편한 자세로 의학 책에 몰두하고 있었다. 이번 달까지만 영상의학과 순회라며 바쁜 날만 아니면 그녀의 퇴근 시간까지 여기에서 기다렸다. 설은 새어 나오는 한숨을 삼켰다. 불길한 전조였다. 갑자기 나타난 지루와 함께 효까지…….

효를 만났다는 이야기를 하면 어떤 표정을 지을까? 자못 궁금 하긴 했지만 설은 지루에게 말하지 않았다. 어쩐지 그건 효와 그 녀만의 비밀이어야 할 것 같아서였다.

"가자."

퇴근 준비를 마친 설을 보자 지루가 자리에서 일어섰다.

"이번에 승현이와 함께 술 한잔하기로 했는데 같이 갈래? 그래 도 전주 동창이잖아."

"아니."

담담히 거절하는 설의 태도에도 지루는 별말이 없었다. 약국에 익숙해진 것처럼 그녀의 쌀쌀한 어투에도 익숙해진 태도였다.

"나중에 어머님이 식사라도 함께하자고 하시던데, 다음 달부턴 내과 순회라 꽤 바빠질 것 같아서. 이번 달 안에 시간 잡으면 안 될까?"

대단한 정보망으로 인해 설의 집에 가끔 전화까지 거는 지루는 그새 문하와 엄마와도 꽤 친분을 쌓고 있는 중이었다. 그나마 설 의 눈치를 보느라 새 아버지는 데면데면하는 편이긴 하지만 문하 는 지루에게 반은 넘어간 꼴이었다. 하여간 가볍기는…… 하고 설이 투덜대긴 했지만 씨알도 안 먹혔다.

"강지루."

설이 지루를 불러 세웠다.

"내 삶에 끼어들지 말라고 분명 경고했어. 난 문하 오빠나, 엄마와는 달라. 그분들이 널 좋아하든 좋아하지 않든 상관없어. 중요한 건 내 의지야."

"내가 싫은 거니? 아님 전주가 싫은 거니?"

"둘 다."

"내가 서 있는 곳이 전주이니?"

"……?"

"난 여기 서울에, 그리고 네 앞에 서 있는 거야. 전주를 떠올릴 만한 건 없어. 난, 우연히 네가 마주친 인턴 녀석일 뿐이야."

"그게 말이 된다고 생각하니?"

"왜? 평생 네가 효를 안고 산다고 해도 별 불만 없어. 그를 잊었다면 좋겠지만, 잊지 않았다 해도 과거를 빌미 삼아 널 질투하지도 않아. 이 정도면 꽤 괜찮은 애인이지 않아?"

"강지루!"

"윤설! 언제까지 과거에 얽매여 살 거니? 네가 그 시절에 보았던 효가 기억만큼 마냥 좋은 모습으로 남아 있을 거라 생각해? 네가 변한 만큼 그 녀석도 충분히 변해 있을 거야. 막상 현실로 마주치게 되면 어쩜 실망하게 될지도 모르지. 추억은 추억에서나 아름다운 거야."

그건 아니다. 아주 짧은 순간, 마주친 효였지만 기억 속에 남은 것과 별반 다르지 않았다. 그 시절보다 더 많이 키가 자랐고, 잘 다져진 근육 탓인지 날렵한 몸체는 훨씬 탄탄해 보였지만 여전히 그녀가 사랑했던 그 모습 그대로였다. 낮게 가라앉은 음성도, 코트 위에서는 그 누구보다 높게 날던 점프도.

그는 변한 게 없었다.

설은 지루의 말을 부정하며 고개를 저었다. 단지 추억에서 끝나지 않은 게 비극이었다. 그녀의 심장은 빌어먹게도 여전히 그의 앞에서만 뛸 수 있었다. 내내 죽은 듯 움츠려 있던 심장이 그날, 효 앞에서 처음으로 펄떡거렸으니까.

"네가 어떤 식으로 포장하든 결론은 변하지 않아. 내가 원하는 건 지금까지 살았던 것처럼 그렇게 살아가는 것뿐이야. 지난 과거 같은 건 깨끗이 잊은 채 그렇게 살아가길 바라."

일고의 가치도 없는 대답에 지루가 안타깝게 설을 바라보았다. 고통스러운 과거 따윈 깨끗이 지운 채 지금 앞에 서 있는 자신을 보아줄 수는 없는 걸까?

"사랑은 또 다른 사랑으로 지울 수 있는 거라 그러더라."

하하하.

지루의 말에 설이 맥 빠진 웃음소리를 냈다.

"널 그런 식으로 이용하고 싶지 않아."

"내가 원해."

"아니! 내겐 그럴 자격이 없어, 강지루. 그러고 싶은 마음도 없고. 좋은 사람 만나서 사랑하길 바라. 하지만…… 난 아니야."

"그런 거 너무 흔한 말이지 않니? 누군가를 다시 사랑할 생각이었다면 진즉에 했겠지. 내가 원하는 건 너야."

"왜 그렇게 고집스럽니?"

설이 짜증을 부렸다. 지루의 변하지 않는 고집이 답답했다. 집까지 함께 오겠다는 지루를 겨우 물리치고 설은 헤어샵으로 향했다. 미리 이야기를 해놓았는지 그녀가 도착하자마자 원장이 득달처럼 달려와 짧은 머리카락을 이리저리 매만지기 시작했다. 일 년에 겨우 한두 번 올까 말까 한데, 원장은 마치 오랜 친구처럼 끝없이 수다를 늘어놓았다.

전남편 자식으로 새 아버지의 가족들과 만나는 일이 그리 편한 건 아니다. 그 일만으로도 머리가 지끈거릴 판에 영양 가치 없는 원장의 수다는 정말 고통에 가까웠다. 평소, 로션만 바르는 맨얼굴까지 착실하게 손을 보자 엄마에게 부탁 받은 드레스를 들고 문하가 나타났다.

"어이구, 이 님이 누구신가?"

화려한 블루빛 섀도로 펄을 가미한 설의 눈동자가 불빛 속에 신비롭게 빛을 발하며 문하를 말똥히 노려보았다.

"길거리에서 만났다면 몰라보겠네."

"그렇죠? 설이 씨는 피부가 하얀 편이라 블루 칼라가 잘 맞을 줄 알았어요."

"그러게요. 앞으로는 매일 원장님한테 보내야 되나? 이 녀석이 어찌나 무심한지 도무지 여자다운 면이 없어서. 아침에도 대충 로션만 바르고 출근하는 성질이니…… 쯧쯧."

혀까지 차대며 문하가 원장 말에 맞장구를 쳤다. 솔직히 거울 속에 비치는 제 모습이 낯설기는 했다. 커다란 눈매는 시원스럽게 벌어져 있고, 엷은 펄로만 강조한 입술은 도발적으로 반짝거리고 있었다. 평소보다 도톰하게 부풀어 오른 입술이 마치 게이샤의 분장처럼 지나치게 인위적이라 설은 살짝 눈살을 찌푸렸다. 오늘따라 유독 화장이 진한 게 거슬렸다.

클렌징크림으로 박박 지우고 싶은 충동을 겨우 억누르고 문하가 가져온 드레스를 입으려니 한숨이 더 짙어졌다. 이 옷을 어찌 입으라는 건지…….

문하가 가져온 실크 드레스는 가슴 언저리까지 깊게 파인데다, 걸을 때마다 부드러운 옷자락이 허벅지에 착착 감겨 유혹적이다 못해 천박할 정도였다. 딱, 문하가 골랐음직한 옷이었다.

"대체 이런 옷을 어디에서 구한 거야?"

모임 장소로 향하는 내내 설의 불평은 그치질 않았다. 걸을 때마다 허연 허벅지가 드러나 여간 신경 쓰이는 게 아니었다.

"몰디브의 노을처럼 아름다우니까, 걱정하지 마."

"걱정하는 게 아니라 불편해. 무슨 옷이 이따위야?"

"어허! 이 오빠의 미적 감각을 좀 믿어보시지. 까다로운 동생!"

"천박하기 짝이 없군."

"몹시 고혹적이라, 이 오빠마저 눈부실 지경이니까 불평은 그만 해. 오늘만큼은 너의 그 상큼한 미소가 몹시도 필요한 때라고."

"무슨 모임인데 이렇게 수선스러운 거야?"

"사업상 모임이긴 한데……. 뭐 가족들끼리 친목을 핑계 삼아 서로의 잇속을 챙겨보자는 거국적인 모임이지."

설명이 몹시도 복잡하다. 가족 회사에 몸담고 있는 주제에, 가끔 이런 식으로 문하는 회사 일에 대해 잔뜩 꼬일 때가 있었다. 어찌 되었든 그녀로서는 불편한 자리라는 건 변함이 없지만 말이다.

준비를 마친 설을 문하가 이끈 장소는 성처럼 꾸며진 거대한 호텔이었다. 로비를 지나 중앙에 위치한 홀로 향하며 문하의 손이 살짝 허리에 닿았다. 흘낏 바라본 그의 표정은 언제 그랬냐는 듯, 진지하기 짝이 없었다. 회사에서의 문하는 한 번도 본 적이 없는 터라 진지한 표정이 꽤나 어색해 보였다. 어쩌면 그는 선생보다는 이런 기업체가 훨씬 잘 어울리지 않을까, 하는 생각이 문득 들었다. 하긴, 새 아버지만 제외하면 집안 식구들 모두 모두 하나씩 계열 회사를 운영하고 있었다. 어렸을 때부터 집안 어른들의 총애를 받았다는 새 아버지가 부동산 쪽으로 진로를 정한 탓에 한때, 집안이 발칵 뒤집혔다는 말도 엄마를 통해 살짝 들었던 기억도 있다. 편하게 농담하던 문하의 눈빛이 순간 야수처럼 날카롭게 빛을 내는 걸 보니 역시 피는 못 속이는 모양이었다.

홀 안으로 들어서자 멀리 새 아버지가 보였다. 육십을 앞둔 나이에도 불구하고 군살 하나 없는 새 아버지는 윤기 흐르는 턱시도 차림으로 군중 속에 서 있었다. 문하가 골라온 요란스런 드레스 차림도 사람들 속에 파묻히니 그리 눈에 띄지 않았다. 다행이라는 생각을 하며 설은 새 아버지 곁으로 다가섰다.

"아, 제 딸아이입니다."

그녀가 다가서자마자 새 아버지가 앞에 선 한 노년의 남자에게 그녀를 소개했다. 희끗거리는 반백의 머리카락을 한 남자가 그녀

쪽으로 고개를 돌렸다. 가늘게 좁혀진 눈매가 마치 품평회에 내어진 호박을 감정하듯 설을 위아래로 훑어 내렸다.

"성 사장님에게 따님이 있으셨던가요?"

"네. 하늘이 저에게 내려준 축복이죠. 아들 녀석 하나만 달랑 있으려니 불쌍히 보셨나 봅니다. 하하하!"

사람 좋게 웃어대는 새 아버지 곁에서 설과 엄마만 살짝 얼굴을 붉혔다. 반백의 남자의 입술이 위로 치켜올라 섰다.

"하늘의 축복은 아마 따님에게 내린 것 같은데요?"

이런 좋은 새 아버지를 만났으니 그것도 그녀의 복이라는 뜻이었다.

"저희 가족 모두에게 큰 행운이라고 생각합니다."

설이 정중한 어투로 대답했다. 그러나 눈빛까지 정중했다는 의미는 아니다. 반백의 신사가 싸늘하게 그녀를 훑었다.

"참, 아드님의 진로는 어떻게 결정이 났습니까?"

못마땅한 기색으로 설을 내려보던 남자에게 새 아버지가 화제를 돌렸다. 발아래로 시선을 내리긴 했지만 설 역시 좋은 기분은 아니었다. 항상 이런 식이었다. 비단 이 남자만이 아니다. 새 아버지의 식구들의 태도 역시 이 남자와 별반 다르지 않았다. 새 아버지나 문하를 만난 것이 엄마에게 있어 다시없는 행운이었을지는 몰라도 설은 아니었다. 그런데도 버려진 아이를 주워온 것마냥 자신을 바라보는 사람들의 시선이 매번 그녀의 신경을 건드렸다.

"글쎄요. 하하하! 그 녀석이야 워낙 제멋대로인 녀석인지라 어디 제 말을 듣겠습니까?"

"그래도 저희 집안과의 친분도 있는데……."

"저로서는 이제 그만 농구를 그만두었으면 하는 바램이죠. 취미로 그 정도면 충분하지 않습니까?"

"그만한 인재를 단지 취미로 치부하기에는 아깝지요. NBA에서의 아드님 활약은 잘 알고 있습니다. 그만한 재능을 썩힌다면 저희로서는 몹시 안타까운 일이라."

거만한 남자의 태도에도 새 아버지는 예의를 잃지 않은 채 꼬박 대꾸해 주고 있었다. 문하가 말했던 서로의 잇속을 챙긴다는 게 무엇인지는 모르겠지만 남자의 태도는 솔직히 목불인견이었다. 서로의 잇속을 챙기는 게 아니라 잇속은 저 남자 혼자만 챙기는 것 같다.

"대체 무슨 일인 거야?"

근처 테이블에 놓인 펀치를 들이키며 설이 투덜거렸다.

"우리 집안끼리 알고 지내는 집안이야. 본인은 로펌을 운영하고 계시는데 아들이 미국 NBA에서 뛰었거든. 이번에 완전히 한국으로 귀국한다는 소식에 할아버지가 몸이 좀 달았어."

"왜?"

이유를 묻는 설에게 문하가 어이없다는 듯 웃었다.

"우리, 기란통신에서 농구팀 소유하고 있는 거 몰랐어?"

몰랐다. 별로 미안할 건 없지만 설은 대신 어깨를 치켜올렸다. 하여간……. 하고 문하가 한 소리를 덧붙였다.

"관심 좀 가져줘. 그래도 오라버니가 하는 일인데 너무 무심한 것 같지 않아?"

"약국 일만으로도 벅차."

"쌀쌀맞기는……."

키득대던 문하가 문득, 홀 입구 쪽으로 시선을 돌렸다.

"이제야, 주인공 등장이네. 어때? 아까 그 노친네보다는 인물이 낮지? 청출어람이라고는 하지만 솔직히 저 노친네한테 저런 인물이 나오긴 힘들지. 실력도 실력이지만 저 잘난 인물 때문에 한 점 먹고 들어가는 녀석이라고."

주절거리는 문하의 말은 귀에 들어오지도 않았다. 그를 따라 홀 입구로 향하던 설의 시선이 그대로 얼음처럼 얼어버렸다. 놀란 그녀의 시선이 홀 안으로 들어서는 남자를 따라 기계적으로 움직였다. 한눈에 보아도 190㎝가 훌쩍 넘는 남자의 검은 머리카락은 잘 손질되어 귀밑으로 흐르고 넓은 보폭으로 걷는 근육은 편안히 감싸인 검은 슈트 속에서도 팽팽하게 날이 서 있었다. 다소 귀찮은 듯, 살짝 미간을 찌푸린 남자가 마뜩찮은 눈빛으로 홀 안으로 둘러보았다.

"반율 선수!"

문하가 번쩍 손을 올렸다. 홀 안을 둘러보던 남자의 검은 눈동자가 천천히 그녀 쪽으로 돌아섰다. 설의 고개가 반사적으로 문하 쪽으로 향했다. 멍한 눈동자가 알 수 없는 혼돈으로 혼탁해져 있었다.

반율?

왜 효가 아닌 율인 거지?

멀리 엄마가 그녀를 향해 바삐 손짓을 하고 있었다.

"할아버님 오셨나 보다."

문하가 설의 옆구리를 꾹 찔렀다. 그러나 설의 시선은 여전히 앞에 선 남자에게서 벗어날 줄을 몰랐다. 왜 율인지 모르겠다. 지금 그녀의 눈앞에 선 이는 분명 효였다. 그리고 자신에게 박힌 그의 눈동자 역시 그녀를 기억하고 있음에 분명했다. 얇게 좁혀진 눈매가 전주에서 보았던 것처럼 고통으로 흐려져 있었으니까.

"윤설! 가서 인사드려야지."

문하가 다시 재촉했다. 꼼짝없이 자신만 바라보는 설의 팔을 율이 부드럽게 잡았다. 뜻하지 않는 그의 행동에 오히려 문하가 놀란 얼굴로 돌아보았다.

"……설은 제가 데리고 가죠."

"어?"

"조금 놀란 것 같으니까."

율의 대답에 문하가 재빨리 제 동생을 살폈다. 놀란 정도가 아니다. 거의 사색이 된 설이 석상처럼 빳빳하게 굳어 있었다. 그제야 문하가 미묘한 분위기를 눈치 챘다.

"둘이, 아는 사이인가?"

대답 대신 미소만 짓는다.

"아는 사이야?"

이번엔 설에게 물었지만 여전히 대답을 들을 수는 없었다.

"가시죠."

"응?"

"어차피 어르신께 인사도 드려야 하고."

얼떨떨한 표정을 짓는 문하에게 율이 괜찮다는 듯, 고개를 끄덕였다.

"……왜 효가 아닌 율인 거지?"

율을 따라가며 설이 중얼거렸다.

"그게 너에겐 중요한 문제야?"

"지난 십 년 동안 효라 생각했던 사람이 갑자기 율로 나타났어. 그게 중요한 문제가 아니라는 거니?"

문하의 귀에 닿지 않게 설이 조그만 목소리로 대답했다. 그렇지 않아도 효에 대해 다들 궁금해하는 중이다. 가족들이 그의 존재를 알아서 좋을 일은 없었다.

"지난번엔 효라는 이름을 지웠다고 하지 않았어?"

"말장난 하지 마!"

"말장난하는 거 아니야. 내가 율이든 효이든 어차피 네겐 낯선 사람일 뿐이지."

어이가 없군.

설은 혼돈스러운 눈빛으로 율을 바라보았다. 효이기도 하고, 율이기도 한 남자가 그녀를 반듯이 바라보고 있었다.

"어이고, 이거 반율 선수 아니신가?"

두 사람이 다가가자 문하의 할아버지 성 회장이 보기 드물게 미소를 띠고 있었다. 평소의 엄격한 표정은 간데없다. 회사에서 소유하고 있는 농구팀이 얼마나 대단한 건지는 모르겠지만, 성 회장의 태도는 비굴할 정도로 노골적이었다. 옆에 선 그의 아버지가 얄팍한 미소를 지었다. 아들임에도 별로 자랑스러운 기색도 없었다. 어딘지 어색하고 불편한 듯한 인상에 더 가깝다고나 할까?

"그동안 잘 지내셨어요?"

엄마가 어찌나 옆구리를 찔러대는지 설이 마지못해 정중한 인사를 건넸다. 솔직히 그녀로서는 성 회장이 이 모임이 끝나도록 자신의 존재를 알아차렸을지도 의문이었다. 그제야 설을 돌아보던 성 회장이, 율 옆에 선 그녀에게 놀란 표정을 지었다. 순간, 회색에 가까운 노안(老眼)이 그녀를 붙든 율의 손을 예리하게 훑었다.

"……두 사람이 아는 사이이신가?"

"제가 지금 열심히 고백 중입니다."

설의 입이 어이없게도 떡, 벌어졌다. 놀라기는 근처에 있는 사람들 역시 매한가지였다. 어리둥절한 엄마의 시선이 설에게 닿았다. 뭔 일이래? 이제껏 남자 꽁무니도 본 적이 없더니 올 봄만 해도 벌써 두 명째다. 몹시 당황했는지, 성 회장이 흐흠, 헛기침을 했다.

"도대체 무슨 소리인지 모르겠구만. 고백 중이라니……."

"사랑한다, 고백 중인데 그녀가 받아주지 않아 몹시 난감해하는 중이죠."

"하하하! 거 참, 농담이 좀 지나치군."

노련한 문하가 꽁꽁 얼어버린 분위기를 누그러뜨리며 율의 어깨를 가볍게 두드렸다. 겉으로야 미소를 가장하고 있었지만 율을 바라보는 시선은 그것과는 좀 달랐다. 감히, 내 동생에게 함부로 장난칠 생각은 하지 말라는 명백한 경고였다. 율이 제 어깨를 두드리는 문하의 손을 거칠게 뿌리쳤다. 입술만 웃고 있을 뿐, 눈동자는 얼음처럼 서늘하다.

"제 사랑으로 한가롭게 장난칠 만큼 녹록한 여자가 아닙니다. 전주에서 그녀를 처음 만난 순간부터 진심이었습니다."

전주라는 말에 율의 아버지의 표정이 눈에 띄게 굳어졌다. 그렇지 않아도 마뜩찮게 그녀를 바라보던 시선이 더욱 얼음장 같아졌다. 팔꿈치에 닿은 율의 손가락에 힘이 더 실렸다. 아마, 그녀가 도망치지 못하도록 단단히 잡고 있을 요량인 듯했다.

"전주?"

"네. 십 년 전에 그녀를 처음 만났습니다."

아…….

모두들 고개를 끄덕이는 와중에 문하만이 고개를 갸웃거렸다. 설은 수치심과 당혹감으로 얼굴이 빨갛게 달아올랐다. 드레스 자락을 꽉 쥔 채 설은 빳빳하게 허리를 세웠다. 감히 제멋대로 굴다니! 그녀의 감정 따윈 깡그리 무시한 처사였다. 떠날 때도 그의 마음이었고 다시 돌아오는 것도 그의 마음이었다. 기다릴 때엔 철저히 놓더니, 놓았다는 지금에서야 사랑한단다. 붉게 달아오른 얼굴로 설은 율을 노려보았다. 이글대는 감정을 참을 수가 없었다. 감히 사랑한다니!

그에겐 그럴 자격이 없었다. 그녀의 사랑을 내팽개친 건 그녀가 아니라 그였다! 그가 허락하면 언제든 달려올 거라 생각했다면 당연한 오산이다.

콕콕!

격하게 일어선 감정 탓인지 위장으로 통증이 쏟아졌다. 더욱 화가 치미는 건 여전히 그의 고백에 그녀의 심장이 떨린다는 것이었다. 쑤시는 위장을 움켜쥔 채 설이 한껏 고개를 쳐들었다.

"그 시절 잠시, 같이 공부했었습니다. 여름방학 때즈음 전학을 간 터라 그리 친분이 있다고 말할 것도 없구요."

상반되는 두 사람의 말에 성 회장이 미간을 찌푸렸다. 연하게 눈썹이 떨렸지만 율 역시 담담한 표정이었다. 어차피 설의 이런 태도쯤은 예상하고 있던 일이었다.

"뭐……."

어색한 미소를 지으며 성 회장이 분위기를 무마시켰다. 새 아버지와 엄마가 바삐 눈짓을 오가는 걸 보며 설은 불쾌한 기색으로 고개를 외로 틀었다.

"뭐, 그만한 친분이라면 우리 농구 팀에 오는데 조금이나마 영향을 줄 수 있는 건가?"

미련을 버리지 못한 성 회장이 겉웃음을 지었다. 율의 시선이 잠시 설에게 닿았다. 꽁꽁 언 눈빛이 가실 줄을 모른다. 불편해하는 그녀의 심사가 손에 잡힐 듯 선명했다.

잠시 흐른 어색한 침묵 속에 문하가 너털웃음을 터뜨리며 끼어들었다.

"하하하! 우리 노친네께서 여간 욕심이 나지 않는 모양이네. 들어온 손녀라 마뜩찮아할 때는 언제이고, 이렇게 몸을 달아하시니……. 할아버지! 설이가 너무 당황해하잖아요. 반율 선수 문제는 당사자와 직접 해결하시죠? 자식들까지 팔아서 잇속 챙기려는 건 너무 속 보이는 행동 아닙니까?"

"뭐?"

노여운 고함 소리가 터지며 성 회장이 문하를 시퍼렇게 노려보았다. 이 망할 자식이 아주 제 아비를 쏘옥 빼어놓았다. 집안 사업을 이으라는 그의 말에 문하의 애비, 이연이 녀석도 이따위로 굴지 않았던가.

"네 감히 내게 무어라 하는 소리인 게야?"

"자식 팔아 잇속 챙기는 거, 너무 속 보이는 짓이라 했습니다."

"네…… 네 녀석! 사업체를 경영을 한다는 녀석이…….'

"사업체를 경영하는데 꼭 제 자식, 제 가족을 팔아야 할 수 있는 건 아니지 않습니까? 그런 고리타분한 자세로는 세계 시장에서 살아남기 힘듭니다."

"네 녀석이 사업에 대해 뭘 안다고 감히 날 가르치려는 거냐?"

"가르치려는 건 아닙니다. 할아버님의 방식이라는 것도 있을 테니까 말입니다. 하지만 그 방식에 제 동생이 엮이는 건 허락하지 못합니다."

"그건 저 역시 마찬가지입니다, 아버지."

사람 좋게 웃어대던 새 아버지까지 가세하고 나서자 분위기가 더욱 험악해졌다.

"너희들이 지금 내 앞에서 저 아이를 감싸는 거냐?"

"설 역시 제 가족입니다. 비록 성은 다르다 해도 제 딸임에는 변함이 없구요."

파르르 떨리는 성 회장 때문에 설의 심장까지 굳어버릴 판에 넉살 좋은 문하가 그녀의 팔꿈치를 잡았다. 덕분에 내내 붙어 있던 율의 손이 바닥으로 툭 떨어졌다.

"저녁 못 먹었지? 뭐라도 먹지 그래?"

지금 밥이 넘어가? 설이 눈빛으로 따졌다.

"여기 있어봤자, 좋은 꼴 볼 일 없어. 어차피 아버지한테 못 이기시는 할아버지인데 뭘. 잠깐 성질 부리다 말겠지."

그리고는 끌다시피 그녀를 따로 마련된 뷔페 코너로 이끌었다.

"윤설!"

문하에게 팔을 붙들린 채 막 돌아서던 설의 몸체가 기우뚱, 앞으로 쏟아졌다. 화급히 붙든 율 때문이었다.

"놓아줘!"

단호한 어투로 설이 쏘았다.

"놓아줄 수 없어. 우리 이야긴 아직 시작도 못했으니까."

"난 할 이야기 없어."

"난 남았어."

"그래? 그럼 십 년 전으로 거슬러 올라가서 말해. 네가 날 떠났던 그때 말이야. 설마, 그것조차 잊은 건 아니겠지?"

독한 설의 말에 율이 비틀거렸다.

"윤설……."

"이것 봐. 내 동생이 지금 놓아달라고 하지 않나?"

문하가 잡고 있는 율의 손을 떨쳐 냈다. 그러나 운동으로 다져진 힘을 감당하기엔 좀 벅차다. 문하가 성난 눈초리로 율을 노려보았다.

"놓아달라는 말 들리지 않아?"

"놓아줄 수 없습니다."

율이 강력한 어조로 대답했다. 주위에 서 있던 사람들의 시선이 하나둘, 그들에게 쏟아지기 시작했다. 멀리, 성 회장의 흥미로운 눈빛이 그녀가 선 쪽을 뚫어지게 바라보고 있었다. 드물게 사나운 얼굴로 문하가 율에게 화를 냈다.

"반율! 이 손 놓지 못해? 지금 이게 무슨 추태야?"

"윤설!"

"제발 놓아줘. 지금까지 한 농담으로 충분하지 않니?"

"아니!"

율이 고개를 저었다.

"아직 시작도 하지 않았어."

더없이 진지한 검은 눈동자가 설에게 별처럼 쏟아졌다. 다시 재회한 순간, 형의 죽음보다 더욱 깊이 그를 괴롭힌 건 끝없는 그녀에 대한 갈망이었다. 형의 죽음에 대한 죄책감에 미국으로 떠난 지난 팔 년간은 겨우 버티며 살 수 있었다. 형이 원했던 삶을 대신 살아가는 것으로 어느 정도 속죄했다 생각했었고. 이젠 그녀를 온전히 살아갈 수 있을 거라 생각했는데, 그녀를 다시 만난 순간, 어이없는 자신감이라는 걸 깨달았다.

"이미 끝난 일이야."

"죽어버렸다면?"

섬뜩한 질문에 설이 그제야 율을 마주 보았다.

"뭐?"

"네가 아는 효라는 사람이 죽어버렸다면…… 다른 사람을 사랑하며 살 수 있겠니?"

효가 죽어진 자리에 다른 사람을 사랑하길 바랐다. 덕유산 자락에서 나누었던 둘만의 키스도, 서로 함께 나누었던 그 따스한 눈빛까지 모두 잊어버린다고 해도 좋았다. 효가 그녀에게 주었던 모든 기억들이 사라져 버릴 수 있다면 그가 남겨놓았던 작은 추억쯤은 다 지워져도 괜찮았다. 헝클어진 과거 따윈 깨끗이 지운 채 아무것도 그려지지 않은 백지에서 다시 시작할 수만 있다면……. 모르는 사람이 되어 그녀에게 처음처럼 다가가고 싶다. 율은 절박한 눈동자로 설을 마주 보았다.

"……어떻게 그런 농담을 할 수 있니?"

"나를 봐."

차분한 음성으로 율이 덧붙였다.

"지금의 난 효가 아닌 율이야. 네가 기억하고 네가 사랑했던 효가 죽었다면…… 날 사랑해 줄 수 있어?"

말도 안 되는 어이없는 질문이었다. 어떻게 그런 끔찍한 말을 할 수 있는지. 설은 앞에 선 그가 소름 돋을 지경이었다.

"네 말처럼 이름 따윈 아무 의미 없어. 네가 율이든 효이든 한때 내가 사랑했던 사람임은 분명해. 그리고 날 떠났던. 이제 와 새삼 다른 이름으로 시작하겠다는 거니?"

도저히 믿을 수 없다는 표정이었다. 그 눈빛에 율은 절망감이 들었다. 자신에게 오기 위해 죽어버린 효가 더 가슴 아플까, 잠시 그녀를 잊은 효가 더 가슴 아플까? 아마, 이 여린 여자는 효의 죽음을 견딜 수 없을 것이다. 더구나 전주로 향하다 죽어버린 그의 죽음을 말이다. 설사 그녀 탓이 아니라 해도 평생 그 죄책감을 지니며 살아가겠지. 그래서 말해줄 수 없었다. 그가 살았던 지옥 같은 삶을 설까지 살아갈 필요는 없으니까. 이미 죽어버린 형으로 살아간다 해도, 설이 아프지만 않다면 괜찮았다. 그녀를 가질 수만 있다면. 형으로서라도 다시 사랑을 시작할 수만 있다면…….

고통으로 일그러진 눈동자가 그녀에게 향했다. 손바닥 밑으로 따스한 온기가 심장까지 스며왔다. 깊은 상처를 입었다 해도 그녀의 심장은 제 주인을 배신하고 습관처럼 그를 사랑하고 있었다. 무거운 침묵이 세 사람을 휘돌았다.

갑자기 뻗어진 율의 손가락이 그녀의 뺨을 훑었다. 훅! 날카로운 숨소리가 불청객처럼 끼어들었다. 당황한 문하의 표정이 흐릿하게 스쳤다. 율의 손가락 위로 굵은 물기가 또로록 흘러내렸다.

저도 모르게 눈물이 흘렀나 보다.

울지 마, 부탁이야…….

각이 진 눈매가 속삭였다. 그날도 그랬다. 덕유산 자락에서 첫 키스를 나누던 그날, 그녀가 보았던 눈빛 역시 오늘과 다르지 않았다.

"난…… 바보인가 보다, 윤설. 십 년이 흘러도, 너를 사랑하는 걸 도저히 멈출 수 없는 걸 보면……."

떨리는 눈동자로 설이 율을 마주 보았다. 그녀 역시 멈출 수가 없었다. 죽도록 미워하면서도 한 번도 그를 잊은 적이 없었다.

"사랑해. 열여덟 살 이후로 한 번도 너를 사랑하지 않은 적이 없었어.

가라앉은 율의 음성이 귓전을 파고들었다.

무어라 말하고 싶었지만 마른 입술이 좀처럼 움직여지지가 않았다. 이런 게 싫다. 그를 만나면 모질게 대하고 싶었는데……. 그의 앞에선 어쩔 수 없이 열여덟 소녀가 되고 마는 자신을 설은 용서할 수가 없었다.

미워해! 미워하란 말이야. 널 두고 떠났잖아?

심장 한구석에 자리한 또 하나의 자신이 소리쳤다. 미워하고 싶었다. 다시 만나면 십 년 동안 간직했던 원망을 쏟아내고 또 쏟아내도 부족하지 않다고 생각했다. 얼마나 그가 오기를 기다렸는지……. 전화조차 걸 수 없는 자신이 초라하고 비참해 얼마나 가슴 아팠던가. 그런데 결국 이런 힘없는 눈물 따위나 보이다니 말이다.

설은 힘껏 눈자위에 힘을 주었다. 약한 모습 따윈 보이기 싫다. 그러나 의지와 다르게 그녀의 모든 세포들은 자신에 닿아 있는 그의 손짓에 날카롭게 반응하고 있었다. 그만큼 그녀를 자극할 수 있는 사람도, 가슴 떨리게 하는 사람도 없었다.

"효……."

간신히 터져 나온 이름에 그의 손가락이 가볍게 움찔거렸다. 율의 입술에서 새어나온 숨결이 그녀의 머리카락을 흩뜨렸다.

"난…… 율이야, 윤설."

갑자기 어둠이 침범했다. 사람들의 호기심 어린 시선에 노출된 그녀를 율이 제 가슴에 감춘 탓이었다. 진한 남성적 체취가 코끝을 스쳤다. 그의 냄새가 이랬구나. 그의 목소리도, 그의 향도…….

"다시는 떠나지 않아, 윤설."

그때에도 같은 말을 했었다. 떠나지 않는다고, 돌아오겠노라고. 그러나 그 긴 세월 그는 돌아오지 않았다. 버렸어야 했는데, 하찮은 사랑의 언약 따윈 버렸어야 했는데 버리질 못했다. 사랑이란 지독히도 끈질겨서 아무리 그를 원망하고, 미워해도 멈추어지지가 않았다.

"……멈추어지지 않은 사랑도 가끔은 우릴 속이지. 그토록 사랑했던 그 시절엔 왜 아무런 설명조차 하지 않았니? 기다릴 수 있었는데……. 기다려 달라면 언제까지, 죽는 순간까지라도 기다려 줄 수 있었는데."

감정이 실리지 않는 공허한 음성이 울렸다.

"매일, 생각했어. 왜 나를 떠나 버렸을까? 왜 아무 말 없이 떠나 버렸을까? 오늘은 돌아오지 않을까? 예전처럼 씩씩하게 웃으면서 돌아오지 않을까? 우리가 함께 서 있던 옥정호를 잊을 리가 없다고 생각했어. 돌아올 수 없었다, 라…….'"

설이 몸을 비틀어 그의 품에서 빠져나왔다. 공허한 눈동자가 율에게 박혔다.

"또 돌아올 수 없게 되면, 그렇게 날 떠날 거야?"

설이 물었다. 그때처럼 또다시 헛된 기대감만 남겨두고 떠나 버리면 다시 살아갈 수 없을 것이다. 또다시 그에게 버림받게 되면……. 그런 두려움조차 설은 견딜 수가 없었다.

"윤설……."

자욱한 음성으로 겨우 이름만 불렀을 뿐, 율은 쉽게 대답할 수 없었다. 이미 떠나 버린 효다. 진실을 알게 되었을 때 설이 받게 될 상처 때문에 율은 쉽게 거짓말을 할 수 없었다. 이미 한 번 상처받은 그녀이기에 더 이상의 거짓말은 용납되지 않았다. 그러나 묵묵한 그의 침묵을 오해한 설이 야릇한 미소를 지었다. 그에 대한 원망이 한껏 실린 미소였다.

"이젠 거짓으로조차 말하지 않는군. 난, 당신을 믿을 수 없어. 당신의 이름처럼 당신의 사랑도 언젠가 변할지도 모르지. 멈추어지지 않는 사랑을 가지고도 날 떠난 당신이잖아?"

눈물이 사라진 그녀의 눈빛은 칼날처럼 번뜩이고 있었다. 그제야 문하의 둔탁한 몸이 둘 사이로 끼어들었다. 잠시 관람자가 있다는 걸 잊었다. 거미줄처럼 설에게 엉킨 손가락을 문하가 하나씩 떼어낼 때까지 율은 꼼짝할 수 없었다. 얼음처럼 꼿꼿이 선 채 애써 상처를 감추는 여린 눈동자 때문이었다. 절망스런 한숨이 새어 나왔다.

늦지 않기를 바랐는데…….

그 주, 설은 성 회장의 호출을 받았다. 명령의 전달자인 엄마는 그녀의 사정 따윈 아랑곳이 없었다. 언제나 그랬듯이.

"난데없이 무슨 호출이라는 거야?"

[낸들 알아? 아무튼 당장 와! 조퇴할 수 있으면 하고.]

"조퇴가 무슨 강아지 이름이야? 아무 때나 조퇴하게! 성 회장님

호출이라고 무작정 뛰어나가란 말이야? 조퇴는 무슨……."

[아, 몰라! 이연 씨도 오늘은 지방 출장이란 말이야. 아버님이 느닷없이 너랑 같이 연희동에 들르라는데, 그럼 나 혼자 가?]

"엄마한테는 시아버님이지만 나한테는 그저 성 회장님이야. 그분 호출이라고 무작정 조퇴할 수는 없어. 병원에 입원하신 것도 아니잖아?"

[그럼 입원했다고 하고 조퇴하든지!]

"엄마!"

결국 참았던 성깔이 튀어나왔다. 느닷없는 호출의 이유를 알 만한 것도 그랬지만 성 회장의 말이라면 설설 기다시피 하는 엄마의 비루한 태도도 마음에 들지 않기는 매한가지였다. 엄마한테야 호랑이보다 더 무서운 시아버지이겠지만 그래도 전남편의 딸에게까지 강요하는 건 정말 못 봐줄 일이었다.

[알았어! 성질 좀 그만 부려. 그래도 이연 씨랑 결혼한 이래 연희동에서 먼저 연락한 건 오늘이 처음이란 말이야. 엄마 사정 좀 봐줘. 일 빨리 끝내고 올 거지?]

성 회장의 등쌀에 하던 약국까지 때려치운 엄마이니 오죽할까. 고개를 저어대던 설은 시름 겨운 한숨을 내뱉었다. 보나마나 효에 관한 이야기가 뻔했다. 아니, 이제는 율이라고 해야 하나?

"엄마! 난 그분하고 할 이야기가 없어."

설이 한 발을 뺐다. 더 이상 효이든 율이든 그와 관계되는 일은 싫었다.

[나중에 문하도 들른다고 했으니까, 그때까지만 좀 부탁해. 엄

마가 이렇게까지 애원하는 데 꼭 그렇게 매정하게 굴어야겠니?]

이젠 으름장까지…….

모든 게 제멋대로이다. 끝내, 엄마의 등쌀에 설은 약국 일까지
미룬 채 연희동으로 향했다. 일 년에 겨우 명절 때에나 찾아오는
곳이지만, 올 때마다 위압감이 느껴지는 집이었다. 현관까지 가는
데 골프카트라도 있어야 되는 거 아닐까, 꼬인 생각을 하며 집 안
으로 들어섰다. 그래도 몇 번 낯을 익혔다고 제법 친숙해진 서천
아줌마가 '어서 와' 하고 친절하게 맞이해 주었다.

"아까부터 회장님이 몇 번이나 찾으셨어. 무슨 일이래?"

대답 대신 설이 안쪽을 흘깃거렸다.

"빨리 들어가 봐. 작은 사모님만 계속 안달하셔. 회장님 성질이
워낙 급하셔야지."

주춤거리는 등을 떠밀며 서천 아줌마가 거실로 그녀를 인도했
다.

"저 왔습니다."

"결국 조퇴까지 한 거야? 쯧쯧. 하여간 극성은…….

그녀보다 조금 일찍 도착한 문하가 대놓고 못마땅한 티를 냈다.
집안에서 대놓고 성 회장에게 반기를 드는 건 문하와 그의 아버지
이연뿐이다. 저가 부른 주제에 성 회장은 거만한 태도로 그녀를
맞이했다. 문하 앞쪽에 자리를 잡는데 빳빳한 가죽 소파가 끼이
익, 불안한 소리를 냈다. 흠, 설은 목을 가다듬었다. 아무리 여러
번 뵈어도 좀처럼 적응하기 힘든 어른이다.

"괜찮다는데도 어른이 부르시는 거라 굳이 조퇴하겠다고 고집

을 피우더라구요."

으름장까지 놓았던 기억은 편리하게 잊어버리고 엄마가 괜한 생색을 냈다. 물론, 그런 허풍에 넘어갈 성 회장도 아니었지만.

"어른이 부르는데 그만한 예의 정도는 차리는 게지."

"제 동생 더 이상 괴롭히지 마시라는데, 아버지 없는 틈을 타 너무 약으신 거 아닙니까?"

"약다니! 말버릇하고는! 대체 어미는 애 교육을 어떻게 시키는 거냐?"

교육은 무슨…….

설은 쓴웃음을 지었다. 그녀의 엄마가 시집왔을 때부터 이미 문하의 버르장머리는 이 정도 수준이었다. 괜한 성 회장의 타박에 엄마가 더욱 좌불안석, 몸살을 떨어댔다. 한 소리 더 하려던 문하가 엄마 쪽을 흘끔거리더니 벌렸던 입을 다시 다물었다.

"조금 있다, 율이 오기로 했다."

서천 아줌마가 내어준 찬 주스를 채 마시기도 전에 성 회장이 본론을 꺼내 들었다. 주스 잔을 들던 설의 손이 허공에 멈추었다. 유리잔을 흐르던 물기가 그녀의 손등으로 떨어졌다. 한기가 곧장, 뼛속으로 스몄다.

하!

문하의 냉소가 두 사람 사이로 끼어들었다.

"결국 설에게 공을 넘기겠다는 말씀이세요? 내내 우리 집안과는 무관한 아이라 하지 않으셨습니까? 그런데 이제 와 새삼 가족이라는 겁니까?"

"내 아들이 거두는 자식이다. 비록 같은 성을 지닌 가족일 수는 없지만 그래도 서로 돕는 게 인지상정이지 않느냐."

"설이 원하지 않는다면 그건 강요일 뿐입니다."

가족 앞에 선 문하는 집에서와는 사뭇 다른 모습이다. 냉정하고 지극히 객관적인 합리성으로 문하는 성 회장의 독단을 가로막고 있었다. 설은 허공에 멈춘 컵을 천천히 입으로 가져갔다. 시큼하고 찬 액체가 목을 타고 넘어갔다.

"너는 할 말이 없는 거냐? 문하 녀석이 네 대변인도 아닐 테고 말이다."

성 회장의 눈동자가 설에게 향했다. 적당히 손자의 심기를 건드리지 않고 자신이 원하는 걸 얻으려는 속셈이었다. 조바심치는 엄마의 모습이 문하의 뒤로 보였다. 서로 같은 조건에서 한 재혼임에도 불구하고 남편의 전처 자식보다, 아내의 전남편 자식은 분명한 걸림돌이었고 허물이다.

"그저 식사나 같이하자는 게야. 오랜만에 온 만난 사이인데 가족 간의 친분을 생각해 따스한 밥 한 끼 정도는 대접해야 되지 않겠냐?"

"할아버지!"

문하가 언성을 높였다.

"선택을 가장한 강요라는 거, 모를 사람 없습니다. 할아버지께선 인정하지 않으실지 모르지만 설은 분명한 제 동생입니다. 동생이 원하지 않는 일을 하는 걸 전……."

"네 동생이 아니라고 한 적 없다. 어디서 감히……."

"그럼 할아버지의 친손녀인 희라에게도 같은 말씀을 하실 수 있습니까? 희라가 끔찍하게 싫어하는 남자에게 회사의 이익을 위해 꼬리나 치라고 말입니다."

"어디서 그런 천박한 말을! 꼬리라니! 내가 지금 저 아이에게 술 접대라도 시킨단 말이냐?"

"그것보다 더한 겁니다. 감히 설의 마음을 팔라고 강권하시지 않습니까?"

"밥 한 끼 같이 먹자는 게 마음을 팔라는 거라?"

"네!"

"죄송합니다만 거절하겠습니다."

높아진 언성 속에 설의 차분한 음성이 끼어들었다. 버릇없는 문하의 태도에 쯧쯧, 혀를 차던 성 회장이 뒤늦게 시선을 돌렸다. 그런 성 회장을 바라보는 설의 표정은 단정하고 정갈하다. 성 회장의 눈썹이 가볍게 움찔거렸다. 경박한 며느리의 딸치고는 묵중하고 깊이가 있다, 생각은 했었지만 이렇게 대차게 자신과 시선을 마주칠 줄은 예상치 못했던 일이었다.

"지금까지 어르신의 집안일에 한 번도 관여해 본 적이 없습니다. 물론, 회사는 더더욱 그렇습니다. 효와는……."

잠깐 설의 말이 멈추었다.

"그와는 어르신께서는 생각하시는 것만큼 친분이 있지를 못합니다. 굳이 제가 없는 친분을 들먹이지 않는다 해도 그를 붙잡을 만한 회사이지 않습니까? 그가 거절한다면…… 그건 서로 인연이 없는 거겠지요."

"그 녀석이 아직도 결정을 못하고 있으니, 널 부른 게 아니냐. 대학 시절부터 미국에서 활동하던 녀석이야. 한국인으로서 NBA 코트에서 뛴다는 게 보통 일이냐? 넌 뉴스도 보지 못했니?"

"네."

설이 간단히 대답했다. 실제로 그랬다. 효를 기억할 수 있는 모든 일에 귀를 닫기는 했지만 농구는 특히 더했다. 그녀의 대답에 성 회장이 한심스런 표정을 지었다.

"그 녀석을 노리는 기업들이 어디 하나둘이겠냐? 아마 한국의 전 프로팀의 시선이 오로지 그 녀석 하나에게만 쏠려 있을 게다. 반율이라는 이름 하나는 우승 트로피와 맞바꿀 수 있는 말이다. 지난 시즌까지 우리 팀은 단 한 번도 우승을 해보지 못했어. 챔피언 결승전까지도 오르지 못했다. 그러니 나로서는 단연코 탐나는 녀석일 수밖에. 네가 말하는 그 대단치 못한 친분이라도 그 녀석을 우리 팀으로 이끌어올 수만 있다면 난 언제든지 활용할 생각이다."

"그의 아버님을 아시지 않으십니까?"

꼬박 대꾸하는 그녀의 버릇을 탓하는 대신, 성 회장은 마뜩찮은 표정으로 고개를 저었다.

"반 변호사는 그 녀석이 법조관이 되지 못한 걸 여즉도 불만인 사람이야. 그 녀석이 당장이라도 농구를 때려치운다면 두 손 들고 환영일 게다. 우리 회사에 입단하든 입단하지 않든 상관하지 않을 사람이지."

차디찬 그의 아버지를 떠올리며 설은 속으로 수긍했다. 물론,

그녀의 생각은 변함이 없었지만 말이다.

"그래서⋯⋯."

성 회장의 말이 막 이어지려던 찰나였다.

"회장님, 손님이 도착했습니다."

서천 아줌마의 소개와 함께 길게 뻗은 율이 집 안으로 들어섰
다. 넥타이는 없이, 와이셔츠 차림의 그는 슈트 차림 못지않게 멋
스러운 차림새였다. 설과 마주친 그의 눈빛이 잠시 흠칫거렸다.
그녀가 있을 거라 미처 예상하지 못한 눈치였다. 빠른 순간, 다시
평온해진 눈빛으로 돌아온 율이 절도있게 허리를 굽혔다. 언제 그
랬냐는 듯, 금세 다정한 할아버지 모습으로 변모한 성 회장이 반
색을 했다. 그녀가 도착했을 때와는 상이하게 다른 태도였다.

"잠시, 아이들이 시간을 내어 들렀다네. 허허허! 함께 자리를 해
도 괜찮겠나? 오랜만에 들른 녀석들이라 그냥 보내기가 영 섭섭하
구먼. 자네도 알다시피 나이가 들면 역시 가족들과 함께하는 시간
들이 소중해지는 법이지."

성 회장의 너스레에 코웃음이 새었지만 설은 애써 꾹 눌렀다.
율은 아무 말 없이 자리에 앉았다.

"내 손녀를 사랑하는 사이라니, 이 자리가 그리 불편하진 않겠
군."

함께한 다섯 사람 중 속 편한 사람은 성 회장이 유일했다. 문하
는 잔뜩 얼굴을 일그러뜨린 채 앉아 있었고, 엄마는 엄마대로 가
시방석에 앉은 듯 안절부절이었다. 하하! 연신 웃음을 터뜨리는
성 회장 앞에서 설과 율은 무표정하게 시선을 피했다.

서천 아줌마가 마음껏 솜씨를 낸 다과가 테이블 위에 놓였지만 누구 하나 손을 뻗는 사람이 없었다. 설은 천천히 몸을 일으켰다. 더 이상은 이 자리를 버티고 싶지 않았다. 순간, 율이 덥석 그녀의 손을 붙들었다. 손등에 놓인 그의 손이 불처럼 뜨겁다. 자리를 벗어나려던 설이 어정쩡하게 자세로 난감한 표정을 지었다.

"그 손 놓지?"

문하의 목소리가 위험스럽게 흔들렸다. 설이 힘껏 그의 손을 뿌리쳤지만 요지부동이다. 아니, 오히려 더 살갗을 파고들어 잡힌 손목이 저릿할 정도였다. 문하가 벌떡 자리에서 일어섰다.

"반율! 당장 그 손 놓지 못해?"

"어차피, 팀을 정하는 건 자네의 뜻일 테니 지금 이 자리에서 속내를 털어놓는 건 어떻겠나?"

주위를 둘러싼 날카로운 갈등은 모른 척, 성 회장이 본론을 꺼냈다.

"반율!"

"아직 진로를 정하지 못한 건 사실입니다."

성마른 문하의 음성 사이로 율이 입을 열었다. 한 손으로 설을 붙든 채 율은 똑바로 성 회장을 마주 보았다. 차분하지만 분명한 자신의 의지가 담긴 시선이었다. 실은 이곳에 들어선 순간부터 몹시 화가 난 상태였다. 설은 물건이 아니다. 쌀쌀한 외면(外面) 속에 쉽게 상처 입고, 작은 일에도 가슴 아파하는 여린 심장이 있다. 이렇게 성 회장의 이기심에 이용될 만한 아이가 아니라는 거다. 더구나 그 이유가 자신 때문이라는 것이 더욱 그의 화를 돋우고 있었다. 덕분에 눈동자에 힘이 잔뜩 실렸다.

"저, 저…… 녀석이!"

씩씩대는 문하를 무시한 채, 율은 오로지 성 회장에게만 집중했다.

이 망할 영감탱이!

비릿한 성 회장의 미소를 한 방에 날려 버릴 수만 있다면 속이 꽤나 시원할 것 같다. 아직 진로를 결정하지 못했다는 말에 성 회장은 몹시 흡족해 보였다.

"그럼 내게도 기회가 있는 건가? 솔직히 우리 선수들이 무능력한 건 아니야. 난 그런 선수들을 뽑지는 않네. 다만…… 그 무어랄까? 어떤 포인트가 없다는 거지. 그들이 힘을 얻을 만한 활력소가 없다고나 할까? 용병들 역시 아직 이곳의 언어나 환경에 제대로 적응하지 못한 상태야. 자네라면 그들과 소통하는 것도 문제없을 것 같고. 여기 한국에서야, 반율이라는 이름으로 통하지 못할 게 뭐 있나."

허허허!

무어 그리 기분이 좋을 일인지 성 회장의 입에서는 웃음이 끊이질 않았다. 설이 입 끝을 올렸다. 대단한 성공이군. 작은 시골 고등학교 농구부 주장치고는 엄청난 성공이었다. 물론, 그때 효의 실력이 별 볼일이 없다는 건 아니다. 하지만 율이란 이름으로 뛴 그의 실력은 그 시절보다 훨씬 뛰어난 모양이었다. 그의 성공도, 그의 이름도 설에게는 적응하기 힘든 낯섦이었다.

"하지만!"

성 회장의 웃음 뒤로 냉소적인 율의 말이 뒤따랐다. 허허거리던 미소가 거짓말처럼 싸악 사라지는 걸 설은 조금은 통쾌한 마음으로 바라보았다. 실은 진즉부터 저 웃음이 눈에 거슬렸던 참이다.

"제가 어느 팀으로 이적을 하든, 설과는 관계없는 일입니다."

뜻밖의 말에 성 회장의 얼굴이 빳빳하게 굳어졌다.

하하하!

동시에 문하 입에서 시원스런 웃음이 터졌고.

"……관계없는 일이라?"

"네. 더 이상 저로 인해 그녀에게 어떤 식으로든 압력을 가하지 않으셨으면 합니다."

"잠시 밥 한 끼, 함께하자는 것도 압력 행사라는 건가?"

"네! 제게는 그렇습니다."

율의 시선이 잠깐 그녀 쪽으로 향했다. 굳게 다물어진 그의 입술이 조각처럼 반듯하다. 한때, 그 입술에 키스를 했었는데. 설의 얼굴에 살짝 홍조가 일었다. 난데없이 떠오른 기억의 파편에 절로 아찔해졌다. 설이 난감한 기색으로 재빨리 시선을 내리깔았다. 기억이라는 것은 아주 미묘해서 제 것임에도 불구하고, 뜻하지 않는 순간 부지불식간 제 주인을 공격하고 만다. 그녀의 갈등을 알아차리지 못한 율은 여전히 성 회장을 쏘아보고 있었다.

"손가락 하나, 머리카락 하나도 흔들지 마십시오. 그녀를 힘들게 하는 건 지금까지 만으로도 충분합니다. 성 회장님과 계약을 하든 하지 않든, 그건 제 문제입니다. 설 역시 어떤 식으로든 영향을 주지 않겠지만, 설사 그녀가 영향력을 행사하고 싶다고 해도 받아들일 생각은 없습니다. 농구를 계속하는 것조차 아직 결정하지 못한 상태이니까요. 대답은 그 후로 하지요. 귀국한 이래 제대로 쉬어보지 못했으니, 그 정도의 시간은 주실 수 있겠지요?"

언제 이렇게 자라 버렸나? 노련한 성 회장을 능숙하게 다루는 율의 태도에 설은 잠시 멍해졌다. 십 년 전의 효는 이러지 않았던 것 같은데. 순수하고 맑기만 했던 어린 효, 말이다.

"그만한 제 고유의 행사(行使)조차 할 수 없다면 성 회장님의 기란통신과의 계약은 애초부터 생각할 수 없지요."

"흠, 흠……. 뭐, 자네의 뜻이 그렇다면야."

확고한 율의 태도에 성 회장이 마지못해 물러서며 불쾌한 낯을 수습했다. 정중한 그의 태도에 어떤 트집도 잡을 수 없는 터라 이 정도 선에서 멈추기로 결정한 눈치였다. 대신, 저녁이나 함께하자는 성 회장의 제안에 율은 흔쾌히 승낙했다. 서재로 향하는 두 사람을 바라보며 문하가 낮게 휘파람을 불었다.

"도대체 저 녀석은 누구야?"

겨우 율에게서 놓인 손목을 주물럭거리며 설은 그제야 막힌 숨을 천천히 내뱉었다. 몰랐던 사이 잔뜩 숨을 웅크렸던 모양이다.

"네가 알았던 효도 저런 성격이었니?"

피싯, 설이 선웃음을 지었다.

"아니, 그는 좀 더 밝고 경쾌했던 것 같아. 기억이 잘 나진 않지만."

그건 거짓말이었다. 효에 관해서는 바람결에 날리는 머리카락의 흔적조차 선명했다.

"대체 네가 사랑했다던 녀석은 누구야? 효인 거야, 율인 거야?"

"모르겠어. 그가 전주에 살 때는 효였는데, 여기 서울에선 율이 되어버렸어. 이젠 나 스스로도 혼돈스러워."

문하가 그녀의 어깨를 위로하듯 두드렸다. 새 오빠이지만 친동기처럼 자상한 그의 면모는 솔직히 좀 감동적이었다. 이렇게 힘들 땐 더더욱. 말없이 문하의 어깨에 기대던 설의 목 언저리로 순간 짜릿한 전율이 흘렀다. 기묘한 느낌에 파삭, 고개를 들었다. 언뜻 서재 문 너머 날카로운 시선이 스치는 것 같다. 착각일까?

"저 녀석이 율인지, 효인지 알 수는 없지만 그의 말처럼 너를 사랑한다면 몹시 지독한 사랑인 것만은 분명해."

그런 지독한 사랑도 한때 버림받았지. 시니컬한 미소를 지었다.

"어휴, 십년감수했다! 네가 계속 고집을 피우면 어쩌나 정말 노심초사했어. 아버님 성미가 보통 힘들어야지. 저 사람 때문에 살았어."

뒤늦게 과장스런 한숨을 내쉬며 엄마가 몸을 드러냈다. 손부채질까지 해대는 엄마를 지그시 노려보았다. 엄마 맞아?

"어찌 되었든 너로서는 다행이지 뭐니? 아버님 농구팀으로 온다면야 금상첨화지만 안 온다고 해도 책임 소재는 면했잖아. 어찌나 숨을 죽였더니 멀미가 다 나려고 그런다. 에효효."

엄마의 유난스런 한숨에 설이 한심스런 표정을 지었다. 그런 그녀의 머리카락을 문하가 장난스럽게 흩트렸다.

"어머님 말씀이 아예 틀린 것도 아니야. 그러니까 인상 펴! 솔직히 제 여자를 저 정도 감싸줄 수 있는 남자라면 적어도 표준 미달은 아니야."

"그러게! 난 충분히 매력있다고 생각해. 얼굴도 근사하고 끝내주는 카리스마까지. 너한테는 넘치지 뭘 그래?"

엄마의 의견 따위는 필요없었지만, 율에 대한 문하의 평가는 좀 놀랐다. 힘 빠진 몰골로 설이 서재 쪽을 흘끔거렸다. 이제 율의 관심은 성 회장이 보여주는 서류에 멈추어져 있었다. 무언지는 모르겠지만 꽤나 심각한 표정이었다. 노란 조명 빛에 어른거리는 그의 얼굴선이 고혹적인 선을 그렸다.

"……그래서 더 잊기 힘들어."

거의 들리지 않는 목소리에 엄마가 뭐? 하고 다시 되물었다. 자연스럽게 이마를 덮는 검은 머리카락, 보석처럼 반짝이는 검은 눈동자와 그윽하게 가라앉은 바리톤 음색까지. 완벽하게 성숙한 건장한 남자다. 열여덟 살의 효가 맑고 순수한 이슬 같다면 지금 바라보는 율은 무거운 늪처럼, 습한 매력을 흘린다. 그래서 더 힘들다. 그를 볼 때마다 힘차게 뛰어대는 그녀의 심장 탓에.

율이 어떤 식으로 여지를 남겨두었는지 저녁식사 시간 내내 성 회장은 유쾌한 태도를 버리지 않았다. 율에게 호의적으로 바뀌어진 문하의 태도도 제법 상냥했고, 엄마는 말할 것도 없었다. 식탁을 둘러싼 모두가 행복한 모습이었다. 설만은 제외한 채 말이다.

간혹 두 사람의 눈빛이 허공에 부딪치긴 했지만, 먼저 시선을 비킨 것은 설이었다. 그녀로서는 어쩔 수 없었다. 거세게 뛰어대는 심장을 곧이라도 그에게 들킬 것 같았으니까. 솜씨 좋은 서천 아줌마가 거나하게 내어놓은 모든 음식들이 깔깔했고, 모래알처럼 푸석거렸다. 내쉬는 숨마다 물 젖은 솜처럼 무겁다.

하하하!

문하의 농담에 율의 경쾌한 웃음이 터져 나왔다. 잠시 문하에게
집중된 그를 훔쳐보며 설은 이마를 좁혔다. 멀리 떨어져 관찰하는
그의 얼굴엔 십 년 전 모습이 조금 남아 있다.

효.

우리가 다시 사랑할 수 있을까?

10. 몸살

별빛이 반짝거린다. 차 시트에 기댄 율은 손가락으로 제 이마를 짚었다. 하늘에 박혀야 할 별 하나가 지상으로 떨어져 저곳에 박혔나 보다. 설의 방이라 짐작되는 곳을 바라보며 율은 쓴웃음을 지었다. 그녀와 한하늘 아래 있는 것만으로도 얼마나 기뻤던가!

죽어버린 형의 연인이자 자신의 연인이었던 설을 생각하면 그런 마음이었다. 처음 귀국했을 땐, 그녀와 같은 하늘 아래 설 수 있다는 것으로도 작은 흥분이 일었었다. 그녀가 형을 잊었다면, 그의 본연의 모습으로 사랑할 수 있을 거라 생각했었는데. 그러나 지난 사랑은 끈질기게 그녀를 붙들고 있었다.

뿌연 담배 연기를 뿜어내며 율은 미간을 찌푸렸다. 미국에선 철저한 트레이닝에 의해 일 년에 한 번도 피워보기 힘든 담배였다. 돌아오지 말았어야 했을까? 이토록 진한 고통을 남길 줄 알았다면 차라리 그녀가 없는 곳에서, 그녀의 존재를 지워내며 살아가는 게 더 낫지 않았을까, 뒤늦은 후회가 들었다. 그러나 이미 늦었다. 다시 재회한 순간, 여전히 그녀를 향해 뛰고 있는 심장을 알아차려 버렸으니까. 이제 통제를 잃어버린 심장은 주인인 그로서도 어찌할 수 없었다.

너를 어찌해야 할까?

조롱하듯 빛을 내는 그녀의 창문을 바라보며 율은 묻고 있었다. 더 이상 이곳은 전주가 아닌데도 설은 손에 닿지 못하는 곳에 있었다.

"아무래도 우신화학이 너에겐 더 맞지. 작년 우승팀이기도 하지만 무엇보다 우신화학과 쌍벽을 이루는 M&H 전자에 신기연이 있다. 고등학교 시절 내내 너와 겨루었던 녀석이었었지?"

가장 높은 연봉을 제시했다는 말은 쏙 뺀 채 매니저는 그렇게 말했다. 신기연이라……. 실제로 코트에서 뛴다면 기연과 맞붙을 수 있는 우신화학에 영입되는 것이 가장 편한 선택이었다. 그러나 아직까지 율은 승낙을 하지 않고 있었다. 그의 미적거림을 오해한 우신화학 쪽에서 더 높은 연봉을 제시하고 있었지만, 아직도 대답은 미결이었다. 그가 우신화학으로 들어간다면 설의 입장이 아마 조금은 난처해질 것이다. 아무리 설과는 관계없는 일이라 못을 박았다 해도, 성 회장이 그 불뚝한 성미로 설을 가만히 둘 리가 없다.

담배 연기를 내뿜으며 율은 좁혀진 미간을 손가락으로 문질렀다.

"어이! 이게 누구신가?"

갑자기 차 창문 너머 익숙한 얼굴이 불쑥, 튀어나왔다. 그녀의 새 오빠, 문하다. 벌떡 몸을 일으켜 세운 율이 손에 든 담배를 꺼뜨렸다. 어차피 들킨 몰골이다. 태연한 척, 차 밖으로 나가 인사를 건넸다.

그의 아버지, 반 변호사와 성 회장은 제법 친분이 있는 편이지만 율은 성 회장의 집안과 그리 친숙한 편이 아니었다. 반 변호사는 가족들을 공식 석상에 내보인 적이 거의 없었다. 돌아가신 어머니와 함께 살던 시절엔 자신에 훨씬 미치지 못하는 어머니의 조건이 부끄러웠고, 이혼한 후에는 이혼 그 자체가 아버지의 콤플렉스였던 것 같다. 성문하와의 만남도 그날 파티에서 만난 게 처음이었다.

처음엔 설 못지않게 까다롭게 굴던 문하였지만 성 회장 집에서 만난 후로 그의 태도는 상당히 호의적으로 변해 있었다. 서글서글한 말투도 그때와는 확연히 차이가 났다. 그의 합격점에는 들었다는 건가? 몇 번 만나지 않았지만 그가 꽤 설을 아낀다는 것은 쉽게 알 수 있었다. 설의 새 가족이 그녀를 소중하게 대한다는 것이 안심이 되면서, 또 한편으로는 너무 친숙한 태도가 불쾌하고 질투가 스몄다. 그가 설에게 느끼는 질투는 형으로도 이미 충분했다. 그 탓에 문하를 대하는 태도가 딱딱해졌다.

"내 동생을 만나러 온 건가?"

"아닙니다. 그저…… 발이 닿는 데로 오다 보니."

"뭐 설사, 만나러 왔다고 해도 이 밤중에 내 소중한 동생을 함부로 내어줄 수야 없지."

의도를 몰라 더욱 어깨가 굳어졌다. 방금 버린 담배가 괜히 아쉬웠다. 이런 속 모를 인간과 상대하려면 가벼운 입가심 정도는 필요할 텐데.

"다음부터는 그 발부터 좀 조심시키게. 이렇게 다 큰 처자 집에 낯선 총각이 얼쩡거리면 괜한 소문만 돌지. 남의 귀한 여동생 혼삿길 막히게 할 요량 아니면 조심 좀 해."

키득거리는 면상을 갈기지 않기 위해 힘껏 주먹에 힘을 주었다. 어찌 되었든 이자는 설의 오빠이지 않은가. 비록 새 오빠라 해도 말이다.

"이렇게 할일없이 남의 집 앞에 얼쩡거릴 시간 있음, 나랑 술 한잔하는 게 어때?"

"차를 가져왔습니다."

"차야, 여기 세워놓으면 되지. 어차피 할 일도 없을 텐데 내일 찾으러 오게나. 뭐, 핑계 삼아 차 한 잔 대접해도 좋고. 어찌 되었든 내 동생을 악의 수렁에서 구해준 사람이니 그 정도쯤은 해줄 수 있지. 하긴, 악의 수렁에 밀어 넣은 것도 자네이긴 하지만 말이야, 안 그래?"

또다시 주먹에 힘이 팍 실렸다. 이토록 밉상인 자가 있을 수 있나! 대놓고 그의 아킬레스를 정면에서 건든 이도 이자가 처음이다. 힘찬 펀치를 날리는 대신, 율은 이를 악물었다.

"술은 제법 먹나?"

허락도 없이 어깨에 처억 팔을 걸친 문하가 넉살 좋게 물었다.

"취할 만큼은 먹습니다."

"그래? 원래 사람이란 술이 들어갔을 때, 그 진가를 발휘한다고는 하지. 술이 들어간 자리에서 비밀이 새어나온다고 하던가?"

"그다지 사람들과 술 마시는 걸 즐겨하는 편은 아닙니다. 술을 먹어야만 내 자신을 내보이는 미련함도, 술의 힘을 빌려 다른 사람의 내면을 들여다보는 비겁한 짓도 하기 싫습니다."

그저 술이란 시간을 때우는 하나의 도구일 뿐이다. 철학이나 인생관과는 거리가 멀었다.

내려 보는 율의 눈동자를 문하가 몰래 흘끔거렸다. 사내답게 묵직한 시선이다. 목소리의 톤도 고르고. 좀처럼 속을 알 수 없는 녀석이군. 문하는 속으로 생각했다. 하긴, 농구 코트를 뛸 때의 모습 역시 이것과 그리 다르지 않았다. 거친 숨만 뱉어낼 뿐, 시합 사십 분 내내 표정없는 그의 눈빛은 상대 선수에게 보통 위압감을 주는 게 아니었다.

"자식, 까다롭기는……."

어깨를 툭툭, 치며 문하는 동네 입구에 있는 술집으로 그를 끌고 갔다. 여름이라고는 하나 아직 서늘한 저녁 바람이라 얼음 잔에 내어온 생맥주는 시원하다 못해 한기가 들 정도였다.

"캬아아~"

거품 이는 맥주를 맛있게 넘기며 문하는 목을 조이던 넥타이를 풀어 제쳤다. 건장한 목 근육이 벌어진 와이셔츠 사이로 비쳤다.

운동으로 잘 다부져진 몸매다. 이십 년 가까이 운동으로 다져온 그의 근육 못지않은 문하의 건장함에 살짝 불쾌감이 감돌았다. 설을 바라보는 눈빛이 순수하지 않았다면 그와 설이 같은 집에 사는 게 몹시 심기 불편했을 것 같다. 아니, 실은 파티장에서 설과 스스럼없이 서 있는 문하가 꽤 견디기 힘들긴 했다. 자신은 다가갈 수조차 없는 그녀의 옆 자리에 아무렇지도 않게 서 있을 수 있는 위치가 부러웠다고나 할까?

끈적이는 불쾌감을 털어내듯 맥주 한 컵을 몽땅 털어 넣은 율 앞으로 문하가 포크에 과일을 끼워 불쑥 내밀었다. 한쪽 눈썹이 곤추섰다. 설마, 설에게도 이런 식으로 곰살맞게 구는 건 아니겠지.

"내가 설을 처음 본 게 열여덟 살 때였어."

문하가 내민 포크를 무시한 후, 생맥주 하나를 더 주문했다. 망할 얼음 잔 덕분에 고드름 같은 맥주가 또 한 번 그의 식도를 타고 넘을 때, 심드렁한 말투로 문하가 말을 이었다. 쓴 맥주가 그대로 식도 한중앙에 탁! 걸려 버렸다. 어머니가 돌아가신 그 주, 서울에서 돌아온 설을 만난 기억을 떠올리며 율은 남은 맥주를 비웠다. 오늘은 한껏 취해야 될 모양이다.

일주일의 공백 기간 사이, 아버지는 효의 터전이었던 어머니의 집을 팔아버렸고, 효에게 무작정 서울로 돌아올 것을 명령했었다. 절망하던 설의 울음이 아직도 기억에 선명했다. 묵묵한 율의 침묵 속에서도 문하는 잘도 지껄여댔다.

"뭐, 살갑게 구는 성격은 아니었지. 까칠한 편에 더 가깝다고나 할까? 그래도 부모가 이혼한 아이치고는 꽤나 당차고 야무지다고 생각했었어. 상처가 없지는 않겠지만 나름, 현실을 받아들이고 제 자신을 추스르며 살아가는 게 기특해서 굉장히 예뻐 보였던 것 같아."

"제가 보았던 설도 그랬습니다."

십 년이나 설을 좋아한 주제에 겨우 하는 대답이 저 꼴이다. 설의 취향이 이렇게 무뚝뚝할 정도로 과묵한 스타일이었나? 과묵하지는 않지만, 영민한 눈동자를 가진 지루를 떠올리며 문하는 고개를 갸웃거렸다. 어떤 녀석이 설에게 더 어울릴는지 좀처럼 가늠하기가 어려웠다. 하긴 중요한 건, 설이 누굴 사랑하느냐 하는 거지.

그런 면에서 본다면 지루보다 율 쪽에 훨씬 더 무게가 실렸다. 상처받은 얼굴로 그를 원망하고 미워한다면서 늘 시선은 율에게서 떠나지 않았으니까. 세상에 감출 수 없는 세 가지 중의 하나가 바로 이 '사랑'이란 녀석이라 하지 않은가.

"그러던 녀석이 일 년 만에 빈껍데기 같은 몰골로 서울로 돌아왔어. 우리 가족들 모두 얼마나 놀랐는지 아나?"

일껏 부드러운 음성을 내긴 했지만 문하의 목소리엔 분명한 질책이 담겨 있었다. 율은 변명할 여지도 없었다. 긴 사연을 이제 와 이야기할 수도 없었고, 더더구나 당사자인 설도 아닌 다른 사람에게 털어놓을 수도 없었다. 비워진 맥주잔을 흔들었더니, 서빙 하는 녀석이 쪼르르 달려와 얼음 맥주를 가져온다.

아예 얼려 죽일 작정이군.

"십 년의 세월이 짧다고 할 수 없지 않아? 그 세월 동안 설이 자네에게 느꼈을 모든 감정들을 생각하면 난 솔직히 두 사람의 관계에 대해 반대하는 입장을 취할 수밖에 없어. 한 번 버림을 받았던 사람을 받아들이는 것보다는 차라리 새로운 사람과 다시 시작하는 게 더 낫다는 게 내 지론이야."

문하의 지론 따위는 상관없었다. 하지만 다른 사람과 사랑에 빠지는 설을 상상하는 것만으로도 온몸의 피가 얼음처럼 식어버리는 기분이었다. 내내 묵묵하던 그의 표정에 짧은 순간, 격정적인 감정이 스쳐 갔다. 조금 전부터 야금야금 그의 심장을 건드는 문하의 어법에 몹시 짜증이 일었다. 설의 옆에 나란히 다른 남자를 세우다니! 그를 자극하려는 의도가 분명하다.

"게다가 효라는 이름으로 살았던 사람이 난데없이 율이라는 이름으로 나타난 것도 그랬고. 그래서 신문에서 기사를 보고도 동일 인물이라 전혀 생각하지 못했어. 사실을 알았다면 설이 그토록 상처받지 않았을 거야. 왜 미국으로 떠나기 전에 설에게 연락하지 않았나?"

"설에게 말 못할 사연이 있었습니다. 이제 와 용서를 바란다면 욕심이겠지만, 그래도 그녀가 용서해 주기만을 바랄 뿐입니다."

"이렇게 멀리서 훔쳐보는 것만으로?"

문하가 한껏 비꼬았다. 또다시 담배가 간절해졌다. 대신 율은 얼음 맥주를 또 한 잔 비웠다. 이젠 아예 위가 얼어버린 모양이다. 빈속에 연거푸 넉 잔을 마셨는데도 전혀 취기가 올라오지 않았다.

"강지루라고…… 알겠네? 같은 전주 친구라니까."

낯선 남자의 이름에 율은 근육을 긴장시켰다. 저 히죽거리는 낯짝을 한 대 갈기면 취기가 좀 올라올까?

"그 녀석이 얼마 전에 설에게 공식적으로 프러포즈 하더라고. 내 앞에서 당당하게 말이야. 눈빛이 어찌나 당차던지 오히려 내가 줄행랑을 놓았다니까. 하하하! 나중에 설에게 엄청 눈치를 먹긴 했지만 난 지루란 녀석도 그리 나쁘진 않아. 뭐, 선택이야 설에게 달린 일이겠지만. 어쨌든 십 년이나 연락도 없이 사라졌다가 느닷없이 나타난 녀석보다야 훨씬 낫겠지."

"제게 그 말씀을 하시는 이유가 뭡니까?"

"그저 심술."

시종일관 장난기를 벗지 못하던 문하의 눈빛이 날카롭게 바뀌어졌다.

"지난 십 년 동안 한 사람을 사랑했다고 해서, 그 사랑이 변하지 않으리라는 건 오만이야. 그 말을 해주고 싶어서……."

"그런 오만은 한 번도 가져본 적이 없습니다."

율이 고개를 저었다. 오만하기는커녕 늘 두려웠었다. 너무 늦게 돌아온 건 아닌가, 그에 대한 추억은 깡그리 잊은 채 이미 다른 사람을 사랑하고 있다면 어떻게 해야 하는 건지. 겹겹이 쌓여가는 두려움에 오히려 겁이 날 정도였다. 설에게 있어서 그는 결코 오만할 수 없는 자였다.

"자네에겐 비밀이 너무 많아."

문하가 툴툴댔다.

"효가 왜 율로 나타났는지 나조차도 납득이 안 돼. 그러니 설에겐 두말할 나위도 없지. 긴 세월의 공백에 대해서도 마찬가지야.

미국에서 활동했다고 해도 굳이 연락까지 끊은 이유는 뭘까? 난 자네가 설에게 그걸 어떻게 설명하는지 몹시 궁금해."

무상한 눈빛으로 율은 가게의 창문 쪽으로 시선을 돌렸다. 보름달이 떴다. 노랗고 탐스러운 원형의 달이 비웃듯 그를 내려보고 있었다. 보름달에 소원을 빌면 이루어진다던데, 정말 이루어질 수 있을까?

문하의 말은 계속 이어졌다.

"첫사랑은 이루어지지 않기에 더 아름답게 느껴지는 법이지. 그 환상이 깨어진다면 비로소 제 앞에 놓인 다른 사랑을 느끼게 될 거야. 난 그 사랑이 강지루이길 바라. 비밀스런 남자보다는 그편이 훨씬 더 낫지 않을까?"

"한 번도 그녀가 아닌 다른 여자를 품어본 적이 없습니다. 떠나 있었지만, 차마 연락조차 할 수 없었지만 그녀에 대한 사랑까지 멈춘 건 아닙니다. 잊으려 노력도 했지만 아마……."

율의 말이 잠시 멈추었다. 연락할 수 없었다. 수만 번 전화기를 놓았다가, 내려놓았었다. 감히 형의 연인을 가슴에 품은 죄를 어찌 다 갚을 수 있을까. 형의 죽음에서 제 사랑을 안도했던 그 지독한 이기심! 형이 꿈꾸었던 최고의 자리에 오르기 위해 피 터지는 훈련을 하면서도 그의 모든 신경은 오로지 태평양 건너에 있는 한 여인에게만 멈추어져 있었다. 형이 꿈꾸었던 인생을 대신 살며 그가 꿈꾸었던 건 오로지 형의 연인.

율은 새로 채워진 맥주잔을 담담히 비웠다. 얼음 잔 탓인지 머리는 더욱 차갑게 식어 있었다. 취하고 싶었는데…….

"아마 제 운명은 열여덟, 그 순간에 멈추어진 모양입니다."

"자네의 운명이 그렇다고 해서 설 역시 마찬가지이리라는 의미는 아니지."

"원하시는 게 뭡니까?"

귀찮다. 그의 진심을 받아들이지 않는 문하가 답답했고, 좀처럼 사라지지 않는 지루의 존재도 그랬다. 그의 심정을 약 올리듯 문하가 싱긋, 입술을 올렸다.

"윤설의 행복."

"저 역시."

율이 단답형으로 대꾸했다.

성문하가 원하는 것. 그건 그가 무엇보다 원하는 것이었다.

"윤설…… 행복하니?"

아득한 곳에서 그리운 음성이 울렸다. 그런데도 화가 나 견딜수가 없었다. 당연, 행복할 리 없었다. 그가 떠난 후로 한 번도 행복해 본 적이 없었다. 버림을 받았고, 그건 그녀의 심장에 치명적인 상처였다.

"아니, 행복하지 않아."

딱 부러지는 어투로 설이 말했다. 심지어 이젠 그 기억마저 희미해질 정도였다. 한때, 그를 사랑했던 기억은 점점 희미해지고, 그에게 버림받았던 기억은 점점 선명해진다. 슬픈 그의 눈동자가 어딘지 화나 보인다. 그게 설은 더 화가 났다. 왜 화를 내는 거지? 게다가 어둠 속에 가려져 그의 얼굴조차 보이지 않는다. 키만 껑충 올라와 달빛 아래 긴 그림자만 드리울 뿐. 그의 웃음도, 그리고 반짝이는 눈동자도 보이지 않는다. 그래서…… 그의 사랑이 보이지 않는다.

"왜 화를 내는 거야?"

목이 따끔따끔 아프다. 모래알을 삼켰나? 이상하다. 화가 치밀수록 목의 통증이 더욱 깊어져 말 한마디 하는 것도 힘에 부쳤다. 어름한 달빛 속에 남자의 얼굴에서 투명한 물기가 스쳤다. 울지 마. 설은 속으로 중얼거렸다. 머리끝까지 치밀던 화가 순식간에 사라지고 안타까움에 설은 발을 동동 굴렸다.

울지 마.

그가 흘리는 눈물은 그대로 뱀의 독이 되어 그녀의 핏줄을 타고 흐른다. 심장으로 흐를수록 고통은 더욱 커져 숨을 쉴 수가 없었다. 그의 눈물은 그녀에게 독이다.

제발, 울지 마.

설이 또다시 애원했다.

"……윤설. 넌…… 내 곁에 있으면 행복할 수 있어? 내 미소만으로도 행복해?"

"행복해."

설은 재빨리 대답했다. 그의 눈물이 멈추어질 수만 있다면 얼마든지 행복하다 말할 수 있었다. 그러니까 울지 마.

"네 곁에 있는 것만으로도 행복해. 네 미소만으로도 행복해질 수 있어. 그러니까 부탁이야. 제발 울지 마, 효!"

그때, 남자의 얼굴이 거짓말처럼 달빛에 드러났다. 그녀가 기억하는 것보다는 조금 더 마르고 날카롭고 음습한 눈동자가 화살촉처럼 그녀를 쏘아보았다.

번뜩!

번개가 하늘에서 내리쳤다. 포근하던 달빛이 순식간에 사라지고 날카롭고 단조로운 쇳소리가 끝없이 울렸다.

아파!

설은 제 귀를 막았다. 그러나 그 소리는 멈추어지지 않았다.

그만 해!

쪽 뻗은 팔이 허공에서 부질없이 흔들렸다.

율이야!

귀를 찔러대는 지독한 소음 속에 남자는 안타깝게 그녀의 팔을 붙들고 있었다.

날 봐, 윤설! 난 효가 아닌 율이야.

알 수 없다. 효이자 율. 그녀에겐 한 사람일 뿐이다. 갑자기 까맣게 몰려드는 어둠 속에서 남자는 필사적으로 소리치고 있었다.

난, 율이야. 윤설!

자꾸만 사라지는 그를 붙들기 위해 애를 썼지만 까만 어둠은 점차적으로 그의 몸을 잠식해 가고 있었다.

이상하다. 왜 낯설지 않을까?

도무지 알 수 없었다. 예전, 그녀에게 같은 말을 하지 않았었나?

행복하니, 윤설?

딩동! 딩동!

땀에 흠뻑 젖은 몸으로 설은 벌떡 몸을 일으켰다. 쾌적한 공기
가 흐르던 방 안엔 진득한 땀 냄새와 알 수 없는 고통이 스며 있었
다.

뭐지?

설은 몽롱하게 방 안을 훑었다.

딩동! 딩동! 딩동!

아직, 채 꿈에서 깨어나지 못한 그녀의 예리한 감각을 버릇없는
초인종 소리가 마구 때려댄다. 조금 전 꿈속에서 그녀를 괴롭히던
규칙적이고 날카로운 소리는 초인종 소리였나 보다.

어딘지 뺨이 눅눅하다.

설의 손가락이 제 뺨을 쓸었다. 짭짤한 물기가 손바닥에 묻어났
다. 꿈속에서마저 효는 그녀에게 고통이었다.

딩동! 딩동!

또 한 차례 초인종이 성마르게 울려댔다. 엄마는 뭐 하시지? 했
다가 겨우 두 분이 여행을 떠났다는 걸 기억했다. 새 아버지, 이연
과 그나마 관계가 돈독한 여동생 성희연 부부와 가까운 곳으로 온
천 여행을 떠난다며 그날 새벽, 두 분은 일본으로 떠난 차였다. 땀
에 흠뻑 젖은 머리카락을 쓸어 올리며 설은 침대 밑으로 다리를
뻗었다. 잠옷 밖으로 드러난 살갗에 오소소 소름이 돋아 있었다.

멀리, 이 끔찍한 소음을 견디지 못한 동네 개 한 마리가 컹컹!
맞대응을 하느라 골목의 소란은 더욱 커져 있었다. 옷을 갈아입을
사이도 없이 잠옷 위로 얇은 카디건만 걸친 채 설은 서둘러 아래

층으로 내려갔다. 아직도 꿈속의 여파가 가시지 않았는지 계단을 내려서는 다리가 후들후들 떨렸다.

"누, 누구세요?"

―나야, 동생!

호기있는 목소리가 인터폰 너머 우렁차게 들려왔다. 그 뒤로 컹컹! 거리는 견공의 울부짖음이 희미하게 배경으로 깔렸다. 설은 곤한 숨을 내쉬었다. 낮부터 오슬거리는 한기에 일찌감치 몸살 약을 먹고 잠이 든 탓에 문하가 아직 오지 않았다는 걸 잊고 있었다.

열두 시!

평소보다 귀가가 늦었다. 버튼을 눌러준 후 주방 쪽으로 향했다. 몸살의 여파로 목이 칼칼했다. 낮에만 근무하는 도우미 아줌마가 차려놓은 저녁식사가 식탁 위에 다 식은 채로 볼품없이 놓여 있었다. 계속 쏟아지는 오한에 식사도 제대로 못한 채 방으로 올라갔었다.

"여기 밥 차려놓을 테니까, 식사 거르지 마. 아픈 것도 안 먹어서 그러는 거야. 밥이 보약이란 말도 못 들었어?"

기운없이 올라서는 그녀의 등 뒤로 꼭 식사하라, 챙기더니 이것 저것 해놓은 것도 많았다. 고향이 벌교라, 벌교 아줌마라 불리는 도우미 아줌마는 남도 사람답게 음식 솜씨가 제법 좋은 편이었다. 나물 무치는 솜씨도 일급이었고, 손도 잽싸다. 맛깔스럽게 무쳐진 된장 나물들을 다시 제 그릇에 담아놓고 국은 냄비에 도로 부어놓았다. 무어라도 먹으면 좋을 텐데 깔깔한 목으로는 물 한 모금 넘기기도 힘들었다. 차려진 음식을 치워놓고 냉장고를 열어보니 찬 주스와 냉수가 전부다. 물 많은 봉동 생강을 미리 계피 껍질과 설탕으로 재워 감기 기운이 있을 때마다 끓여주던 외할머니의 쌉쌀한 생강차가 아쉬웠다. 약한 불로 오랜 시간 뭉근히 끓여내던 톡, 쏘는 생강차 대신 설은 찬 냉수로 목을 축였다.

율 때문인가?

요즘 들어 전주에 대한 기억들이 부지불식간, 바늘로 콕 찌르듯 그녀를 찔러댈 때가 있다.

"잠을 깨운 거야?"

들어서는 순간부터 역한 술 냄새가 코끝을 화악 풍겼다. 술에 취한 탓인지 눈동자가 평소보다 더 풀려 있다.

"몸살 때문에 일찍 잠들었어. 웬 술을 그렇게 마신 거야?"

"내 사랑하는 동생으로 인해 상처받은 가슴을 달랠 겸……."

상처는 무슨.

흥흥거리며 남은 물을 마시는데 '어디가 아픈 거야?' 낯익은 음성이 불쑥 튀어나왔다. 목을 넘던 물이 그대로 튀어나오는 줄 알았다. 율이 재빨리 뛰어와 등을 두드렸다.

"……같이 마셨어?"

"우연히 마주쳤지."

문하의 말에 율의 뺨 위로 살짝 붉은 기가 올라온 것처럼 보인 건 단지 착각인가?

"우연히 만난 김에 우연히 술도 같이하고."

기분 좋은 문하의 말이 이어졌다. 함께 술을 마셨다는데, 휘청이는 문하에 비해 율은 술 한 모금 마시지 않은 것처럼 반듯한 자세를 취하고 있었다. 핏발이 선 문하가 저쪽에서 한 잔 더 할까? 하고 흥을 부추기고 있었다.

"어디가 아파?"

주정하는 문하를 무시한 채 율이 이마에 서늘한 손을 얹었다. 갑작스런 한기와 함께 연한 술 냄새가 스쳤다. 뭐야? 무방비한 상태로 다가선 율 때문에 설은 카디건 앞자락을 여미며 황급히 뒤로 물러섰다. 율의 잘생긴 눈매 끝이 올라섰다. 비켜선 행동 때문이 아니라 그녀가 아픈 것이 못마땅한 눈초리였다.

"병원엔?"

율이 다그쳤다. 나도 물! 하고 내민 문하의 손에 냉수 한 컵을 쥐어준 후 설이 냉랭하게 돌아섰다.

"약 먹었어."

"병원 가자."

"괜찮다니까!"

성급히 붙든 팔을 쳐내며 설이 날카롭게 쏘았다. 조금 전 꿈의 잔상 탓이었다. 더 이상의 접근은 금지였다.

"내 몸에 손대지 마!"

아픈 탓일까? 생각보다 강한 음성이 튀어나왔다. 긴 팔이 허공에 그림처럼 멈추어 섰다. 완강한 거부에 상처받은 율의 눈동자도 들어오지 않았다. 아파. 속으로 중얼거렸다. 몸살이 아픈 건지, 꿈속에서 보았던 효의 눈동자가 아픈 건지는 모르겠다. 그러나 분명 온몸이 욱신, 쑤셨다. 요사이 힘들긴 했다. 율을 만난 후로 정신적인 충격이 육체의 고통을 몰고 와 내내 상태가 좋지 않았었다. 물을 마시던 문하가 놀란 얼굴로 주방 쪽으로 뛰어와 둘을 바라보았다.

"건들지 말라는 거 모르겠니? 더 이상 내게 신경 쓰지 말라고! 제발 내버려 둬! 지금까지 그래 왔던 것처럼 모른 척하란 말이야. 내가 부탁했었잖아. 떠나지 말라고. 그런데도 떠난 건 너 아냐? 떠나 버린 것도, 일방적으로 이별한 것도 너야. 그런데 왜 새삼 이러는 거니? 네가 없는 그 시절도 잘살았어. 그러니까 지금처럼 그렇게 살아. 지금까지처럼 우린 서로 모르는 사람이고, 한때 스치는 추억이었고, 지나간……."

따끔거리는 목이 이젠 찢어질 듯 아파왔다. 차라리 칼로 도려내고 싶을 만큼 고통은 극한으로 다다르고 있었다.

"지나간…… 지나간, 그저 지나간 사랑일 뿐이라고. 그러니까 제발 더 이상 내 삶에 끼어들지 마."

마지막 말은 거의 속삭임에 가까울 정도로 설은 고통에 시달리고 있었다. 어지럽다. 까맣게 몰려오는 현기증에 비틀거리며 옆의 식탁 의자를 겨우 붙들었다. 놀란 문하의 얼굴이 빙글빙글 돌았다. 발밑이 흔들거려 그대로 쓰러지려는 순간, 강인한 팔이 그녀의 몸을 붙들었다. 어? 하는 사이 깃털처럼 가볍게 그녀를 안아 올린 율이 현관문을 향해 내달렸다.

"어…… 무슨 일이야?"

"설이 아픈 것 같습니다. 병원에……."

창백한 표정으로 율이 문하에게 설명했다.

"병원?"

핏발 선 문하의 눈동자에 율이 한숨을 내쉬었다. 문하의 호기에 따라 들어온 건 잘한 일 같다. 그저 얼굴이나 마주칠까, 하는 욕심에 들어선 참인데 오지 않았다면 설이 어찌 되었을까 생각하니 아찔했다. 놀란 문하를 내버려 둔 채 율은 바삐 걸음을 옮겼다. 손에 들린 설의 몸이 불덩이처럼 뜨거웠다. 이제 겨우 6월인데도 후끈한 몸에서는 식은땀이 줄줄 흐른다. 가벼운 몸살보다는 조금 더 깊다. 이럴 줄 알았다면 술을 자제하는 건데. 괜한 제 탓을 하며 율은 도로 쪽으로 다가갔다.

"놓아달라니까."

열이 절절 끓는 와중에도 그녀의 불평은 멈추지 않는다. 얄미워야 되는데, 그 모습조차 사랑스러운 걸 보니 정말 병에 걸리긴 걸린 모양이었다.

"병원에 도착하면."

제 재킷을 설의 몸 위로 덮으며 율은 가볍게 대꾸했다. 그나마 잠옷이 파자마 스타일이라 다행이었다. 설의 집은 부촌(富村)으로 따로 언덕 위에 옹기종기 모인 동네라 좀처럼 택시가 올라오는 곳이 아니었다. 그대로 설을 안은 채 율은 언덕 아래로 뛰다시피 걸었다. 마음 같아선 이대로 뛰어갈 수 있을 것 같은데, 그 작은 흔들림조차 해가 될까 조심스러운 탓이었다.

"괜찮아! 약 먹었다니까."

"이대로 키스할까?"

설의 타박에 율이 태연스럽게 대꾸했다.

"뭐, 뭐? 무슨 소리야?"

빨갛게 얼굴 붉히기는……. 그래서 더 미치겠다. 너무나 사랑스러워 핑계김에 덥석 키스를 하고 말 것 같아서.

"감기는 옮으면 낫는다잖아."

정말 할 것처럼 얼굴을 바짝 당기자 있는 힘껏 뒤로 목을 뺀다. 그래 보았자 제 손아귀이지만. 이 상태가 써억 마음에 들어 율은 실쭉 웃었다.

"노, 농담하지 마."

"진담이야."

"아픈 사람 가지고 장난치는 거야?"

"방금 전까진 괜찮다고 하지 않았었나?"

"놔줘! 놓아달라니까."

"키스해 주면."

"노, 농담하지 말라고 했잖아."

"나 역시 진담이라고 했어."

말장난에 여념이 없는 사이, 어느새 도로변에 도착해 있었다. 편한 목소리로 장난하는 것과 달리 품에 안긴 설의 몸은 그리 좋은 상태가 아니었다. 조금 전까지 뜨겁던 몸이 땀을 흘린 탓인지 초여름의 서늘한 바람에도 얼음장처럼 싸늘하다. 파리한 얼굴색과 마른 입술도 마음에 들지 않았다. 애써 그에게 쏘아대고 있긴 하지만 점점 대답하는 목소리가 갈라진다.

"……아프지 마, 윤설."

택시를 잡기 위해 손을 쭉, 뻗으며 율이 낮게 속삭였다. 꽉 다문 입술로 보아, 들은 것 같은데 설은 아무 말이 없었다.

"차라리 화를 내. 미워하고 원망해도 받아줄 테니까, 아프지는 마."

끼이익!

다행히 빈차로 도로를 달리던 택시 한 대가 그들 앞에 멈추어 섰다.

어떤 말을 해도 좋으니까 부디 아프지 않으면 좋겠다. 이토록 가슴 저미는 고통이 있다는 건 새로운 느낌이었다. 가쁜 숨을 내 쉬는 설의 몸을 한껏 끌어안은 채 율은 제 체온을 나눠주느라 애 를 썼다.

왜 이리 몸이 싸늘할까?

얼음처럼 찬 설의 몸이 그녀의 심장 같아 율은 몹시 괴로웠다.

율은 침대 옆에 놓인 의자에 얌전히 앉아 있었다. '얌전히' 라고 말할 수 있다면 말이다. 뭐, 조용하긴 했으니까. 택시 안에서는 그 나마 농담도 제법 하더니 병원에 도착한 후로는 오히려 말수가 줄 었다. 설은 긴 상체를 굽힌 채 가만히 바닥을 노려보고 있는 율의 속내를 알 수가 없었다. 무언가 마음에 들지 않은 것 같기도 하고, 조용히 시간을 죽이는 것도 같고. 양 손가락을 깍지 낀 채 생각에 잠긴 율을 훔쳐보며 설은 몰래 숨을 내뱉었다.

똑! 똑!

떨어지는 링거액 소리만 들리는 병실 안은 괴괴한 침묵만 흐르 고 있었다. 이럴 땐 차라리 문하 오빠의 수다가 그리워질 판이었다. 율의 침묵 때문에 목의 통증조차 느끼지 못하고 있었다. 따끔거리는 목으로 설은 간신히 침을 넘겼다. 물을 한 잔 마시고 싶었지만 말할 수도 없었다.

"물…… 줄까?"

불편한 기색을 눈치 챘는지 내내 석상처럼 앉아 있던 율이 갑자기 물었다. 그리고는 대답도 하기 전에 벌떡 일어나 침대 옆에 놓인 물병에서 물을 따라주었다. 적당히 따스한 보리차였다.

"이런 거 어디에서 구했어?"

"탕비실."

"능력 좋네?"

뜨겁지도, 차지도 않는 물이 반가우면서도 설은 괜히 한번 꼬았다. 실은 약간의 질투가 섞여 있었다. 이미 진료가 끝난 늦은 시간임에도 쉽게 입원실을 차지할 수 있었던 건 순전히 율 덕분이었다.

달랑, 침대 두 개가 전부인 응급실은 거의 방치되다시피 텅 비어 있었고, 한껏 잠이 오른 간호사만이 접수대에서 졸음 자던 병원은 율이 들어선 순간 갑자기 활기가 넘치기 시작했다.

"어?"

맨 처음 그를 알아본 건 자판기 커피를 든 채 병원 복도를 스치던 당직 의사였다.

"저…… 혹시 반율 선수 아닙니까?"

그의 품에 안긴 환자 따위는 안중에도 없이 당직 의사는 화들짝 놀란 얼굴로 율을 살피기에 바빴다. 맞죠? 맞죠? 연거푸 묻는 꼴도 꽤 방정맞게 보였다. 덕분에 졸던 간호사까지 번쩍 고개를 들 정도니 생각보다 율의 인지도가 있는 모양이었다. 그리고 나선 일 사천리였다. 환자는 뒷전으로 사인 받느라 정신이 없는 두 사람에게 대놓고 짜증을 부려도 소용이 없었다. 결국은 얼른 사인해 주고 진료 받는 게 낫겠다 싶었던지 율이 대충 휘갈겨 쓴 종이를 감지덕지 움켜쥔 후에야 비로소 진료를 받을 수 있었다. 가벼운 감기라 그나마 다행이었지 급한 사고였다면 고소라도 하고 싶은 심정이었다. 그녀가 예상한 대로 몸살에 후두염이 겹쳤다는 진단을 받고 나서도 율의 찌푸린 얼굴은 펴질 줄을 몰랐다. 그의 불편한 심경을 눈치 챈 병원 측에서 특실을 내어준 후에도 율의 저기압은 여전했다.

"환자들 전용 탕비실이야."

그녀의 뾰족한 어투에도 상관없이 율이 담담히 대답했다. 입을 삐죽인 후, 고개를 틀었다. 솔직히 아무 말 없이 누워 있으려니 보통 고역이 아니다.

"그냥 가지……."

"링거 맞을 때까지 있어도 돼."

"문하 오빠 올 건데."

그녀의 말에 아무 대꾸도 없다. 하긴, 그 술 취한 인간이 여기까지 올는지도 의문이었다. 부모님들은 내일이나 오실 테고, 결국 병실을 지켜줄 이는 율밖에 없었다.

"이것만 맞으면 집으로 갈 거야."

"알아."

"……."

율이 낮게 한숨을 내쉬었다.

"집까진 내가 데려다 줄게. 사람 시켜서 차 이쪽으로 가져오라 고 했어."

"유명인은 다르네?"

"친구에게 부탁했어."

아까 잠깐 나갔다 오더니 일 처리 때문이었나 보다.

"혼자 가도 되는데……."

"설아."

투덜대던 설이 단박, 입을 다물었다. 하긴, 병원에 온 후로 내내 툴툴대기만 했지, 고맙다는 말도 제대로 못했다.

"내가 원한 거 아니야. 고맙다는 말 들을 생각 하지 마."

얇은 미소가 입가를 스쳤다. 타박없이 설의 이마를 쓸었다. 그 리고 땀에 젖은 머리카락을 일일이 뒤로 넘겨준다. 오늘 머리 감 았던가? 그래도 땀 냄새가 날 텐데…….

설이 꼼지락 몸을 움직였다. 율의 손가락에 묻는 제 땀이 괜히 부끄럽다.

"내겐 빚이 있어."

빚이라는 말에 설의 눈이 화등잔만해졌다. 그가 빚을 질 만한 사람이던가? 노름? 그건 좀 아닌 것 같다.

"사랑과 소유는 다르다고 생각했지. 내가 아무리 널 사랑한다 해도 널 소유할 수는 없다고. 그래서 놓아주어야 한다고 스스로 다짐했어. 널 놓아주자……."

가라앉은 율의 말이 바위처럼 내려앉았다. 놓아달라, 한 적 없었다.

"변명일 뿐이야."

고집스런 설의 말에 율이 한숨 섞인 미소를 지었다. 십 년의 세월이 지나도 설은 여전히 열여덟 그 모습이다. 사랑도, 상처도 그 시절에 멈추어져 있었다. 손끝에 닿는 머리카락 탓인지 심장이 조금 떨린다. 형이 죽음으로써 그의 연인을 차지할 수 있다는 극한의 이기심.

그 이기심이 설을 망가뜨릴까, 제어할 수 없는 욕심이 상처를 주게 될까, 겁이 났었다. 설에게 향하는 이 끝없는 욕심이 어디까지 뻗어질까 말이다.

"그럼 단죄라고 할까?"

"단죄?"

설이 알 수 없는 얼굴로 물었다.

"사랑 앞에서는 말이야……."

온순한 아이처럼 얌전히 침대에 누운 모습조차 가슴 설레는 건 진실로 병이다. 아님 중독인가. 그 무어라 해도 좋다. 중요한 건 그녀가 제 앞에 있다는 거다. 사랑이라는 건 언제든 다시 시작할 수 있으니까.

"사랑 앞에서는 인간의 도리조차 망가질 수 있다는 거……. 그걸 가장 절실히 느낀 것 같아. 지난 십 년 동안."

제 책상 위에 놓인 형의 사진 앞에서 매일 아침 그녀를 잊겠노라 다짐을 하고, 저녁에 매일 그녀의 꿈을 꾸었다. 꿈속에서의 그녀는 온통 형의 것이었고 오로지 형만을 사랑했다. 아침이 되면 악몽이었음에 안도하는 것도 잠시, 꿈이 아니라 해도 결코 가질 수 없는 여자임을 확인하는 현실이 지옥처럼 그를 덮치곤 했다. 그렇게 십 년을 살았다. 매일 그녀를 잊고, 매일 그녀를 꿈꾸며 그렇게.

"무슨 의미야?"

"결혼하자, 윤설!"

느닷없이 율이 말했다. 말해놓고 나니 써억 마음에 들었다.

그래, 용서는 훗날 빌어도 돼. 진실을 밝히는 것도.

중요한 건 설이 그의 여자가 되는 것이다. 아니, 그가 설의 남자가 되는 것인가? 어느 것도 좋다. 그녀와 결혼해 아이를 낳고, 또 다른 세월을 보내면 형에 대한 마음도 점점 엷어져 흔적조차 남지 않을지 모른다. 날개 잃은 선녀처럼 그녀를 붙들 수 있는 게 있다면 어떤 것이라도 좋았다. 아이를 볼모 삼은 치졸한 인간이라 해도 말이다. 훗날, 그녀가 알아차린다 해도 용서받을 수 있을 것이다. 흥건한 땀이 손바닥에 고였다. 이렇게밖에 그녀를 붙들 수 없는 게 자신의 한계였다. 가슴이 마구 뛰었다. 비겁할지라도, 비록 치졸한 방법이라 해도 설은 그의 아내라는 사실은 변하지 않을 것이다.

아내…….

더 이상 설에게 어울리는 단어가 있을까?

아내, 그리고 내 아이의 엄마.

"그런 농담 재미없어."

톡 쏘는 설의 말에도 배시시한 웃음이 멈추지 않는다. 이 아이를 옴팡, 훔쳐 내어 제 안에 가둘 수만 있다면 억겁의 지옥을 헤맨다 해도 행복할 것 같다.

11. 장마

장마가 시작되었다. 아침부터 신애와 경화는 온몸에 비릿한 물 내가 가시지 않는다며 투덜대고 있는 중이다. 그러나 덕분에 약국 안은 모처럼 한산한 국면에 접어들고 있었다. 지루 사촌 형이 새로 병원을 낸 이래 요즘엔 커피 한 잔 마실 여유조차 없었다. 끈끈하게 달라붙는 습기도 몰아낼 겸 시원한 냉커피를 마시며 설은 약국 문 너머로 떨어지는 빗물을 감상했다.

"여름 비는 왜 이렇게 눅눅한가 몰라."

눅눅하다면서 굳이 뜨거운 커피를 고집한 신애가 구시렁댔다. 아마 이 비가 그칠 때까지 투덜댈 요량인가 보다. 주룩주룩 내리는 시원스런 비를 바라보던 설이 설풋한 미소를 지었다.

"비가 와야 농사도 잘되지."

"농사?"

신애가 식겁한 얼굴로 그녀를 돌아보았다.

"게다가 운치도 있고."

운치씩이나!

놀란 신애의 얼굴은 딱, 그 의미였다.

"너, 어디 아파?"

"뭐?"

"요즘 이상해서 그래. 실실대는 것도 그렇고."

"실실대기는 무슨."

말도 안 되는 일인 양 일축하긴 했지만 신애는 진심이었다. 일에 관해서는 똑 부러지는 편인데다, 손님에게도 설명도 제법 잘하긴 하지만 좋은 말로도 웃는 인상은 아니었다. 그런 설이 요즘 들어 실없이 허허거리니 그녀로서는 당연, 놀랄 일일 수밖에.

"너무 변해서 겁난다, 야."

"그러게요. 윤 약사님 연애해요? 사람이 변하는 이유는 사랑을 하거나, 죽거나 딱 그 둘인데."

경박스런 어투로 경화까지 끼어든다. 사랑이라는 말에 지레, 설이 먼저 펄쩍 뛰었다.

"사랑은 무슨!"

"내 말이. 윤설이 사랑을 하면 난 이미 애 낳고 학부형 모임에 나갔을 거야."

뜨끔했지만 설은 모른 척 딴청만 피웠다.

"그래도 모르죠. 혹시 강지루 씨의 끈질긴 구애에 넘어갔는지?"

"맞다! 그러고 보니 요사이 강지루 씨가 뜸하네? 소식 못 들었어?"

"인턴이라는데 바쁜가 보죠. 아님, 지금껏 얼굴 한번 안 보였겠어요?"

"또 알아? 하도 냉랭해서 포기했는지? 어차피 안 될 거면 나한테나 소개시켜 주지⋯⋯."

문하를 소개시켜 달라 졸라댈 때는 언제고 이젠 지루한테 눈독이다. 도무지 사랑에 대해 진지한 면이 없는 신애다.

"문하 오빠가 좋다면서?"

"생각해 보니 너 같은 시누 있으면 좀 피곤할 것 같아. 호랑이 같은 시어머니도 무서울 판에 호랑이 같은 시누까지 모셔야겠니? 뭐, 솔직히 문하 오빠가 조금이라도 관심 주었다면 이러지도 않겠지만. 진짜 강 선생 나한테 양보할 생각 없어? 넌 어차피 그 사람 싫다고 했잖아."

"남에게 먹기 싫은 떡 넘기는 것 같아서 싫어."

"먹기 싫은 떡은, 무슨! 보기 좋은 떡이지. 하긴 너 좋다고 쫓아다니는 남자 소개시켜 달라는 것도 좀 그렇지?"

아쉬운 티를 여실히 드러내는 신애를 보며 설이 피식거렸다. 자신이 보기엔 그저 샌님 같은 지루가 신애에겐 백마 탄 왕자처럼 보이는 모양이다.

"부침개 생각난다. 이렇게 비 오는 날엔 부침개가 딱인데."

남은 냉커피를 홀짝이며 설이 화제를 돌렸다. 자신에게서 시선을 돌릴 요량으로 그냥 꺼낸 말인데 막상 꺼내놓고 보니 정말 부침개 생각이 간절해졌다. 전엔 간혹 문 약사님이 출근길에 이것저것 간식거리를 챙겨오곤 했었는데 이번에 둘째가 초등학교에 입학하고 나선 도통 간식을 볼 수가 없었다. 큰아이를 낳고 칠 년 만에 낳은 늦둥이라 그런지 둘째 딸한테 쏟는 정성이 보통이 아니다. 오전 내내 아이 학교 일을 쫓아다니느라 어쩔 땐 오후인 출근 시간에도 지각하기 일쑤였다. 그래도 바쁜 일상 중에 약국 안에 내팽개쳐진 직원을 떠올려 맛난 김치전 몇 조각 부쳐 오지 않을까, 다들 문 약사를 기다리는 사이 율은 제 아버지와 이른 점심상을 마주하고 있었다.

"그래서 계약은 했냐?"

오랜만에 마주 앉은 아들을 향해 반 변호사가 마지못해 질문을 던졌다. 율이 초등학교 시절에 농구를 시작한 이래 아버지의 태도는 일변도였다. 참으로 변함이 없는 분이시라 율은 쓴 미소를 지었다.

"아직입니다."

"그래서 기어이 농구를 계속하겠다고?"

"그거 외엔 할 줄 아는 게 없지 않습니까?"

집어 먹을 것도 별로 없이 가짓수만 화려한 한정식을 앞에 두고 율은 깔깔한 입을 놀렸다. 제 입맛보다 설이 먼저 걱정이었다. 링거를 맞히긴 했는데 괜찮을까? 몸살에 후두염이 겹친 탓이라 열만 가라앉으면 된다고 주사만 놓았는데, 링거를 맞는 설의 얼굴이 처음보다는 한결 편안해 보여서 그나마 다행이었다. 마음 같아선 며칠 더 쉬었으면 좋으련만, 다음날 퇴원하자마자 설은 곧장 약국으

로 향했다. 그사이 얼굴이 푸석해진 설이 떠올라 율은 마주한 밥
이 쉽게 목으로 넘어가지 않았다. 대신 입가심으로 내온 흑임자죽
만 한 그릇 비웠다.

끌끌…….

못마땅한 티를 여실하게 드러내는 아버지를 보며 율은 편하게
자리했던 등을 다시 곧게 폈다. 시작해야 할 이야기에 비하면 이
정도는 별게 아니다.

"그러게, 진즉……."

"이제 와 다시 법대 공부를 할 수도 없고, 설사 할 수 있다 해도
전 공부에 별 취미 없습니다."

이미 끝난 일인데도 여전히 끝을 남기는 아버지의 말을 가로채
며 율은 단호히 선을 그었다. 어머니와 이혼한 순간부터 둘은 이
미 다른 세계의 사람이었다. 초등학교 시절부터 공부가 아닌 운동
의 길로 들어선 것도 아버지의 영향이었다. 아버지와 다른 삶을
살고, 아버지와 다른 가치관을 가지는.

"저, 결혼하겠습니다."

곧은 대나무처럼 자신 앞에 한 치도 굽힘이 없는 아들을 바라보
며 반 변호사가 불편한 속내를 애써 다스릴 때였다. 느닷없이 터
져 나온 결혼 소식에 홍어찜으로 향하던 젓가락이 그 자리에서
딱! 멈추어 섰다.

"……무, 무얼 해?"

"결혼 말입니다."

"결혼? 부모도 모르는 결혼을 한단 말이냐?"

"지금 말씀드리지 않습니까?"

어차피 허락하지 않는다 해도 물러설 수 없는 결혼이다. 율은 곧은 시선을 들었다. 형의 죽음조차 감히 거스를 수 없는 사랑이었다. 아니, 이젠 형이 살아 돌아온다 해도 결코 포기할 수가 없었다. 그런 그에게 아버지의 허락 따윈 애초에 필요없는 문제였다. 다만, 이렇게 얼굴을 마주한 채 그나마의 소식을 알리는 건 설 때문이었다. 그녀에게 조금이라도 상처가 되는 일은 제 한 몸으로 모두 막아낼 셈이다. 평소, 홍어찜에 애착이 깊던 반 변호사의 젓가락이 힘없이 상 위로 떨어졌다.

"……내가 아는 아이냐?"

"네."

단도직입적으로 율은 대답했다. 피하지 않고 정면으로 공격하는 건 그의 아버지를 닮았다.

"윤설이라는 아이라면 없던 일로 해라."

반 변호사가 딱 잘라 불허를 하였다. 이미 예상하고 있던 일이다. 효가 서울에 정을 못 붙인 채 늘 전주를 오간 이유를 반 변호사는 설 탓이라고 생각하고 있었다. 그리고 효가 왜 사고를 당했는지도. 아버지의 입장에서는 설을 둘째 며느리로 맞이하는 게 결코 허락할 수 없는 윤리라는 것도 알았다.

"허락하지 않으셔도 됩니다."

"허락하지 않아도 된다?"

"네."

허헛!

허허로운 웃음을 터뜨리는 반 변호사의 눈동자가 벌겋게 충혈되었다. 전주라면 이가 갈린다. 가진 것도 없는 주제에 한없이 도도하기만 하던 전처도 그렇고, 제 어미를 닮아 해맑은 미소만 지을 줄 알던 철없는 큰아들, 효나 이렇게 정면으로 앉아 이미 십 년 전에 죽은 제 형의 연인과 결혼하겠다는 둘째 아들 녀석도 그랬다.

도대체 전주라는 것과 엮어서 그에게 좋은 일은 하나도 없었다. 애당초!

"정신 나간 녀석!"

독한 눈매로 반 변호사가 아들을 쏘아보았다. 그런데 이 녀석, 잘도 헤실거린다. 입 끝이 걸린 것이 정말 반은 정신이 나간 녀석이 분명했다. 서늘한 눈동자로 힘 하나 실리지 않는 파리한 미소를 짓다니. 반 변호사는 가슴에 화살이 하나 박히는 기분이었다.

"아무리 철없던 시절이라 해도 네 형이 좋아했던 여자다. 그 여자에게 가기 위해 그 밤중에 달리다 사고까지 당한 형이야. 그런데도 죽은 제 형의 여자와 하는 결혼에 허락해 줄 부모가 있어 보이냐? 네 눈엔 세상이 그렇게 만만해 보여?"

반 변호사는 목소리에 더욱 힘을 실었다. 이 결혼이 탐탁지 않은 것은 비단 효 때문만은 아니었다. 제 형이 사랑했던 여자를 아내로 맞이한 율에게 붙는 낙인을 아비로서 묵인할 수가 없었다. 그 치부는 평생 율의 등에 따라붙을 것이다. 사랑? 냉한 웃음이 흘렀다. 한땐 그 역시 사랑이 전부일 때가 있었다. 하지만 세상은 사랑만으로 살기엔 그리 녹록하지 않다는 걸 율은 아직 모르고 있었다. 죽을 때까지 등 뒤로 다른 사람의 손가락질 받는 삶이 어떤 것인지 말이다.

"애초부터 아버지의 허락을 바란 일은 아닙니다."

딱!

반주 한 잔, 기분 좋게 걸치려 놓았던 술잔이 정면으로 날아가 율의 이마 한가운데에 박혔다. 얇은 도기가 단단한 이마에 부딪혀 금방 자잘한 조각으로 부서졌다. 두께가 얇은 술잔이라 부딪힌 충격은 크지 않았지만 부서진 조각이 살갗에 긴 상흔을 남겼다. 피하려면 얼마든지 피할 수 있는 속도였다. 제 덩치보다 크고 거친 녀석들과의 몸싸움에서도 손에 든 공을 정확히 골대 안에 집어넣던 녀석이다. 율 스스로가 피하지 않은 게 분명했다. 이마 중앙을 따라 흐르던 피가 코 언저리를 적셨다. 흘러내리는 핏물을 닦아내지도 않은 채 율은 미동 없이 제 아버지를 바라보았다. 붉은 피 사이로 푸른 섬광이 번뜩거렸다.

"어린 시절, 잠시 만난 인연일 뿐입니다. 그것으로만 말하자면 그 시절, 또한 제 연인이었던 여자입니다."

굳건히 결혼하겠다, 고집하는 율 앞에서 반 변호사의 손이 분노에 겨워 바들거렸다.

"효가 어떻게 죽었는지 잊은 거냐?"

"잊지 않았습니다."

"그런 녀석이 지금 그 아이와 결혼하겠다는 거야?"

"형이 죽은 건…… 그저 운명이었을 뿐입니다. 형의 운명이 우리에게 어떤 식으로든 영향을 미칠 수는 없습니다."

"이런…… 호로 자식 같으니라고!"

머리 끝, 한 올까지 곤추 서는 기분이었다. 법정에서 다 이길 승소를 어이없이 패소당하는 것보다 더 소름 끼치고 불쾌했다. 제 자식임에도 불구하고, 무엇 하나 나긋하지 않다는 게 더욱 견딜 수 없는 치욕이었다. 반 변호사가 죽일 듯 제 아들을 노려보았다.

설사, 효와의 관계를 떠났다 하더라도 율의 이런 태도만으로도 충분히 반감이 일었다. 도대체 어떤 아이이기에 두 아들 녀석 모두 헤매는 건지 도무지 알 수가 없었다. 단지 사고였음에도 불구하고 효의 사고가 마치 설의 잘못 같아 반 변호사는 불길함을 떨칠 수가 없었다. 그녀는 율의 발목까지 잡을 아이였다. 평생의 치욕으로 말이다.

"그 아이가 결혼하겠다던? 네가 효의 쌍둥이라는 걸 알면서도? 아님, 그 녀석과 똑같은 너의 얼굴에서 죽은 효를 떠올리는 거냐?"

"그녀는 모릅니다. 제가…… 효인 줄 알고 있습니다."

뭐라?

절로 입이 딱 벌어졌다. 지금 눈앞에 있는 녀석이 자신이 지금껏 길러낸 아들 녀석이 맞는 건가. 이혼할 당시, 형인 효를 제치고 율을 선택한 것도 이런 이유였다. 똑같은 얼굴을 하고서도 효는 자신보다 제 어미를 더 많이 닮은 녀석이었다. 현실 감각이라고는 없는 감상주의자에 무엇 하나 똑 부러진 맛이 없었다. 사내 녀석이 진중한 맛은 없이 하얗게 웃는 것도 마음에 들지 않았다. 세상을 살아가기엔 효와 같은 녀석보다는 율처럼 무겁고 단단한 녀석이 더 유리하다. 패소할 사건은 애초부터 손대지 않는다. 그가 보는 율은 승소가 보장된 사건과 같았다. 농구 같은 건 잠시 한때의 취미일 뿐, 언젠가 자신과 같은 길을 걸으리라 믿어 의심치 않았고.

만약 효가 죽지 않았다면 율의 인생 역시 지금과는 달랐을 거라 반 변호사는 지금도 확신하고 있었다. 농구에 미친 효와 달리 율에겐 농구란 그저 가벼운 유희에 지나지 않은 것이었다. 이혼하지 않았다면, 그리고 효가 죽지만 않았다면 율은 농구 대신 자신과 같은 길을 선택했을 것이 분명했다. 제가 끔찍이 아끼는 형과 같은 코트에서 억누르는 짓은 하지 않았을 테니까. 농구에 대해선 문외한인 그가 보아도 효는 율의 상대가 되지 못했다. 효의 죽음은 다른 의미에서 반 변호사 자신에게도 마이너스적인 요소였다.

"윤설이란 아이는 모른다?"

겨우 숨을 고르며 반 변호사가 차분한 목소리를 냈다. 아들의 이마로 흐르는 핏물은 일부러 못 본 척했다.

"그 아이가 알게 되면?"

가차없이 정곡을 찌르는 말에 미동 없던 율의 눈동자가 짧은 순간 흔들렸다. 어느 누구에게도 결코 흔들리지 않는 감정의 노선이 오로지 그 아이에게만 허락되는 모양이라, 반 변호사는 몰래 혀를 찼다.

미련한 녀석 같으니라고. 어디 여자가 없어서 형의 여자를······.

"결코 네 녀석을 용서하지 않을 게다."

여전히 율의 대답은 없었다.

"효가 죽은 것조차 숨기고, 효인 척 그 아이와 결혼해서 너에게 얻어지는 게 무어라 생각하냐? 그 아이의 사랑? 하! 그건 결코 네 몫이 아니야. 진실이 밝혀지는 순간, 사랑이라는 건 썰물처럼 빠져나가고 말 거다. 그 아이가 사랑하는 건 효와 같은 얼굴이 아니라, 효 그 자체이니까!"

칼날이 그대로 가슴에 박혀 붉은 선혈이 쏟아져 내렸다. 푸른 섬광을 번뜩이던 율의 눈동자가 이젠 핏물처럼 붉어졌다. 할 수만 있다면 율인 자신이 죽고 효로 다시 태어나면 좋겠다. 아니, 전혀 다른 사람이 되어 부부의 인연으로 태어났다면. 같은 얼굴로, 같은 연인을 사랑하는 운명을 타고난 쌍둥이가 아니라.

"그건 제 몫입니다."

"그래서? 예전 첫사랑으로 이젠 결혼까지 하겠다는 거냐? 그 시절엔 누구나 그런 사랑쯤, 한 번씩 해보는 거다. 가슴 설레는 것도 어린 시절에나 가능한 거야. 다 자란 어른에게도 그런 사랑이 통할 것 같으냐?"

과연 오랜 법조인으로 살아온 사람답다. 가장 깊은 상처를 저토록 태연히 찔러대는 걸 보면 말이다.

"허락하지 않았습니다."

"허락하지 않았다니! 그럼, 너의 청혼을 거절했다는 거냐?"

"거절도, 허락도 하지 않았습니다."

"거절도, 허락도 하지 않았다? 그럼 지금 내게 허락을 구하는 건 무슨 이유냐?"

"허락을 구하는 게 아니라고 했습니다. 단지 사실을 알려 드린 것뿐입니다."

하!

반 변호사가 기가 찬 소리를 냈다. 감히 자신에게 통보를 하다니!

"아버지께서 제 결혼으로 설에게 어떠한 상처라도 주지 않길 바라기 때문입니다."

단단히 미쳤군.

반 변호사가 경멸스럽게 제 아들을 바라보았다.

"진실을 감추고 말이냐? 그 아이에게 상처 주는 게 무엇이라고 생각하느냐? 너는 손바닥으로 하늘을 가릴 수 있을 거라 생각하는 거냐?"

"진실을 죽을 때까지 덮어둘 수 없다는 것도 압니다. 하지만……."

율의 말이 멈추었다. 그 진실이 밝혀졌을 때, 자신을 바라보는 설의 눈빛을 떠올리기만 해도 심장이 꽈악 조였다. 가릴 수 있다면 하늘이 아닌 우주 전체라도 가리겠다.

"하지만 그건 제 몫입니다. 내게 쏟아지는 경멸과 비난은 모두 제 몫으로 견딜 수 있습니다. 제가 원하는 건 세상 그 어느 누구도 저로 인해 그녀에게 상처 주지 않는 것입니다. 설사 그 당사자가 제 아버지라 할지라도 말입니다."

성 회장을 보며 절실했던 심정이었다. 자신으로 인해 그녀가 상처받는 건, 아니, 누군가에게 그런 식으로 대접받는 건 두 번 다시 보지 않는다.

"대체 그 아이의 어떤 점이 너를 이토록 몰아낼 수 있는 건지,

난 도무지 이해를 못하겠다. 세상에 널린 게 여자야! 그런 첫사랑이 아니라 해도 사랑할 여자는 얼마든지 있어. 어디 여자가 없어서 형의 여잘……."

"아버지께서 아무것도 가진 것 없는 제 어머니를 처음 사랑했을 때와 같은 운명입니다. 그리고……!"

칼 같은 음성이 쩌렁 울렸다.

"형의 여자가 아닙니다. 아버지의 말씀처럼 그만한 나이엔 누구나 잠시 스치는 사랑 하나 정도는 할 수 있습니다. 제겐 단지 그 상대가 제 형이라는 것만 다를 뿐."

"그 다름이 운명을 갈라놓을 수 있다. 네 말처럼 단지 누구나 다 하는 사랑이라 해도 그 상대가 제 형이라면!"

"제가 하지 않은 줄 아십니까?"

쩌렁 고함이 터졌다. 내내 냉정하게 유지하던 유리 벽이 파사사 부서지며 상처받은 율의 얼굴이 드러났다.

"제 형이 사랑했던 여자를 사랑하는 건 쉬운 줄 아십니까? 밤마다 꿈을 꿉니다. 내 형의 품에서 웃는 설의 모습을 보는 것만으로도 내 심장은 피를 토합니다. 꿈에서 깨어도 그 꿈이 결코 악몽에서 끝나지 않음을 절실히 깨닫게 되는 그 고통을 아십니까? 형으로 살아가는 나를 보는 그녀의 원망이 지옥처럼 느껴지고 숨 한번 쉬는 것도 버겁습니다. 왜 내가 아니었을까? 왜 그녀가 처음 바라본 사람이 내가 아니었을까? 그녀가 있는 그 전주에 있는 것이 왜 내가 아닌 형인가!"

"허!"

맥 빠진 기를 토하는 제 아버지를 율은 이글이글 노려보았다. 이 운명의 비틀림이 제 아버지의 탓인 양 노려보는 눈동자가 살벌하기 그지없었다.

"그래도 멈추어지지 않는 사랑이 제 영혼을 갉아먹는 이 고통을 모르신다면 말리지 마십시오. 그녀가 없는 아버지의 아들은 세상에 살 수 없습니다."

"이, 이……."

한 치의 물러섬이 없이 팽팽하게 대치한 부자(夫子) 사이로 이미 식어빠진 음식들이 볼품없이 두 사람의 결정을 기다리고 있었다. 긴 침묵이 이어졌다.

끙, 하는 신음 소리가 낮게 울렸다. 마른 체구에 흐트러짐 하나 없이 반듯한 차림을 한 반 변호사가 힘겨운 손길로 목을 조이던 넥타이를 늦추었다. 때론 침묵이 무수한 말들보다 더 옥죄일 때가 있다. 율은 침묵이라는 무기를 효과적으로 사용할 줄 아는 녀석이다. 법정에 서서도 두려움 한번 느껴본 적 없는 노장이었지만, 제가 낳은 아들 녀석은 이제껏 한 번도 제 마음대로 된 적이 없었다.

"밥, 먹어라."

놓았던 숟가락을 다시 들며 반 변호사가 식사를 종용했다. 그녀가 없는 세상은 살 수가 없다, 라……. 한때 자신도 그런 사랑을 했던 적이 있었다. 이 녀석보다 훨씬 더 젊었던 그 시절.

"나로서는 결코 허락할 수 없는 결혼이다. 네가 내 허락을 구하지 않는다 해도 내 생각은 변함이 없다. 하지만 네 어미에게는……."

반 변호사가 얼른 말을 바꾸었다. 조금 전의 불길은 사라졌지만 그렇다고 녹록하다는 것은 아니다. 눈빛 하나로 상대를 제압하는 인간이 바로 이 녀석이니까.

"그 사람에겐 효의 죽음에 대해선 따로 함구하라 이르마. 그게 내가 해줄 수 있는 전부다."

식어빠진 홍어 찜에 젓가락을 쑤셔 넣으며 반 변호사가 담담히 말했다. 잔뜩 긴장되어 있던 율의 어깨에서 서서히 힘이 빠졌다. 굳이 감사의 말을 하지는 않았지만 율의 손이 서서히 밥상 위로 뻗어졌다. 돌처럼 깔깔한 밥알이 부자의 입 안에서 제각각 맴을 돌았다. 그제야 뒤늦은 빗소리가 얇은 창호지를 뚫고 방 안으로 쏟아졌다.

비가 오는군.

차가운 밥알을 씹으며 율은 생각했다.

아직 채 무더위가 시작되기 전인 탓인지 쏟아지는 빗줄기가 시원하다기보단 을씨년스러웠다. 모두가 고대하던 김치전 대신 단호박죽으로 간식을 때운 설은 오후 퇴근을 준비하고 있었다. 세상 전부를 쓸어낼 기세로 쏟아지는 장마를 바라보니, 좀처럼 나갈 엄두가 나지 않는다.

"왜 안 가?"

오후 당직인 신애가 물어왔다. 혈당이 떨어진 탓인가? 괜히 맥이 없다. 지친 꼴로 의자에 기댄 채 그냥, 하고 대충 대답했다. 세차게 떨어지는 빗소리에 귀가 따갑다.

"하긴 저 비 맞고 가려면 꽤나 고생할 거야. 약국 문 내릴 때까지는 비가 그쳐야 할 텐데……. 이런 날 운전하고 가려면 보통 고역이 아니거든. 너도 괜히 시간 빼지 말고 얼른 가. 비 오는 날엔 버스도 만원이야. 어휴! 그나저나 정말 하루 종일 지치지도 않고 내리네."

"그러게……."

심드렁하게 대답하며 설이 다시 시선을 돌렸다. 쏟아지는 강도가 신애 말처럼 좀처럼 꺾일 기세가 아니었다. 링거를 맞긴 했지만 아직 감기 기운이 남은 몸으로 콩나물시루 같은 버스를 타고 가려니 벌써부터 한숨이 흘렀다. 처음으로 문하에게 데려다 달라, 전화해 볼까? 하는 생각마저 들었다. 문하야 당장 날아서라도 올 테지만. 설은 전화하는 대신 끙! 소리를 내며 무거운 몸을 일으켰다. 이연이나 문하나 피를 나눈 가족처럼 늘 아끼지만 쉽게 기대지 못하는 건 오로지 그녀의 성정 탓이었다. 자신이 아닌 다른 이에게 기대는 게 아직도 어색했다.

"조심히 가. 아직도 얼굴이 파리하다. 약은 챙겼지?"

배웅하는 신애에게 희미하게 인사를 건넨 후 약국 문을 나섰다. 세찬 바람에 금세 우산이 휘청거린다. 비가 쏟아지는 기세도 그렇지만 몰아치는 바람도 만만치가 않아 두 손으로 꽉 잡아도 우산이 찢어질 듯 요동을 쳤다. 바람을 피하며 막 거리를 나서는데 맞바람에 우산이 뒤로 휙 꺾어져 버렸다.

이런…….

낮게 투덜대며 설이 있는 힘껏 우산을 잡았다. 그래도 얼굴로 몰아치는 비를 막기엔 역부족이었다. 힘겹게 다리를 내딛는데 갑자기 조금 전까지만 해도 골치를 썩이던 우산이 수월하게 제자리로 돌아갔다.

뭐야?

놀랄 사이도 없이 구부정하게 상체를 구부린 율이 그녀의 우산 안으로 쏘옥 들어왔다. 그리고는 대뜸 그녀의 이마에 제 이마를 얹었다. 설이 펄쩍 뒤로 뛰었다.

"아직 열이 좀 남았어."

두근대는 그녀의 심장을 모르는지 율이 시큰둥하게 말했다. 어제 난데없이 결혼하자, 라고 말한 후로 처음 마주친 얼굴이다. 재미없는 농담이야! 라고 톡 쏘긴 했지만 그래도 막상 이렇게 마주하니 심장이 콩닥거리는데 정작 당사자는 까맣게 잊은 얼굴이라 괜히 얄미운 생각마저 들었다.

"다 나았어."

"낫기는……. 아직도 뺨이 빨개."

그건 그 때문이다, 열이 아니라. 율이 걱정스런 기색으로 왜 쉽게 낫질 않을까? 중얼댔다. 병의 원인이 자신인 걸 모르는 모양이다. 예고도 없이 그녀의 삶에 침입하고, 예고도 없이 결혼하자, 선언하는 그의 제멋대로임이 말이다.

"차, 저쪽에 있어."

버스 정류장을 향해 잰걸음으로 향하는 설의 팔꿈치를 잡은 율이 반대쪽으로 몸을 틀었다.

"정류장은 저쪽이야."

"알아. 그래도 내 차는 저쪽에 있으니까."

"버스 타고 갈 거야."

"윤설……."

율이 지친 손으로 이마 위를 쓸었다. 설에게 기울인 우산 탓에 머리카락에 맺힌 빗방울이 아래로 똑 떨어졌다. 덕분에 가리고 있던 상처가 그대로 드러나고 말았다.

"이마, 어떻게 된 거야?"

놀란 설이 토끼처럼 동그랗게 눈을 떴다. 반 변호사가 던진 술잔으로 다친 상처는 식당에서 대충 반창고를 얻어 가린 상태였다. 율이 쑥스러운 듯 이마의 상처를 어루만졌다.

"내 연인이 도망칠까, 노심초사했더니 절로 생겼어."

"말도 안 되는 억지 좀 고만 부려."

단박에 설의 통박이 터져 나왔다. 그래도 다친 곳을 어루만지는 눈빛이 여간 조심스럽지가 않았다. 쌀쌀한 말투 속에 담긴 설의 마음이었다. 그 고운 손길이 좋아 율은 가만히 허리를 숙인 채 얼굴을 내밀었다. 설에게선 늦은 장마의 비릿한 물 냄새 대신 뽀송한 아기 분 냄새가 맡아졌다. 고등학교 시절, 농구부를 이끌던 김 감독님이 아이 돌잔치에 농구팀 전부를 집에 초대한 적이 있었다. 유독 낯가림이 심한 아이는 험상궂은 사내 녀석들의 인상에 내내 울음을 그치지 않더니 유일하게 율의 품에 안겨서는 벙싯거리곤 했었다. 돌쟁이라 해도 여자아이랍시고 저도 얼굴 보는 모양인가 보다 놀림을 받았는데, 그때 맡았던 아기의 분내가 지금 설에게서 나는 향과 비슷했던 것 같다.

"약은 발랐어?"

"심한 상처 아니야."

퇴근하는 시간을 몰라, 제 아버지와 헤어진 후 내내 차 안에서 기다린 보람이 있다. 설을 병원에 데리고 갈 요량이었는데 실은 제 다친 곳을 보아달라 투정하기 위해서였나 보다. 설이 한숨을 내쉬었다. 아직 열이 다 내리지 않아 뜨끈한 입김이 이마에 닿았다. 속을 알 수 없는 찌푸린 눈동자가 바로 앞에 있다. 이대로 옴 팍 품에 안아도 괜찮을까? 아님, 키스를 해도? 열기로 발갛게 된 뺨이 오히려 어찌나 사랑스러운지 이대로 품에 안고 어디론가 도 망치고 싶은 마음이었다. 아, 정말 불치병이다.

"왜?"

눈길이 너무 음흉했을까? 걱정스럽던 눈동자가 다시 뒤로 훌쩍 물러섰다. 얼른 멀어지는 몸을 붙들었다.

"가을이면 좋을 텐데. 그만큼은 못 기다릴 것 같다. 그냥 여름이 라도 좋아."

"무슨 소리야?"

"너에겐 봄이 더 어울리겠지만, 뭐 어쩔 수 없지. 대신 내년 봄 에 하와이에서 다시 식만 올릴까?"

"무슨 소리 하는 거냐고!"

"우리 결혼."

"하!"

설이 어이없는 소리를 냈다. 다친 곳이 안쓰러워 부드럽게 풀어 진 눈매에도 다시 경계심이 섰다.

"쓸데없는 소리."

"윤설!"

"그런 농담 반갑지도, 재미있지도 않아."

"난 농담하는 것도, 장난치는 것도 아니야. 내 사랑에 대해 장난 칠 만큼……."

"내겐 농담이고, 장난이야."

딱 부러지는 태도로 돌아서는 설을 율이 강하게 붙들었다. 온몸을 바수어 버릴 듯 강한 힘이었다.

"다른 남자가 있는 거니?"

언뜻 뇌리를 스치는 이름 하나가 있었다. 강지루! 빌어먹을 문하가 히죽이며 그를 약 올리던.

"뭐?"

"그 녀석 말이야. 강지루! 그 자식을 사랑하는 거니?"

"말 같지 않은 소리 좀 그만 해! 어떻게 그런 생각을 할 수 있어?"

벌컥, 화를 내는 설의 표정에 스르르, 힘이 풀렸다. 결국은 성문하, 그 인간이 자신을 놀리는 소리였나? 성난 얼굴로 설이 잡힌 손목을 비벼댔다. 금세 잡힌 손목이 빨갛게 부풀어 있었다. 아, 이런……. 율이 낮게 탄성을 질렀다. 지루 탓에 애먼 설만 다치고 말았다.

"아, 미안."

톡, 튀어나온 이마로 아픈 제 손목만 어루만지는 모습에 미안함이 더 커졌다. 율이 다친 설의 손목에 호오~ 입김을 불었다. 움찔, 힘을 주긴 했지만 그렇다고 빼지는 않는다.

"그 망할 녀석 때문에 힘이 들어가 버렸어. 아프지 않아?"

"아파."

내놓고 투정까지 부리는 설의 빨간 손목을 율은 연신 주물거렸다. 부러질 것처럼 연약한 이 손목을 어떻게 그토록 움켜쥘 수 있는지 제 자신이 어이가 없었다. 어른 여자의 손목이 얼마나 가는지 제 손가락만하다.

"여자들은 원래 이러나?"

"뭐가 말이야?"

불퉁한 음성마저 가슴이 설렌다.

"손목 말이야. 손가락 굵기밖에 안 해. 이런 가는 손목으로 어떻게 버스 손잡이를 잡니?"

"짐도 잘 옮겨. 음료 박스들도 열 개씩 척척, 잘 쌓아놓는데 뭘?"

"숟가락 드는 것도 힘겹겠다."

"짐 잘 든다니까!"

"결혼하면 내가 밥 먹여줄까?"

까만 율의 눈동자가 번쩍, 빛을 냈다. 처음엔 농담인 줄 알았다. 그러나 빤하게 바라보는 눈동자엔 농담기가 없었다.

"매일, 하루 세 끼 다 먹어줄 수 있을 것 같다."

"뭐, 뭐…… 누가……."

너랑 결혼한다니? 조그맣게 중얼거렸는데 율은 듣지 못했는지 제 말만 계속했다.

"잘못하면 톡, 부러질 것 같아서 좀처럼 마음이 놓여야지. 매일, 하루 세 끼 다 꼬박 먹여줄 수 있는데…… 결혼해 줄 거야?"

"반효!"

"반율이야."

조금 전까지 실실대던 얼굴이 금방, 엄격해졌다. 무어라 한마디 더 쏘려던 설은 다시 입을 다물었다. 대체 널 어찌해야 할까? 거뭇한 그를 보니 가슴이 답답해졌다.

부르르.

세찬 장맛비를 뚫고 걸어갈 자신이 없어, 주차해 놓은 율의 차에 오르자 주머니 속에서 휴대폰이 부르르 제 몸을 떨어댔다.

[율 군하고는 연락하고 사는 거냐?]

대뜸, 거친 음성이 쏟아졌다. 성 회장이다. 설이 율을 흘낏거렸다. 옆에 있는 걸 알면 당장, 몰아세울 게 뻔했다.

"뭐…… 가끔 만납니다."

[아직 결정하지 못했다던?]

한숨이 절로 샜다. 요 몇 주 사이에 이분과 통화한 횟수가 지난 팔 년 동안 통틀어 한 횟수보다 훨씬 많을 것 같다. 아니, 기실은 율의 문제가 생기기 전엔 이분과 단 한 번도 통화라는 걸 해본 적이 없었다. 자신에게 향한 율의 시선이 불편해 설은 한껏 목소리를 죽였다.

"잘 모르겠……."

[대체!]

성 회장의 목소리가 쩡! 울리다 급히 사라졌다. 제 성깔을 부리다, 급히 참아낸 품새였다. 그러나 이미 고함 소리가 율의 귀에 닿은 후였다. 핸들의 잡은 손가락에 하얗게 관절이 드러나는 걸 보니 그 역시 치미는 성질을 한껏 누르는 눈치였다.

'망할 영감탱이!'

작게 투덜거리는 걸 보니 역시나! 다. 새는 한숨을 짓이겼다. 새 중간에 낀 그녀만 못할 짓이었다. 둘 모두 성격이 워낙에 만만치가 않다.

[10월부터는 시즌이 시작된다. 다른 팀에서는 이미 해외 전지훈련 일정이 한창일 텐데……. 지금부터 합류한다 해도 늦은 시간이야.]

너란 아이는 그런 것조차 모르겠지만 말이다…….

뒷말이 뻔했다. 10월이면 이제 겨우 사 개월 남짓 남았다. 아직도 결정되지 않는 그의 진로는 본인보다 오히려 언론에서 더 뜨거운 공방이었다.

〈NBA의 향방을 묻다!〉

라는 거대한 헤드라인 밑에는 그의 현 상황을 진단하고 그에게 가장 맞춤인 팀까지 설정해 놓을 정도로 스포츠계는 온통 율에게 집중되어 있었다. 그의 긴 침묵이 은퇴와 줄이 닿는 건 아닌지, 조심스런 추측도 그중 하나였다.

그가 원하는 건 무얼까?

솔직히 설 역시 궁금하긴 마찬가지였다. 십 년이란 공백 탓인가? 다시 만나게 된 율은 좀처럼 속내를 가늠하기 어려운 복잡한 사람이 되어 있었다.

[지금껏 내 아들 집에 함께 살며 그래도 최소한 제 밥값을 할 요량이면 너에게도 생각이 있겠지.]

율이 분명, 설로 인해 자신의 진로를 결정하지 않을 거라 엄포를 놓았음에도 불구하고 끝없는 성 회장의 욕심은 좀처럼 가라앉지를 않았다. 가끔, 식사 시간에 오가는 이야기를 들어보면 이 문제로 피곤한 건 설만이 아니었다. 문하와 새 아버지도 성 회장에게 들들 볶이긴 매한가지였다. 하긴, 어쩜 더 강도가 셀지도 모르겠다.

"분명, 설로 인해 제 결정이 바뀌는 건 없다고 했습니다. 잠시 생각할 시간을 주시기로 한 건 잊으셨습니까?"

갑자기 성 회장의 음성이 멀어진다 싶더니 그새 율이 전화를 가로챘다. 성 회장이 무어라 했는지 잘 들리지 않지만 율의 미간이 더욱 딱딱하게 굳어졌다. 여기까지 들리지 않은 걸 보니 그래도 율에게는 제법 상냥하게 대하는 모양이다.

"지금까지 누구도 제 삶에 끼어본 적이 없습니다. 그건 성 회장님 역시 마찬가지입니다. 두 번 다시 이런 전화 하지 마십시오. 설에게 이렇게 함부로 구시는 거, 이번까지만 참겠습니다!"

설은 저도 모르게 입이 떡 벌어졌다. 이토록 그가 화를 내는 건 처음이었다.

"망할 영감탱이!"

또다시 율이 못마땅하게 투덜댔다.

"가끔 이런 전화하시니?"

"뭐……."

"내가 그곳에 들어가면 조금은 편해질까?"

뒷말은 혼잣말처럼 자박하게 들린다. 속도 때문인지 창문을 두드리는 빗줄기 소리가 아까보다 더욱 세졌다. 아무리 와이퍼로 닦아내도 차 유리는 금방 빗줄기로 범벅이었다. 마치 물속을 달리는 기분이었다.

"아니."

응? 율이 돌아보았다.

"편해지지 않을 것 같아. 어차피 내겐 짐이야. 그냥, 네가 원하는 걸 했으면 좋겠어. 의대에 지원하라고 우기는 엄마랑 한참 팽팽히 맞설 때 새 아버지가 그러시더라고. '제 인생에 대해 한 가지쯤은 원하는 걸 얻어야 하지 않겠냐?' 라고. 그땐, 그 말이 얼마나 든든한 버팀목이 되었는지……. 그러니까 너 역시 어떤 선택을 하든 네가 원하는 걸 얻길 바라."

"내가 인생에서 원하는 단 한 가지는 너야, 윤설."

그 단 한 가지를 제 스스로 버렸던 건 편하게 잊는다. 씁쓸한 미소를 지으며 설은 시선을 돌렸다.

타다닥!

장맛비가 세상을 물속에 가둔다.

12. 행복지수

율의 은퇴 소식은 좀 의외였다. 설사 그녀가 원하지 않았다 하더라도 어느 면에서는 기란통신도 상관없지 않을까? 했었다. 어느 쪽과 계약을 하든, 특별히 다를 바가 없다고 언젠가 그가 말했기 때문이다. 그런데 느닷없는 은퇴라니.

그 문제로 한동안 집안이 시끄럽긴 했다. 아니, 비단 그녀의 집안만이 아니었다. 하늘 꼭지까지 펄쩍 뛰어댄 성 회장은 그렇다 치고 온 나라가 그의 은퇴 문제로 시끌벅적이었다. 버스를 탈 때에도 끼리끼리 이야기하는 것이 그랬다. 말로는 은퇴라지만, 뭐 정말 그만두겠느냐. 정치인도 은퇴라고 했다가 번복하기 일쑤인데 뭐 그까짓 농구 선수 은퇴야 발목 뒤집는 것보다 쉽지 않겠느냐. 대충은 그런 내용이었다. 그중에는 반반한 얼굴로 연예계에 데뷔하려는 모양이라는 억측도 있었다. 그녀 입장에서는 솔직히 다행이라는 생각도 있었다. 더 이상 율의 문제로 성 회장에게 들들 볶일 일은 없을 테니까 말이다.

[별일은 없었어?]

비가 억수처럼 쏟아지던 그날 후로 율의 전화는 처음이었다.

"아니."

[성 회장님 전화는 없었고?]

대체 어찌 된 일이냐, 이렇게 될 때까지 무얼 하고 있었느냐는 불벼락이 어제도 떨어졌지만 설은 고개를 저었다.

"별로."

뻔한 거짓말을 눈치 채지 못할 율이 아니었다.

[미안해.]

"왜?"

[그냥……. 실은 기란통신과 계약하지 뭐, 했는데 네가 해준 말이 가슴에 남아서 마음을 바꿨어. 내가 원하는 것 한 가지 정도는 하지 않아도 될까 싶어서.]

그래…… 하고 대답해 주었다.

[잠깐 여행도 좀 다녀오고, 이것저것 일을 보느라 바빴어.]

며칠 연락이 없더니 여행을 다녀왔나? 괜히 약봉지 위에 낙서를 하며 설은 시큰둥한 표정을 지었다. 이런 애매한 전화를 받아도 되는 건지 확신이 서지 않았다. 은퇴를 하든 기란통신과 하든 율의 말대로 자신과는 상관없는 일이었고, 여행을 가는 것도 그랬다. 그런데도 그의 전화가 반가운 이 이율배반적인 마음은 또 무엇일까?

　[왜 그랬는지 묻지 않아?]

　"너의 인생이니까."

　[무정한 여인의 마음이로군.]

　농담 섞인 율의 말을 끝으로 전화가 끊겨졌다.

　"여자?"

　설의 전화를 끊은 율에게 기연이 물어왔다.

　"아, 아……."

　"아, 아?"

　장난스럽게 한쪽 눈썹을 올리며 기연이 놀렸다.

　"그래! 아, 아……."

　"재미없기는. 그나저나 정말 여자 같던데 대체 누구야? 천하의
반율에게 무정하게 대할 수 있는 여자가."

　캐묻는 기연을 무시한 채 율이 술잔을 입에 대었다. 향긋한 향
이 혀끝보다 코에 먼저 닿았다. 설은 괜찮다고 했지만 성 회장이
가만있을 리 없었다. 상관없는 기연이 녀석마저 이토록 득달같이
달려올 정도니 말이다. 많이 힘들까? 들끓는 언론을 피해 잠시 여
행을 다녀온 제 처지보다 성 회장에게 시달렸을 설이 더 걱정이었
다.

　"은퇴도 그녀 때문이야?"

　"비슷해."

　"오우, 이런!"

　쨍! 유리잔을 부딪치며 기연이 탄성을 질렀다.

"결국 세상의 모든 남자를 지배하는 건 여자라는 건가? 어찌 되었든 궁금한데? NBA 최고 외국 선수상을 받은 네 녀석을 은퇴까지 하게 할 정도라면 보통 사이는 아니지?"

활발하고 반응 빠른 건 고등학교 시절과 변함이 없다. 이미 약혼녀가 있는 기연은 무얼 하든 연애와 연을 짓는 게 흠이지만 말이다. 하긴, 이번 경우에는 아주 틀린 말도 아니다.

"아무튼 엄청 허무해지는군. 네 녀석과 함께 뛸 거라 기대했었거든. 아니면 상대 팀에서, 같은 포지션으로 만나게 될지도 모르고. 솔직히 같은 팀보다는 상대 팀 선수로 만나게 될 걸 더 기대했어. 한 번쯤 맞장 떠보는 것도 재미있지 않아? 기란통신과 계약할지 모른다는 소문이 무성하던데 갑자기 왜 마음을 바꾼 거야? 설마, 내가 무서워서 그런 건 아니겠지?"

"형의 연인이야."

"뭐?"

난데없이 튀어나온 말에 기연이 의아한 얼굴로 되물었다. 형의 여자라면 고등학교 시절, 사고로 죽은 그의 형, 효를 말하는 건가?

"그리고 내가 사랑하는 여자."

"네가 사랑하는 여자?"

짧게 자른 스포츠형 스타일에 무스를 잔뜩 처발라 한껏 멋을 낸 기연의 입이 볼썽사납게 벌어졌다. 예상하지 못한 반응도 아니라 율은 가볍게 웃고만 말았다.

"휘이익!"

휘파람을 불며 기연이 바짝 얼굴을 댔다. 이런, 율이 재빨리 뒤로 몸을 뺐다. 덥수룩한 수염을 단 사내 녀석을 가까이 보는 건 보통 고역이 아니다. 가까이 눈을 마주치는 건 설, 하나면 족했다.

"그게 누구야? 형의 연인이자 네가 사랑한다는 여자 말이야."

"무정한 여인 말이야."

뭐?

놀란 기연이 입에 털어 넣던 술을 그대로 내뿜고 말았다. 이런 칠칠맞기는! 율이 얼른 냅킨을 내밀었다. 기연의 목줄기를 따라 흐르는 노란 액체를 율은 뜨악하게 바라보았다.

"그녀와 결혼할 생각이야."

연거푸 터지는 소식에 기연은 아예 넋이 나간 모양이었다.

"너…… 사고 쳤냐?"

이 자식이!

세차게 기연의 머리통을 갈겼다. 어째 생각하는 수준이 모양인지 모르겠다. 하긴, 이런 녀석과 친구를 먹고 있는 자신이 더 한심하지만. 그래도 성난 손길에 비해 기연을 바라보는 눈빛은 조금 다정하다. 전국 고등배 농구 시합에서 매번 그와 쌍벽을 이룰 만한 실력으로 포인트 가드로서의 입지를 확실히 굳힌 기연은 불행히도 NBA에 진출할 수 있는 기회가 없었다. 누구보다 뛰어난 볼 감각과 시합 전체를 내려볼 수 있는 빠른 판단력을 지녔음에도 불구하고 177㎝의 키로 그가 할 수 있는 포지션의 한계였다. 율이 포워드임에도 불구하고 포인트 가드로서의 자질을 갖출 수 있던 이유도 기연의 도움이 컸었다. 매번 녀석의 상대를 하다 보니 어느새 포인트 가드로서의 자질까지 흡수할 수 있었으니까.

그에게 있어 기연은 같은 동료이자 경쟁자이기도 했지만, 어떤 면에서는 스승이기도 했다. 그래서 기연에게만큼은 솔직할 수 있었다.

"그럼 뭐야? 어떻게 형의 연인이 네 여자가 될 수 있는 거냐?"

"사랑하니까."

간단히 대답했다. 그리고 실상, 그것밖에는 설명할 수 없었다. 울고 있는 그 모습이 가슴에 박혔고, 한순간도 잊은 적이 없는 여자였다. 한 대 맞은 사람마냥 멍하게 바라보는 기연에게 피싯 자조적인 웃음을 지었다. 설을 생각하면 그렇다. 왜 맨 먼저 너를 본 것이 내가 아니었을까. 왜 그때 진실을 말하지 않았을까. 이렇게 될 줄 알았다면, 차라리 십 년 전, 그때 사실을 알려줄 걸 그랬다. 그랬다면 최소한 형이 아닌 제 모습 그대로 다시 시작해 볼 수 있었을 텐데. 애초에 잘못 끼워진 단추는 계속 어긋나기 마련이었다.

"항상 슬픈 아이였어. 가만있어도 금방 울 것처럼 늘 눈물이 가슴에 가득한 아이."

술잔을 빙글 돌렸다. 빙글빙글 돌아, 타임머신을 타고 그 시절로 다시 돌아갈 수 없을까. 그랬다면 형이 아닌 전주로 다시 내려가고, 설의 가슴에 가득한 그 슬픔을 덜어내 줄 수 있었을까.

"네 형……."

"고등학교 때 만난 여자야."

"고등학교? 누구? 주장 동생이었던 주연이? 아니다. 그 애는 너의 형을 모를 테고. 여기 서울에서 알게 된 여자야?"

"전주."

"전주? 네 쌍둥이 형이 살던 곳이 전주였지? 그럼 그곳에서 처음 만난 거야?"

"응."

"형의 연인이라니…… 형의 연인을 어떻게……. 대체 어떻게 된 거냐?"

"십 년 전, 형이 사랑했던 여자이고, 또 형을 사랑하는 여자야. 그리고 지금도 형을 사랑하지."

평소, 세상 모든 게 단순한 기연이었다. 배고프면 밥 먹고, 먹고 나면 운동을 한다. 사랑도 간단하고 단순했다. 그저 친구 소개로 만난 여자가 그다지 나쁘진 않았고, 몇 번 만나다 보니 점점 예뻐 보이고 정도 들었다. 그래서 청혼했고, 약혼까지 했다. 기연에게 삶이란 그랬다. 그저 간단하고 단순명료한 것.

꼬인 실타래 같은 율의 사랑이 좀처럼 이해가지 않아 잔뜩 머리를 쥐어짰다. 실내의 시끄러운 음악이 두 사람의 귓가에 꽝꽝 귀찮은 소음을 터뜨렸다. 괴괴한 침묵이 흐르는 두 사람의 공간만이 동떨어진 세계처럼 조용했다.

"난 도무지 복잡해서 이해를 못하겠다. 형을 사랑하는 여자가 결혼은 너와 한다고?"

"아니. 결혼도 형과 하는 거지."

"너 지금 그걸 말이라고 하는 거냐?"

버럭, 고함치던 기연이 반쯤 엉덩이를 일으켰다. 도대체 속을 알 수 없는 녀석이긴 했지만 이 정도면 좀 심하다. 아니, 많이! 뭐,

이런 녀석이 다 있나! 하는 생각이었다. 세상에 어느 미련한 인간이 제 형을 사랑하는 여자와 제 형 행세를 하고 결혼하느냔 말이다.

"사랑도 형이랑 하고, 결혼도 죽은 형이랑 하는 여자와 넌 결혼식을 올린다고? 그게 지금 말이 된다고 생각해?"

"그녀는 내가 형인 줄 알고 있으니까. 형이 죽은 것도, 그리고 우리가 쌍둥이인 것도 모르지. 할 수만 있다면 영원히, 그녀가 그 사실을 알지 못하길 바라."

하!

기연이 혀를 찼다. 이게 무슨 귀신 씻나락 까먹는 소리이냔 말이지! 이제 이 녀석의 은퇴는 관심 밖의 문제였다. 문제는! 율이 죽은 제 형의 여자와 결혼을 한다는 것이다. 그것도 천하의 반율이 제 죽은 형인 척까지 하면서.

"너…… 그 결혼 그만둬! 아무것도 모르는 여자를 죽은 형인 척 속이고 결혼한다는 게 말이 된다고 생각해? 그 비밀이 언제까지 지켜질 거라 생각하나?"

율이 피식거렸다. 누구나 같은 말을 한다. 그리고 그의 깊은 내면의 진심, 역시 같았다. 하지만 멈출 수가 없었다. 마치 브레이크가 끊어진 차처럼.

"너나 그녀에게나 이 결혼이 얼마나 불행한 결과를 낳을지 몰라서 이걸 강행한다는 거야? 여섯 명이 가로막은 블로킹을 뚫고 골대에 공을 넣을 수는 있어도 이건 불가능한 일이야. 세상을 네 손바닥으로 다 가릴 수 있다는 오만은 대체 어디서 생긴 거냐?"

그러게?

하고 빙글 웃는 미소에 소름이 쫘악 돋았다. 이런 녀석이다, 반율이라는 녀석은. 웃는 미소조차 상대로 하여금 어딘지 소름 돋게 하는 물 같은 녀석이라고나 할까. 농구 코트라는 게 워낙, 좁은 동네다. 코트에서야 격렬한 몸싸움도 불사하는 적일지라도 코트를 벗어나면 제 형제처럼 찐득한 게 이 세계다. 그런 곳에서 유일하게 홀로 선 이가 율이었다. 팀에서는 완벽한 파트너를 이루지만 코트를 벗어나면 철저히 방어벽을 치는. 그는 홀로 술을 마시고, 홀로 고통을 삼키고, 홀로 다음을 준비한다.

"너…… 진짜 단단히 미쳤구나."

"내게 농구는…… 무어랄까. 하나의 돌파구였던 것 같아. 부모님과 이혼한 후 분리되어 버린 형과 연결시켜 주는 유일한 끈이었어. 내겐 그저 취미였을 뿐인데, 형은 아니었거든. 나와 함께 코트를 뛰고, 함께 승리하는 것. 그것이 형의 꿈이었어. 그 꿈을 이루어주길 위해 미친 듯이 공을 던지고 또 던졌지. 그런데 그 망할 형이 죽어버린 거야. 내 사랑하는 여자를 남겨두고."

"반율!"

"내가 아무리 사랑한다 해도, 내 존재조차 모르는 그 여자는 오로지 형만 사랑하는데 형은 죽어버린 거야. 그녀를 만나기 위해 전주로 가던 길이었지. 그녀는 살아갈 수 있을까? 형이 자신을 만나러 오다, 사고를 당했다면 지금처럼 온전히 살아갈 수 있을까? ……잘 모르겠다. 내가 형으로 살아가며 오로지 위안 받을 수 있는 건 그것뿐이야. 그녀가 상처받지 않는 것. 그녀를 위해선

이까짓 농구쯤 얼마든지 해줄 수 있었는데 그녀는 원하지 않더군."

빈 잔에 술을 따르며 율이 미소를 지었다. 기연조차 좀처럼 본 적 없는 평온한 미소였다. 사랑을 하면 이러는 건가? 엄격한 입매가 부드럽게 풀어진 채 온후한 눈빛으로 미소 짓는 율을 기연은 충격적인 얼굴로 바라보았다.

거 참! 가슴 설레는군.

진즉부터 눈에 띄는 외모이긴 했다. 유전인자가 점차 향상되는지 후배로 들어오는 녀석들 중에도 썩 괜찮은 외모를 가진 녀석이 몇 있긴 했다. 이목구비로만 말하면야 뭐, 꼭 율이 최고라고는 할 수 없었다. 그래도 무언가 풍기는 분위기라는 게 있다. 가만히 있어도 어딘지 사람으로 하여금 주눅 들게 하는 강렬한 눈빛도 그렇고 작은 틈 하나 허락하지 않는 반듯한 태도도 그랬다. 그런 녀석이 어디 나사 하나 빠진 것처럼 느물스럽게 미소를 짓다니. 힘들다는 고등배에서 우승하고서도 미소 한 번 짓지 않던 녀석이다. 시합이 끝나자마자 깨끗하게 물 한 병을 비웠을 뿐, 승리에 대한 도취감도, 만족스러움도 없던 녀석이 아닌가!

한 여자가 이토록 사람을 바뀌어놓을 수 있는 거로군. 기연은 우선 그것이 신기했다.

"비로소 용기가 생겼어."

"무슨 용기? 천하의 반율에게도 용기가 필요하긴 한 거냐?"

"형을 놓아줄 용기!"

"형을 놓아줄 용기?"

"그리고 농구를 놓아줄 용기. 이젠 정말 그만두고 싶었어. 형의 꿈을 좇는 거."

"그것 참, 허망하군."

남은 술을 털어 넣으며 기연이 실실거렸다.

"너에게 있어 농구라는 게 단지 형 대신이라는 거 말이다. NBA에서 활약하는 너를 보며 '타도, 반율!'을 외치며 열심히 뛰었던 내 꼴은 뭐가 되는 거냐? 또 제2의 반율이 되기 위해 뛰는 우리 후배 녀석들은? 지난 시간이 너무 아까워서 억울해지려고 그런다."

"그래도 행복해."

"너…… 아주 단단히 미쳤구나."

"그래……."

온후하던 음성이 다시 음울하게 가라앉는다. 넌 무얼 보니? 묻고 싶은 걸 기연은 애써 참아냈다. 불안한 미래가 녀석의 눈에는 보이지 않는 걸까? 다른 사람의 인생으로 산다는 것이 영화처럼 그렇게 쉽지 않다는 걸 언제쯤 깨닫게 되는지.

"그래…… 미쳤어. 아주 단단히!"

머리 위로 갓을 쓴 백열등이 그의 말에 동조하듯 위태롭게 흔들렸다. 흐린 불빛 사이로 지독히도 음울한 검은 눈동자가 어릿하게 흔들린다. 거 참…… 미친 녀석은 상대하지 말라고 했는데. 기연이 입맛을 쩝 다셨다. 그런데도 이 지독한 사랑에 저를 온전히 버릴 수 있는 율의 모습이 어딘지 행복해 보이는 걸 보니 그도 어느 사이 세뇌가 된 모양이다.

뭐, 너만 행복하다면 그것도 괜찮겠지.

기연이 남은 술을 몽땅 비워내며 자리에서 일어섰다.

"가자! 조금 더 독한 술이라도 먹어야 꿀꿀한 기분이 풀어질 것 같다. 너 사랑하는 거 보니까, 난 도저히 사랑 같은 건 못하겠다. 그저 서로 믿지 않고, 그럭저럭 정들면 살아지는 거지. 그렇게 지독해서야 어찌 숨이나 쉬고 살겠냐?"

텁텁한 밤공기 속에 네온사인만 번뜩거린다. 세상만사를 잊은 기연의 웃음 속에 율의 굳은 어깨도 조금씩 풀리기 시작했다. 그의 말이 맞다. 오늘 같은 날엔 조금 독한 술이 어울린다.

장마가 아직 끝나지 않은 걸까?

나서는 거리는 잿빛이다. 습하고 무거운 물기가 공기 중에 묻어나 오히려 상쾌했다. 눅눅한 공기를 율은 폐 깊숙이 들이마셨다. 죽을 것 같은 고통이 조금은 가셔진다. 아니, 은퇴를 선언한 순간부터 어깨를 짓누르던 무게가 사라지긴 했었다.

"그래! 사랑에 목숨을 걸고, 사랑에 제 몸을 불사르는 게 우리네 청춘 아니겠냐. 이팔청춘 꽃다운 나이는 아니라 해도 너의 사랑이 그렇게 대단한 거라면 나도 한번 구경해 보자. 성공해라. 죽음이 다할 때까지."

율의 어깨를 끌어안으며 기연이 호쾌하게 소리쳤다. 그래도 먹먹한 가슴이 나아지지 않는다. 제 형 대신 살아갈 삶과 그 삶이 무너졌을 때, 벼랑 같은 절망을 짊어져야 할 율의 모습이 아릿해져 목소리만큼 표정은 밝지 않았다.

왜 하필 그런 가슴 아픈 사랑을 하게 된 거냐?

따지고 싶은 마음을 꾹 참고 기연은 율의 어깨를 두드려 주었다.

"잘해봐라! 그리고 영원히 행복해라, 자식아!"

"그래."

대답하는 율의 얼굴이 한결 가벼운 기를 띠었다. 조금은 용기가 솟았다. 친구란 이런 것인가 보다. 절망스러울 정도로 외로울 때 한줄기의 빛처럼 힘이 되어주는 것. 평소, 천방지축이라 빈축을 일삼던 기연이었지만 율은 단단한 방패라도 얻은 양 힘이 실렸다. 환하게 웃는 율의 눈동자가 가로등 불빛에 흔들거렸다. 겨우 그 한마디에 세상을 얻은 사람처럼 환해지는 그의 모습에 기연의 가슴이 더욱 저리는 것도 모른 채 말이다.

율이 찾아온 건, 며칠 뒤였다.

풍성한 과일 바구니와 장미 한 다발을 든 율은 거실 복판에 멋쩍은 꼴로 서 있었다. 인파로 가득 채운 관중석에서 열렬한 야유가 터지는 상대팀 홈그라운드의 시합보다 이 안락한 거실이 더 크고 거대해 보인 탓이었다. 빡빡한 목을 큼큼거리며 율은 몰래 설을 훔쳐보았다. 느닷없는 방문에 조금이나마 놀랐을 것 같은데 그를 바라보는 눈빛이 오소소할 정도로 냉정하다. 열여덟의 설은 쌀쌀했을지언정, 그래도 감정이 풍부한 소녀였었는데. 율은 그 점이 좀 아쉬웠다. 쌀쌀하지도, 더구나 환영하지도 않는 무표정한 얼굴엔 아무리 그라 해도 조금 기가 꺾였다. 찾아온 용건을 알게 되면 설은 무어라 할까? 전과 그다지 다를 것 같지는 않았다. 하지만 그는 설과는 달랐다. 이번만큼은 반드시 매듭을 지을 생각이었다. 아무리 설이 거부한다 해도 물러서지 않을 셈이었다. 이젠 그의 인내심도 바닥이 난 상태였으므로.

"갑작스럽게 방문하게 되어서 죄송합니다."

예의 바른 율의 인사에 설은 자신도 모르게 어깨를 움찔거렸다. 율이 들어선 순간부터 바늘 끝처럼 신경이 곤두서, 작은 소리에도 온몸의 세포가 비명을 질러대고 있었다. 바위처럼 가라앉은 율의 눈빛이 어딘지 비장해 그녀 역시 함께 긴장감인 든 탓이었다. 꽃다발과 과일 바구니. 가장 전형적인 모습의 그를 새 아버지, 이연과 그녀의 엄마가 호기심에 찬 눈빛으로 살피고 있었다. 거실 한 구석에 어깨를 기댄 채 서 있는 문하는 무슨 의미인지 아는 눈치였고. 긴장감 때문에 딱딱해진 표정으로 설은 애써 아무렇지 않은 듯 턱을 올려 세웠다. 설의 눈치를 살피던 새 아버지가 너털웃음을 터뜨리며 어색한 분위기를 수습했다.

"아니, 뭐! 이런 대단한 손님이 찾아오시니 우리로선 반갑지. 하하하!"

"그러게요. 은퇴 소식은 들었는데……."

부부의 억지스런 환영 속에 율은 거실 안쪽으로 안내되었다. 문하가 비웃듯 입술 끝을 올렸다. 그와는 모종의 의미가 있는 듯한 표정이었다. 이렇게 직접 집으로 찾아올 거라 예상하지 못했던 설은 난감했다. 드러난 맨발을 문하 뒤로 감추며 달아오른 뺨을 식히느라 애를 썼다.

"그 일로 불편하지 않았으면 좋겠습니다."

"우리야 뭐…… 원래 그러시는 분이려니 하는데 설이 좀 고달팠지."

"워낙 아버님 성격이 불같으시거든. 그래도 지금은 좀 나아졌어."

성 회장의 등쌀에 고달팠다는 말엔 내내 돌처럼 굳어져 있던 율의 눈썹이 활처럼 휘어졌다. 이연이 제 아내의 옆구리를 살짝 찔렀다. 그만 하라는 의미였다.

"그런데, 무슨 일로……."

"설에게 잠깐 할 이야기가 있어서 찾아왔습니다."

"난 할 이야기 없어."

들어볼 필요도 없이 대충 의미를 알 만하다. 율의 시선이 그녀 앞에서 번쩍 불꽃을 튕겼다. 이런 가벼운 방어 정도는 이미 예상했다는 뜻이다. 살짝 올라선 율의 미소에 설은 눈꼬리를 꼬았다.

"그럼, 듣기만 하든지."

"듣고 싶은 생각도 없으니까 그냥 돌아가지 그래?"

"무슨! 찾아온 손님에게 야박하게시리……."

새 아버지가 앞을 가로막으며 율을 소파 쪽으로 이끌었다. 찾아온 손님을 내치는 법은 없다는 게 새 아버지의 평소 지론이었다. 꼿꼿하게 선 그녀만 남겨두고 율은 느긋한 태도로 단란한 가족들의 틈바구니로 끼어들었다. 할 이야기가 있다는 당사자는 내버려두고, 수다스런 엄마와 성격 좋은 아버지 앞에서 제법 말을 나누고 있었다. 버림받은 쪽은 마치 그녀 같다. 심통 맞은 얼굴로 설은 저만 벗어난 일행을 노려보았다. 그래도 역시 먼저 눈에 띄는 건 율이다. 이거 병인가? 설은 살짝 미간을 찌푸렸다. 어쨌든 새 아버지나 엄마의 속사포 같은 질문에 대답도 제법 잘하고 적당히 유머까지 구사하는 화법은 좀 의외였다. 넉살이 좋아졌다고나 할까? 어린 시절은 차치하더라도, 다시 만난 율은 말이 없고 무뚝뚝한 편이었는데 말이다.

엄마의 재미없는 취조와 새 아버지, 그리고 문하의 질문까지 모두 받아치운 율의 시선이 그제야 설에게 향했다. 굳이 입 밖으로 내어 말하지는 않았지만 가족들 모두 두 사람을 위해 시간을 비워야 한다는 걸 알아차렸다.

"여기 정원에 작은 벤치가 있는데. 조용히 대화를 나누기엔 금상첨화지. 난 내 아내와 저녁 산책을 나갈 생각이고, 문하는 밀린 업무 처리를 할 테니 두 사람을 방해할 사람은 없을 거야."

그사이 돈독해진 새 아버지가 말까지 내리며 율을 배려했다.

"아, 난 밀린 업무 같은 거 없는데……. 워낙 유능해서 집안까지 회사일 가지고 오는 편이 아니거든. 나로서는 이쪽이 더 흥미…… 헉!"

갑자기 단말마 같은 비명과 함께 문하의 말이 중간에 끊겼다. 새 아버지가 얼마나 세게 가격했는지 능글거리던 문하의 얼굴이 죽 쑨 것처럼 일그러져 있었다. 그런 문하를 보며 설이 고개를 저었다. 그렇지 않아도 피가 마를 지경인데 율과 단둘이 대화를 나눌 자신이 없었다.

"난 할 이야기 없는데."

"얘는, 여기까지 찾아온 사람의 성의가 있지. 하여간 내 딸이지만 어째 저리 매정한지."

"자자, 우리는 산책이나 갑시다. 문하 역시 좀 바쁘겠지?"

엄마의 팔을 잡고 문하의 등까지 떠민 새 아버지가 서둘러 집 밖으로 나서자 설은 골난 얼굴로 율을 쏘아보았다.

"지금 뭐 하는 짓이니?"

"난처하게 했다면 미안."

율이 한결 긴장을 풀린 표정으로 말했다. 도우미 아주머니가 미리 정원 벤치에 시원한 레모네이드를 내어놓아 그와 나란히 정원을 걷던 때였다.

"뭐든 네 마음대로이군. 내 의사는 물어볼 필요도 없이."

"물어보고 싶었지만, 거절할 게 뻔했으니까."

해파리처럼 독을 뿜어대는 말투에도 그다지 기분 상한 투는 아니었다. 어깨를 으쓱거리며 율은 설의 곁에 앉았다. 잘 다듬어진 잔디 위에 놓인 나무 벤치는 그녀가 좋아하는 곳이었다. 시큼한 레모네이드로 마른 목을 축이며 설은 일부러 얼굴을 굳혔다. 긴장하지 않으면 자신도 모르게 그에게 시선이 멈추어 버릴 것만 같았다.

"……이젠 매듭을 지어야 하지 않을까, 해서."

"매듭?"

"너에게 정식으로 용서를 빌고 싶어."

"용서하는 게 그토록 중요해?"

"물론 중요한 일이야."

"나에겐 별로 중요한 일이 아닌데. 당신을 용서하든 용서하지 않든 지난 시간은 다시 오지 않아. 당신이 다시 열여덟의 효로 돌아갈 수 없는 것처럼."

"열여덟의 효로 돌아갈 수는 없겠지만 스물여덟의 율로 당신을 사랑할 수는 있겠지."

율이 대답했다. 산들산들한 바람이 머리카락을 스쳤다. 달빛 속에 어른거리는 그의 얼굴이 투명한 빛을 냈다. 초라해졌으면 더 좋았을 텐데. 날 버리고 떠나 겨우 그런 몰골이냐고 못된 소리라도 쥐어박을 수 있었다면 조금이나마 속이 풀렸을 것 같다. 하지만 약 오르게도 율이 지난 시절보다 훨씬 근사해졌다는 건 그녀로서도 인정할 수밖에 없었다.

"열여덟에 우리의 사랑은 끝났고, 난 이미 잊었어."

"잊지 않았잖아?"

율이 비꼬았다.

"잊었어."

"지금도 날 용서하지 못하면서 잊었다고 말할 수 있는 건가?"

"용서해 주지. 그럼 다시 볼 일은 없겠군."

"아니!"

율이 단호히 고개를 저었다.

"다시 보게 될 거야. 앞으로도 영원히."

"천만에. 너와 내겐 '영원히!' 라는 말은 결코 없을 거야. 영원히 너를 사랑하고, 영원히 너를 기다리던 날 버린 건 네가 먼저였잖아? 이렇게 다시 보는 것조차 몹시 괴로워. 그러니까 이렇게 예고 없이 찾아오는 거, 이젠 그만 해!"

"미안하지만 그럴 수 없어. 우린 결혼하게 될 테니까."

어이가 없군! 그때 분명 거절한 것으로 기억한다. 그런데도 결혼이라. 설은 율이 자신을 놀린다고 생각했다. 아니, 자신을 우롱하는 건가? 질끈, 심장이 아팠다. 잘생긴 그의 옆 선이 눈앞에 있다. 설은 손끝에 힘을 실었다. 잊었고, 버렸는데 아직도 그의 옆에 서면 덕유산 자락의 솔 향과 첫키스의 향이 묻어난다. 그때처럼 힘들다고, 투정 부리며 그의 등에 업힐 수는 없겠지. 세상의 모든 것을 잃었던 그 시절처럼……

율에게서 시선을 돌린 설은 찬 레모네이드를 들이켰다. 시큼한 냉기가 목젖을 타고 넘는다.

"결혼하자, 윤설."

"뭔가 착각하고 있는 거 아니야?"

"내 인생에 단 하나를 가지고 싶다고 말했었잖아? 너 이외에 그 무엇도 갈구해 본 적이 없어."

"하! 그토록 소중한 걸 그렇게 쉽게도 버릴 수 있는 거로군."

"윤설!"

율의 손가락이 그녀의 손등을 부드럽게 덮었다. 가슴이 울컥해졌다. 이 손을 두 번 다시 놓지 않아도 되는 걸까? 이 따스한 온기를 얼마나 꿈꾸었는지 모른다. 돌아오기를, 햇살 같은 미소를 또다시 볼 수 있기를, 그의 기억 속에서 잊혀지지 않기를……. 눈물이 솟을 것 같아 설은 입술을 짓이겼다. 그가 돌아온 순간부터 그랬다. 냉정하게 그를 거부하면서도 끝없이 갈구하는 이율배반적인 연모.

그녀 앞에 무릎을 꿇은 율이 남은 한 손을 주머니 속에 간직해 두었던 작은 상자를 꺼내 들었다. 내민 상자의 검은 비로드 속에는 자잘한 보석이 박힌 반지가 놓여 있었다. 단순한 디자인이었지만 갖가지 색깔의 보석 때문에 화사해 보이는 반지였다. 설은 손에 든 유리잔을 꽈악 움켜쥐었다. 율은 반쯤 고개를 숙이고 있었다. 이렇게 먼 길을 왜 돌아왔을까? 전화 한 통이면 되었다. 그저 미국으로 떠나게 되었다는 소식이라도 전했다면 서로의 가슴에 깊은 상처는 남지 않았을 것이다.

"효……."

설이 느릿하게 그의 이름을 불렀다. 드러난 목덜미가 달빛 속에 연하게 떨렸다. 깊이를 알 수 없는 검은 눈매가 그녀를 바라보았다. 현기증이 돌았다. 심장아, 떨지 마…….

"왜 돌아오지 않았어? 왜 연락 한 번 하지 못했어?"

비명처럼 설이 따져 물었다. 끝내 참지 못한 눈물이 바닥으로 뚝 떨어져 율의 손등에 작은 자국을 남겼다.

"행여, 내 전화가 해가 되지 않을까, 감히 연락할 수조차 없었어. 그저 기다리는 것밖엔 할 수가 없었는데…… 넌 끝내 돌아오지 않았지."

"설아……."

"용서 바라지 마! 절대 용서하지 않을 거니까."

푸른빛이 돌았다. 붉은 피가 분노로 얼룩져 푸른빛이 되었나 보다.

"그렇게 아팠니?"

호수 밑에 깔린 수초처럼 끈적거리는 음성이었다. 아니, 비릿한 피 냄새가 흐르는 것 같다. 눈물로 뿌옇게 흐려진 눈동자로 설은 그를 마주 보았다. 검은 눈동자가 잿빛처럼 보인다.

"아니! 날 버린 사람 때문에 아플 이유조차 없었어!"

"울지 마, 윤설."

눈물을 멈출 수 없었다. 지난 십 년 동안 흐르지 못했던 눈물이 봇물처럼 쏟아져 설은 어찌해야 할지 알 수가 없었다. 뚝뚝 떨어지는 눈물은 끝없이 율의 손등으로 흐르고 그것은 날카로운 비수가 되어 율의 심장을 난자하고 있었다.

"용서 안 해."

"그래."

설의 투정에 율이 살짝 입을 맞추었다. 신기하게도 눈물이 제 집으로 쏘옥 들어간다. 놀란 눈동자가 당혹스럽게 그를 바라보았다. 잠깐 멈추어진 눈물이 고마워 율이 씨익 미소를 지었다.

"죽도록 용서하지 않을 거야."

"응."

이제야 알 것 같다. 용서하지 않는다는 그녀의 말이 실은 이미 용서한 것임을. 케이스 안에 놓인 반지를 꺼내 설의 손가락에 끼워 넣었다. 다행히 얌전히 그의 반지를 받는다. 설의 무릎 위에 가만히 얼굴을 묻었다. 아이의 분 향 같기도 하고, 유혹하는 사향 같은 설의 체 향이 좋아 눈물이 날 것만 같았다.

"결혼하자, 윤설. 지난 십 년은 두고두고 갚아줄게."

묵묵한 침묵이 흘렀다. 그러나 율은 제 뺨에 닿은 그녀의 온기가 한결 온후해졌음을 알아차렸다.

용서해 줘, 형!

속으로 중얼거렸다. 용서받을 수 없는 죄라면 죽어 형을 만나 갚아도 괜찮았다. 하지만 이 세상을 살아가는 동안만큼은 설은 그의 영원한 연인이었다. 그가 죽는 순간까지!

13. 열병(熱病)

넓은 정원은 온통 연둣빛이다. 설은 엷은 미소를 띤 채 정원을 바라보고 있었다. 율은 정원 한가운데에서 친척 아이들과 한창 농구 시합 중이었다. 그날, 산책을 끝낸 새 아버지는 소식을 듣고 '뭐, 설이 네 인생 중에 원하는 거 한 가지는 해도 좋겠지' 한 통에 설은 한참 웃었다. 대학 입학 문제로 새 아버지가 처음 조언해 준 말이라서 꽤 감동스러웠는데 아마 그게 새 아버지의 버릇인 모양이었다. 엄마야 당연 찬성이었고, 문하는 썩 석연치 않은 구석이 있긴 했지만 그래도 둘의 결혼은 무난히 경계선을 넘긴 했다. 설의 정혼자의 자격에다, 집안과의 친분 때문에 가족 모임에 참석한 율은 설보다는 적응을 잘하는 편이었다. 푸욱 늘어지는 나른함을 견디지 못해 설은 실내에서만 맴돌았다. 여름을 타는지 식욕이 뚝어져 얼음 섞인 음료수만 줄창 먹어댔더니 기력이 더 소진된 탓이었다. 대부분 다른 이들도 설과 그리 다르지 않은 몰골이었다. 가만히 있어도 줄줄 땀이 흐르는 여름의 한중앙에 살아 숨 쉬는 건 오로지 율뿐이다. 에어컨 쌩쌩 도는 실내에만 맴도는 어른들 속에서 심심하다 투정 부리는 아이들을 율이 몽땅 끌고 나간 후, 다들 모처럼 한숨을 돌리는 중이었다.

"정말 둘이 결혼하는 거야?"

막 만들어놓은 레모네이드 잔을 든 사촌 형수가 다가와 물었다. 만사 귀찮은 얼굴이었다. 하긴 설이 생각해도 대단하긴 대단하다. 별 용건 없이 매번 가족 모임이라는 성 회장의 부름에 득달같이 뛰어와 주말을 온통 헌납하는 걸 보면 말이다. 주말엔 보통 데이트라는 것도 하고, 가족들끼리 가까운 야외에도 나가고, 뭐 그런 걸 하지 않나? 한 달에 한 번은 꼬박 가족들을 불러 모으는 성 회장의 특이한 취향에 어느 누구도 반기를 들지 않는 것도 신기하긴 매한가지였다. 아, 한 명의 예외가 있긴 하다. 그녀의 의붓오빠, 성문하.

아마, 그는 지금쯤 집에서 느긋하게 고양이 낮잠이나 즐기고 있을 것이다.

"좀 의외이긴 하네."

창밖으로 보이는 율을 흘끔거린 사촌 형수가 고개를 갸웃거렸다.

"뭐! 이만한 사이이면 이번에 우리 팀에 들어올 수 있지 않았나, 해서."

"은퇴는 저 사람의 의지였어요. 나중에 시골 학교에서 농구 코치하고 싶대요."

"알아. 설마 설이가 은퇴하라 했겠어? 그냥 의외라는 거지. 그만한 실력으로 시골에서 선생 노릇이나 하는 게 좀 그렇지 않아?"

설이 애매한 미소를 지었다. 가문 좋은 집안의 고명딸로 자라난 사촌 형수, 소윤은 친척들 중 그나마 설에게 제법 말을 거는 부류였다. 원래 타고난 성정이 무심해 다른 이들에게 그다지 관심이 없는 탓이었다. 어차피 그녀에겐 따분한 성씨 일가나 의붓 손녀인 설이나 그저 남남인 건 다를 바가 없었다.

"전 꽤 멋있다고 생각했는데."

"시골 학교 코치? 설이가 의외로 소박한 면이 있었네. 그나저나 할아버님이 엄청 괴롭혔을 것 같은데 괜찮았어? 뭐, 그 질문도 우습긴 하다. 상관없는 우리들까지 힘들었는데 괜찮았을 리가 없지."

무심한 어투에 설이 조금 더 크게 미소를 지었다. 요즘 들어 자주 짓는 미소였다. 여유가 생겼다고나 할까? 그녀의 미소에 소윤이 깜짝 놀란 표정을 지었다.

"웃을 줄도 아네?"

"네?"

"아, 설이는 몰랐나 봐? 처음 우리들에게 인사하러 올 때부터 한 번도 웃지 않았는데."

"······그랬어요?"

"깔깔깔!"

민망해하는 그녀의 말에 소윤이 오랜만에 활기찬 웃음을 터뜨렸다.

"사랑을 하긴 하나 보다, 천하의 윤설이 얼굴을 붉히는 걸 보면."

그 말에 그렇지 않아도 달아오른 뺨이 더 후끈해졌다. 괜히 시선을 돌리다 창밖의 율과 눈만 마주치고 말았다. 속 모르는 율이 손까지 휘젓는 통에 더욱 민망해진 설에게 소윤이 아예 대놓고 깔깔거렸다.

"어휴, 귀엽다. 설이가 이렇게 귀여운 줄 알았다면 더 친하게 지내는 건데. 솔직히 성씨 집안 인물들이 친절하다고는 볼 수 없지. 아, 문하 도련님은 예외야. 알지? 문하 도련님이 설이 감싸느라 형님들하고 엄청 싸운 거? 그래서 더 미움 탔는지도 모르겠지만 설이도 아예 잘못이 없는 건 아니야. 스무 살짜리 어린애가 어찌나 팍팍하게 굴던지. 설사 친하고 싶은 마음이 있었다 해도 다가가기 힘들었을 거야."

소윤의 말에 설은 어느 정도는 공감이었다. 아마, 그랬을 것이다. 그녀의 속마음도 그다지 다르지 않았다. 그들이 색안경을 끼고 보는 것만큼 그녀 역시 그들을 선입견으로 바라보았을 수도.

"그나저나 반율 선수 때문에 한시름 놓았어. 우리 애들이 보통 수선스러워야지. 날씨도 더운데 저렇게 놀아주는 덕분에 숨 좀 쉴 수 있고. 나중에 좋은 아빠 될 것 같아."

소윤의 수다에 설은 제 손가락에 둘러진 반지를 습관적으로 쓰다듬었다. 요즘 새로 생긴 버릇이다. 아직도 율이 제 곁에 있다는 게 실감나지 않아 가끔 이렇게 반지를 만져 본다. 소윤이 그녀의 손가락을 흘끔거렸다.

"결혼반지?"

"그냥 커플 반지로 끼는 거예요."

"그래? 남자가 끼기엔 좀 화려한데? 열 개의 보석이 전부 다른 색이니 여자라 해도 웬만해선 소화시키기 힘들 거야."

그녀의 반지를 이리저리 살피며 소윤이 한마디 했다. 하긴, 좀 화려하긴 하다. 실상 그녀 역시 남자가 끼기엔 너무 화려하다 싶었는데 생각보다 율에게 썩 어울리는 편이었다. 아마 길고 날렵한 손톱 모양 때문인 모양이다. 나란히 서면 마디 굵은 그녀의 손가락보다는 오히려 율에게 더 어울리게 느껴질 때도 있었다.

"율 선수에겐 어울려? 좀 어울리기 힘들지? 이렇게 색깔이 여러 가지인 반지는 잘못하면 촌스럽게 보일 때도 있거든."

"그래도 어울리는 편이에요. 율 손가락이 엄청 길고 섬세해서 저보다 더 예쁘거든요."

소윤이 잠시 웃음을 멈추었다. 생각에 잠긴 눈동자에 실수했나? 설은 홀로 고민했다.

"실은 내 사촌 동생이 반율 선수 엄청 좋아해. 반 변호사님과 집안끼리 아는 사이라는 말에 진즉부터 다리 좀 놔달라고 꽤 조르더라고. 집안도 괜찮고 인물도 반반해."

"네……."

말을 길게 끌며 설은 당혹스러운 빛을 감추지 못했다. 말하는 의미를 알 수가 없었다.

"뭐, 원래 사람들이라는 게, 조건 같은 거 잘 보잖아? 그 애도 그런 것 같아. 자기 정도면 그다지 꿀리지 않다고 생각한 거지."

"네."

"기분 나빠?"

"뭐……."

"그냥 두 사람을 보니까 그렇다고. 어울려. 그 아이는 조건은 괜찮은데 좀 거만하거든."

무슨 말을 해야 할지 난감해 설은 괜한 유리잔만 돌렸다. 그 빛에 손가락의 반지가 요염하게 반짝거린다.

"아저씨! 한 판 더 해요, 네?"

"이번엔 우리가 이길 수 있어요. 아저씨는 원래 선수잖아요. 그러니까 다섯 점은 양보해야죠. 아니다, 적어도 열 점!"

"그래도 1대 5였어. 변명 아닌가?"

"에이! 치사하게. 아저씨, NBA에서도 뛰었잖아요."

"맞아! 맞아!"

미처 소윤의 말이 끝나기도 전에 현관문 입구 쪽이 벌써 소란해졌다. 더위를 이기지 못한 율이 잠시 목을 축이려 집 안으로 들어서고 있었다.

"윤설! 나 좀 구해주지 그래? 이 꼬마 녀석들이 도무지 놓아주질 않는다고."

절간 같던 집 안이 갑자기 활기 넘치기 시작했다. 진한 땀방울이 뚝뚝 흐르는 율의 생명력이 집 안 곳곳으로 흐르고 아이들의 웃음소리, 고함 소리가 살아 숨 쉬는 공간으로 바뀌고 있었다. 지금까지 이 집이 이토록 활기 넘친 적이 있었던가? 아이들은 이곳에 도착하기 바쁘게 방 안에 박혀 게임을 하거나 숨소리 한 번 제대로 낸 적 없이 조용히 앉아만 있었다. 소윤은 부러운 시선으로 율과 설을 번갈아 바라보았다.

사랑이라는 거 해볼 만한 건가?

연애 기간도 없이 곧장 중매로 결혼에 골인한 소윤은 가벼운 부러움이 일었다. 서로에게 향하는 두 사람의 따스한 시선도 그렇고, 율의 활력과 팔딱이는 생명력이 탐이 났다. 제 사촌 동생에게는 아까운 사람이라는 것도 부정할 수 없었다. 그 아이라면 율의 생명력에 동화되기는커녕, 그 생명력이 있는지조차 모를 아이였다.

"두 사람, 운명인가 봐. 서로 행복해 보여."

자! 자! 잠시 쉴 시간이에요.

아이들 무리 속으로 끼어들며 소윤이 그녀의 귓가에 속삭였다. 운명이라…….

설이 수줍게 율을 훔쳐보았다. 잘 삭은 식혜를 시원스럽게 들이키는 율의 건장한 목선이 반할 만큼 아름답다. 멀리 그녀에게 눈을 찡긋거리는 소윤이 보였다.

놓치지 마, 절대!

애매하게 선 그녀에게 율이 성큼 다가왔다. 달달한 엿물 냄새와 진한 남성의 체취가 한꺼번에 몰려온다.

"보고 싶어 죽는 줄 알았어. 녀석들이 좀처럼 놓아주어야 말이지."

"나도."

설이 조그맣게 속삭였다. 눈앞에 이렇게 있는데도 그가 늘 그립다. 보고 있어도 목이 마르고, 함께 있는데도 어딘지 불안한, 뭐 그런 거.

중독인가 보다.

"결혼…… 다음 주에나 할까?"

"뭐?"

"그냥…… 기다리는 거 지겨워서."

이제까지는 어떻게 기다렸는지 모르겠다. 설이 실쭉거렸다.

"말도 안 돼."

"성 회장님이 더 이상 너 괴롭히는 것도 보고 싶지 않고."

은퇴했다는데도 미련을 버리지 못한 성 회장의 욕심이 영 못마땅한 눈치였다. 가족 모임이라는 핑계로 율까지 불러들인 이유도 뻔했다. 이곳에 오자마자 벌써부터 한소리 한 모양이었다. 설이 낮게 한숨을 내쉬었다. 율이 끝내 제 뜻을 굽히지 않았다면 다음엔 그녀 차례다.

"그 망할 영감! 은퇴했다는데도 도무지 말을 듣지 않잖아. 대체 언제까지 괴롭힐 셈인 거야?"

"허험!"

투덜대는 율의 뒤로 걸걸한 헛기침 소리가 들렸다. 갑자기 별이 번쩍 튀었다. 바로 앞에 입을 떡 벌린 새 아버지와 성 회장이 불편한 심사로 그들을 바라보고 있었다. 소윤이 몰래 킥킥대는 소리가 그녀 자리까지 들려왔다.

"그래서 결혼을 서두르겠다고?"

파르르 떨리는 수염 자국에 설의 몸도 함께 부르르 떨려왔다. 어찌나 당혹했는지 눈조차 똑바로 바라볼 수 없는데 그녀 어깨를 감싸고 있던 율은 태연하기 짝이 없었다.

어째 그러냐?

설이 어깨에 놓인 그의 손을 찰싹 쳐냈다.

"뭐, 뭐…… 그렇게 서두를 것까지야."

새 아버지가 난감한 기색으로 더듬거렸다. 힘껏 노려보는 성 회장 앞이 아니라면 소윤처럼 키득거렸을 것 같다.

"다음 달 정도에 하면 어떨까 합니다."

"다, 다음 달?"

"되도록 빨리 했으면 합니다. 지금까지도 너무 많이 기다렸습니다."

"그래. 그 망할 영감이 가만두지 않으니 뭐, 결혼 서두르고 싶겠지."

불편한 심사를 드러내며 성 회장이 한껏 비꼬았다.

"어머! 무슨 일이야?"

그새 저쪽, 동서들 사이에 있던 엄마가 후다닥 뛰어와 아는 척을 했다. 설은 질끈 눈을 감았다. 덕분에 끼리끼리 수다를 떨던 성 씨 일가가 일제히 그네들 쪽으로 다가왔다. 얄팍하게 비웃는 눈빛과 호기심 어린 눈빛이 번갈아 빙글빙글 돌았다.

아, 이런…….

신음이 절로 터져 나왔다. 머리가 터질 것만 같아 설은 잔뜩 미간을 찌푸렸다.

대체 어찌하자는 것인지 모르겠다.

얌전한 고양이가 부뚜막에 먼저 오른다는 속담이 절실한 순간
이었다. 약국 안에서 설의 눈치를 보는 이들의 속내가 그랬다. 지
루에 이어 율까지. 두 남자가 줄줄이 설을 찾으니 당연한 일이었
다.

"뭐…… 원래 얌전한."

경화가 귀중한 속담 한마디를 올리려는 순간, 신애의 두터운 팔
꿈치가 사정없이 옆구리를 가격했다. 헉! 소리가 나올 정도로 엄
청난 충격이었지만 다행히 이번만큼은 경화도 제 입을 다물었다.
당사자인 설의 표정이 장난 아니게 살벌한 탓이었다. 남편이 농구
광인 문 약사의 손 역시 여러 번 종이에 닿았지만 차마 빼어놓지
못하고 있었다. 숨 막히는 침묵이 약국 안을 짓눌렀다. 그나마 손
님이 몇 분 없다는 게 다행이었다.

꿀꺽!

신애의 침 삼키는 소리가 약국 안에 울려 퍼졌다. 흥미진진한
시선들 속에 오로지 설만이 차분한 손길로 벗어놓은 가운을 얌전
히 옷걸이에 걸어놓고 있었다.

"저, 저기……."

결국 경화가 신애에게 옆구리를 한껏 꼬집힌 채로 율에게 먼저
물어왔다. 설마 진짜 그 NBA의 반율 선수는 아니겠지? 신애와 눈
짓을 교환하며 경화가 못내 호기심을 감추지 못했다.

"저기…… 반율 선수랑 닮았다는 말, 많이 들으시겠어요."

속내를 떠보는 여자의 말에 율이 눈꼬리를 올렸다. 당사자가 말이 없으니 다들 서로 눈치만 살펴댔다. 설마, 그 반율 선수이겠어? 하는 반신반의하는 눈치라 딱히 맞다, 긍정할 입장도 아니었다.

"아저씨, 혹시 반율 선수 아니에요?"

결국, 한 꼬마가 사고를 쳤다. 동네 분식집 아들네미인 민호다. 그렇지 않아도 유치원생치고는 여간내기가 아니라, 고개를 내두르는 편인데. 아니나 다를까, 다들 눈치만 보는 속에서 민호 녀석이 대뜸 율에게 다가가 빤히 눈을 마주쳤다.

"아닌데?"

율 역시 뻔뻔하기가 민호 못지않다. 용호상박이군. 둘을 내다보며 설은 몰래 웃음을 삼켰다.

"에이~ 맞는 것 같은데요 뭘! 저기 사진, 아저씨 거 아니에요?"

맹랑하게도 율의 사진이 떡하니 박힌 신문을 가리켰다. 풋! 웃음이 새어 얼른 입을 막았다. 율의 얼굴이 단박에 일그러졌다. 미처, 신문까지는 생각하지 못한 모양이었다.

"닮았나 보지."

"닮기는요. 딱 아저씨인데요?"

민호는 한 치도 물러서지 않았다. 민호의 말에 힘을 얻었는지 경화가 슬그머니 율에게 손님 접대용 음료를 내밀며 아는 척을 했다.

"반율 선수 맞으시죠?"

"아닌데요."

율이 다시 발뺌을 했다. 맞는 것 같은데? 하고 고개를 갸웃거리는 경화 앞으로 율이 반쯤 몸을 굽혔다. 불길한 예감이 등줄기를 쫘락 훑어 내렸다.

"저기 제 아내 좀 불러주시면 말씀드리죠."

"네에?"

"저어쪼옥!"

율의 손가락이 그녀 쪽을 향해 곧게 뻗었다.

"저어쪽에 숨어 있는 제 아내 말입니다."

그리고는 요란스럽게 제 손가락에 끼어진 반지를 내 보였다. 며칠 전부터 설의 손가락에 끼워진 반지였다. 약국 내의 모든 시선들이 그녀 쪽으로 빠르게 돌아섰다. 그렇지 않아도 무슨 반지냐며 신애와 경화가 계속 물어대던 차였다. 몇몇 단골들의 관심도 만만찮았었고.

"아, 아내요?"

"네."

당황한 신애에게 율이 태연스럽게 대답했다.

"우리, 윤 약사님 말이에요?"

경화가 숨을 헐떡이며 자지러지게 물었다.

"네."

"정, 정말 우리 윤 약사님 남편 되신단 말이에요?"

"네."

"그러니까 정말로 반율 선수가 우리 윤 약사님 남편이라는 거죠?"

"조만간."

헉!

내내 어기적거리던 설이 재빨리 조제실 밖으로 튀어나왔다.

"무, 무슨 짓이야?"

"내내 모른 척한 건 너잖아? 일부러 찾아온 건데 너무 매정하지 않나?"

율이 과장하며 한숨을 내쉬었다. 민호 녀석은 아직도 율의 바지 자락 아래 선 채 '진짜 율 선수 맞잖아요. 여기 사인 한 장 해주세요. 네?' 하고 졸라대고 있는 중이다. 율이 근처에 보이는 종이를 아무거나 집어 들었다. 운 나쁘게도 약봉지다. 그나마 공백이 많은 뒤편에 제 사인을 휘갈겨 쓰곤 민호 손에 집어주었다.

"소문 내지 마. 아줌마한테 나만 혼나. 허락없이 찾아온 거거든."

아줌마? 설의 눈썹이 파라락 올라섰다.

"그러게요…… 여자들이 어찌나 까다로운지 보통 귀찮은 게 아니라니까요. 휘유유, 어쩔 수 없죠 뭐. 우리 남자들이 참아주어야지. 그렇지 않아도 여자애들 숫자가 적어서 지금부터 잘해주지 않으면 나중에 결혼해 주지 않는다고 엄마가 그랬거든요."

민호 녀석의 말에 율이 하하하! 커다랗게 웃음을 터뜨렸다. 어렸을 때 이후로 본 적이 없는 웃음이라 실쭉거리던 설의 표정이 살짝 굳어졌다. 이렇게 웃었던가? 이렇게 명쾌하고 호탕한 웃음이었던가? 잘 기억이 나지 않는다. 하지만 각이 진 얼굴에 자잘하게 퍼지는 주름이 엄격한 그의 표정을 부드럽게 풀어놓아 한결 진한 매력을 흘리고 있었다. 그건, 분명 그녀 혼자만이 느낀 건 아니다. 저쪽에 선 경화가 홀딱 반한 시선으로 침을 흘리고 있었으니까.

"그럼, 강 선생은 혼자 헛물켜는 거야? 어머, 윤 약사님 그렇게 안 봤는데 능력있으시다."

속닥거리는 경화를 율이 날카롭게 노려보았다. 허, 참! 설이 몰래 혀를 찼다. 그렇지 않아도 지루에 대해선 고등학교 시절부터 사이가 나빴었는데 말이다.

"어머, 진짜 반율 선수 맞나 보다. 윤 약사랑 결혼하는 거 맞아?"

"진짜? 어머 윤 약사 언제 애인까지 만들어놨대?"

"미국에서 귀국한 지 얼마 안 된 것 같은데…… 그 다음에 사귄 거야?"

"윤 약사, 진짜 결혼해?"

약국 손님들이 우우우 일어서 일제히 묻기 시작했다. 순식간에 약국 안이 시장판처럼 소란스러워졌다.

"아까워서 어째? 내가 며느릿감으로 찍어두었었는데……."

이빨 빠진 순녀 할머니가 아쉬운 소리를 내며 고개를 저어댔다. 시한폭탄 같은 율의 팔을 잡아끌며 설은 약국을 나섰다. 왜 여기까지 찾아와서 이 난리인 줄 모르겠다. 나서는 등 뒤로 신애의 목소리가 채찍처럼 날아들었다.

"어머! 진짜인가 봐!"

"그러게요. 진짜 얌전한 고양이가 먼저 부뚜막에 올라간다더니. 저렇게 약혼자까지 숨겨놓고 그렇게 내색도 없었대요? 강 선생님만 물 먹은 거죠?"

"그러게 말이야. 그러니까 진즉에 나한테 넘기라니까! 그나저나 뭐, 저 정도의 남자라면 강 선생은 눈에 차지도 않겠다."

"어머! 어떻게 해! 사인 깜빡 잊었네? 남편이 엄청 광팬인데…… 다음에 또 오겠지? 그냥, 아예 윤 약사한테 식사 같이 하자고 해야 하나?"

뒤늦게 합세한 문 약사의 다급한 목소리까지 들렸다. 지끈거리는 머리를 짓누르며 설은 고개를 내둘렀다. 쌩쌩 도는 에어컨의 찬바람 속에 느닷없이 닥쳐온 한여름의 열기가 뜨끈 미지근하게 살갗을 문질렀다. 오전부터 내내 틀어놓은 에어컨 탓에 오히려 뼛속까지 한기가 스미던 중이었다. 살갗을 비벼대는 설의 어깨를 율이 포근하게 감싸 안았다. 어깨를 감싼 손이 드러난 살갗을 설 대신 문질렀다.

"조금 귀찮게 된 건가?"

"고의적인 것 같은데?"

그녀의 말에 율이 킬킬댔다. 뭐가 그리 좋은지…….

"그렇게 쉽게 알아볼 줄은 몰랐지."

"신문에 커다랗게 사진을 박아놓고?"

"사진? 아, 아…… 신문?"

그제야 율이 제 머리를 긁적거렸다.

"미안! 그건 미처 생각하지 못했어. 이미 끝난 일이라 깜빡 잊었거든. 아까 그 꼬마 녀석이 말하는 통에 어찌나 당황했는지…….거 참, 맹랑한 녀석이야."

"동네에서 소문났어. 그래도 하는 짓이 영 얄밉지는 않아서 꽤 귀여워하는 편이야. 경화가 좀 많이 당해서 그렇지만. 이상하게 경화는 좀 우습게 봐."

조잘조잘 약국 일을 펼쳐 놓는 설을 보는 율의 눈매가 더욱 느슨하게 풀어졌다. 이대로 살아진다면 반율이라는 이름이 영원히 사라져도 좋겠다.

"강 선생님이 누구야?"

"누구?"

"강 선생님."

"아…… 지루?"

후끈 달아오른 뺨도 마음에 들지 않는다. 풀어져 있던 율의 눈매가 다시 좁혀졌다. 질투가 절로 스몄다.

"자주 오는 편이야?"

"아니."

"좀 불편하군."

투덜대는 율을 설이 빤히 바라보았다.

"다른 남자가 너 찾아오는 거 질투나."

"그냥 전에 잠깐 만났어. 근처에 지루 사촌 형이 개업했거든. 그나저나 약국은 갑자기 왜 찾아온 거야?"

"내 아내가 혹시 도망가지 않았을까, 겁이 나서."

율의 농담에 설이 키득거렸다. 지난 주말, 율이 다짜고짜 다음 달에 결혼하겠다고 온 집안을 들쑤신 통에 그냥 도망가 버릴까? 유혹이 들긴 했었다. 엄마는 물론 팔짝거리며 좋아했지만. 문하의 그 대단한 성깔이 아니었다면 아마도 설은 율의 기백에 밀려 다음 달쯤엔 면사포를 썼을지도 몰랐다. 그나마 절충안으로 이번 가을로 결혼하기로 미루긴 했지만 어찌 되었든 결혼이 그녀의 생각보다 빠르게 진행되는 건 사실이었다.

"내일부터 꽤 시달리게 생겼어. 왜 그렇게 유명해진 거야? 그냥 시골 농구 선수만으로도 충분했는데……."

"너한테는 그냥 시골 농구 선수야."

"그래도……."

"그럼 내 사인을 한 백 장 정도 약국에 놓아줄까? 필요하면 아무나 가져갈 수 있게……."

잘난 척은!

설이 코웃음을 쳤을 때였다.

"……윤설?"

잠시 평온해진 둘 사이로 불청객이 끼어들었다. 율의 품 안에서 설이 고개를 삐죽 들어 올렸다.

아! 하고 터지는 탄성에 율의 고개 역시 그들과 조금 떨어진 사내에게 박혔다. 은빛 안경테가 햇살 속에 번뜩거렸다. 율은 자신에게 쏟아진 낯선 경계심이 가늘게 눈을 떴다. 그 역시 어딘지 경계가 서는 남자다.

"아……."

느릿하게 말을 빼는 설의 얼굴에 단박 홍조가 들었다. 어색한 마주침이 여실한 기색이었다. 불쾌해진 율의 심정이 더욱 깊어졌다. 남자가 천천히 그네들 쪽을 다가왔다. 직감적으로 하나의 이름이 뇌리를 스쳤다.

강지루!

천천히 두 사람 앞에 선 지루의 눈동자가 조금씩 커다랗게 벌어졌다.

"……효?"

"반율이야."

냉정한 목소리로 율이 지루의 말을 잘랐다. 이 녀석한테까지 효의 이름을 허락하고 싶지 않았다. 그에게 효라 부를 수 있는 사람은 세상에서 오로지 설뿐이었다.

"반율 선수?"

이런 젠장!

NBA로 진출하지 말 걸 그랬다. 그땐, 설을 잊기에 더없이 좋은 선택이라고 생각했는데 이젠 부메랑처럼 돌아온 유명세가 오히려 그를 괴롭히고 있었다. 지루가 혼란스러운 눈동자로 꼿꼿하게 버티어 선 율을 바라보았다.

"강지루지?"

율이 먼저 아는 척을 했다. 전에 문하에게 들은 기억이 있는지라 지루에게 내민 손이 조금 거칠었다. 자신에게 내밀어진 율의 손을 한참 바라보다 지루가 천천히 손을 맞잡았다. 만만찮은 녀석이다. 태연스럽게 맞잡는 지루의 눈매는 다시 수면처럼 가라앉았다.

"아, 실례! 내가 아는 사람과 몹시 닮아서……."

"아니, 효 맞아."

말끝을 흐리는 지루에게 설이 냉큼 대답했다. 율의 얼굴이 보이지 않게 일그러졌다. 이제 효는 제발 그만 듣고 싶다. 설의 대답에 지루의 눈동자가 다시 혼란스러워졌다. 도무지 알 수 없다는 눈치였다. 이 녀석에게까지 먹힐 수 있을까? 율은 불안한 심정을 감추며 일부러 싱긋 웃기까지 했다.

"방금 전엔 율이라고……."

느릿하게 되묻는 음성조차 어딘지 마음에 걸리는 사내다.

"사정이 그렇게 되어서."

아, 아…….

하고 고개를 끄덕이긴 했지만 그리 이해한 눈치는 아니었다. 율이 재빨리 차 문을 열었다. 금방 나올 수 없을 것 같아 한적한 위치에 주차해 놓은 탓에 차는 약국 입구에서 조금 벗어나 있었다.

"타."

지루의 눈치를 보는 설의 태도가 불편한 그의 심정을 더욱 부추겼다. 그래서 괜히 심술맞은 음성으로 덧붙였다.

"웨딩드레스 숍에 들렀다가 식사하러 갈 거야."

"웨딩드레스?"

"이렇게나 빨리?"

놀란 음성이 동시에 터져 나왔다. 실은 갑자기 생각난 말이었는데 덕분에 불편했던 심정이 좀 가셔졌다.

"나중에 결혼식 청첩장은 보내지."

"결혼식?"

하얗게 질린 지루가 그를 쏘아보았다. 영민하게 번쩍거리는 눈동자가 더욱 마음에 들지 않는다. 스멀스멀 올라오는 불길한 예감도 그렇고.

"윤설, 결혼하려는 거니?"

"아, 뭐……."

붉어진 설의 뺨이 눈에 거슬린다. 설의 몸을 차 안쪽으로 더 밀었지만 지루가 재빨리 닫히는 차 문을 잡아챘다.

"놓아주지 않겠어? 지금도 꽤 늦었는데……."

딱딱한 어투로 율이 명령했다. 우리 둘 사이에 끼어들지 마라! 명백한 경고였다. 그러나 만만찮기는 지루도 마찬가지였다. 차가운 경고를 깔끔하게 무시한 채 지루가 설을 붙들었다.

"지난달엔 응급실이라 찾아가지 못했어."

"아, 뭐…… 그래?"

"언제 다시 만났니?"

"한참 됐었어."

"비켜!"

둘 사이로 몸을 끼워 넣으며 율이 날카롭게 소리쳤다. 더 이상 참을 수가 없었다. 불길하다. 은빛 안경테 너머 보이는 녀석의 눈동자엔 그 어떤 비밀도 감출 수가 없을 것 같았다.

비켜, 강지루!

바랜 눈동자가 죽일 듯 지루를 쏘아보았다. 덕분에 지루가 주춤, 뒤로 물러섰다.

쾅!

부서질 듯 차 문을 닫은 율이 재빨리 운전석으로 돌아가 급발진을 시켰다. 날카로운 굉음이 허공 속에 비명을 질러댔다. 놀란 설이 율을 바라보았다.

"얼굴이 굉장히 무서워. 왜 그렇게 화를 내는 거야?"

당혹한 설의 음성에 율이 재빨리 얼굴을 쓸었다.

빌어먹을!

설 몰래 욕설을 내뱉었다.

"미안. 질투가 좀 나서."

추스른 음성으로 변명하는 율의 손등을 설이 편하게 감쌌다.

"질투하지 마. 난, 언제나 너뿐이야."

그래…….

겨우 쥐어짠 음성이 자신이 듣기에도 설득력이 없었다. 남겨놓은 지루의 존재가 계속 남은 탓이었다. 그의 시선이 제 손등에 놓인 작은 손으로 향했다.

그래…… 나 역시. 그 역시 오로지 설뿐이었다. 지루가 아닌 죽은 형이 살아나도 그건 변하지 않는다. 지친 숨이 절로 새었다. 신경이 가닥가닥 끊어져 이젠 실오라기조차 되지 못한 것 같다.

율이 심하게 앓았다. 지루를 만난 게 그렇지 않아도 날선 신경을 자극한 탓일까? 설과 함께 충동적으로 찾아간 드레스 샵에서 웨딩드레스를 구경하고 함께 식사를 할 때까지만 해도 컨디션이 나쁘지는 않았다. 커튼이 젖혀질 때마다 드러나는 새로운 모습에 가슴 설레는 것도 좋았고, 비로소 그녀가 자신의 아내가 된다는 실감도 좋았다. 실크 본연의 느낌으로 가슴에서부터 발끝까지 똑 떨어지는 단순한 디자인에 자잘한 은사가 수놓아진 드레스는 그 중 단연 최고였다. 작지만 봉긋 솟은 소녀 같은 설의 가슴도 사랑스럽고, 그 옆에 선 제 모습을 상상하는 것도 썩 좋았다.

모든 게 완벽했다. 그 망할 지루라는 녀석만 없다면.

저녁식사 때에 뜻하지 않게 설이 지난 이야기까지 꺼내는 통에 엎친 데 덮친 꼴이었다. 대충 맞장구를 치긴 했지만 나름 버거웠던 모양이다. 그날 저녁 참부터 속이 불편하다 싶더니 몽땅 게워 낸 후부터 갑자기 고열이 끓었던 것이다.

사실, 설은 그 사실을 몰랐었다. 이틀 동안이나 율의 소식이 끊기긴 했지만 이것저것 바쁜 일이 있나 보다 편하게 생각하고 있던 차에 그의 아버지로부터 연락이 왔다. 율과 재회했던 그날의 파티 이후 이렇게 그의 아버지를 만난 건 처음이었다. 약국으로 걸려온 전화에 황급히 매무새를 고치고 약속 장소에서 만난 반 변호사는 처음 인상처럼 반듯한 자세로 그녀를 기다리고 있었다. 결혼까지 얼추 닥친 터라 반 변호사를 보는 설의 입장이 좀 옹색하기는 했다.

"율에게는 가봤냐?"

그녀가 자리에 앉아 숨도 채 고르기 전에 반 변호사가 먼저 물어왔다.

"네? 아직……."

"애가 그렇게 아픈데 아직도 가보지 않았다고?"

성마른 음성에는 질책이 담겨 있었다. 아프다는 말에 설이 놀란 얼굴을 들었다. 반 변호사는 이젠, 아예 드러내 놓고 쯧쯧! 혀까지 차댔다.

"대체 결혼을 앞둔 사람끼리 무얼 하고 사는지……. 쯧! 쯧! 그래도 약사인데 약은 먹였을 거라 집사람이 그러더라만, 계속 호텔에 남겨두는 게 혹 모르지 않나 싶긴 했다."

"호텔이요?"

율이 지금껏 호텔에 있는지도 몰랐다. 그가 집이 아닌 호텔에 머물고 있다는 뜻밖의 말에 설의 눈은 더욱 동그래졌다. 그가 귀국한 지가 언제인데 아직까지 호텔에 머물고 있는 건가? 아님 혹시…….

"네 결혼 문제로 호텔로 나간 건 아니다."

그녀의 속내를 꿰뚫어본 반 변호사가 선수를 쳤다. 아, 네……. 대답하는 설의 목소리가 더욱 잦아들었다. 처음 만난 순간부터 반 변호사는 어쩐지 대하기가 어려운 탓이었다.

"원래부터 집사람과는 그리 사이좋은 편은 아니었다. 그리 내세울 것 없는 집안일이긴 하지만 그렇다고 그리 부끄러운 것도 아니니……."

내 무어라 했다고…… 라는 표정으로 설이 말똥, 바라보았다.

"상견례를 원했다는 말은 들었다. 그게 관례인 줄은 알지만 율의 마음을 모르는 것도 아니고, 우리로서는 불편할 게 없으니 그냥 결혼식에서 편하게 뵙자고 전해 드려라."

"네……."

다소곳이 대답하는 설에게 잠시 반 변호사의 시선이 멈추었다. 아들 녀석들이 이토록 헤어나지 못할 만한 매력이 어디 있는지 궁금했다. 평균의 키와 짧은 커트 머리. 별다른 점은 없다. 눈에 띄는 거라면 하얀 피부 정도? 그 나이 처녀치고는 지나치게 경계가 선 무뚝뚝한 어투도 좀 특이하긴 하다. 그래도 어찌 되었든 눈빛 하나만큼은 맑고 또렷했다. 하긴 어쩌면 효가 죽은 것이 차라리 잘되었는지도 모르겠다. 효가 살았다면 풋사랑일지언정 한때 인연이 있던 여자가 제수로 들어오지 않았겠는가. 율 녀석으로 보아선 제 형이 살아 있다 해도 기어이 이 결혼을 밀고 나갔을 테니까. 잠시 사귀었던 여자를 매일 제수로서 보아야 하는 효를 생각하는 것만으로도 끔찍했다. 세상이라는 건 다 그렇게 돌아가는 모양이라는 게 반 변호사의 위로였다. 자신을 바라보는 날카로운 시선이 불편해지기 시작했을 즈음, 반 변호사가 자리를 일어섰다.

"인화호텔, 2556호라더라."

호텔을 알려준 뒤, 반 변호사가 떠나자 설은 급히 약을 챙겨 퇴근을 서둘렀다.

"또 조퇴야?"

신애의 타박에 설이 못내 미안한 기색을 했다.

"미안! 그 사람이 좀 아파서……."

"누구? 율 선수? 어디가 아픈데? 많이 아픈데? 감기? 기침은 심하게 하는 편이야?"

제 남편도 아니면서 이것저것 참견하는 신애를 노려보며 설은 약을 꼼꼼히 가방에 담았다.

"잘 모르겠어."

"나도 따라갈까? 금방 있음 문 약사님 오시는데……. 잠깐만 보고 오면 안 돼?"

"신경 꺼줘."

"야, 윤설! 넌 어째 애가 그렇게 매정하니?"

"뭘?"

"신문사에다 죄다 까발리려다 참고 입 닫아주니까……."

연일 신문에 오르내리는 율의 결혼 소식에도 설의 존재만은 철저히 비밀로 지켜지고 있는 터였다. 율이 어찌 단속을 했는지 몇몇 신문 기자가 약국까지 쫓아오긴 했지만 다행히 그녀의 얼굴이나 신분은 노출되지 않고 있는 상황이었다. 설이 보기엔 그건 율의 능력이지 결코 신애의 도움은 아닌 것 같은데 가끔 이렇게 생색을 내곤 한다. 하긴, 그것도 신애의 능력이라면 능력이지.

"내 남편 일에 제발 신경 좀 꺼주셔!"

"내 남편이란다……. 경화 씨, 방금 들었어? 이젠 아예 대놓고 남편이라고 하는 거 봤지? 처녀가 부끄러운지도 모르고."

"이제 곧 유부녀야. 곧 있음 결혼식인데 남편이지 그럼 뭐라고 해?"

새빨간 얼굴로 괜히 목청 높이는 설에게 신애가 허허! 어이없는 웃음을 지었다. 옆에서 경화가 괜히 키득거렸다. 혹시 몰라, 포도당까지 챙긴 후 약값을 테이블에 올려놓은 설은 끈질기게 놀려대는 신애를 피해 서둘러 호텔로 출발했다. 어쩐지 조금 두근거린다. 기껏 아픈 사람 병문안 가는 주제에 무어 그리 신이 난다고 계속 미소가 떠나지 않은지……. 신애 말처럼 어딘가 나사 빠진 몰골이긴 했다.

율이 머무는 호텔은 국내에서 꽤 이름있는 호텔이라 들어서는 순간부터 위압감이 장난이 아니었다. 넌 무슨 볼일로 왔니? 하는 시큰둥한 직원들의 시선을 피해 설은 떨리는 가슴으로 율의 방으로 찾아갔다. 특이하게 보랏빛 카펫이 깔린 호텔 내부는 한눈에 보아도 돈을 엄청 많이 들였을 것 같은 가구들로 장식되어 있었다. 가구들을 흘끔거리며 설은 조심스럽게 차임벨을 눌렀다.

대답이 없다. 듣지 못했나? 설이 조심스럽게 다시 벨을 눌렀다. 한참 동안 기다려도 나오는 기색이 없었다.

2556호.

알려준 호수가 맞다. 문득, 고열을 견디다 못해 쓰러진 건 아닌지 다급한 생각이 들었다. 벨을 누르는 그녀의 손이 빨라지기 시작했다.

"이런 빌어먹을! 대체 무슨 일이야?"

몇 번을 두드리고 벨을 누른 후, 짜증이 한껏 배인 목소리가 안에서 들렸다. 대충 듣기에도 목이 쉰 듯 갈라진 음색이었다.

"율……."

옆방을 흘끔거리며 설이 서둘러 대답했다. 왠지 반라의 색감있는 여성이 옆방에서 불쑥 튀어나올 것 같은 불안함에 마음이 급해졌다.

"문 좀 열어줘. 저기…… 약 가지고……."

문 입구 쪽에 입을 댄 채 주절거리던 몸이 기우뚱한다 싶더니 일순간 앞으로 확, 쏠렸다. 느닷없이 방문이 열린 탓이었다. 휘청거리는 설의 몸을 율이 재빨리 부축했다. 잔뜩 흐트러진 머리카락

과 단정치 못한 옷자락이 방금에서야 침대에서 일어난 티가 여실
했다. 벌겋게 핏기 선 눈자위가 믿을 수 없다는 듯 커다랗게 벌어
져 있다.

"여긴……."

새어나오는 입김도 후끈할 정도로 뜨겁다. 설이 재빨리 손을 율
의 이마 위로 뻗었다. 생각보다 열이 꽤 높다. 며칠 사이 얼굴도
부쩍 살이 내렸다. 대체 얼마나 아픈 거야? 그동안 연락 한 번 하
지 않은 율의 미련함에 괜스레 짜증이 일었다.

"이렇게 아프면서 연락도 안 한 거야?"

"어떻게 알고 왔어?"

"아버님이 찾아오셔서……."

"아버지가?"

방 안에 흩어진 옷가지를 주워 담으며 율이 의아하게 되물었다.
호텔이라 깔끔한 실내만 상상했었는데, 의외로 그가 머문 자리는
어수선했다. 아마 감기 때문에 운신을 제대로 하지 못한 탓일 것
이다. 땀에 흠뻑 젖은 옷들이 바닥에 내던져져 있고 빈 물병들만
여기저기 뒹굴고 있었다.

"왜 아프다는 말은 하지 않았어?"

"걱정할까 봐. 가벼운 감기야."

"밥은 제대로 먹은 거야?"

"먹었어."

"무슨……. 그릇들이 하나도 없는데."

"룸서비스로 시켰으니까. 앉아."

홀쭉해진 볼살로 힘겹게 웃으며 율이 빈 의자를 내어놓았다. 그 래도 반가운지 아픈 꼴로 히죽히죽 웃는 얼굴을 얄밉게 노려본 후, 주섬주섬 가져온 죽을 내어놓았다. 혹시 몰라, 오는 길에 포장 해 온 죽이었다. 괜찮은데…… 중얼대는 율을 무시한 채 척척 펼 쳐 놓은 음식을 숟가락에 떠 율에게 불쑥 내밀었다.

"뭐야? 아픈 사람 보살펴 주는 거야?"

"약도 가져왔어. 밥을 먹어야 약을 먹을 수 있으니까……"

"먹여주기도 하는 건가?"

개구쟁이 같다. 아니, 철딱서니 없는 아들 같다고나 할까? 호 오~ 뜨거운 죽을 식히며 설은 밉지 않게 율을 흘겼다. 두 손은 편하게 의자 위에 얹고 입만 떡 벌리는 율에게 설은 군말없이 죽 을 식혀 입 안에 떠 넣어주었다. 뛰어대는 심장은 별개로 하고.

"아프지 마……"

제법 양이 많은 죽을 몽땅 다 털어놓고 약까지 챙기며 설이 작 게 중얼거렸다. 입 안에 오물, 약을 삼키던 율이 설을 빤히 바라보 았다. 조금 전, 장난기 넘치던 개구진 모습은 사라진 진지한 눈빛 이다. 또다시 심장이 덜컥거렸다. 자신에게 향한 까만 눈동자에 괜히 부끄러워져 설은 어설픈 동작으로 귀밑 머리카락을 어루만 졌다.

"윤설……"

"그냥, 네가 아프니까 조금 외로워져서."

이건 좀 횡당한 투정일지 모르겠다. 그녀보다 훨씬 어린 나이 때부터 그는 제 어머니의 병 수발을 했으니까. 이런 작은 감기조차 앓지 말아달라고 하는 건 지나친 욕심일지도. 늘 건강한 모습만 보아서일까? 앓아서 반은 내려앉은 그의 파리한 안색이 가슴 아프도록 싫었다. 얼른 시간이 지나 결혼식이 끝나 버렸음 좋겠다. 이렇게 혼자 아프지 않게 말이다.

"혼자 아프게 해서 미안. 진즉에 연락하지 그랬어? 그랬으면 금방 달려왔을 텐데……. 이틀이나 연락이 없었는데 그저 바쁜 일이 있는가 보다, 생각했었어. 무심한 연인이지?"

일껏 미소를 지었지만 올려진 입 끝이 미약하게 떨렸다.

"걱정했어?"

"그냥 나한테 좀 화가 났어. 넌 이렇게 아픈데 혼자 편하게 있었구나……. 매일 찾아오던 사람인데 한 번쯤 왜 전화 걸어보지 못했을까? 미안해서 더 화가 나고, 화가 난 만큼 아프기도 하고……."

두서없이 쏟아내는 설의 말 사이로 율의 손이 뻗었다. 뺨에 닿은 열기가 뜨겁다. 푸른 핏줄이 돋아난 손가락이 설의 뺨을 섬세하게 쓸었다. 그 짜릿한 전율에 온몸의 세포들이 부르르 제 몸을 떨어댔다. 어딘지 뺨에 닿은 느낌이 생소해 설이 살포시 고개를 들었다. 작은 움직임이 다정하다기보단 어딘지 끈끈한 육감이 흐른다. 아마 열에서 솟구치는 습기 때문일지도 모르겠지만 그녀를 바라보는 율의 거뭇한 눈빛은 그것과는 조금 달랐다. 가볍게 스치는 움직임조차 무겁고 고혹적이다.

두근, 두근…….

"율……."

속삭이는 설의 입술 옆으로 율이 천천히 제 입술을 묻었다. 행여 감기가 옮을까, 차마 입 안으로 담지 못한 안타까움이었다. 살짝 올라선 입술 옆을 쓸어 올린 율의 입술이 다시 콧잔등으로 향했다. 날리는 숨결 속에 진한 유혹이 느껴졌다. 콧날을 쭈욱 뻗어 미간 사이로 향한 입술이 그녀의 얇은 눈꺼풀과 곧게 뻗은 눈썹을 훑었다. 내쉬는 숨결마다 뜨거운 열기가 솟구쳤다. 그건 감기의 열과는 다른 열기였다. 본능적으로 그가 원하는 걸 알아차린 설의 몸이 딱딱하게 굳어졌다. 이런 건 처음이다. 이토록 뜨거운 남성의 향취를 느껴본 건 말이다. 매일, 키스를 나누었지만 이렇게 율이 탐욕스럽게 핥아낸 적이 있었던가?

"율……."

헐떡이는 숨 마디가 벅차오른다.

쉿…….

율이 귓가에 입김을 뿜어냈다. 가녀린 목줄기를 따라 내려선 율의 입술은 이젠 얇은 그녀의 블라우스 위에 멈추었다. 잠깐, 그가 주춤거렸다. 아마 그녀가 거부할 수 있는 시간을 주는 모양이었다. 그러나 설은 꼼짝할 수 없었다. 이번이 기회였다. 그를 멈추게 할 수 있는…….

하지만 농후하기 짝이 없는 그의 유혹 속에 설은 마치 마약에 취한 듯 아무것도 할 수 없었다. 머리끝으로 현기증이 돌고 두꺼운 커튼으로 가려진 방 안이 밀실처럼 후끈거렸다. 뜨겁게 달구어진 건 율의 숨결만이 아니었다. 그의 손길과 그의 숨결과 그의 열기 속에 마치 온몸이 열탕에 담가진 것처럼 뜨겁게 달아올랐다.

갑자기 아랫배 쪽으로 열기가 화락 솟구쳤다. 순간, 멈칫하던 율의 입술이 블라우스와 함께 그녀의 가슴을 옴팍 집어삼킨 탓이었다. 도톰한 브래지어 위를 율의 이빨이 잘근 씹었다. 부끄러운 처녀의 순결 속으로 작은 돌기가 불쑥 솟았다.

"아……."

설이 낮게 신음 소리를 내며 상체를 비틀었다. 선명하게 느껴지는 그의 이빨 감촉에 저도 모르게 허리가 옆으로 휘었다. 어느 사이 올라선 브래지어 위로 연분홍 복숭아가 수줍은 속살을 드러내었다. 차마 마주 볼 수 없어 설은 재빨리 시선을 돌렸다. 그곳에 율이 닿아 있었다. 내가 아는 그가 맞은 걸까? 설은 당혹스럽게 그를 바라보았다. 커다랗게 확대된 그의 동공엔 분명한 욕정이 담겨 있었다. 그는 그녀를 놓아줄 수도, 그리고 놓아줄 생각도 없었다. 마치 사냥꾼에 잡힌 여린 사슴처럼 설이 작은 목소리로 애원했다. 발끝으로 짜릿하게 흐르는 감각이 남의 것처럼 느껴져 부끄러움을 참을 수 없었다.

"율……."

"한계야. 이젠 멈출 수 없어……."

감기로 인해 갈라진 음성이 거의 들리지 않을 만큼 미약하게 울려왔다. 욕망으로 이글대는 눈동자와 달리, 그녀의 뽀얀 가슴을 어루만지는 손길은 한없이 부드럽다. 이제 완전히 드러난 작은 둔덕을 한 손으로 감싸며 율은 남은 가슴을 제 입 안에 담았다. 달콤한 액즙이 그대로 스미는 것 같다. 천성적으로 거친 사내와는 다르다. 보드랍고 알처럼 연약한 작은 가슴이 맞춤처럼 그의 손 안에 쏘옥 담겨졌다. 그 중앙에 박힌 꽃술을 율이 살짝 엄지손가락으로 쓸었다. 한껏 성난 그것이 파르르, 손끝에서 몸살을 떤다.

제 몸을 온통 드러낸 꽃술을 희롱하던 입술이 이젠 깊이 팬 쇄골로 향했다. 골짜기를 이루는 살갗을 혀끝으로 조금씩 음미했다. 웨딩드레스를 걸친 순간, 매일 눈앞에 떠오르던 잔상이었다.

"널…… 정말 가질 수 있을까?"

찢어지는 음성으로 율이 속삭였다. 정말 너를 이대로 사랑하고, 가져도 되는 걸까?

딱딱하게 굳어 있던 설의 팔이 천천히 그의 상체로 올라섰다. 등줄기를 따라 흐르는 손길에 율의 허리가 묵직하게 뻗어졌다. 아랫도리로 불꽃이 화락 퍼졌다. 성난 제 분신이 하늘로 높이 솟구쳤다. 아, 이런! 율이 낮게 혀를 찼다. 한 번도 다른 이에게는 느껴보지 못한 욕정이었다. 이제 그의 통제를 벗어난 분신은 납작한 설의 배를 향해 꼿꼿이 제 존재를 드러내고 있었다. 저도 모르게 설의 가슴에 얼굴을 박은 채 율은 거친 숨을 몰아쉬었다. 이렇게 그녀의 체취를 맡는 것만으로도 숨이 막힐 것 같다. 끝까지 가지 말았어야 했는데……. 하지만 도저히 참을 수가 없었다. 작은 감기에 속상한 듯 입술을 잘근거리는 모습이 너무 사랑스러워 그저 한번 어루만지려 했다. 이렇게 사랑받고 있구나. 이렇게 나를 사랑해 주는구나. 그 생각만으로 너무 황홀해 감히 욕심내지 못할 그녀를 어루만지던 입술이 제멋대로 살아 움직이고 말았다. 그 순간, 이성을 잃어버렸다. 손 안에 담겨진 그녀의 가슴 둔덕에 머릿속이 하얗게 비어버렸고, 남은 건 오로지 그녀의 감촉뿐이었다.

이틀 전, 찾아갔던 형의 무덤조차 떠오르지 않았다. 형의 뼈가 뿌려진 나무 앞에서 홀로 술잔을 비우며 아파하던 통증도 사라졌다.

내 여자야!

제 등을 쓸어내리는 설의 손길 속에 율은 홀로 외쳤다. 습하게 내리는 빗줄기 속에 오랫동안 바라보던 형의 무덤도 그를 막지 못했다.

"넌…… 오로지 나만의 것이야. 윤설! 영원히…… 놓아줄 수도 없고, 놓아주지도 않을 거야."

오로지 제 사람이라 외치는 율의 눈동자에서 눈물이 한 방울 떨어져 설의 하얀 가슴 위로 쏟아졌다.

"왜…… 우는 거야?"

뺨을 적시는 율의 눈물을 제 손으로 닦아내며 설이 의아하게 물었다.

"왜, 우는 거지?"

묻지 마…… 윤설.

속으로 외쳤다. 이런 식으로밖에 널 가질 수 없는 내게 묻지 마. 부탁이야. 형의 여자를 형의 모습으로밖에 가질 수 없는 내 운명에 대해 묻지 말아줘.

대답 대신 율은 설의 뺨을 쓸었다. 말간 눈동자 앞에 거짓으로 설 수밖에 없음이 아팠다. 진실을 알게 되면 넌 어찌 나를 대할까?

"……네가 아파할까 봐."

율이 겨우 대답했다. 감기로 인해 목이 찢어지듯 아팠다. 한 마디 한 마디 쏟아낼 때마다 목의 통증은 제 심장을 갈기갈기 찢어 댄다. 그의 말을 오해한 설이 싱긋 웃었다.

"어차피 처음엔 다 아파."

제법 강단있는 얼굴로 답하는 말에 율은 함께 웃어줄 수 없었 다. 그것보다는 조금 더 힘든 고통…….

갑자기 시원한 어둠이 찾아왔다. 닫힌 커튼으로도 미처 가려지 지 못한 여름 햇살이 작은 손바닥으로는 옴팍 가려진다. 설의 손 바닥은 한기 스민 동굴처럼 청쾌하고 깨끗하다. 연하게 풍기는 약 냄새를 율은 깊이 들이마셨다.

무슨 객기였을까? 어차피 형의 여자를 취하는 패륜아를 자처하 면서도 굳이 형의 무덤을 찾은 건 말이다. 그리고 그대로 앓아버 렸다. 벌이었을 것이다. 제 여자를 취해 버린 동생에 대한. 그래서 온전히 앓아줄 생각이었다. 형의 작은 투정 정도는 얼마든지 받아 줄 셈이었으니까. 평생 동안 앓는다 해도 말이다.

그러나 설이 내민 약 봉지에 마음이 변해 버렸다. 아프기 싫다. 설이 원하지 않는 병마 따위 가지고 싶지 않았다.

시원해진 시야 너머 손바닥만큼 시원한 입술이 율의 입 안으로 급히 침입해 들어왔다. 놀란 율이 재빨리 몸을 뒤로 뺐지만 등을 안은 설의 팔이 그렇게 놓아주지 않았다.

"감기, 내가 가져갈 거야."

어깨에서 힘이 쭈욱 빠진다. 이렇게 사랑스러운 여잘 어떻게 놓 아줄 수 있겠어, 형!

"넌 언제나 행복하고, 언제나 단단하게 내 곁에 있으면 좋겠어.

이렇게 아픈 거 싫어. 내가 가슴 아파서……."

"네가 아프면?"

율이 물었다.

"네가 아프면 더 아픈 내 가슴은 어쩔 셈이야?"

"그건……."

고민하는 눈썹이 선명히 떠오른다. 율이 하하하! 웃음을 터뜨렸다. 못됐어! 작은 주먹이 콩콩 가슴팍을 두드렸다. 이젠 제 몸을 잡는 설의 팔도 없었지만 율은 그대로 그녀 위로 제 몸을 기대었다. 콩닥콩닥 뛰는 그녀의 심장 소리가 고스란히 귓가를 울린다. 그녀의 손바닥 아래 놓인 어둠이 좋고, 서늘한 감촉도 좋았다. 설의 손바닥 아래 제 두 눈을 맡긴 채 율은 그녀의 옷자락을 조심스럽게 헤집었다. 드러난 알몸이 손끝에 만져진다. 보이지 않는 시야는 그의 감촉을 더욱 예민하게 일깨워 그녀의 작은 털끝까지 섬세하게 느껴졌다. 파르르 떨리는 솜털의 움직임에 또다시 그의 몸이 경직되었다. 잠시 머물던 웃음도 사라진 후였다.

천천히 그녀의 손바닥이 아래로 떨어졌다. 주름 잡힌 율의 눈꼬리가 위로 솟구쳤다.

죄악은 지옥 속에…….

하지만 지금 그의 앞에 펼쳐진 건 분명한 천국이었다. 황금빛 열매가 그의 손 아래 놓였다. 그대로 내리꽂는 율의 시선에 설이 수줍은 미소를 지었다. 그건 분명한 유혹이었다. 열여덟 살 이래 단 한 번도 잊어본 적이 없는 설이 이제 온전히 그만을 기다리고 있었다.

율은 천천히 제 몸을 움직였다. 길게 늘어진 나뭇가지가 바람결에 날린다. 꽃잎이 화라락 그의 앞에 펼쳐졌다. 그 달콤한 액즙에 취해 율은 세상을 잊었다.

느껴지는 건 오로지 설의 숨결과 그녀의 향취뿐…….

14. 깨어진 거짓말

보글대는 거품이 톡톡, 수면 위로 터졌다. 넓은 율의 가슴에 안긴 설은 아픈 통증을 거품 속에 겨우 누르고 있는 상태였다. 예상은 했었지만 통증은 생각보다 깊었고, 율의 부드러운 손길 속에서도 쉬이 가시지 않아 결국 둘은 함께 거품 욕조에 몸을 묻었다. 혼자 하겠다는 설의 항의를 일고의 가치없이 묵살한 채 율은 기어이 욕조 안으로 들어서 버렸다. 물속에서 그가 쓰린 살갗을 어루만질 때마다 가슴의 근육이 불끈거려 몹시 난감하다가도, 차라리 이렇게 등을 돌리고 있는 게 다행이라는 생각도 했다. 도대체 무슨 용기로 그를 안을 수 있었는지 모르겠다. 이렇게 깨어나면 얼굴조차 마주 볼 수 없을 정도로 부끄러운데 말이다. 그녀가 움찔거릴 때마다 율의 낮은 웃음이 곧장 터졌다. 그리고 그의 가슴도 웃음을 따라 불뚝거려 그녀의 마른 등을 찔러댔다.

"너무 말라, 부서져 버릴 것 같아."

도드라지는 그녀의 척추 뼈를 손가락으로 간질이며 율이 귓가에 속삭였다. 하긴, 너무 많이 마르긴 했다. 납작한 배와 별반 다르지 않는 볼품없는 가슴을 가리며 설은 못 들은 척했다.

"이렇게 말라선 두 번 다시 안기 힘들겠다."

"칫! 그렇게 볼품없으면 다시 안 안으면 되지."

마르고 품새 없는 제 몸매 투정에 설이 입술을 삐죽거렸다. 그렇지 않아도 생선 가시마냥 말랐다, 문하가 곧잘 놀려대곤 했었는데.

"그건 안 돼!"

율이 단박에 거절했다.

"이젠 네 곁이 아니면 잠이 들지 못할 것 같아. 매일 이 향을 취하지 못하면 아마 질식해 죽을지도······."

율의 농염한 농담에 설이 킥킥대며 수면의 거품을 튕겨냈다. 하얀 거품이 율의 얼굴 위로 곡선을 그리며 떨어졌다. 덕분에 엎치락뒤치락거리다 율의 품에 아이처럼 포옥 엎어지고 말았다.

"하하하!"

언제 앓았냐는 듯 경쾌한 율의 웃음이 욕실 천장으로 울려 퍼졌다. 행여 누가 듣지 않을까, 설이 재빨리 율의 입을 막았다.

"킬킬킬!"

이번엔 설의 입에서 웃음이 샜다. 율이 장난스럽게 그녀의 손바닥을 핥은 탓이었다. 두 사람의 웃음 속에 허벅지 아래쪽 통증이 조금씩 사라져 갔다. 행복해. 그의 가슴에 등을 묻으며 설이 조그만 목소리로 고백했다. 거품 물을 등에 끼얹던 율의 손이 잠시 허공에 멈추었다.

그래…….

낮은 음성으로 대답했다. 잠깐, 시간이 멈춘 것 같다. 보글보글……. 거품이 끓어대는 소리만이 정적 속에 울렸다. 너무 행복한 순간이라 차마 쉽게 깰 수가 없었다. 서로의 숨결을 느끼고, 서로의 존재를 느끼는 소중한 시간이었다.

털이 보송 올라온 탄력 있는 율의 종아리를 바라보며 설은 수줍게 볼을 붉혔다. 이렇게 조금씩, 서로에게 익숙해지다 보면 어느 순간 저 벌거벗은 다리조차 무감각하게 느낄 만큼 가까워져 있겠지. 아마 그때엔 두 사람을 반씩 닮은 조그만 아이도 하나 정도는 있을지 모르겠다. 아니, 둘쯤?

율을 빼어박은 까만 눈동자를 떠올리며 설이 좀 더 크게 키득거렸다. 그녀의 웃음에 율이 고개를 갸웃거렸다. 왜 웃냐는 의미다.

"널 닮은 작은 아이가 있었으면 좋겠어."

"널 닮은 아들이 더 좋아."

"왜? 난 딸이 좋은데."

"딸은 애교가 많아야 하는데……. 넌 그쪽으로는 영 젬병이잖아."

"뭐어?"

성난 얼굴로 설이 또다시 물방울을 튕겼다. 이번엔 좀 많은 물이 율의 얼굴로 튀었다. 거품까지 잔뜩 묻은 얼굴로 율은 무어 그리 좋은지 연방 허허댔다.

"나름, 나도 귀여운 점 많아."

"그거야 나처럼 사랑에 눈먼 남자들에게나 해당되는 거지. 어머님께 여쭈어볼까? 아마 손사래를 치실걸?"

"새 아버지는 귀엽다고 그러시는데 뭘."

"하하하! 너의 애교는 우리 불쌍한 남자들에게만 통하나 보지."

"그래도 문하 오빠 같은 아들보다는 낫다고 생각해."

괜한 문하까지 끌어들이며 설이 항변했다. 잠깐, 넉살 좋은 문하를 떠올리며 율이 조금 긍정적인 태도로 고개를 끄덕였다. 하긴, 처남 같은 아들은 이쪽에서도 사양이었다.

"난, 널 닮은 아들이 좋아."

"안 돼."

율이 단호히 잘랐다.

"나와 닮은 녀석이 당신을 독차지할 생각만 해도 머리가 쭈뼛 올라와. 날 닮은 아들은 금지! 날 닮은 딸이라면 모를까. 무척 사랑스러울 거야."

쳇!

설이 투덜댔다. 잘난 척은…… 하며 말은 했지만 그를 닮은 딸이라면 꽤나 근사할 거라는 건 인정할 수밖에 없었다. 그녀와 달리 늘씬한 키에 진중한 검은 눈동자를 지닌 예쁜 아이가 떠오른다. 애교보다는 무뚝뚝함을 더 많이 가졌을 것 같지만.

설이 빙글 몸을 돌렸다. 덕분에 찰박 소리를 내며 목욕물이 욕실 위로 넘실거렸다. 잠깐 율이 놀란 몸을 좁혔다. 굳은 그의 어깨 위로 설이 살포시 머리를 얹었다.

심장이 콩닥대어 이대로 터져 버릴 것만 같다. 그녀에겐 아마도 미약이 배어 있나 보다. 잠깐 스치는 향에도 빙글 세상이 돌았다.

"사랑해. 그리고 고마워. 널 볼 때마다 말해주고 싶었는데 차마 말하지 못했어. 십 년이 아니라, 이십 년을 기다려도 네가 돌아온 다면 그것으로 충분하다고 생각해. 여전히 변하지 않고 날 사랑해 주어서 고맙고, 이렇게 내게 돌아와 주어서 고마워."

가슴이 꽈악 막혔다. 너는 어찌 이리 예쁘니? 사랑한다고 대답해 주고 싶은데 목소리가 나오지 않는다.

"미워했는데, 실은 그리움이었나 봐. 상처받았어?"

"……아니, 더 미워했어도 괜찮아. 그래도 우린 다시 사랑했을 거니까."

후훗!

설이 작게 웃었다. 그 웃음에도 독이 스몄다.

"더 많이 힘들게 해줄 걸 그랬나 봐. 그리워한 만큼 더 미워하고 화낼 걸."

어깨를 들썩이는 웃음에 율은 덥석 마른 어깨를 끌어안았다. 그리고 쪽! 소리가 나도록 입을 맞추었다. 마셔도 질리지 않는 청량 음료 같다. 이대로 그녀를 몽땅 삼켜 버리고 싶을 만큼.

"하지만 그렇게 하진 못했을 거야. 네가 아파하는 모습에 내가 더 고통스러웠을 테니까."

"설아……."

애틋한 음성으로 설을 부를 찰나였다. 갑자기 룸 쪽에서 설의 휴대폰 벨소리가 울렸다.

"아…… 전화."

꽉 잡은 율의 손을 피해 설이 몸을 비틀었다.

"내버려 둬."

"안 돼. 너무 늦은 시간인데……. 혹시 네 아버지일지도 모르잖아. 아까 기세로 봐선 널 찾아갔는지 꼭 확인할 기세이던걸? 조금 무서운 인상이라 생각했는데 생각보다 너에 대해서 부드럽게 말해주어서 좀 놀랐어. 어쩐지 수줍어하는 느낌이기도 했고."

수줍다고?

그 말에 율이 동그랗게 눈을 떴다. 그 단어처럼 아버지에게 어울리지 않는 단어도 없었다. '독사'라 별칭이 붙을 만큼 재판에서의 아버지는 무소불위였다. 그가 기억하기로 아버지가 패소한 사건은 단 한 번도 없었던 것 같다. 일찌감치 패소할 사건 따위는 맡지 않는 약삭빠른 계산도 있었겠지만, 법정에서의 아버지는 상대의 약점을 끈질기게 물고 늘어지는 독한 면이 더 많았다.

끝내 붙드는 율의 손길을 겨우 떨쳐 낸 설은 대충 가운으로 몸을 감싼 채 욕실 밖으로 빠져나왔다. 율 없이 홀로 방 안에 서자니 괜히 부끄러움이 몰려왔다. 누가 볼 일도 없을 텐데 꼼꼼히 머리카락까지 단정히 쓸어 올리며 설은 전화기를 집어 들었다.

문하다.

[어이, 동생!]

여전히 유쾌한 음성이 흘러나왔다. 참 세상 행복하게 사는 사람이라 생각하며 설은 피식거렸다.

[대체 어디야?]

"자, 잠깐 일이 있어서······."

[거짓말 서툰 거 알지? 우리 반율 선수랑 같이 있는 거야?]

어찌 이리 그녀에 대해서만큼은 족집게처럼 잘도 집어낼까? 율이 있는 욕실 쪽을 흘끔거리며 설은 절레, 고개를 저었다.

[너무 대놓고 연애하는 거 아니야? 늙은 오빠 제쳐 두고 결혼까지 앞지르는 주제에 눈치 좀 보시지?]

"그가 아파서······ 열이 엄청 높아."

[40도를 오르락내리락하는 고열 속에서도 제 본능대로 움직이는 게 남자라는 동물이야. 소심하기 짝이 없는 우리 아버지 가슴, 그만 벌렁대게 하고 이제 그만 돌아오지 그래? 속 넓은 이 오빠도 조금 걱정되려고 하니까.]

농담 같지 않는 문하의 말에 침대 맡 시계를 흘끔거렸다. 벌써 열두 시! 아주 잠깐인 줄 알았는데 벌써 여덟 시간이나 지나 있었다. 지금 출발해도 집에 도착하면 새벽이다. 이렇게까지 늦게 외출해 본 적이 없는 설로서는 몹시 당황스런 시간이었다. 아, 외출보다는 외박에 가까운 건가?

율의 열이 떨어지지 않아서······ 라, 변명할까 하다 그만두었다. 뻔히 속을 알아차릴 것 같은 문하에겐 그 어떤 변명도 통하지 않을 것 같다.

"지금 들어갈 거야."

[당연하지! 어머니는 열심히 숙면에 취하셨는데 울 아버지, 지금 거실이 닳도록 돌아다니시거든? 일찍 출발 좀 해주셔. 앞으로

얼마든지 즐길 수 있으니까, 이제 제발 좀 돌려달라고 반율 선수에게 전해주시고.]

끝까지 짓궂게 놀리는 문하의 전화를 겨우 끊자, 설이 후끈거리는 뺨에 손바닥을 대었다. 문하가 보지 못하는 게 다행이었다. 욕실 가운으로 대충 여민 몰골도 그렇고, 늘 듣는 작은 농담에도 벌겋게 얼굴을 붉히는 모습이 여간 민망스럽지가 않았다. 약 봉지와 자질구레한 잡동사니들이 잔뜩 쌓인 협탁에 전화기를 내려놓고 설이 허둥지둥 몸을 돌렸다.

"율! 이제 가봐야……."

서둘러 욕실로 향하던 몸짓에 가운 자락이 흩날렸다.

데구루루…….

도톰한 가운의 끝자락이 협탁을 스치며 그만 위험스럽게 놓여 있던 컵이 바닥으로 도르르 떨어지고 말았다. 다행히 두꺼운 카펫 위라 깨지지는 않았지만 남겨놓은 물이 바닥에 흥건히 고였다. 앗! 하고 돌아보던 설의 시선이 카펫 위의 납작한 지갑으로 향했다. 한쪽 끝이 물 고인 카펫 쪽으로 쏠려 있다.

"어떻게 해……."

한눈에 보아도 고급스런 가죽 지갑에 물이 스미지 않을까, 설이 재빨리 지갑을 집어 올렸다. 덕분에 한쪽 면이 옆으로 힘없이 펼쳐지며 선명한 칼라 사진 한 장이 눈에 들어왔다. 율인가 보다.

언뜻 들어오는 치기 서린 얼굴에 미소 짓던 설의 입매가 조금씩, 경직되기 시작했다.

뭐지?

설의 부재가 너무 길어지고 있었다. 이젠 많이 식어버린 미온의 물을 찰박이며 율은 또다시 욕실 문 쪽을 흘끔 바라보았다. 밖이 지나치게 조용하다. 나직하게 들리던 설의 목소리도 들리지 않았다. 제법 밝은 음성으로 보아선 그의 아버지는 아닌 것 같은데……

혹시 문하인가?

갸웃거리며 율은 욕조에서 몸을 일으켰다. 감기 탓인지, 미지근한 온도에 한기가 들었다. 대충 물기를 털어내고 가운을 걸쳤다. 다시금 동통이 밀려왔다. 많이 가시긴 했어도 그래도 오랜만에 앓은 감기는 쉬이 물러날 기세가 아니었다. 그사이 참았던 제 존재를 한껏 드러낼 셈인가 보다. 하긴, 개도 걸리지 않는 여름 감기이지 않나. 설이 가져온 약 한 봉지를 더 먹으면 낫겠지. 편하게 생각하며 율은 욕실을 나섰다. 무슨 통화가 이리 긴지도 모르겠다. 어느 땐, 정작 연적인 지루보다 문하의 존재가 둘 사이에 더 방해가 될 때가 많았다. 지루는 제 할 일이 바빠, 문하만큼 자주 부딪칠 일도 없었으니까. 지나친 새 처남의 간섭에 몰래 툴툴대며 율은 방 안으로 들어섰다. 커튼 틈 사이로 비추는 달빛과 침대 옆 스탠드의 노란 백열등 빛만 스민 실내는 조금 어둑했다. 율은 살짝 눈살을 찌푸렸다. 설이 보이지 않는다. 나갔나?

딸깍!

벽 쪽에 놓인 스위치를 켜며 율은 재빨리 실내를 훑었다.

"왜 불을 켜지 않고……."

구석진 소파에 몸을 웅크린 설의 모습에 율이 놀라 말을 멈추었다. 욕실을 나갈 때, 편하게 걸치던 가운 대신, 그가 직접 벗긴 옷들을 얌전히 걸치고 있었다. 왜 저곳에 있지? 조금 전까지 깔깔대던 유쾌함은 사라진 음산한 모습에 다가서던 걸음이 주춤거렸다. 아니, 실상은 그것보다는 설의 온몸에서 뿜어지는 강력한 오로라 때문이었다.

다가오지 마!

숙인 몸체는 분명 그에게 경고하고 있었다. 뜨끈한 불안감이 등줄기를 주룩 훑어 내렸다. 무슨 일이지? 알 수가 없었다. 문하에게서 걸려온 전화가 아닌 모양이다. 세상의 음울함 따위는 찾아볼 수 없는 경박한 처남에겐 무거운 소식이 좀처럼 상상되지가 않았다. 혹시, 지루인가? 불쾌한 녀석의 얼굴을 떠올리며 율은 미간을 좁혔다.

"누구 전화야?"

율이 다시 대화를 시도했다. 이토록 설을 가라앉게 만든 녀석이 그 녀석이라면 가만두지 않을 셈이었다. 감히, 내 여자에게서 웃음을 앗아갈 수 있는 게 불쾌하다. 욕실에서 나누었던 밝은 미소가 새삼 그리워졌다. 왜 웃지 않는 거야? 아쉬움을 털어내며 율이 한 걸음 설에게 다가섰다.

"너…… 넌 누구지?"

고개도 들지 않은 채 설이 조용히 물었다.

뭐?

내딛던 걸음이 흠칫, 제자리에서 멈추었다. 난데없는 누구냐니?

"네가 사랑하는 남자. 왜, 무슨 일이야?"

장난스럽게 대답하던 율의 미소가 빳빳하게 얼어붙었다. 이건 장난이 아니다. 그의 농담에 슬로우 모션으로 설의 고개가 어깨에서 떨어졌다. 차라리 울면 좋겠다. 순간, 그런 생각이 들었다. 아무것도 담기지 않는 공허한 눈빛에 율은 소름이 끼쳤다.

잠시 비워진 짧은 시간, 설에게 무슨 일이 생긴 걸까?

탁!

한 걸음 설에게 다가서던 발 아래로 무언가 톡 떨어졌다. 그의 가죽 지갑이다. 설이 오기 전 얌전히 침대 협탁에 놓아두었던 지갑이 그의 발아래 그대로 노출되어 펼쳐져 있었다. 율이 천천히 몸을 숙여 떨어진 지갑을 집어 들었다. 아니, 정확히 말하자면 지갑 왼쪽에 꽂아놓은 사진을.

효와 율!

형이 서울로 올라오던 십 년 전, 함께 나란히 찍은 사진이었다. 그와 형의 유일한 사진.

율의 얼굴에서 핏기가 사라졌다.

결혼식까지만……

차마 버리지 못해 그렇게 미련스럽게 간직해 왔던 둘의 사진이다.

"그 사진 속의 남자……."

효에게 시선을 고정한 채 설이 중얼거렸다. 눈빛만큼 공허한 목소리였다. 온몸에 섬뜩한 소름이 돋았다. 기어이 끝이 왔나 보다. 아버지와 기연이 그토록 경고했던 지옥의 끝이었다. 율이 한 발

내디뎠다. 조금 전 그의 앞에서 장난스럽게 웃던 그녀가 그리웠다. 그러나 그가 발을 내딛음과 동시에 설의 몸도 그만큼 뒤로 훌쩍 뛰었다. 지독한 통증이 느껴졌다. 텅 빈 눈동자가 진실을 재촉하고 있었다.

"그는…… 아니, 그들은 누구야?"

"우린…… 쌍둥이야."

겨우 쥐어짠 음성으로 율이 대답했다. 결국, 위태롭게 버티던 벼랑 아래로 떨어지고 만 것이다. 이제 그에겐 버팀목이 될 만한 그 어떤 공간도 남지 않았다. 왜 미리 말하지 않았을까? 짧은 후회가 들었지만 율은 단호히 고개를 저었다. 설사, 말할 기회가 있었다 해도 자신은 말하지 않았을 것이다. 그녀를 놓아줄 생각이 없었으니까. 차라리 결혼 전에 닥친 이 불운을 탓하는 게 더 나았다.

"너…… 너는?"

율의 눈동자가 설을 붙들었다. 아프지 마.

"그럼! 넌 대체 누구야? 너…… 너는 대체 누구냐구!"

째진 음성이 울부짖었다. 심장이 찢겨 나가는 것 같다. 하얗게 질린 얼굴 위로 투명한 눈물이 한 방울 뚝 떨어졌다. 혈색을 잃은 얼굴빛이 떨어지는 눈물처럼 곧장 아스러질 것 같아 율은 그녀를 향해 손을 뻗었다.

"윤설……."

나를 봐!

율이 안타깝게 소리쳤지만 그녀는 의식하지 못하는 것 같다. 혼란스러운 눈동자가 흐릿하게 일그러졌다. 또다시 떨어지는 설의 눈물이 심장 위로 떨어졌다. 반사적으로 그녀의 눈물을 닦아내리던 손이 허공 속에 그대로 멈추었다. 명백한 거부가 담긴 몸짓으로 설이 제 몸을 비튼 탓이었다. 질끈 두 눈을 감았다. 이대로 사라져 버리면 좋겠다. 산산이 부서져 작은 모래알이 되어 바람결에 날려 버렸으면…….

"너…… 넌…… 누구야? 제발…… 제발 말을 해! 누구야?"

"율……."

제발…… 잊지 마. 널 사랑했던 나를. 너에게 미소를 짓던 나를. 너로 인해 온전히 행복했던 나를…….

"효의 쌍둥이 동생."

짓이긴 그의 대답에 설이 비틀거렸다. 아마 의자에 파묻히듯 몸을 숨기지 않았다면 그대로 쓰러질 것처럼 파리한 안색이었다. 참혹한 심정으로 율은 그녀를 마주 보았다. 텅 빈 눈동자가 몹시 낯설다. 자신에게서 멀어지는 그녀를 더 이상 견딜 수가 없었다. 율은 다시 한 번 목소리에 힘을 실었다.

"그리고 네가 사랑했던 사람이야."

이미 짐작하고 있었던 일이었다. 설은 재차 이 악몽을 확인한 자신을 탓하며 비틀, 의자에서 일어섰다. 재빨리 뻗친 율의 손을 거칠게 뿌리쳤다. 자신을 기만했던 그를 용서할 수 없었다. 아니, 이것은 용서의 문제가 아니었다.

"내가 기다렸던 사람은 효였어."

"효이자, 나이기도 하지."

"효는…… 효는 어디 있는 거지? 당신의 그 대단한 쌍둥이 형은 대체 어디 있는 거야!"

"설아……."

"부르지 마, 제발!"

참았던 분노가 봇물처럼 터져 나왔다. 핏기 어린 입술이 터질 듯 맞물려 있었다.

"그는…… 효는 어떻게 된 거야? 미국에 있는 거야?"

"아니."

"그럼…… 여기, 서울에 있는 거야? 아님, 그날 전주에서 보았던 그가……."

"아니! 그것 역시 나야."

"도무지 정리가 안 돼."

모든 게 뒤엉켜 정리가 되지 않았다. 물기 젖은 머리카락을 움켜쥔 채 설이 물었다.

"효는 어디에 있는 거야? 아니, 효라는 사람이 살기는 했어?"

"효는…… 죽었어. 십 년 전, 그해 겨울."

아…….

신음이 흘렀다. 그제야 조금씩 정리가 되기 시작했다.

어느 날 끊어진 그의 소식.

효는 그녀를 버린 게 아니었다. 버림을 받은 게 아니었다. 그녀를 사랑하지 않은 게 아니었다.

"어, 어떻게 죽은 거야?"

"널 만나기 위해 전주로 가던 도중 차 사고가 생겼어."

"하하하!"

스산한 웃음이 터져 나왔다. 그대로 허물어질 듯 위태로운 웃음에 율이 설의 팔을 붙들었다. 이렇게라도 잡지 않으면 그녀가 이대로 사라져 버릴 것만 같았다. 모래알이 되어버린 건 그가 아닌 그녀다. 작은 바람에도 제 몸을 날려 버릴 작고 작은 모래알. 그러나 설은 여전히 그를 거부하고 있었다. 힘껏 뿌리치는 그녀의 힘에 오히려 율이 비틀거릴 정도였다.

"그럼 넌 죽어버린 효를 대신해 나와 결혼할 셈이었어? 우리가 함께 간직했던 추억까지 장난삼아서? 대체 뭘 원했던 거야? 왜 나와 결혼하려는 거지? 넌 대체 누구야!"

테이블 위에 놓여진 잔과 그릇들을 마구 내던지며 설은 발악을 했다. 참을 수 없었다. 그를 위해 준비해 왔던 죽 그릇과 약봉지들이 그녀의 손길에 우수수 바닥에 떨어졌다. 모든 게 다 부서져 버렸으면 좋겠다.

"널 원해, 윤설! 내가 원한 건 처음부터 끝까지 너였어. 열여덟 처음 만난 그 순간부터 넌 내게 형의 여자가 아닌 내 여자였어!"

"내가 사랑한 건 효야. 이제 와 이런 식으로 말하는 이유가 뭐야? 대체 내 사랑을 언제까지 우롱할 참이야!"

"윤설……."

"효라 생각했어. 어떤 사정 때문에 이름을 바꾸었을지언정, 내 곁에 있는 넌 분명 효라 생각했어. 그래서 사랑했고, 너에게……."

내뱉는 말 한 마디 한 마디가 모두 부메랑처럼 자신의 심장에 박혔다. 사랑했다. 장난스럽게 웃던 미소도, 무뚝뚝하게 닫힌 입술 위로 자잘하게 퍼지는 그 찰나의 미소도. 아이들과 힘껏 뛰어

놀던 파릇한 생기도, 그가 가진 모든 것들을 사랑했다.

"너에게…… 너에게……."

너에게 내 모든 걸 다 주었어.

흩어진 말이 허공에 부서졌다. 더 이상 소용없는 말이었다. 흔들리는 걸음으로 설은 문을 향해 발을 내딛기 시작했다. 이 끔찍한 지옥을 한시라도 빨리 벗어나고 싶었다. 그의 체취와 자신의 향이 섞인 이곳의 공기에서는 숨을 쉴 수가 없었다. 율이 그녀를 재빨리 붙들었다.

"난 언제나 같은 사람이야. 늘 네 곁에 머물렀던. 윤설, 그것만 기억해!"

"비켜!"

또다시 자신을 거부하는 설에게 율은 이글대는 질투를 느꼈다.

"왜 형만 기억하지? 너의 눈물을 닦아주고, 너의 입술에 첫키스를 맞추었던 나는 왜 기억하지 못하는 거야?"

아버지가 떠났다며, 애써 아무렇지 않게 웃던 그녀 입술에 얼마나 가슴 아프게 입맞춤을 하였던가. 푸른 옥정호 앞에서 처음 마주치던 모습도……. 늘 가슴 아픈 눈물이 되어 가슴에 박혔던 그녀가 떠올라 율은 비틀거렸다.

"비키라고 했어, 반율!"

차가운 설의 눈동자에 율은 절망감을 느꼈다. 힘껏 움켜쥔 그의 손아귀에서 다정히 웃는 두 남자의 모습이 처절하게 일그러졌다. 그래, 형의 여자라 생각했다. 그래서 잊었다. 다시는 형의 여자를 향해 시선을 보내지 않으리라 생각했다. 하지만 이제 효는 죽고 없다. 아무리 설이 아름다운 추억으로 그를 기억한다고 해도 지금, 그녀의 곁에 살아 숨 쉬는 건 죽어버린 형이 아닌, 바로 자신이었다.

"왜 너의 기억 속에 효만 있는 거라 생각하지? 너의 눈물에 가슴 아파하고, 너의 입술에 첫키스를 남겨두었던 내 추억은 왜 기억하지 않는 거야, 윤설! 내가 건네준 술에 취한 것도, 덕유산에 함께 올랐던 것도 기억나지 않는 거야? 도대체 왜! 네가 사랑했던 그 모든 추억 속에 왜 나는 없는 거냐!"

조금 전, 자신의 품 안에서 희열에 떨던 설을 그는 힘겹게 바라보았다. 낯설다. 마치 지독히 낯선 여자처럼 자신을 바라보는 설의 눈빛 속에서 율은 절망감을 벗을 수 없었다.

아니!

단호히 고개를 흔들었다. 이대로 끝일 수 없다. 이렇게 쉽게 놓아줄 여자가 아니었다.

그에서 벗어난 설은 필사적으로 문을 향해 치닫고 있었다. 시원한 공기가 뜨겁게 달구어진 방 안으로 순식간에 쳐들어왔다.

"윤설! 떠나지 마!"

율의 고함 소리가 긴 복도 사이로 처절히 울려 퍼졌다. 그러나 설의 귀에는 닿지 못했나 보다. 도망치듯 복도를 달리기 시작한 설은 어느새 엘리베이터 입구까지 도착해 있었다.

이런 젠장!

아직 옷을 입지 못한 율이 서둘러 바지만 걸친 채 복도 쪽으로 몸을 돌렸다. 설의 모습이 보이지 않는다. 그새 엘리베이터가 도착한 걸까? 조급해진 마음에 셔츠의 단추를 채울 사이도 없이 율은 급히 계단으로 향했다. 미로처럼 긴 계단이 끝도 없이 이어져 있었다.

"널 놓아줄 수 없어, 윤설! 지독한 운명일지라도 널 놓아주지 않을 거야. 그러니까 도망치지 마."

이글대는 음성이 계단 아래로 의미없이 사라져 갔다. 이미 도착했을까? 그러지 않기만을 바랄 뿐이었다. 이렇게 허무하게, 이렇게 고통스럽게 떠나보낼 수는 없었다. 숨 가쁘게 달려 끝내 로비에 도착한 율은 허겁지겁 홀 안을 둘러보기 시작했다. 풀어진 그의 옷차림에 놀란 사람들의 눈초리 따윈 들어오지도 않았다.

"손님! 저기…… 옷차림이…….."

호텔 직원이 급히 그에게 다가와 난감한 어투로 속삭였다. 그까짓 게 무슨 상관이람! 성마른 손길로 직원을 붙잡고 율이 다급히 물었다.

"여자…… 여자는?"

"네?"

"짧은 머리, 그리고 좀 그녀가 당황해서 꽤…… 흔들렸을 것 같은데. 얼굴이 하얀 편이고."

"네? 아, 조금 전 호텔을 나서신 분 말씀입니까?"

연인들의 다툼인가? 그렇지 않아도 휘적휘적 걷는 품새가 어딘지 이상하다 했었다. 풀어헤친 셔츠 사이로 탄탄한 상체를 드러내고 겨우 바지만 걸쳤을 뿐, 신발조차 신지 않은 이 남자의 몰골도 그렇고 말이다. 그리고 보니 이 남자, 여기에 묵고 있다던 반율 선

수다! 여기 투숙한다는 말만 들었지 지금까지 한 번도 마주친 적이 없었던.

"저기, 혹시…… 반율 선수 되시죠? 반갑습니다. 혹시 저희 호텔에 불편 사항은……."

"빌어먹을!"

"네?"

"그 여자! 그 여자 어디 갔냐고!"

"네? 아, 네에. 저쪽 현관……."

직원의 말이 끝나기도 전에 율은 호텔 현관 밖으로 내달렸다. 뭐야? 굉장히 건방진 인간이잖아? 새치름하게 꼬아대는 직원의 눈초리를 뒤로 남긴 채 율은 바람처럼 직원이 가리킨 문 쪽으로 내달렸다. 장식으로 박아놓은 돌바닥이 맨살에 지독한 통증을 남겼지만 그것도 느끼지 못했다. 흐트러진 머리카락이 설을 쫓는 시선에 방해되는 것만이 불편할 뿐.

"윤설!"

흐릿해지는 윤곽이 뒤늦게 눈에 띄었다. 분명, 설이다. 비틀거리는 걸음으로 호텔을 벗어나는 설은 곧이라도 쓰러질 것처럼 위태로워 보였다.

"윤설!"

남은 힘을 몽땅 실어 율이 고함을 쳤다. 언뜻, 설의 고개가 그를 향해 돌아섰다. 내달리던 그의 걸음이 순간, 제자리에 멈추어 섰다. 아무것도 담기지 않는 무형의 눈동자. 밀랍처럼 하얗게 질린 회색빛에 절로 몸이 떨렸다. 무슨 짓을 한 건가? 그 빌어먹을 형의 인생을 대신 살자 했던 자신의 불행 따윈 아무 상관 없었다. 짓밟힌 설의 영혼 앞에서는 그것도 사치스런 말이었다. 지금 그의 앞에 펼쳐진 건 아버지가 그토록 경고했던 끔찍한 현실이었다.

사실을 밝혔어야 했다. 그 시절이 아니었다 해도, 다시 재회했던 그때라도 진실을 밝혔어야 했다. 뼈아픈 후회가 들었다.

"윤설……."

조심스럽게 발을 내디뎠다. 조금씩 그녀가 더욱 커져 간다. 울고 싶은 건 율이었다. 그러나 정작 울고 있는 건 그녀다. 파리해진 얼굴로 설이 속삭였다.

"네가 누구인지 모르겠어, 효……."

온몸의 피가 그대로 식어 내렸다. 행여 다치지 않을까, 섬세하게 설을 붙들며 율은 애원했다. 제발, 떠나지 마라. 그녀가 없는 세상을 두 번은 살 자신이 없었다. 위태롭게 흔들거리던 설이 무릎이 바닥으로 꺾어졌다. 하얗게 질린 얼굴이 그대로 사라져 갔다.

"난 율이야! 윤설, 너의 연인."

애타게 울부짖으며 그녀를 붙들었다. 의식을 놓지 마. 당장 눈을 떠, 나를 바라봐! 죽어버린 형이 아닌, 살아 있는 나를 보란 말이야!

"너를 사랑해. 날 부정하지 마! 윤설!"

부탁이야.

그녀는 그가 살아가는 유일한 이유였다. 죽어도 놓지 못하고, 살아서는 벗어날 수 없는 그의 모든 것이었다.

"놓아주지 않아. 네가 아무리 도망쳐도 절대 널 놓아주지 않을 거야. 그러니까……."

율의 눈에서도 뜨거운 눈물이 쏟아지기 시작했다. 자신의 품에서 다른 남자를 그리워하는 제 연인을 품어야 하는 고통도 상관없었다.

"그러니까…… 그러니까 부디 날 버리지 말아줘."

스러지는 음성 뒤로 후다닥, 발걸음 소리가 난삽하게 들려왔다.

"여기 119! 구급차 빨리 불러! 사람이 쓰러졌어. 손님! 괜찮으십니까?"

"무슨 일이야?"

"여자가 쓰러졌어."

"어, 저 사람. 반율 선수 아냐? 그 사람이 왜 저러고 있는 거야?"

모든 것이 희극적으로 그의 주의를 빙빙 돌기 시작했다.

빙글, 빙글…….

15. 벼랑의 끝

율의 전화를 받고 문하가 급한 걸음으로 병실에 도착했을 땐, 허수아비 같은 두 사람이 있었다. 죽은 사람처럼 파리한 안색으로 침대에 누운 설 옆엔 그녀 못지않게 하얗게 질린 율이 지키고 있었다. 문하는 몹시 놀랐다.

"대체 무슨 일이야?"

설의 팔에 꽂힌 주삿바늘을 살피며 문하가 물었다. 아버지에게는 그저 두 사람과 같이 술을 한잔하게 되었다, 대충 핑계를 대고 나오는 길이었다. 어른들이 알아서 좋을 일은 아니라는 율의 간곡한 부탁 때문이었다. 링거를 꽂은 채 외로 고개를 꼰 설의 모습도 그렇지만 얼마나 서둘렀는지 단추조차 제대로 끼워지지 못한 율의 칠칠맞은 옷차림도 기묘하긴 마찬가지였다. 시베리아 냉기가 휘도는 두 사람 사이에서 문하가 별일 아닌 양, 애써 털털한 웃음을 터뜨렸다.

"아이쿠! 아직 결혼식도 올리기 전인데 벌써부터 부부 싸움을 거나하게 하셨구만! 그래서 이 늙은 오라비 추월한 것도 모자라, 두 사람 화해시켜 달라 부른 건가?"

그의 농담에 돌아온 거라고는 냉랭한 침묵뿐이었다. 문하가 또다시 괜한 웃음을 크게 터뜨렸다. 나름으로는 어색한 분위기를 깰 의지였으나, 원래부터 그런 점에서는 무뚝뚝하기 그지없는 두 사람인지라 그리 효과를 보지는 못했다.

"가줄래?"

계속되는 문하의 수선 속에 설이 말했다. 아주 작은 음성이었지만, 문하의 큰 목소리 속에서도 율은 금방 알아들었다.

"윤설……."

"제발!"

설이 버럭 소리를 질렀다. 화보다는 짜증이 더 실린 음성이었다. 그가 제 곁에 있는 것도, 더 이상 이해할 수 없는 변명도, 끝없이 반복하는 사랑한다는 말도 모두 듣기 싫었다.

"제발, 사라져 달란 말이야!"

벌떡 자리에서 일어난 설이 율에게 독한 눈빛을 쏟아냈다. 독기가 뚝뚝 흐르는 눈동자에 당사자인 율보다 오히려 문하가 흠칫, 어깨를 움츠렸다.

뭐야! 무슨 사랑싸움을 저렇게 죽일 듯이 하냐?

"내일 다시 올게."

"오지 마! 오는 거 바라지 않아."

소리를 한 번 내지를 때마다 허리가 끊어지듯 아파왔다. 첫 경험의 고통을 어찌해 보기도 전에 닥친 일인지라 허리 아래로 힘을 줄 때마다 여린 속살이 너무나 고통스러웠다.

"설아."

"차라리 만나지 않았는 게 더 나아. 그냥 나를 잊었겠지, 그저 철부지 시절의 짧은 첫사랑인 거라 생각하는 게 더 나았어. 너희들…… 두 형제 사이에서 놀림거리가 될 바에야."

"그런 식으로 생각한 적, 단 한 번도 없었어."

"제발…… 제발 가! 가라고! 네가 한순간도 나랑 같은 공간에 있는 거 참을 수 없어. 너랑 같은 공기로 숨 쉬는 것도 참을 수 없어. 네가 이렇게 내 앞에 서 있는 것도 참을 수 없어. 그러니까 제발 내 눈앞에서 사라지라고! 제발! 아니면 내가 사라져 줄까? 원한다면 당장 이 자리에서 내가 사라져 줄게! 네가 바라는 게 그런 거야?"

당장이라도 빼어버릴 듯 손목에 꽂힌 바늘을 잡은 채 설이 살벌한 빛을 냈다. 의식이 스러지던 순간에도 그녀를 애타게 붙들던 그의 목소리가 자꾸 떠올라 설은 견딜 수가 없었다. 아니, 이런 상황에서도 그의 앞에서 떨리는 이 심장의 두근거림이 그랬다.

"네가 무어라 해도 괜찮아. 원망하고 또 원망해도 견딜 수 있어. 하지만 떠나지는 마라. 난 절대 널 놓아주지 않아."

강인한 목소리로 율이 말했다. 전주에서 그녀와 재회했을 때 그랬다. 잊을 수 없다면 차라리 놓아주지 말자. 십 년의 세월로도 지워낼 수 없는 여자라면 결코 놓아줄 수 없었다. 형의 삶을 대신 살아도 놓아주지 않을 생각이었다. 진실이 생각보다 빨리 드러났을 뿐, 그의 의지는 바뀌지 않았다.

어깨 위로 묵직한 손이 느껴졌다. 문하다.

"어이, 반율 선수! 그만 우리 동생 좀 놓아주지 그래?"

조금 전의 실없는 농담을 하던 얼굴이 아니었다. 무표정하게 그의 어깨를 붙든 문하의 손은 생각보다 더 강했다. 설사, 강하지 않았다 해도 무시할 율도 아니었지만.

"무슨 사정인지 정확히 모르겠지만, 내 동생이 원하지 않으면 그것으로 충분해. 이제 그만 떠나주는 게 어때?"

문하의 제지에 율이 다시 한 번 설을 바라보았다. 그러나 여전히 설은 외면하고 있었다. 파리해진 뺨이 그에 대한 완벽한 거부였다. 한 번이라도 어루만지고 싶었지만 그럴 수가 없었다. 괜찮을까? 율은 걱정스러웠다. 듣기에 여자는 첫 경험을 한 후에 극심한 고통을 느끼는 경우가 있다고 했다. 몸이 적응이 될 때까지 함께 어루만져 주고 싶었는데. 안타까운 눈빛으로 시선을 거두며 율은 제 어깨에 놓인 문하의 손을 떨쳐 냈다.

지금은 잠시 혼자 두어도 괜찮겠지. 이 상황이 정리가 되면 조금 더 나을지도 모르겠다. 잠시만 그녀를 혼자 두자.

율은 병실 문 쪽으로 향했다. 잠시의 악몽일 뿐이라, 스스로에게 다짐했지만 미약한 위로라는 것도 알았다. 무겁게 닫히는 문소리와 함께 병실 안은 그 문만큼이나 무거운 침묵이 감돌았다. 설의 혈관을 파고드는 링거액의 소리마저 천둥처럼 들릴 만큼 끔찍한 고요였다.

"어?"

병실 복도를 빠져나가던 율 앞으로 누군가 성큼 다가섰다.

이런 제기랄!

절로 욕설이 터져 나왔다. 은빛 안경테가 번쩍이는 영민한 얼굴
이 놀란 기색으로 그를 바라보았다.

"여긴……."

무슨 일이냐는 거다. 아는 사람 병문안을 왔다는 쉬운 핑계를
댈까, 충동이 일었지만 율은 재빨리 털어냈다.

"설이 잠시 혼절을 해서."

"혼절?"

묻는 품도 불쾌하다. 모든 원흉이 그에게 있는 듯한 시선도 그
랬고.

"그래서 여기에 홀로 남겨두고 떠나는 거야?"

지나친 간섭에 불끈 성질이 치솟았다.

"신경 끄시지?"

일부러 어깨를 스치며 엘리베이터로 향하는 율에게 지루가 비
꼬는 음성으로 덧붙였다.

"결국, 설이 알아버린 모양이지? 네가 효가 아니라는걸?"

우뚝 걸음이 멈추었다. 기연의 말이 가슴을 스쳤다.

'세상을 네 손바닥을 가릴 수 있다고 생각해?

"친하지는 않다고 해도 그래도 한동네에서 자란 친구야. 효가
쌍둥이라는 것조차 모르지 않지."

결국, 손바닥으로 가린 건 세상이 아닌, 제 시야일 뿐이다. 천천히 지루를 향해 돌아섰다.

"떠나는 게 아니라, 결국은 쫓겨나는 건가? 설이 사랑한 효가 아니라서?"

냉정한 녀석이다. 상대의 약점을 잘도 찔러대는군.

"효는…… 어떻게 된 거지?"

"그 빌어먹을 형은, 제 연인을 찾아 떠나다 죽어버렸어."

한밤중 울린 전화벨의 섬뜩한 소리를 떠올리며 율이 짓이긴 음성으로 대답했다. 재회하는 두 사람을 상상하며 이글대는 질투를 짓누르고 있을 때였다. 다들 잠든 그 어둠 속에 울린 전화는 형의 죽음이었다. 마주 오는 음주 차량과 부딪쳐 뇌가 온통 바수어져 즉사했다는 상대의 말에 율의 뇌도 형체 없이 바수어졌다. 형이 떠난 후 알 수 없이 밀려오던 공포의 실체가 결국 죽음이었던 거다. 살아 숨 쉬는 넝쿨이 온몸이 타고 흐르듯 소름 돋는 공포가 단지 두 사람에 대한 질투라 애써 다스리던 자신의 미련함 속에 형은 처절한 고통 속에 죽어가고 있었다. 그 지독한 고통을 이 녀석을 알까? 죽은 형 앞에서 남은 설을 걱정해야 했던 그의 그 추악한 이기심을 이 녀석을 알 수 있을까?

정말 빌어먹을 형이었다. 차라리 그가 대신 죽는 게 더 낫겠다. 설의 뇌리 속에 온통 짜릿한 추억만 남기고 떠나 버린 형이 오히려 더 행복하다, 율은 생각했다.

"죽어?"

"차 사고."

아, 이런…….

처음으로 지루의 얼굴이 짧은 감정이 스쳤다. 이래저래 해도 한 동네에서 자란 친구였다. 게다가 설에게 오는 도중 사고가 생기다니. 설에게 지독히도 매달린다 했었다. 서울 특유의 유쾌함은 있었지만 결코 제 마음을 주지 않던 냉정한 녀석이 무슨 일로 설에게 그토록 매달리나 했었는데…….

"담배 한 대 피우지 않을래? 꽤나 고파지는군."

처음으로 지루가 마음에 드는 소리를 했다. 묵묵히 그를 따라 옥상으로 향했다. 하얀 벽만 가득한 병원을 벗어나 옥상 위로 올라오니 막혔던 숨이 조금은 트인 것 같다. 나란히 담배 한 개비씩 물고 있는 이 다정한 꼴은 썩 마음에 들지 않지만 말이다. 빈속에 쓰디쓴 담배 연기를 삼켰더니 위액이 그대로 곤두서는 것 같다. 그래도 율은 지루 옆에서 담배를 깊숙이 빨아들였다.

"그래서 죽은 형의 이름으로 설을 가지려 했던 건가?"

빌어먹을 자식!

율이 이를 갈았다.

"차라리 낯선 존재로 사랑을 시작하지 그랬어? 어차피 처음 만난 사이였을 텐데……. 장난이 좀 심했군."

"십 년 동안 기다려 온 사랑이야. 그따위 식으로 말하지 마라."

"무슨 말이야?"

"나 역시 열여덟, 그녀를 처음 만났어."

"아…… 그것참, 복잡하군."

지루가 얇은 입술을 비틀었다. 미운 녀석이라 그런가? 어쩐지 비웃는 것처럼 느껴져 율의 불쾌감이 한층 올라섰다.

"십 년 동안 기다린 사랑이 결국 이런 식으로 끝나 버린 건가?"

"아니."

율이 단호히 선을 그었다. 이제 시작일 뿐, 끝은 영원히 없었다.

"이제 시작일 뿐이야."

"그런가? 어차피 너 혼자만의 생각이겠지."

지루가 손가락의 담배를 튕겼다. 회색빛 재가 먼지처럼 공기 중에 흩어진다. 장난스럽게 대꾸하던 녀석의 눈동자가 그제야 율에게 똑바로 향했다. 진지하게 바뀐 눈빛이 어쩐지 마음에 들지 않는다.

"나 역시 설에게 고백해 볼까, 생각 중이었는데."

"하!"

"너만 십 년의 사랑이라 하지 마. 나 역시 너와 같은 시절에 설을 만났어."

"그래서 그녀를 십 년 동안 기다렸다는 거야?"

"설마! 그 정도로 진지하지 않아. 다만 내겐 어렸을 적 잠시 관심있었던 여자지."

"그럼, 신경 꺼!"

번뜩, 지루를 쏘아보았다. 죽은 형 하나만으로도 벅차다. 이런 녀석까지 주위에 얼쩡거리는 걸 봐줄 만큼 마음이 넉넉하지가 못했다.

"글쎄? 솔직히 그리 내키지는 않는데? 설이 묘한 매력이 있잖아? 톡톡 쏘는 말투와 달리 여린 성격도 그렇고, 기본적으로 마음에 드는 얼굴이야."

"미친 자식! 소용없는 짓이야."

"그럴까? 난 승산이 있다고 보는데. 최소한 제 형 이름 팔아 결혼하려는 녀석보다야 낫지 않을까?"

왜 이리 일진이 사나울까? 설을 안을 때까지만 해도 이런 끔찍한 저녁을 맞을 줄은 몰랐었는데 말이다. 아직 낫지 않은 감기 덕분에 가만히 있어도 온몸이 오슬거렸다.

"경고하는데 그녀에게 접근하지 마. 제 형 이름으로 산다는 거, 말만큼 쉬운 일이라 생각해? 천만에! 그건 지옥이야. 내가 아닌 다른 남자, 그것도 제 형을 사랑하는 여자를 품에 아는 게 얼마나 고통스러운 건지 모른다면 가만히 내버려 둬! 네 녀석에게까지 신경쓸 만큼 한가하지 못하니까."

지루가 건네주었던 담배를 마지막까지 힘껏 빨아들인 후, 천천히 바닥에 짓이겼다. 마치 지루를 짓이기듯!

"감히 내 삶에 끼어들지 않는 게 좋을 거야. 난 형과 다르니까."

"효 역시 그리 만만한 녀석은 아니었어!"

키득거리며 외치는 지루를 뒤로한 채 곧장 병원을 나섰다.

God dam!

뒤늦게야 미뤄놓았던 열기가 다시 뻗쳤다. 호텔로 향하는 걸음이 휘청거려 똑바로 걷는 것조차 버거울 정도였다.

시간은 충분해.

율은 스스로를 다독거렸다. 어차피 언제까지 형의 이름으로 살아갈 수는 없었다. 그렇다면 그저 새로운 시작이라 생각하자. 다시 시작하고, 다시 사랑하면 되는 거야.

　과연 그럴 수 있을까?

　늦은 회의가 들었다.

　세상에서 가장 질긴 사랑은 자기애라고 그랬다. 다른 사람을 아무리 사랑해도, 그 사랑 때문에 죽지는 않는다고. 그래서 설은 밥을 먹었고, 숨을 쉬었고, 약국에도 나갔다. 푹푹 찌는 찜통더위에 입맛은 잃었지만 그렇다고 굶지는 않았다. 장마가 끝나 기승을 부리는 여름의 자락에서 신애와 경화는 벌써부터 여름휴가 기분이었다. 주일 끼고 일주일씩 잡는 휴가 날짜를 서로 겹치지 않게 나란히 상의하는 모습이 사이좋은 자매 같다.

　"7월말에 가면 그나마 좀 한가하긴 한데, 그때쯤이면 태풍 오지 않나?"

　"그래도 8월 초순 넘어가면 어디를 가나 북새통이에요. 바가지 요금도 한창이고."

　"요즈음은 그 지역 단체에서 많이 단속하니까 그렇게까지 바가지요금은 안 써."

　"그래도 바닷가는 좀 무리예요. 사람들이 어찌나 밀리는지 바닷물에 발 한 번 담그기도 힘들다니까요. 숙박 잡기도 힘들어서 바가지요금 안 쓴다고 해도 웃돈 주는 건 마찬가지일 거예요."

　"그래? 그럼 차라리 해외로나 갈까?"

　"거기도 성수기라 요금 비싸긴 똑같죠 뭐. 게다가 이미 예약도 다 끝났고."

"에효효!"

긴 한숨이 그녀가 선 자리까지 들려왔다.

"윤 약사는 어차피 율 선수랑 같이 갈 거지?"

"이번이 싱글로서는 마지막 휴가인데 그냥 친구들끼리 가는 게 낫지 않아요?"

"에이! 그럼 율 선수가 섭섭하지. 혼자 기대에 부풀어 있을 텐데. 아예 이번 기회에 혼수나 장만하지 그래? 호호호! 이왕이면 율 선수 닮은 건장한 아들로 부탁해. 내가 나중에 딸 낳아서 사돈 맺게."

저 혼자 김칫국을 홀딱 마신다.

"말도 안 돼! 그럼 저는요?"

경화까지 끼어들어 한바탕 웃음이 터졌다. 그 속에서 애써 웃고 있자니 입술 끝에 경련이 일었다. 설이 책상 위에 놓인 제 휴대폰을 바라보았다. 까맣게 꺼진 액정이 음울했다. 집으로 돌아가 확인해 보면 하루 종일 율에게서 걸려온 전화번호가 주루룩 올라왔다. 율은 매일 전화를 걸어왔고, 설은 매일 그 전화를 무시하고 있었다.

율의 진심을 믿을 수가 없었고, 그것은 가만히 있어도 심장이 욱신거릴 정도로 지독한 고통이었다. 사랑한다고 했었다. 심연보다 더 깊은 사랑이라는 게 겨우 거짓말로 점철된 헛된 고백이라는 사실에 설은 참담함을 금치 못했다. 지난 십 년 동안, 아니, 효를 만난 그 순간부터 내내 간직했던 그녀의 사랑은 무엇이었을까?

〈사랑해. 그것만은 잊지 마.〉

받지 않은 전화 대신 남겨놓은 메시지도 마찬가지였다.

사랑?

설은 코웃음을 쳤다. 사랑이라는 게 그토록 쉽게 내뱉을 수 있
는 거라 생각한 적 없었다. 그녀에게 사랑은 세상의 전부였고, 기
다림이었다. 문하는 바보 같은 거라고, 그랬다. 십 년 동안 돌아오
지 않는 사람을 기다리는 건 모래에 성을 쌓는 것보다 더 바보 같
은 짓이라고.

"윤설!"

신애와 경화가 던져 준 휴가 일정을 들고 약국을 나서는 그녀
앞으로 지루가 다가왔다.

"무슨 일이야?"

"비번."

"인턴에게 비번이라는 게 있니? 꽤나 한가한 병원이가 봐."

제 앞에 선 지루를 비켜 정류장을 향해 걷기 시작했다. 그날, 입
원한 병원이 지루가 근무하는 병원이라는 걸 안 후부터 얼굴을 마
주하기가 여간 곤혹스러운 게 아니었다. 알 리 없는데도, 마치 제
몸에 찍힌 율의 흔적을 그가 알아차린 것 같아 난감하기도 했고.

"내내 기다렸는데……. 너무 야박한 거 아닌가?"

잽싼 걸음으로 뒤쫓으며 지루가 구시렁댔다.

"바빠."

"너야 늘 바쁘지. 밥 먹을 시간도 없는 인턴보다 더 바쁘고, 하

루 종일 잠잘 수 있는 비번을 포기한 사람보다 더 바쁘고……. 그건 아는데 그래도 식사는 할 거 아냐?"

"강지루!"

빠르게 걷던 걸음이 우뚝 멈추어 섰다.

"왜 내게 이러는 거야?"

"밥 먹으려고."

농담 같지 않은 농담이다.

"배고프지 않아."

"윤설! 내가 너에게 친구가 아니라면 최소한 의사로서 하는 말로 들어. 배고프지 않다는 건 너의 의식일 뿐이야. 사랑이 끝나도 왜 사람들이 살아가는 줄 아니? 의식은 죽어도 몸은 살아 있기 때문이거든. 배고프지 않아도 먹어. 먹다 보면 배고픈 걸 깨닫게 될 테니까."

배고프지 않다니까!

소리치려던 설의 입이 마주친 지루의 눈빛에 사그라지고 말았다. 부릅뜬 눈이 비난을 싣고 있었다. 열여덟의 지루에게선 볼 수 없었던 진한 감정이 실린 눈빛. 걱정과 배려, 그리고 연민이 섞인 눈동자가 그녀를 비난하고 있었다.

살아야지!

분명, 그랬다.

살아야 한다는 지루의 말을 따라 설은 고집을 꺾고 그의 차에 올라탔다. 몰랐는데 꽤 외로웠던 걸까? 혼자가 아닌 다른 사람의 숨결에 괜한 안심이 들었다. 지루의 차는 서울을 벗어나 도심 외

곽으로 향했다. 배고픈 그녀의 위장과 함께 가벼운 기분 전환도
시켜주고 싶었던 모양이었다. 답답한 서울을 벗어나 푸른 나뭇가
지 사이를 달리려니 음울했던 기분이 조금은 나아졌다. 달리는 내
내 조용히 침묵하는 지루의 태도도 그렇고. 설은 멍하게 창밖을
스치는 풍경을 바라보았다.

"생각보다 괜찮지?"

"응."

"아무 생각 하지 말고 따라오기만 해. 근사한 저녁 사줄 테니
까."

"별로 좋은 친구는 아니었던 것 같은데 잘해주어서 고마워."

그건 진심이었다. 전주에 살 때에도 어딘지 불편한 구석이 있는
지루인지라 친하게 지낸 기억이 없었다. 하긴, 돌이켜 보면 지루
덕에 더욱 공부에 전념할 수 있었는지도 모르겠다. 시험 때마다
어느 순간에 보면 지루와 경쟁하고 있던 자신을 느낄 수 있었으니
까.

"그때 말이야. 아마 너 아니었으면 그만큼 공부 못했을 것 같아.
시골이라 좀 우습게 알기도 했거든."

"나 역시! 전북 권내에서도 늘 상위에 있던 편이라 학교 아이들
에게 그다지 신경 쓰지 않고 살았었어. 네 덕분에 그래도 이 년 동
안 긴장 풀지 않고 공부했었지. 네가 전학 오지 않았다면 그만큼
욕심내서 공부했을까, 싶기도 해."

"의외로 통하는 구석이 있었네?"

"아마 더 많을걸? 너와 난 어차피 같은 부류야."

"그건 아닌 것 같은데……."

"뭐, 두고 보면 알겠지."

뭐 그리 자신만만해할 일은 아닌데 지루는 싱겁게 말을 마쳤다. 그 말에 후훗! 작은 웃음이 샜다. 지루가 무슨 일이냐는 듯 눈썹을 치켜올렸다.

"그냥, 조금 우스워서."

설이 바알갛게 얼굴을 붉히며 변명했다.

"함께 살던 그 시절보다 지금의 네가 더 친구처럼 느껴져서. 그때 넌 좀 어려웠거든. 말도 없었고, 늘 노려보아서 경쟁 상대치고는 지나치게 적대적인 아이라 생각했었어."

"원래 마음이 깊으면 말이 나오지 않는 법이지."

무슨 말이야? 하고 물었지만 지루는 대답 대신 넓은 주차장에 차를 세웠다. 근사한 레스토랑 대신 슬레이트 지붕이 쳐진 작은 식당이었다. 식당의 유리문에 파란 페인트로 쓰인 메뉴도 메기 매운탕, 쏘가리탕, 민물새우탕. 그녀가 한 번도 먹어본 적이 없는 음식이었다. 민물고기에서 풍기는 비릿한 물 냄새를 떠올리며 설은 보이지 않게 눈살을 찌푸렸다. 먹기가 좀 곤혹스러운 메뉴였다.

"인상 펴. 보기보다 비릿하지 않을 테니까. 네가 그토록 좋아하던 옥정호 근방에 가봐. 온통 쏘가리탕, 메기매운탕 집뿐이야."

"별로 내키지 않아."

"쏘가리는 양식이 안 돼. 오염 없는 맑은 물에서만 사는 물고기라 비릿한 물 냄새나 흙냄새도 없어. 믿어보라니까!"

나름, 보신용으로 데려온 곳이라 지루는 필사적으로 설을 설득했다. 한눈에 보아도 파리한 안색이 그사이 제대로 식사를 못한 티가 여실했다. 처음 생각했던 레스토랑이 잠깐 떠올랐지만 지루는 고집을 피우기로 했다. 질긴 스테이크는 설이 소화시키기에 좀 부담스런 메뉴였다. 결국 지루의 고집을 이기지 못해 설은 신발을 벗고 가게 안으로 들어섰다. 인심 좋게 생긴 아주머니가 반갑게 맞이해 이젠 되돌아 나갈 수도 없는 상황이었다. 가게 안은 구수한 시래기 냄새와 매콤한 고추 냄새가 먼저 풍겼다. 맛깔스런 매운 향에 절로 입 안에 침이 고였다.

"전에 내과 과장님이 한 턱 쏘신다고 데리고 오신 곳이야. 주인 아주머니와 잘 아시는 사이라는데 그때에도 쏘가리탕을 시키시더라고. 시래기가 많아서 먹기에도 좋아. 고기는 먹지 않아도 돼."

그리고는 자상하게도 잘 퍼진 시래기 한 주걱을 떠올려 설의 앞 접시에 놓아주었다. 지루의 말처럼 생각보다 비리지 않는 매콤한 국물이 술술 입 안에 넘어갔다. 목까지 국물이 꽉 찼다.

이렇게도 살아지는구나.

허옇게 김이 올라오는 윤기 흐르는 쌀밥과 빨간 매운탕 국물에 침이 흐르고, 허기지면서 이렇게 살아가는 모양이다. 지루가 떠주는 국물에 설은 열심히 밥을 펐다. 효가 죽고 없어도 옥정호는 여전히 푸르게 흐르고 그녀는 살아간다. 또 다른 연인이 옥정호의 푸른 물결에 사랑을 맹세해도 이별은 있는 거고, 시간은 흘러갈 것이다.

꾸역꾸역, 밥알을 넣으며 설은 울음을 삼켰다. 지루가 퍼주는 마음에 가슴이 묵직해졌다. 한껏 부른 배로 서울로 돌아오는 길에 설은 잠깐 잠이 들었다.

잠결에 자박한 율의 음성이 들렸다.

"잊지 마. 형이 죽었다 해도 그 자리에서 널 사랑하는 건 나야."

하지만 효가 죽은 이 상황에서 그의 사랑이 무슨 의미가 있을까? 설은 알 수가 없었다.

지루의 차 안에서 잠깐 조는 사이, 어느새 집 앞이었다. 꽤나 미안한 마음이 들었다. 아무리 멋없는 지루이긴 해도 이렇게 잠만 실컷 자다니. 멀쩡한 머리카락만 쓸어 올리며 어설픈 사과를 했다.

"괜찮아. 어차피 너 밥 먹이러 온 거니까. 덕분에 푹 잤다면 다행이고. 며칠 잠 못 잤지?"

훤히 꿰뚫는 지루의 말에 설은 민망한 미소를 지었다. 그렇게까지 티가 나는 줄 몰랐다.

"더워서…… 열대야잖아."

"단지 그 이유야?"

대답하기 곤란한 질문을 던져 놓고 지루가 씨익 하얀 이를 드러냈다.

"세상은 다 살아지게 되어 있는 거야."

"너도 효…… 소식은 알고 있었니?"

"알았다면 너에게 말해주었겠지."

그렇겠군. 미련스런 질문이었다.

"윤설."

대문을 향해 돌아서는 설을 지루가 불러 세웠다. 의아한 얼굴로 돌아보는 설의 뺨에 지루가 살짝 입을 맞추었다. 헛! 놀라 절로 주춤 뒤로 물러섰다.

"세상엔 율과 효만 있는 거 아니야. 다른 곳을 돌아보면 다른 사랑이 널 기다리고 있을지 모르지."

"강지루."

"너에게 아직 사랑이라 말하지는 않겠지만 그대로 잠깐은 돌아봐 줘. 썩 괜찮은 남자가 널 보고 있으니까."

"강지루."

"그래, 강지루! 내 이름은 나도 알고 있으니까 그만 부르고. 들어가 봐라. 시간 나면 또 들를게. 당분간은 좀 버겁겠지만. 인턴이라는 게 원래 그렇잖냐."

당황한 탓에 멀뚱하게 바라보는 그녀에게 지루가 싹싹하게 손을 흔들었다.

"승현이 녀석도 너 보고 싶단다. 이번에 만나면 단단히 손봐줘. 그땐 네가 너무 물렁해서 그 녀석이 보통 만만하게 본 게 아니더라."

킬킬대며 사라지는 지루를 당혹스럽게 바라보았다. 저런 아이였나? 지나치게 발랄하고 지나치게 씩씩하다. 낯선 지루의 모습이 기묘한 조형물처럼 보여 설은 눈을 깜박거렸다.

"이제 오니?"

한동안 떠나는 지루를 지켜본 후 대문 입구에 다다랐을 때였다. 긴 가로등 옆으로 선 그림자 하나가 그녀 앞으로 불쑥 튀어나왔다. 습하고 눅눅한 음성.

굳이 얼굴을 보지 않아도 누군지 알 수 있었다. 그만큼 익숙해진 걸까? 설은 이 익숙함이 마음에 들지 않았다.

"이젠 얼굴조차 보기 싫다는 거니?"

애써 침착한 어투로 율이 말했다. 그 망할 지루 녀석이 설의 뺨에 입맞춤하는 것을 본 순간, 뛰쳐나가고 싶은 충동을 초인적인 인내로 억누르느라 주먹이 헤어질 정도인 것치고는 썩 안정적인 목소리였다.

"전화는 일부러 꺼놓은 거야?"

"이미 알고 있는 사실 아니야?"

그래.

힘없이 율이 중얼거렸다. 쉽게 용서받을 거라 생각하지 않았으니까.

"설아."

"내 이름, 부르지 마!"

잘 벼린 칼날처럼 설이 짧게 외쳤다. 한 걸음 다가서던 율의 걸음이 그 자리에서 석상처럼 굳어졌다.

"너에겐 내 이름을 부를 자격조차 없어."

"설명할 수 있어."

"물론, 설명할 수 있어야 할 거야. 네가 왜 죽은 효의 행세를 했는지."

냉혹한 눈빛이 율을 쏘아보았다. 그녀보다 더 마른 얼굴이 흐릿한 가로등 불빛 속에 드러났다. 이율배반적이게도 그 모습에 설은 심장이 아팠다. 거뭇해진 눈자위도 그렇고 푹 꺼진 볼엔 없던 보조개가 생겼다. 손질하지 못한 머리카락은 부스스하게 이마 위를 덮어 초췌한 몰골이 그녀보다 더 아파 보여, 보는 이가 더 안타까울 정도였다. 음폭 패인 뺨을 향해 뻗치려는 손을 힘껏 붙들며 설은 일부러 독하게 율을 노려보았다.

"잠깐 앉을 만한……."

"아니! 이렇게 잠시 시간 내는 것조차 아까워."

한 치의 틈도 허락하지 않는 어투에 율은 더욱 심장이 잦아들었다. 어디서부터 어긋난 건가. 그녀를 처음 만나게 된 것부터? 아님 그의 부모가 이혼한 것부터?

"열여덟, 옥정호에서 널 처음 만났어. 먼저 착각한 건 너였고."

율의 말에 설은 더욱 혼돈스러웠다. 가끔, 효를 보며 느꼈던 미묘한 어긋남이 율이었던 걸까? 말레이시아로 떠났던 아버지를 이야기할 때에도 효는 덕유산에서 만났던 것과는 조금 다른 모습이었다. 기억하고 있는 평소의 효의 모습과, 어딘지 달랐던 모습들이 긴 세월 속에 마구 뒤죽박죽 섞여져 좀처럼 정리가 되지 않았다.

"왜 처음 만났을 때, 동생이라고 말하지 않았어?"

그건 형 때문이었지만 율은 말할 수 없었다. 형만은 그녀의 기억 속에 좋은 사람으로 남기고 싶었다. 그것이 죽어버린 형에게 해줄 수 있는 마지막 배려였다. 그리고 형의 연인을 사랑하게 된 그의 죗값이었고.

"말할 기회를 놓쳤어."

"하! 그것도 변명이라 하는 거니?"

"윤설! 내가 만났던 넌 늘 울고 있었어. 그런 너에게 무어라 하면 좋을까? 형이 아닌 동생인 내게 그렇게까지 마음을 열 수 있었을까? 잠시 만나는 거라면 조금이라도 위로가 되어주고 싶었어. 네가 내 곁에서 울 수 있는 것만으로도 충분했으니까."

"내가 기대었던 건 네가 아닌 효였어."

"그래? 그럼 당장 눈물을 그치고, 효를 찾아 떠나야 했을까? 울고 있던 네 곁에 늘 있었던 건 나야. 당차고 강한 척해도 어린 열여덟의 소녀가 될 수 있는 건 내 앞에서 뿐이었다고. 그런 네가 가슴에 남아……. 언제나 그곳이 그리웠지. 형을 사랑하는 걸 알면서도 그저 위로가 되어주고 싶었어. 형이 살아 있었다면, 끝내 숨기며 살았을 거야."

율이 안타깝게 소리쳤다. 여기 올 때엔 충분히 설명할 수 있을 거라 생각했다. 너무 가볍게 보았을까? 그에게 향한 설의 불신은 생각보다 깊었고, 닫힌 마음은 틈새 없이 견고했다.

"윤설……."

꺼멓게 죽은 눈동자를 힘겹게 붙들며 율이 속삭였다.

"네가 사랑했던 건 열여덟의 효가 아니야. 이미 십 년 전에 끝나 버린 사랑일 뿐이지. 왜 미련스럽게 과거에 얽매이는 거니? 왜 살아 있는 난, 보지 않아?"

"놓아줘, 반율."

"네 앞에서 이렇게 살아 있는 건 나야. 덕유산에 함께 올라 너에게 키스를 했던 사람 역시. 윤설! 제발……."

며칠 제대로 먹지도, 자지도 못한 탓에 눈가가 자꾸 흐릿해져 설의 모습마저 흐릿해졌다. 율은 더욱 안타까웠다.

"놓아줘, 반율. 부탁이야."

제 손목에 휘감긴 손을 뿌리치려 애를 쓰며 설이 애원했다. 제 몸에 닿은 그의 시선도, 서늘한 그의 감촉도 모든 것이 버거웠다. 죽어버린 효를 대신해 그를 사랑해 버릴 것 같은 예감이 그녀의 심장을 꿰뚫고 지나갔다.

사랑하지 마.

설은 속으로 중얼거렸다. 그를 사랑할 수 없었다. 그녀가 한때 가슴에 담았던 남자의 동생이자, 거짓말로 그녀에게 상처를 준 사람이었다. 심장이 떨려도, 가슴이 아파도 사랑할 수 없는 사람이었다.

"놓아줄 수 없어!"

율이 단호히 소리쳤다.

"내 품에 안긴 널 어떻게 놓아줄 수 있니? 한때 내 여자였고, 난 네 남자였어."

"잊어버려! 그런 내가 얼마나 비참한 줄 아니? 효라 생각했기 때문이었어. 그런데 진실은 효가 아닌 그 쌍둥이 동생이었지! 네 품에 안긴 내 자신이 너무도 치욕스러워 차라리 죽어버리고 싶을 정도라고! 너에게 안긴 내 살갗을 모조리 뜯어버리고 싶어! 그러니까 제발 사라져 달란 말이야!"

섬뜩한 외침이 허공 속에 울려 퍼졌다. 가로등 불빛에 파란 빛이 번뜩거렸다. 팔목에 휘감겼던 율의 손가락이 힘없이 바닥으로 떨어져 내렸다.

"주…… 죽고 싶어?"

천천히 그녀의 말을 되풀이하는 율의 음성이 소름 끼치도록 느릿하게 흘러갔다. 제 스스로 내뱉은 잔혹한 말을 믿을 수 없어 설은 멍하게 서 있었다. 율이 훌쩍 뒤로 물러섰다. 어둑해진 불빛에 그의 얼굴이 반쯤 가려져 표정을 볼 수가 없었다.

"내 품에 안긴 것이 죽고 싶을 만큼 치욕스러웠니?"

"……"

대답 없는 설의 눈빛에 허탈한 웃음이 새었다. 긴 시간 받지 않은 그녀의 전화에도 한 번도 희망을 버린 적이 없었다. 짧았지만 그의 여자였고 서로를 탐했으니까.

그런데 치욕스럽다, 라…….

살아 있는 심장을 썰어대는 것보다 더 섬뜩하고 끔찍했다. 발밑의 지면이 지옥처럼 쩌억 벌어져 그대로 삼켜졌으면 좋겠다.

"살아 있는 채 지옥으로 내던져진 셈이군. 사랑이라 말해도 넌 믿지 않겠지?"

여전히 설은 입을 다문 채였다. 솔직히 대답할 수가 없었다. 자신이 내뱉은 칼날에 베어진 율이 섬뜩한 피를 흘리고 있었으니까. 발아래로 끈적거리는 검은 피가 고이는 듯한 착각이 일었다.

"넌 늘 열여덟에 멈추어 있을 거고, 네 사랑도 그 시절에 멈추어 있을 테지. 죽은 형만 기억하면서. 내가 주었던 사랑도 결국은 아무것도 아닌 거야. 그렇지 않니, 윤설?"

성큼 다가선 율이 그녀의 뺨을 쓸었다. 얼음보다 더 싸늘한 손길에 설은 저도 모르게 부르르 몸을 떨었다. 그러나 제 손길을 거부한 것으로 착각한 율의 입매가 비웃듯 올라섰다.

잠시 살갗이 닿는 것만으로도 참을 수 없는 거로군.

냉기 도는 미소를 흘린 채 율은 돌아섰다. 뜨거운 열기가 머리 끝으로 퍼져 갔다. 아직도 감기가 낫지 않은 모양이다. 힘이 실리지 않는 발끝은 걷는 것조차 위태로울 정도였다. 휘적휘적 걷던 율이 문득 생각난 듯 돌아섰다.

"아, 이젠 형이 아닌 지루와 사랑이라도 할 생각인가?"

"……."

"하긴, 그것도 나쁘지 않은 생각이야. 형을 닮은 나를 사랑하는 것보다는 훨씬 쉽겠군."

"네, 네 마음대로 정의하지 마."

겨우 내뱉은 말에 율이 피식 웃었다.

"그것조차 간섭 말라? 그래도 한때나마 품에 안겼던 남자에게 너무 매정한 건 아닌가? 아, 참! 잊었어. 죽고 싶을 만큼 치욕스런 기억이라고 했지?"

싸늘한 율의 미소에 설은 그대로 얼어붙었다. 왜 그가 화를 내는 거지? 화를 내야 하는 건 그녀였다. 그런데도 정작 상처받은 사람은 율처럼 보였다.

"Shit!"

갑자기 율이 거친 욕설을 내뱉더니 그녀 앞으로 훌쩍 다가섰다.

"왜 우는 거지?"

율이 물었지만 대답할 수가 없었다. 상처받은 그의 모습도, 그리고 잔혹하게 그를 찔러대는 제 자신도, 모든 게 안타까웠다. 차라리 모르는 게 나았을까. 차라리 효라 생각하며 그를 사랑하는 게 더 나았을지 모르겠다. 뺨 위로 흐르는 눈물을 긴 손가락이 훑어 내렸다. 조금 전보다 한결 부드러워진 손길이었다. 자꾸만 새는 눈물 위로 율이 천천히 입술을 내렸다.

"왜…… 왜 내 앞에서만 우는 거니, 윤설?"

속삭이는 음성이 솜털처럼 달콤하다. 율의 입술이 살짝 그녀의 입술을 깨문 후 다시 떨어졌다.

"내가 없어지면 눈물이 그칠까?"

물기 젖은 음성이 그녀에게 물었다. 아니, 하고 대답하고 싶었지만 할 수가 없었다. 표정 없는 율의 입술이 연한 미소를 지었다.

"떠나주길 바라?"

대답을 들을 필요도 없었다. 설의 눈물을 닦아낸 후 율은 미련 없이 자리를 벗어났다. 그의 사랑이 독이 될 수 있다는 걸 비로소 깨달은 탓이었다. 같은 얼굴을 하고 있어도 형을 대신할 수 없었고, 아무리 사랑해도 얻을 수 없는 여자였다.

멀어지는 율의 뒷모습이 점차 골목 어귀로 사라지자 그제야 다리에서 힘이 풀렸다. 벽에 기대어 스르르 바닥으로 떨어진 설은 멍하게 텅 빈 골목을 바라보았다. 멀리 아릿한 율의 음성이 들려왔다.

"울지 마."

덕유산 자락, 솔 향이 묻어나는 깊은 산길에서도 같은 말을 했었다.

"울지 마, 윤설."

하지만 눈물은 끝없이 흐르고 또 흘러 그녀의 옷자락을 적시고 있었다.

16. 푸른 옥정호

여름휴가 철이 시작되었다. 어디로 갈까, 고심 고심하더니 여행사 친구가 제주도 비행기 표를 구해주었다고 뛸 듯이 기뻐하던 신애는 7월 말, 태풍이 올지 모른다는 우려를 뒤로하고 제주도를 떠났다. 신애 덕분에 섬 바람이 분 경화마저 가까운 인천에서 배 타고 덕적도로 갈까, 멀리 충남의 호도로 갈까, 지도까지 꺼내 들고 신이 난 참에 설만이 우중충하게 내려앉아 있었다.

"하여간 사람들, 남 일에 참 관심 많다니까."

일간 신문의 스포츠 면을 뒤적이던 문 약사가 그녀의 눈치를 보며 괜히 언성을 높였다. 은퇴한 지가 언제인데 아직도 언론의 관심은 좀처럼 율에게서 벗어나지 못하고 있었다. 사진에 포착된 율의 모습은 언뜻 보아도 초췌하기 짝이 없어 언론의 추측이 그다지

틀리지 않아 보였다. 문 약사도 대충 그런 눈치인데 일부러 모르는 척하고 있는 중이었다. 결혼을 앞둔 사람치고 설의 모습이 여간하지 않은 탓이었다. 설은 쉽게 친해지는 성격이 아니다. 진중하고 허튼소리를 하지 않아 신용도 높고 손님에게는 제법 친절하긴 했지만 여러 해 같이 일하면서도 제 속내 한번 제대로 드러낸 적이 없었다.

한참 어린 동생뻘임에도 불구하고 문 약사가 설을 어려워하는 점도 그 때문이었다.

"그래도 솔직히 우리가 봐도 어딘지 이상하긴 한데 뭘. 요즘 율 선수 여기 오는 것도 뜸해졌죠? 울 남친이 그렇지 않아도 언제 보게 해줄 거냐고 성화인데. 윤 약사님! 율 선수, 이제 우리 약국 안 와요? 정말 헤어지신 건 아니죠?"

눈치없는 경화의 옆구리를 문 약사가 쿡, 찔렀지만 이미 설의 얼굴은 하얗게 질린 후였다.

"왜요? 율 선수 얼굴 본 지 꽤 된 것도 사실이잖아요. 애먼 강 선생 전화만 오고. 윤 약사님! 율 선수랑 헤어지고 강 선생이랑 사귀시는 거예요?"

"이경화 씨! 왜 그렇게 남의 일에 관심이 많아? 휴가 계획이나 잘 세워."

"그러게요. 갈 곳은 많은데 잘 곳이 없네요. 이럴 때 근사한 콘도라도 하나 있으면 얼마나 좋아. 윤 약사님은 어디로 가실 거예요? 혹시 주말에 겹치면 저희랑 같이 가실래요? 울 남친 운전 잘하는데. 기사 노릇은 저희가 할 테니까 끼워주시면 안 돼요? 율 선

수 정도라면 근사한 콘도 하나는 있을 것 같은데."

"남 휴가 가는데 자기가 왜 끼어? 철없는 소리 그만 하고 이거나 입력해 둬."

책상 위에 한껏 쌓인 처방전을 경화에게 밀며 문 약사가 타박을 놓았다.

"이번 기회에 친해지면 좋죠 뭐."

아직 미련을 버리지 못한 경화가 끝내 한소리를 보탰다. 경화 말이 아니라 해도 요사이 자주 전화를 걸어오는 지루 때문에 한층 불편해지고 있던 터였다.

휴가를 간 신애 덕분에 저녁 타임까지 근무하게 되어 늦은 퇴근을 하던 설에게 또다시 지루가 찾아왔다.

"인턴이 이렇게 한가해도 돼?"

그렇지 않아도 낮에 일이 있었던지라 지루를 대하는 설의 표정이 뾰족해졌다.

"안 한가해. 이러다 잘릴 판이야."

"오지 말라고 했잖아."

"오늘 회식 있어서 잠깐 시간이 됐어. 너 데려다 주고 다시 병원에 가봐야 해."

"이러지 마, 지루야."

거의 애원하는 심정으로 설이 말했다. 지금으로선 율 하나로도 벅찼다. 미운 사람이라 생각해도 매일 밤, 그의 꿈을 꾸고 그의 품이 그립다. 따사롭게 웃던 미소가 거미줄처럼 달라붙어 있어 매일이 고통스러웠다. 지루까지 감당하는 건 그녀의 능력 밖이었다.

"내가 좋아서 하는 거야. 더 기다리게 할 거야? 병원에 얼른 가
봐야 해."

차 문을 연 채 재촉하는 지루의 고집에 설이 고개를 절레 저으
며 올라탔다.

"이런 거 불편해."

"할 수 있을 만큼만 할게."

끈질기다. 이해할 수 없는 지루의 끈질김에 설은 머리가 지끈거
렸다. 집 앞까지 데려다 주겠다는 지루를 끝내 거부하고 설은 골
목 입구에 내려섰다. 실랑이를 하느라 예상보다 시간이 늦어졌는
지 지루도 더 이상은 강권하지 않고 제 병원으로 향했다. 떠나는
지루의 차를 보려니 깊은 한숨이 샜다. 자신을 그냥 이대로 내버
려 두면 좋겠다. 바쁜 일정 속에 빠듯하게 그녀를 챙기는 지루의
과중한 배려도 부담스러웠고, 무엇보다 지루는 벗어버리고 싶은
과거의 단편이었다. 후덥지근한 밤공기를 힘껏 들이마신 후 설은
제 집으로 향했다. 시원한 차에서 방금 내렸음에도 무더운 여름밤
의 더위에 금세 땀에 밴 등으로 옷자락이 끈적거렸다. 내쉬는 숨
조차 텁텁하고 무겁다. 묵직한 걸음으로 대문 앞에 도착한 설이
주춤, 제자리에 섰다.

낯익은 그림자가 단단한 벽을 기댄 채 서 있었다. 떨어져 있어
도 역한 술 냄새가 코끝에 스쳤다. 웬 술을 이렇게 마신 걸까? 낮
에 언뜻 보았던 신문 사진 속의 그도 술에 취한 듯 몽롱한 눈빛이
었다. 마지막 보았을 때보다 더 말라 이젠 아예 말라비틀어진 나
뭇가지 같다.

"아, 또 여기로군."

술에 잔뜩 취해 혀까지 풀린 율이 스산한 미소를 지었다. 얼마나 오래 서 있었는지, 그의 옷자락에선 눅눅하고 습한 공기가 흘렀다. 설이 막막한 눈빛으로 그의 앞에 섰다.

너를 어찌하며 좋을까?

매일 그를 그리워했다. 효를 사랑했던 가슴이 어느새 율로 가득 차 이젠 눈을 감아도 효의 해맑은 웃음 대신 율의 묵직한 미소가 먼저 떠올랐다. 효보다 약간 휘어진 율의 콧날과 순한 효의 동그란 눈매보다 조금 더 옆으로 찢어져 날카로운 인상을 주는 율의 눈매가 더 사랑스러워지는 것도 고통이었다. 효에 대한 기억이 희미해질수록 율에 대한 기억은 더욱 선명해져 붉게 그녀의 심장에 물들곤 했다.

율이 취한 손길로 담배에 불을 붙였다. 매캐한 담배 연기가 뿌옇게 하늘로 올라 설은 몰래 기침을 삼켰다. 더운 기온 탓에 매캐한 담배 연기가 더욱 독하게 느껴졌다.

"아, 미안. 끌까?"

취한 와중에도 그녀에게 날아가는 담배 연기를 마구 휘저으며 율이 물었다. 벌건 눈동자가 기이하리만큼 반짝거린다. 설은 고개를 저었다.

"왜 이렇게 말랐니?"

"그런가?"

설의 질문에 율이 제 얼굴을 쓸었다. 술에 취했어도 마르고 파삭한 제 얼굴을 몰라볼 정도는 아니었다. 빈속에 매일 술에 절었

더니 이젠 입만 벌려도 술 냄새가 풍길 정도였다. 역겨운 담배 진
냄새도 온몸에 배인 지 오래다. 그래도 담배를 손에서 뗄 수도 없
었고, 술을 멈출 수도 없었다. 술에 취하면 설을 잊었고, 담배 연
기 속에 설을 기억했다. 그건 달콤하고 짜릿한 쾌락이었다.

"잘 지냈니, 윤설?"

"머리가 많이 길었어."

"그래. 머리도 많이 길었고, 술도 많이 늘었지."

상체를 휘청거리며 율이 키득거렸다. 망가진 율의 모습에 눈살
을 찌푸렸다. 율과 헤어지길 원했지만 그가 이렇게 살아가길 바란
건 아니었다. 그냥 지루의 말처럼 사랑이 끝나도 배가 고파지고,
가끔은 웃음도 새어나오고, 그렇게 살아지길 바랐다. 첫사랑을 떠
나보내고, 사랑마저 끝난 그녀도 살아가는데 율이 살아가지 못할
이유가 없었다.

"잘 지냈니, 윤설?"

율이 다시 물었다. 긴 담배 연기가 허공으로 날아올랐다.

"내가 없어도 넌 잘살아가고 있는 거니? 내 형만 그리워하면서,
지난 사랑만 기억하면서 그렇게 행복하게 살아가고 있니?"

"그래……."

느린 설의 대답에 피싯, 웃음이 샜다. 그래, 잘살아가고 있었군.
그녀가 없는 그의 삶은 온통 망가지고 있는데 그녀는 잘살아가고
있었다. 그런데 그게 행복할 수도 있는 건가? 이해할 수 없지만 그
래도 율은 행복했다. 그가 망가지고 또 망가져도 설이 행복하다면
그 역시 조금은 행복해질 수 있다는 생각이 들었다.

"다행이군."

짧게 대꾸하며 율이 담배를 깊이 들이마셨다. 술이 너무 독했을까? 핑글 현기증이 돌더니 위액이 그대로 위로 솟구쳐 올랐다. 쓴 물이 입 안에 고였다. 망가지긴 망가진 모양이다. 이토록 허물어지는 걸 보니 말이다.

"왜 이렇게 널 망가뜨리는 거니?"

"몰라서 묻는 거야?"

어이없는 투로 율이 되물었다.

"무정한 여심이로군."

"반율……."

설이 막 입을 열 때였다.

부르르…….

주머니 속의 휴대폰이 몸살을 떨었다.

[헤이! 동생! 지금 어디야?]

요즘 부쩍 간섭이 심해진 문하다.

"지금 집 앞이야 금방 들어갈 거야."

[왜 이렇게 늦었어? 집 앞 어디? 지금 나갈까?]

"아니. 대문 앞! 그렇지 않아도 방금 벨 누르려고 했어."

[오케이!]

경쾌한 대답이 들린다 싶더니 찌잉! 쇳소리와 함께 대문이 덜컥 열렸다. 대문 앞이라는 말에 문하가 대문을 열어준 것이다. 율이 다리를 살짝 오므리는 통에 약간의 공간이 생겼다. 집 안으로 들어서려던 설이 잠시 제자리에 멈추어 섰다. 이대로 두어도 괜찮을

지 판단이 서지 않았다.

"정말 안 되는 걸까?"

주춤거리는 설에게 율이 문득 물어왔다. 무얼 말하는 건지 묻지 않아도 알 수 있었다. 무거운 침묵이 흘렀다. 그녀의 대답을 율도 알고 있었다.

"왜?"

"효의 동생이니까."

설이 대답했다. 아무리 사랑해도 효의 동생이었다.

"설사 널 사랑한다 해도, 효의 동생이라서 안 돼."

"네가 사랑했던 게 온전히 형이라는 걸 어떻게 알 수 있지?"

"무슨 뜻이야?"

"그 시절 네가 사랑했던 게 형이라 어떻게 확신할 수 있는 건지 묻고 있는 거야."

"효였어."

"그럴까?"

율의 음성이 어딘지 서늘하다. 벌어진 대문을 율이 한껏 밀어젖혔다.

"들어가."

"율아……."

"언젠가 확신이 서게 되면 찾아와. 기다리고 있을 테니까."

"기다리지 마."

설이 단칼에 선을 그었다. 물러섰던 율이 빙글, 돌았다.

"기다리지 마. 천 년을 기다려도 너에게 가지 않을 거야."

"형 때문에?"

"……모, 모르겠어. 하지만……."

"잊을 수 있니?"

율이 물었다.

"나를 사랑했던 걸 잊을 수 있어? 널 품에 안았던 날 잊을 수 있니?"

"잊을 거야."

"빌어먹을! 기억하지 말아야 할 건 기억하고, 잊지 말아야 할 건 쉽게도 잊는군."

다 타 들어간 담배 끝을 율이 성의없는 손짓으로 튕겨냈다. 마른 콘크리트 바닥에 마지막 남은 빨간 불꽃이 힘없이 스러졌다. 자신들의 사랑을 비웃는 것 같아 율은 씁쓸하게 미소를 지었다.

"제발 놓아줘."

"정말 놓아주길 원해?"

"……그래."

"넌?"

무슨 의미인지 몰라, 설은 가만히 있었다. 율의 입가에 냉소가 스몄다.

"넌 형을 놓아주었니?"

"……."

대답 없는 설을 율은 조금 기다렸다.

"네가 할 수 없는 걸 내게 바라지 마. 네가 형을 놓아줄 수 있다면……. 그땐, 가끔 네 곁을 돌아봐 줘. 절대로……."

이어지던 율의 말이 멈추었다. 대신 대문 입구에 선 그녀를 조금 더 안쪽으로 밀어 넣었다. 가만히 선 설의 눈동자가 안개처럼 뿌옇다.

"들어가."

"율아."

"말랐어. 많이 먹어야겠다. 지루 녀석, 아픈 사람 돌보는 건 좀 서툰가 보지?"

"율아⋯⋯."

"들어가. 형님이 걱정하실 거야."

힘겹게 등을 돌렸다. 골목길이 아득하게 보였다. 흐트러진 옷자락을 대충 여미며 율은 천천히 걸음을 내디뎠다. 이 길이 끝나면 삭막한 호텔 방만이 그를 기다리고 있을 것이다. 한때 천국의 낙원처럼 황홀했던 기억만 남겨진 마르고 척박한 그의 공간이다.

절대로⋯⋯ 나만은 놓지 마라.

멈추어진 말을 되새기며 율은 골목길을 벗어나기 시작했다. 아직 등 뒤로 무거운 철문 소리는 들리지 않는다.

날 보고 있니, 윤설?

율이 속으로 물었다.

떠나는 그를 바라보며 설은 무슨 생각을 하고 있을까?

부탁이야. 이대로 제발 날 놓지 마라, 윤설.

검은 골목길을 빠져나가며 율은 음울하게 속삭였다.

제발 이대로 놓지 마라. 윤설.

그녀가 놓아버리면 그도 더 이상은 견딜 수 없었다.

여름이 끝나도록 율을 다시 보지는 못했다. 햇볕에 보기 좋게 그을린 신애와 뜻하지 않는 맹장염 수술로 내내 병원에서 휴가를 보내야 했던 경화를 남겨두고 설은 마지막 타자로 여름휴가를 떠났다. 그녀의 일정에 맞춰 문하가 함께 휴가 여행을 계획했지만 깨끗이 거절하고 그녀가 찾아간 곳은 전주였다.

"어쩐 일이냐? 지난봄 이후로 처음이제?"

아직 엉덩이뼈가 덜 아물었는지 엉거주춤한 자세로 설을 맞이한 외할머니는 봄 때보다 훨씬 늙어 있었다. 노인들은 한번 앓으면 갑자기 늙어진다더니 수술 끝나고 잠시 전주 큰 외삼촌 집에서 머물렀던 외할머니는 전보다 주름이 더 많이 늘었다.

"며느리 밥이 편하다던데 할머니는 오히려 더 마르셨어요."

"며느리 밥이 뭐시가 편하다냐? 이래저래 내가 해먹는 밥이 제일이제."

"딸 밥은 서서 먹고, 며느리 밥은 앉아서 먹는다잖아요."

실없는 설의 농담에 외할머니는 꽤 놀란 눈치였다.

"야가 왜 안 하던 농담을 헌다냐. 이렇게 갑자기 찾아오는 것도 그렇고. 결혼 앞두었다더니 어째 마음이 심란한가 보제?"

거실에 독한 모기향을 피우며 외할머니가 걱정스럽게 물었다. 예전보다 모기 극성이 더 심해졌다고 곳곳에 모기향을 놓아둔 덕분에 그렇지 않아도 더운 공기가 더 답답해졌다.

"늬 엄마가 신이 났더라. 나이가 들어도 영, 철이 안 든다고 구박했더만 그래도 제 딸이라 걱정은 했던가 보더라. 재혼한 어미

딸이라 선 자리도 안 들어온다고 내내 노심초사이더니 그래도 좋은 사람 만나서 다행이라고."

좋은 사람…….

율에게 그만큼 어울리는 말도 없을 것이다. 한여름 땡볕에도 싫다 소리 없이 꼬맹이들과 농구를 하고, 시원한 식혜 한 사발에도 행복하게 웃던 사람이니까.

잘 갔을까?

술에 잔뜩 취해 떠나던 그의 뒷모습이 아직도 가슴에 남는다. 간헐적으로 흔들리던 어깨의 잔상도 그렇고.

"그래, 신랑감은 어떤 사람이여? 자세한 이야기는 안 해서 영 궁금했다."

"그냥 좋은 사람이에요."

"뭐 하는 사람인디?"

잠깐 말문이 막혔다. 아주 유명한 사람. 농구를 엄청 잘해서 미국에서도 굉장히 유명한 사람이래요. 하지만 그건 율의 모습이 아니었다. 그에게는 꼬마들과 즐겁게 농구를 하고, 작은 시골에서 아이들을 가르치는 소박한 모습이 더 어울렸다.

"그냥, 시골에서 아이 가르치고 있어요."

"그려? 인품이 좋으면 다른 거야 뭐 볼 것 있다냐? 가난해도 서로 사랑하며 사는 것이 제일이니라. 늬 엄마가 어렸을 때부터 화려한 것만 좋아해서 늘 걱정이었지. 윤 서방 사업 망하고 어찌 살까, 했더니 끝내 이혼하드라. 부부가 살다 보면 역경을 만나게 되는 것이제, 어찌 좋은 일만 있겄냐. 힘들 때 서로 서로 의지하며 사는 것인디 늬 엄마는 그것이 좀 안 되었제. 그래도 지 복을 타고 는 났는가. 성 서방처럼 능력있는 남편 만나 사랑받고 사는 걸 보 고 것도 복이라 생각했다. 너야 뭐 걱정할 것이 있겠냐? 어렸을 때 부터 총명하더니 행동하는 것도 반듯하고……. 여기에서 살 적에 도 내 걱정보다 더 잘살아주어서 늘 고마웠지."

그랬었나? 아직 사춘기를 벗어나지 못해 나름대로 꽤 힘들게 했던 것 같은데 외할머니는 잘살아주었단다. 그 힘들었던 시절이 문득 그리워진다. 다시는 이 시절을 살고 싶지 않다고, 어른이 되 면 뜰채로 떼어내듯 열여덟의 세상은 까맣게 잊겠다고 했는데 지 금은 그 시절이 못 견디게 그리웠다.

"하아암."

벽에 등을 기대던 외할머니가 팔을 쭉 뻗으며 긴 하품을 토해냈 다.

"어째 요즘은 초저녁잠이 더 심허다야. 늙어서 그런가? 밥 먹기 가 바쁘게 누울 자리만 찾는다."

오랜만에 내려온 외손녀 앞에서 잠잘 자리를 찾는 게 여간 쑥스 럽지 않은지 외할머니는 괜한 변명까지 하며 볼을 붉혔다. 서울서 내려오느라 피곤했다는 핑계를 대며 설도 함께 자리를 폈다. 위층 그녀의 방이 아직도 그대로였지만 그냥 오늘은 외할머니 곁에서 잠들고 싶었다. 이곳에 살 때에도 같이 자본 적이 없어서 그런지 외할머니와 나란히 누운 설은 어색한 태도로 뒤척거렸다. 실상, 서울서 내려오느라 엄청 피곤했지만 이상하게 잠이 오지 않았다. 더위 때문에 한껏 열어놓은 창 너머 작은 점박이별이 음울하게 반짝거리고 있었다.

그 사이 많이 변해 버린 동네에 비해 하늘만은 예전 그대로였다.

"효⋯⋯."

"응?"

잠에 취한 외할머니가 귀를 쫑긋 세웠다.

"효⋯⋯ 말이에요."

"효? 저기 언덕 위에 살던 녀석 말이냐? 즈이 엄마 죽고 서울 간 녀석?"

기억력도 총총하다. 십 년 전의 일인데도 외할머니는 어제 일처럼 선명히 기억하고 있었다.

"효⋯⋯ 쌍둥이인 거 아셨어요?"

"알았제. 효가 형이던가? 동생이 서울서 가끔 이곳에 내려오기는 했다만 그냥 조용히 지 엄마만 보고 서울로 가곤 혔제. 왜?"

"그냥요."

"싱겁기는⋯⋯. 어서 자라. 올해는 유독 더운가? 밤이 되어도 영 시원허지가 않네."

방금 전까지 깨어 있다 했더니 금방 고롱고롱 작게 코 고는 소리가 들려왔다.

그, 효가 말이에요, 할머니. 죽어버렸어요. 떠나지 말라는 제 부탁을 뿌리치고 기어이 가더니 내게 온답시고 사고로 죽어버렸어요.

사각사각 살갗을 스치는 모시 이불을 머리끝까지 뒤집어쓴 채 설은 숨죽여 울었다. 이곳에는 아직도 효의 향취가 남아 있었다.

저 하늘에 떠 있는 별처럼 작지만 확연히 제 존재를 드러내며 말이다. 전주에 도착한 순간부터 그랬다. 아니, 전주라는 도시 자체가 그녀에겐 효라는 존재였다. 전주를 떠난 효를 생각할 수 없고, 효가 없는 전주는 생각할 수 없었다. 산을 빙 돌아선 긴 물줄기도, 찌르르 울어대는 풀벌레 소리도, 하늘에서 떨어지는 빗방울도 모두 효였다.

그런데요, 할머니…….

구부정한 외할머니 등을 향해 설이 속삭였다.

어느 순간 그 동생을 사랑하게 되어버렸어요. 내게 오느라 죽어버린 효 대신 그 동생을 사랑하게 되어서……. 그래서 제가 많이 아파요. 심장이 많이 아파서 죽을 것만 같은데 자꾸만 그 사람만 생각나요. 순하고 맑은 눈매보다 음울하고 날카로운 눈매가 더 안쓰럽고, 반듯한 콧날보다 휘어진 콧날이 더 예뻐 보여요. 그래서 가슴이 아파요.

그를 사랑해 줄 수 없다는 게, 그가 효의 동생이라는 게 가슴이 막 아파서 그에게 모진 말을 마구 쏟아냈어요. 돌아서는 그의 등이 울고 있는데 안아주지도 못하고 혼자 울었어요.

그래서 할머니…….

제가 많이 아파요.

다음날, 오전부터 낯선 사람들이 찾아왔다. 여름이라 덥기 전에 올 요량으로 좀 서둘렀다며 이마의 땀을 연방 훔쳐 내는 사람들은 방 이곳저곳을 마구 헤집고 다녔다. 아침밥을 막 마친 설은 황당한 몰골로 낯선 손님들을 맞이했다. 한 번도 본 적이 없는 그들은 엄마 쪽 친척으로도 보이지 않았다.

"어휴, 집이 참 깨끗하네. 노인 양반이 이 넓은 집 다 관리하시느라 꽤 욕보셨겠어요. 이쪽은 손녀딸인가 봐요? 할머니랑 닮았네."

외할머니와 닮았다는 말은 처음이었다. 외모 면에서나 성격적으로나 그녀는 엄마 쪽보다는 아버지를 더 많이 닮았다.

"거실도 잘 다듬어놓으셨고. 집 전체가 아늑해요. 둘만 살기엔 좀 넓긴 하다."

"야는 서울서 사는 손녀딸이여. 서울에서 약사 하는디 잠깐 휴가차 들른 것뿐이제."

그다지 내세울 만한 것도 없는데 목을 뻣뻣이 세운 할머니 때문에 설이 빨갛게 볼을 붉혔다.

"어머, 그래요?"

호기심 어린 시선으로 여자가 그녀를 위아래 훑어보았다. 외모상으로 대충 마음에 드는 모양이었다. 중매 설 것도 아닌데 꽤나 만족스러운 얼굴로 여자가 고개를 힘차게 끄덕거렸다.

"서울 사람이라 그런가? 세련되기는 했네. 그래, 나이가 어떻게 돼요?"

"올해 스물여덟이여."

"올해는 시집가야 되겠네. 남자 있어요?"

"왜, 좋은 사람 소개시켜 주게?"

그냥 사람 있다고 하면 될 것을 외할머니는 괜히 빙글, 여자를 놀려댔다.

"소개시켜 달라면야, 좋은 사람 많지요. 이참에 제가 제대로 다리 한번 놔드릴까요? 제가 이래 봬도 발이 꽤 넓어요."

집 구경은 아예 뒷전이다. 대체 뭐 하는 사람인지 알 수 없어 설은 곤혹스럽기 짝이 없었다.

"예따! 실없는 소리 그만 하고 집이나 구경혀."

"왜요? 약사라 눈이 높으신가? 의사 사위 원해요? 전주에서 꽤 내로라하는 집안도 제법 아는데……. 소개시켜 달라고 하면 소개시켜 드리고. 대신 집값은 좀 쳐주세요."

집값이라는 말에 이제껏 딴사람 일처럼 굴던 설이 핑글 돌아섰다.

"야, 결혼할 사람 있어."

"사람 있어요? 에이…… 아깝네. 상대는 뭐 하는 사람인데요? 의사? 검사?"

아쉬운 티를 여실히 내며 여자가 캐물었다.

"좋은 사람."

"사람이야 다 좋지요. 직업이 중요하지."

"시골서 학생들 가르친디야."

"아까워라. 뭣 하러 그런 사람 만나. 약사씩이나 되면서……. 아직 약혼식 같은 건 안 했죠? 그럼 차라리 깨끗하게 헤어지고 내가 소개시켜 준 사람 만나봐. 내가 웬만한 조건들은 쫘르르 꿰고 있다니까."

진짜 중매로 나설 셈인지 이곳저곳 기웃거리는 남자는 내버려

두고 여자는 수다를 멈추지 않았다.

따불따불.

더운 아침부터 귀찮게 구는 통에 기온이 한 칸은 더 올라간 것 같다.

"저가 좀이나 알아서 골랐을까. 허튼 사람 고를 애 아니니께 집이나 구경혀. 얼마나 야무진 앤데……."

"세상 물정 모르시네. 그래도 그런 게 아니죠."

"저기 사모님! 이층 방도 좀 구경하시죠?"

다행히 여자의 말 사이로 같이 왔던 남자가 끼어들었다. 호칭을 보니 따라온 사람은 부동산 쪽 사람인 모양이었다.

"뭐, 김 사장이 좀이나 알아서 했겠어?"

"그래도 사실 분은 사모님이시니까……."

"나야 뭐…… 보면 아나?"

그러면서도 치맛자락을 휘어잡은 채 부리나케 이층으로 향한 덕분에 설은 한숨을 돌렸다.

"집 내놓으셨어요?"

이층으로 뛰다시피 올라가는 여자를 흘깃거리며 설이 물었다. 외할머니가 집을 내놓았다는 사실이 좀 충격적이었다. 이 집은 영원히 이대로 있을 줄 알았다. 효가 그랬던 것처럼.

"이번에 다친 것 가지고 늬 외삼촌이 난리가 아니드라. 괜찮다고 해도 노인 양반 혼자 살다가 저번처럼 또 다치게 되면 어떻게 하냐고. 그 말 들은 게 나도 겁은 좀 나더라. 천년만년 이렇게 살아질 줄 알았지 내 늙은 거 알았간디? 마음은 그래도 몸이 아닌 것을 몰랐제. 이번 참에 늬 외삼촌 집에 들어가 살런다. 자석 집 놔두고 노인 혼자 사는 것도 자석 욕먹이는 짓인디……."

구부정한 자세로 연신 걸레를 훔치며 외할머니가 조곤조곤 속사정을 털어놓았다. 외할머니 말에는 군더더기가 없었다. 하긴, 가까운 곳에 약국조차 없는 외진 곳이라 노인 혼자 살기엔 힘든 면이 많았다. 그래도 효를 기억하는 또 하나의 장소가 사라진다는 사실에 설은 아쉬운 마음을 떨칠 수 없었다. 이젠 이곳마저 그녀가 머물 곳이 없었다.

"집이 생각보다 괜찮네. 뭐, 지금으로서는 특별히 불만이 없기는 하지만 그래도 값이 세서…… 우리 집 양반하고 상의 좀 해도 되겠죠?"

"뭐, 우리도 급한 거는 아닌게, 생각 많이 혀. 집이라는 것이 쉽게 결정할 수 있간디?"

이층까지 꼼꼼하게 구경을 마친 여자가 마지막 여운을 남기고 사라지자 수선스럽던 아침이 훌쩍 지나 있었다.

"어고 집 구경시키느라 텃밭 가는 것도 늦어부렸다야. 날이 더워서 좀만 늦으면 풀이 곰방 죽어버리는디."

손님들이 떠나자 외할머니가 뒤늦게 발을 동동거렸다. 잰걸음으로 외할머니가 텃밭으로 향한 후 설은 작은 양산 하나만 들고 옥정호로 향했다. 평일인데도 휴가를 맞은 탓인지 옥정호 근방에는 제법 사람들이 많이 몰려 있었다. 다리 입구에 있는 작은 가게에서 산 아이스크림을 입에 문 채 나무 그늘 밑에 옹기종기 모인 사람들의 표정은 세상 근심없이 평화롭고 온순해 보였다. 다정한 자세로 소곤대는 연인들과 더위를 식히는 엄마들 사이에서 더운 줄 모르고 뛰어다니는 작은 아이들까지. 소란스러운 웃음이 하나 가득이었다. 절로 웃음이 머금어지는 흐뭇한 그들을 잠시 바라보다 설은 다리 아래쪽으로 내려섰다. 흑염소가 풀을 자주 뜯어먹곤 하던 그 자리였다. 그대로 조금만 더 내려서면 호수에 닿는다. 평지보다 한결 시원한 물가에 선 채 설은 멍하니 호수의 수면 위를 바라보았다. 자잘한 줄기처럼 뻗어진 햇살 아래 초록의 수면이 은빛으로 반짝반짝 윤을 내고 있었다. 발밑에 찰랑이는 호수는 십 년 전 그때와 다를 바 없이 진한 초록빛이다. 장마 덕분에 풍성해진 물줄기는 고고하게 흐르고 여전히 풀어놓은 염소 녀석 한 마리가 매애애~ 불청객을 쏘아본 후 풀잎을 뜯어먹는다.

그 시절과 달라진 게 없었다.

그토록 이곳을 사랑했던 효가 없어도 물줄기는 전과 다름없이 흐르고, 염소 녀석도 기억하지 못했다. 자연이라는 게 그렇다. 끝도 없이 펼쳐지는 저 물줄기 속에 인간의 작은 생명 따위는 그저 찰나처럼 짧고 먼지처럼 가볍다. 앞으로 또다시 십 년이 흘러도 호수는 여전히 푸르게 흘러갈 거고, 저 염소 대신 다른 염소 녀석이 풀을 뜯어 먹겠지. 그리고 또 다른 연인이 이곳에서 사랑을 맹세하고 다시 아픈 이별을 겪는다 해도 달라질 건 없었다.

변하는 건 사람뿐이다.

이글거리는 햇볕을 막을 거라고는 작은 양산 하나뿐. 한여름의 열기를 막아내긴 부족했지만 모자람 없이 설은 그 자리에 선 채 넓은 호수를 바라보았다. 그저 흐르는 물줄기라 생각했는데 바람의 여운에 따라 찰랑이는 물줄기의 향연에 한동안 시선을 빼앗아 버렸다. 덕분에 자신에게 다가오는 풀잎 소리도 듣지 못했다.

"비가 왔으면 좋았을 텐데."

이젠 익숙해져 버린 저음에 반사적으로 설의 고개가 휙 돌아섰다. 까만 셔츠를 단정하게 걸친 율이 그녀를 향해 싱긋 웃고 있었다. 술에 취해 비틀거리던 모습은 찾아볼 수 없이 말끔한 인상이었다. 푹 꺼진 눈자위와 마른 볼살은 여전했지만 아무렇게나 자라 있던 머리카락은 깔끔하게 커트되어 각진 턱 선이 날렵하게 드러났다.

"여긴 어떻게 온 거야?"

"쫓아온 건 아니야."

쌀쌀맞은 어투에 괜히 민망해지고 말았다. 그런 의미로 말한 것은 아니었다.

"그런 의미는 아니었어."

"그런가?"

대수롭지 않게 넘기는 율은 어딘지 달라 보였다. 깔끔해진 외모도 그렇지만 풍기는 느낌도 그랬다. 정리가 된 건 그의 외모만이 아닌가 보다. 율을 따라 호수 쪽으로 시선을 돌리며 설은 괜히 양산만 빙글 돌려댔다.

"형은 이곳의 겨울이 아름답다고 늘 그랬는데, 난 비 오는 이곳만큼 아름다운 건 없다고 생각해."

"……."

무슨 의도인지 몰라 설은 양산 속에 반은 얼굴을 가린 채 조용히 경청했다. 눈이 오는 옥정호보다 비 오는 옥정호를 더 좋아하는 건 설 역시 마찬가지였다. 비가 추적추적 내리면 호수 표면엔 엷은 물안개가 스며 마치 구름 위를 걷는 것처럼 아득하다. 소름 끼치도록 청쾌한 공기도 평소와 달라 마치 천국을 떠도는 기분이랄까? 표현할 수 없는 그 기묘한 감촉을 설은 무척 사랑했었다.

"가끔 내가 진실로 그리워했던 건 형일까, 이곳일까. 궁금해지기도 해. 부모님이 이혼하셨을 때, 어머니와 함께 오고 싶어했던 건 나였거든."

"왜 오지 않았어?"

진심으로 안타까운 일이었다. 그랬다면 그녀가 만난 게 효가 아닌 율이었을지도 모르는데. 그랬다면 이토록 엇갈린 운명이 되진 않았을 텐데 말이다.

"어머니가 원하지 않으셨으니까. 아마 햇살을 담고 싶으셨나 보지. 늘 형은 햇살처럼 빛을 냈거든. 형이 집에 있으면 어딘지 환해지는 느낌이 들었어. 아프셔서 그랬던 것 같아. 당신이 갖지 못한 햇살을 탐하고 싶은……."

가라앉은 율의 목소리에 설의 심장도 같이 가라앉았다. 선택받은 건 율 쪽이라 생각했는데 정작 버림을 받은 쪽이었다는 게 가슴 아팠다. 율은…… 늘 가슴이 아프다. 모든 걸 가졌지만 그가 원한 건 그 어느 것도 가지지 못했다. 어머니도, 그리고 그녀도.

두 사람 사이로 친근한 침묵이 휘돌았다. 찰랑이는 물결 소리가 발끝에 채였다.

매애애!

고고한 침묵이 마음에 들지 않았는지 옆에 있던 염소 녀석이 고개를 쭉 뺀 채 그녀 쪽을 향해 울음소리를 냈다. 양산을 다른 손으로 옮겨 쥐며 설은 옆에 선 율을 흘끔거렸다. 딴생각에 빠진 듯 호수에 시선을 고정시킨 율은 그녀의 존재마저 까맣게 잊은 눈치였다. 옆에서 보아도 티가 나는 휘어진 콧날이 눈에 들어왔다. 이렇게 확연히 차이가 드러나는데 그땐 왜 알아차리지 못했을까? 효가한껏 입을 벌린 채 환하게 웃는 편이라면 율은 지극히 억제한 채입술 끝만 살짝 비틀어 올린다. 약간 높은 효의 목소리에 비해 율은 좀 더 낮고 갈라진다. 쾌활한 효에 비해 율은 늘 조용하고 자박하다. 무겁고 진중하지만 거만하지 않고 작은 미소도 부족함없이 충분히 따스한 편이었다.

"이거 같이 마실래?"

어린 자신의 목소리가 들렸다. 그때도 까만 셔츠를 입지 않았었나? 그리고 보니 효가 까만 옷을 입은 걸 별로 본 적이 없었다. 율은 늘 까만 옷을 즐겨 입는 편인데.

"나 말이야."

잠시 생각에 잠겨 있던 율이 그제야 설 쪽으로 고개를 돌렸다. 서울 일을 마무리하고 내려오느라 복잡했던 머리를 잠시 식히고 있던 참이었다. 율은 조용히 귀를 기울였다.

"이곳에 내려올 땐, 그냥 단지 잠시만 헤어져 있는 거라 생각했어. 그런데 엄마가 갑자기 아빠와 이혼하겠다는 거야. 엄청 분해서 마구 울었던 기억이 나."

율이 키득거렸다. 그가 처음 설을 만났을 때다. 저 혼자 분에 겨

워 한참을 울어대기에 작은 소주 병 하나를 건네주었었는데. 어찌
나 쌀쌀맞게 쏘아대는지 벌에 쏘이는 줄 알았었다. 꼬마치고는 암
팡지다 생각했는데 나중에 동갑내기 친구라는 말이 더 의외였다.

"난생처음 소주를 먹다가 사레 들려서 죽는 줄 알았어."

"하하하!"

더 큰 웃음이 터져 나왔다.

"정말 마실 줄은 몰랐어."

"나도. 그냥 홧김에 털어 넣었지."

"그래……."

호탕하게 웃던 웃음이 점차 사그라졌다. 옛 기억을 떠올리며 조
잘대던 설의 눈빛이 오소소해졌다.

"너…… 였어?"

대답이 없었다.

"그때, 소주 건네준 거 너였어?"

"아, 버스 안에서 한 아저씨가 시음용이라며 준 거야. 고등학생
인 줄 몰랐나 봐. 주조 회사에 있다며 다음에 많이 사달라고. 그땐
술보다는 담배가 더 고파서……."

"왜 네 기억 속이 있는 사람이 효가 전부라 생각하니?"

율이 그랬던가. 그라고 생각했던 건 덕유산을 함께 올랐을 때뿐
인 줄 알았다.

"……그땐, 고마웠어. 덕분에 좀 기분이 나아졌어."

"천만에 말씀."

싱긋 웃는 그의 미소를 잠시 바라보다 설은 호숫가를 벗어났다.

이제 돌아갈 시간이었다. 맛있게 풀을 뜯던 염소 녀석도 뜨거운 햇살이 졸음에 겨운지 풀밭 위로 제 몸을 기댄 채 꾸벅거리고 있었다. 율은 아직 미동이 없다. 가만히 수면을 바라보는 눈동자가 차분하게 내려앉아 속을 가늠할 수 없었다. 잠깐, 그를 바라보던 설이 느리게 걸음을 옮겼다.

"윤설……."

막 도로 안쪽으로 들어서려 했을 참이었다. 내내 수면만 바라보던 율이 그녀를 불러 세웠다. 응? 하고 설이 돌아보았다.

"형…… 형에게도 물어보았니?"

"뭘?"

"사귀자는 말. 형에게도 물어보았어? 그때, 잠깐 보류했었는데……."

"아……."

설이 아는 척을 했다. 무슨 말인지 알 것 같았다. 비가 쏟아지던 그날, 사귀자는 그녀의 말에 월요일까지 보류해 달라고 했었다. 그녀가 비 오는 옥정호를 추억하는 또 하나의 기억이었다. 율의 말에 기억을 더듬어보았지만 그날 후로 효에게 사귀자고 물었던 적은 없었던 것 같다. 덕유산에서 첫키스를 나눈 터라 자연스럽게 그와 사귀게 되는 줄 알았을 뿐. 그녀에게 했던 키스가 당연히 대답일 거라 생각했었다.

대답을 기다리는 율에게 설이 천천히 고개를 저었다.

"묻지 못했어. 덕유산에 다녀온 후라 당연히 사귀게 되는 줄 알았지."

"좋아."

"뭐가?"

설이 의아한 얼굴로 율에게 물었다. 뜬금없이 좋다니.

"사귀자는 거 좋다고."

어이가 없어 입을 떡 벌렸다. 난데없이 뭘 좋다는 건지.

"네가 정리되면 돌아와. 난 이곳에 있을 테니까."

"무슨 의미야?"

"여기에서 아이들 가르치기로 했어. 오늘 면접 보러 내려온 거야."

시골에서 아이들을 가르치고 싶다고 할 때, 짧게 이곳이 아닌가 생각하기는 했었다. 뜻밖의 일은 아니라 설은 담담히 고개를 끄덕거렸다.

"잠깐 여행을 갔었어. 멀리는 아니고 가까운 데. 아무것도 담지 않고 지내다 보니, 정리가 되기 시작하더군. 그래서 기다릴 수 있을 것 같아서. 당장은 너 없이 살아가는 게 견디기 힘들겠지만 그래도 기다릴 수 있어. 그러니까 윤설! 네 마음이 정리되면 이곳으로 돌아와. 언제든 여기 있을 테니까."

끈질긴 율의 기다림에 설은 아무 말도 할 수 없었다.

그날 면접을 본 후, 곧장 서울로 올라갔는지 휴가 기간 동안 설은 율을 보지 못했다. 아쉬운 마음으로 외할머니가 이것저것 담아 준 짐들을 몽땅 들고 서울로 올라온 그해 가을 무렵, 외할머니의 집이 팔렸다는 소식이 들렸다.

[효, 동생 녀석이 내려왔더란다. 껑충한 키로 인사하러 왔는디

효가 온 줄 알고 맨발로 뛰어나갔어야.]

집 팔렸다는 소식을 전하며 외할머니는 율의 이야기를 꺼냈다.

[효가…… 그 녀석이 고만 죽었단다. 알고는 있었냐?]

"……네."

[그려? 너 두고 떠난 참에 한참 연락이 없었잖어. 그거 원망하느라 마구 두들겨 팼더니만 동생 놈이 그러더라. 그 말 듣고 기가 어찌나 막히던지 아무 말도 못했다.]

"……네."

[젊은 놈이 어찌 그리 일찍 갈 수도 있는지……. 그때에도 맨 농구한답시고 다니더니 동생 놈도 유명한 농구 선수란다.]

"……네."

자꾸 눈물이 새어 목이 막혔다. 아주, 아주 유명해도 제 이름 하나 가지지 못한 사람이에요. 설이 속으로 덧붙였다. 세상 모든 사람이 그의 이름을 기억해도 제 이름 대신 형의 이름으로 사는 바보 같은 사람이라네요.

[늬 전에 다니던 운정고에 아이들 가르치러 왔단다. 말이 좀 없기는 해도 배시시 웃는 미소가 여간 예뻐야. 이사 가게 되었다고 몹시 섭섭해허드라. 이사한 날 도와준다고, 신신당부하는 것도 그렇고 사람 됨됨이가 그만하면 자석 교육 잘 시켰다는 말은 듣겠더라. 즈이 엄마 그렇게 모질게 먼저 가더니 남은 자석은 잘 커서 관속에서도 웃겄다, 생각했다.]

조용하고 차분한 검은 눈동자가 떠올라 설은 더 이상 대꾸 할 수가 없었다. 눈물이 목 끝까지 차 올라 입을 열면 그대로 새어나올 것 같아 입술을 꽈악 깨물었다.

[아야, 설아.]

근심 어린 목소리로 외할머니가 그녀를 불렀다.

[결혼할 사람 데리고 한번 내려와라. 아무리 그래도 결혼식 전에는 얼굴 한번 봐야 안 쓰겄냐? 율 녀석 보니께 손주 사위가 더 궁금해지더라. 키가 훤칠허니, 어찌나 시원시원해 보이던지……. 효, 그놈은 어째 여자맨치 야리야리하다 했더니 동생이란 녀석은 말하는 것이나 행동거지나 천상 듬직하더라. 같은 뱃속에서 한시에 태어나도 사람이 그렇게 다른가 보드라. 늬 짝도 그런 사람이면 좋겄다……. 욕심이 든다. 얼굴도 궁금하고.]

"그 사람이랑 비슷할 거예요."

[그 사람? 누구? 율이?]

"네. 처음 만났을 때 효인 줄 알고 저도 착각할 정도였거든요."

[그려? 너도 율을 만났었드냐?]

"네. 여기 서울서 우연히 만났어요."

[효, 그 녀석이 너랑 인연이 있긴 있었나 보다. 어째 결혼할 사람도 효를 닮았다냐? 그래도 떠난 사람, 너무 가슴에 담지 말고 살어라. 죽은 사람 앞에 두고 하는 말은 아니지만 그래도 산 사람은 살아지고, 다른 사람 보면서 살아지는 거란다. 효가 죽은 것도 너랑 인연이 그것뿐이라 그런 것이제. 인연이 거기까지밖에 안 닿는 사람, 가슴에 품고 사는 것도 이치에 어긋나는 것이니라. 살아지는 것도 운명이고, 죽는 것도 운명이라믄, 못 받아들이고 살 것이 무엇이 있겄냐. 효 닮은 사람이라고 생각하지 말고, 내 사람이려

니 하고 정 주며 살어. 성격도 좋겠지?]

"네. 그 사람도 키가 훤칠하고 시원시원해요. 말이 없어도 다정하고, 작게 웃어도 포근해서 좋아요."

[그려? 좋은 사람이긴 한가 보다.]

율이 꽤나 마음에 들었는지 닮았다는 그녀의 말에 외할머니는 흡족한 목소리였다.

네. 아주, 아주 좋은 사람이에요. 할머니.

· 남은 이야기 ·
강물은 흐르고

"다시 기초 시작!"

간결한 음성이 강당 안으로 울려 퍼졌다.

"네!"

우렁찬 소리와 함께 탕탕거리는 드리블 소리가 빠르게 울리기 시작했다.

"훅! 훅! 훅!"

규칙적인 숨소리가 구령처럼 들리는 아이들 앞에 율은 양 발을 벌린 채 서 있었다. 겨우 기초 훈련을 하는 주제에 녀석들은 단단히 각오가 선 얼굴이었다. 개교 이래 단 한 번도 우승을 해본 적이 없는 운정고는 이번에 새로 영입한 농구 감독에게 거는 기대가 대단했다. 솔직히 도내 대표 선수가 온다고 해도 열렬히 환영할 판에 NBA에서 활약한 선수가 내려온 참이니 거의 축제 분위기였다.

"드리블 후엔 볼 핸들링 연습이다."

연습 후, 한 번도 빠지지 않는 기초 훈련에 다들 지겨운 기색이긴 했지만 그래도 다들 별 투정은 하지 않았다. 실제로 기초 연습만큼 탄탄히 해야 하는 것도 없었다. 매일 기초 연습만 한다 해도 NBA 선수의 기량을 옆에서 지켜볼 수 있는 것만으로도 농구부에 들어온 값은 톡톡히 하는 터였다.

선수들을 바라보는 율의 얼굴에 만족감이 스쳤다. 처음 팀을 맡게 되었을 때보다 확실히 기초 실력이 늘기는 했다. 핸들링 속도도 빨라지고 드리블 할 땐, 공이 마치 손에 붙은 듯 현란해 보일 정도였다. 따분한 연습이었을 텐데도 묵묵히 따라주는 녀석들이 대견해 절로 미소가 스며 나왔다. 코트 바닥으로 녀석들의 땀이 뚝뚝 떨어질 땐 그 역시 서로 살갗을 부딪치며 골대를 향해 높이 뛰어 올랐던 그때의 희열이 새삼 떠오르기도 했다. 형의 인생을 대신 살아주는 거라 생각했는데 어느새 농구는 그의 삶의 중심에 서 있었다.

"감독님, 오늘 연습 끝나고 저희 집에 오실래요?"

매니저를 맡고 있는 미호가 비실거리며 물어왔다. 이제 고2인 녀석이 흩뿌리는 요염한 유혹에 율은 애써 치미는 웃음을 삼켰다. 설을 처음 만났던 게 미호와 같은 나이였는데 이상하게 설에게서 보았던 성숙함은 느껴지지 않았다. 같은 나이에 만나서 그랬을까? 그가 기억하는 설은 훨씬 더 어른스러웠고 여성스러운 면이 많았던 것 같다. 그에 비해 미호는 아직도 한참은 어렸다. 젖비린내도 가시지 않았다고 할까? 어찌 되었든 열한 살이나 더 어린 녀석이 이렇게 여자의 향기를 풍기며 다가설 때엔 좀 곤혹스러웠다. 정작 피땀 흘려 연습하는 팀 녀석들보다 그에게 오는 음료수 횟수가 더 많아 몇 번 주의를 준 적도 있었다.

"바빠."

일부러 무뚝뚝한 태도로 딱 잘라 거절한 후 율은 연습에 열중하는 아이들을 향해 움직였다. 아이들과 함께 뛰며 부대끼다 보니, 살이 찔 여유는 없었지만 덕분에 몸이 한층 더 가벼워졌다.

"우리 아빠가 이번에 병원 옮기셨잖아요. 마침 약국 자리도 같이 난 건물이 있다고 이번 기회에 옮기신대요."

전주에서 개업의를 하고 있는 미호 아버지는 딸 옆에 있지 못해 안달을 하더니 결국 병원마저 딸 옆에 차리게 되었나 보다. 끈끈한 부정이라 생각하며 율은 몰래 웃음을 삼켰다. 솔직히 약국 자리도 함께 났다는 말에 절로 설이 떠오른 것도 버릇이다.

"그래서?"

덕분에 율의 목소리가 더욱 딱딱해졌다.

"오늘 개업식한다고 농구 팀원들 전부 데리고 오라고 했단 말이에요. 그렇지 않아도 매니저 한다고 걱정이신데 감독님이랑 같이 가면 걱정이 덜하실 거 아니에요?"

"그렇게 반대하시면 굳이 안 해도 돼."

"감독님!"

팩! 미호가 소리를 질렀다. 분에 겨워 파르르한 몰골이 어린 설을 설풋 떠올리게 해, 딱딱해졌던 근육이 저절로 풀어져 버렸다. 가끔, 설을 닮은 여학생들을 볼 때마다 어쩔 수 없이 일어나는 조건 반사였다.

"너무하신 거 아니에요? 그래도 일 년 넘게 활동했는데 그 정도도 못해주세요?"

"그래."

"저, 정말 아빠 때문에 그만두게 되면 감독님 혼자 다 하실 수 있어요?"

이젠 무기까지 휘두른다. 솔직히 미호가 당장 그만두게 되면 꽤 곤란할 것이다. 따로 운동량이나 선수 개인, 개인을 체크해 줄 코치도 없는 열악한 환경이라 개미 손이라도 빌리고 싶은 상황이기는 했다. 되지도 않는 꼬리를 쳐대는 걸 제외하면 그래도 아이가 꽤 영민해 제법 눈치도 빠르고 적당히 선수들의 사기도 북돋아주는 역할도 잘했다. 미호가 옆에 있다면 그의 일이 한결 수월한 것도 사실이었다. 잠깐 아쉬운 마음이 들긴 했지만 율은 고개를 저었다. 미호가 있다면 편리는 하겠지만 그래도 아쉬운 대로 다른 매니저를 뽑으면 되겠지. 굳이 아버지가 반대하는 매니저 일을 떠맡길 생각은 없었다.

"아버지께서 반대하시는 일은 안 하는 게 좋아."

"치! 감독님, 이럴 때보면 꼭 우리 아빠 같아요. 고리타분하고 융통성없어."

"고리타분?"

"네! 그냥 한번 져주시면 안 돼요? 감독님이 반율 선수라는 말

들으시고 우리 아빠가 얼마나 만나고 싶어하셨는데. 하도 자랑을 많이 해서 엄청 기대하고 계신단 말이에요. 잠깐만 들렀다 가세요, 네?"

졸라대는 품이 어딘지 수상쩍어 율은 가늘게 눈을 좁혔다. 무슨 말을 했는지 굳이 묻지 않아도 대충은 알 것 같다.

"정미호!"

율이 엄한 목소리로 미호를 불러 세웠다. 그래도 일 년을 같이 일한 녀석이라 목소리에 담긴 엄격함을 알아차렸는지 네? 대답하는 품새가 잔뜩 움츠려 있었다.

"연습 끝나고 아이들은 데리고 가도 좋아. 네 친구들이니까. 하지만 나까지 끌고 갈 생각은 하지 마!"

"칫!"

미호가 또다시 삐죽거렸다. 그가 저 나이 때만 해도 저러지는 않았던 것 같은데 요즘 아이들은 뭘랄까. 당당하다고 해야 하나, 당돌하다고 해야 하나? 저보다 열한 살이나 많은 남자에게도 서슴지 않고 여인의 향을 풍겨대는 걸 보면 오히려 그가 더 위축될 정도였다.

"어차피 집에 가봤자, 혼자이시잖아요. 외롭게 식사하시는 것보다 같이 가시면 더 좋잖아요?"

오늘따라 유독 끈질기다. 평소엔 이 정도만 해도 금방 포기하더니 오늘은 단단히 각오를 한 모양이었다. 머리를 한 대 콩! 박고 싶을 만큼 얄밉긴 했지만 율은 가볍게 한숨만 쉬고 말았다. 설 때문이다.

그녀 때문에 이렇게 실쭉이는 녀석에게 늘 지고 만다.

"외롭다고 누가 그러더냐?"

"애인도 없으시면서 뭘요. 혼자 밥해 먹는 게 외로운 거지."

한풀 꺾인 기세를 읽었는지 움츠렸던 어깨를 쭉 펴며 미호가 실실거렸다. 넉살도 참 좋은 녀석이었다.

훅! 훅!

드리블이 끝난 아이들이 다시 볼 핸들링으로 들어서고 있었다. 워낙 단순한 연습이라 그런지 녀석들의 귀가 이쪽을 향해 쫑긋 서 있는 게 눈에 훤히 보였다. 개업식이라는 말에 절로 침이 고이는 데다, 감독님도 같이 가시는 건지 궁금한 모양이었다. 녀석들의 입장에서야 감독님 없는 곳에서 편하게 먹고 싶은 눈치였다. 하긴 그 앞에서라면 체중 조절 때문에 마음껏 먹는 것도 곤란하긴 했다. 한창 자랄 나이라 먹고 싶은 건 많지만, 욕심만큼 먹었다간 당장 다음날 연습할 때 몸이 무거운 게 금방 티가 났다.

"애인 있어."

"거짓말!"

"내 연애사까지 너에게 까발릴 필요는 없지만, 그래도 애인 있으니까 그런 걱정은 안 해도 돼."

진짜요? 역시! 귀를 쫑긋 세웠다 했더니 핸들링을 하고 있던 녀석들의 고개가 일제히 그를 향해 돌아섰다.

"어떤 여자인데요?"

"예뻐요?"

"여기 내려오기도 했어요?"

"한국 여자예요?"

"자식이! 당연한 걸 왜 물어?"

"당연하기는! 감독님 이 년 전만 해도 NBA에서 뛰었는데 거기서 만났을지 어떻게 알아?"

"그런가? 감독님! 정말 외국 여자예요?"

한 녀석이 묻기 시작하자 녀석들은 일제히 다다다! 속사포처럼 질문을 쏟아내기 시작했다. 여기에 내려온 지 일 년이 넘도록 여자 만나는 걸 본 적이 없는데 애인이 있다니, 다들 호기심이 설 수밖에. 그 속에 미호의 눈초리가 날초롬하게 섰다.

"한국 여자. 그리고 예뻐. 이만하면 충분하지?"

"에이～ 거짓말 아니에요? 미호가 하도 꼬리 치니까 대충 둘러대신 거죠?"

"누가 꼬리를 쳤다고 그래?"

걸죽한 사내 녀석들 속에서 미호의 카랑진 소리가 성깔있게 올라섰다.

"누구긴 누구야? 너지! 정미호가 감독님한테 꼬리 치는 거, 우리 학교에서 모르는 사람 있냐?"

"그러게. 하하하!"

"시끄러워!"

"어휴! 기집애! 성질부리는 거 봐라. 너, 그 성질 안 죽였다간 감독님은커녕, 남자 친구도 못 사귀겠다."

"야! 너 진짜 죽을래?"

툭탁거리는 아이들의 틈 속에서 율을 치미는 웃음을 깨물었다.

얼마나 예쁜 아이들인지. 그 시절, 이곳에 그가 있었다면 아마 저 아이들처럼 설과 살았을지도 모르겠다. 툭탁툭탁 소꿉놀이처럼 장난치고, 투정 부리고, 그리고 사랑하면서 말이다.

"런닝볼 삼십 분, 그리고 패스 연습 삼십 분! 그 후에 해산이다. 미호는 각 선수들 연습량 체크하고 남은 정리 끝낸 후 해산시켜."

당장 주먹을 한 대 날릴 것처럼 서로 쏘아대더니 금방 헤헤거리는 아이들에게 해산 지시를 내린 후 율은 체육관을 나섰다. 하교를 끝낸 텅 빈 운동장은 금세 어둑해져 을씨년스러웠다. 이곳 가을은 다른 곳보다 조금 빨리 도착한다. 스산한 손길로 율이 턱 끝을 어루만졌다. 저녁 사이에 자라난 까칠한 수염 끝이 만져졌다. 요즘 들어 조금씩 기다림에 지쳐 가고 있는 중이었다. 목소리라도 들을 수 있다면 기다리는 게 조금 더 쉬워졌을까? 혹시 소식을 들을 수 있을까, 몇 번 전주 시내로 이사한 설의 외할머니에게 찾아가도 별다른 말은 없었다. 그사이 문하와 함께 짧은 일정으로 말레이시아에 갔다는 말은 들었다. 아마, 제 친아버지를 찾아간 모양이었다. 자신이 함께 가지 못한 여행에 동반한 문하에게 엄청 질투가 일었지만 그것도 제 능력 밖이었다. 그가 없는 곳에서 문하는 설의 가장 든든한 버팀목이 되고 있었다. 트레이닝 주머니속에서 담배를 꺼내어 입에 물었다. 요즘 담배를 무는 횟수가 잦아졌다.

"감독님!"

체육관 저쪽에서 미호가 그를 향해 힘껏 손을 흔들어댔다.

"정말 안 가실 거예요?"

율은 대답 대신 손만 흔들어준 채 학교를 벗어났다. 그의 유일한 안식처인 옥정호로 향하는 길이었다. 천천히 내딛는 걸음 사이로 소슬한 가을바람이 스쳤다. 출근할 때 가져온 자전거는 학교 입구 쪽에 세워져 있다. 내일 운동 나올 때 찾아가면 될 것이다. 살갗으로 느껴지는 상쾌한 저녁 공기를 율은 힘껏 들이마셨다. 시골에서는 어디서나 풍부하게 음미할 수 있는 맑고 습한 공기였다. 저녁참부터 내려진 이슬은 아침까지 고스란히 땅 위에 눅눅하게 남아 새벽 운동하기엔 더없이 안성맞춤이었다.

가볍지만 느리지 않은 걸음으로 옥정호 쪽으로 내려섰다. 푸르스름한 어둠 속에서 입가에 문 담배만이 유일한 빛이었다. 다리 입구의 가게에서 맥주 한 캔을 산 율은 건너편 호수 아래쪽으로 향했다. 설과 처음 만났고, 또 마지막 만난 그만의 공간이었다. 낮에 풀 뜯던 염소 녀석은 그사이 제 집으로 돌아갔는지 호수 주변은 흙바닥에 스치는 물 자락 소리뿐, 사방이 고즈넉했다.

탁!

알루미늄 캔 뚜껑이 날카로운 소리를 냈다. 냉장고에 막 넣어놓았는지, 입구 쪽으로 흘러나온 맥주는 좀 미지근했다. 낮의 뜨거운 햇살 기운이 아직 가시지 않은 풀잎 위로 털썩 주저앉아 미지근한 맥주를 들이켰다. 풍성한 거품이 목을 젖을 부드럽게 흘렀다.

지쳐 있던 신경이 비로소 느슨하게 풀어졌다. 아이들을 가르치는 건 흥미롭고 즐거운 일이기는 하지만 사내 녀석들의 거친 고함 소리와 미호 녀석의 질긴 투정 속에 하루를 견디다 보면 이런 혼자만의 시간이 절실해진다.

쏴아아, 쏴아아.

흙바닥을 쓸고 가는 물결을 묵묵히 바라보며 율은 아까보다는 느긋한 태도로 맥주를 홀짝거렸다.

"감독님은 또 어디 가신 거야?"

검은 그림자 무리들이 다리 위를 지난다 싶더니 미호의 새된 음성이 그 속에서 흘러나왔다. 율은 재빨리 그림자 속으로 몸을 숨겼다.

"신경 끄셔! 감독님이 너한테 관심조차 있을 거라 생각해?"

이번에는 주장 백운이 목소리다. 가끔 미호를 보는 녀석의 야릇한 눈초리가 눈에 띨 때가 있었다.

"너나 신경 꺼!"

"너보다 열한 살이나 많은 사람이야. 감독님이 어떤 사람인 줄 알기나 해?"

"너보단 잘 아니까 걱정하지 마."

"너, 감독님 별명이 'Only One'인 건 알고 있냐?"

녀석이 별걸 다 알고 있다.

"Only One?"

"지금까지 한국 선수 중에 NBA에서 뛴 선수는 감독님이 처음이야. 이름 하나만으로도 농구팀 전체를 맞바꿀 수 있는 사람이라고. 우리나라에서 반율 같은 선수는 오로지 하나라고 붙여진 별명이란다."

"뭐, 뭐…… 그 정도쯤은 알아."

"그런 사람이 너 같은 코흘리개 꼬마한테 관심이나 있을 줄 알아? 꿈 깨! 널 위해 충고하는 거니까."

"천만에! 꿈이라는 건 이루어지기 위해 꾸는 거야. 시작도 하지 않고 포기하긴 일러."

"애인 있으시다잖아!"

미호의 고집에 성질이 났는지 조곤조곤 설명하던 백운이 녀석이 느닷없이 소리를 질렀다.

"애인은 무슨. 지금까지 감독님 누구 만나는 거 봤어?"

"그럼, 감독님이 여자 만나면서 너한테 보고하리?"

그건 맞는 말이다. 담배를 물고 싶었지만 녀석들이 알아차릴까 봐 대신 맥주만 더 들이켰다.

"아무튼 애인 있다는 말 못 믿겠어."

"믿든, 못 믿든 그건 너 자유인데 감독님한테 그만 엉겨 붙어. 보기 안 좋으니까."

"네가 무슨 상관인데!"

아마 상관이 있을 것이다. 율이 피식거렸다. 사내 녀석들이란 아무리 세월이 흘러도 여전히 여자 하나로 절절매는 건 바뀌지 않는다.

"감독님, 애인 있는 거 맞아."

한마디 지는 법 없이 쏘아대는 두 사람 사이로 약간 차갑고 마른 음성이 들려왔다. 현명이 녀석이다. 율은 고개를 갸웃거렸다. 설에 대해 아는 녀석이 있을 리 없었다.

"우리 사촌 형, 서울에 살거든. 감독님, 정말 서울에 애인 있대."

"진짜?"

"우와! 그게 정말이었어?"

어찌나 목청이 큰지, 그가 선 자리에서도 쩌렁 울릴 정도였다. 바닥에 남은 맥주를 마지막으로 털어 넣은 후 율은 손가락에 걸려 있던 담배를 다시 입에 물었다. 녀석들에게 들킨다 해도 담배 연기 한 모금 정도는 피워야 할 것 같다.

"지루 형하고 감독님 애인하고 우리 학교에서 유명한 수재였다더라. 형이 그 여자 좋아해서 의대까지 쫓아갔는데 그 여자는 그냥 약대로 가버렸대."

"그럼 약사야? 그런데 왜 서울에 있어? 여기에도 약국 많은데."

"너네 형이 그 여자 좋아한 거야?"

"형이 좋아하긴 했는데 그 여자는 아니었나 보지. 다른 사람 좋아했다고 그랬던가?"

"우리 감독님?"

"몰라. 그건 자세히 못 들었고. 아무튼 감독님 애인, 그 여자 맞아. 결혼까지 하려고 했는데 무슨 사정 때문에 미뤄졌나 봐."

"흥!"

미호가 코웃음을 쳤다. 조그만 게 영 당차지가 않다고 생각하며 율은 뻣뻣한 몸을 쭉 폈다. 다리 너머 녀석들의 그림자가 서서히 사라지고 있었다.

"그래도 어쨌든 결혼한 건 아니잖아?"

"애먼 연인 사이 끼어들지 말고, 정신 차려!"

마지막 옹이 진 백운의 목소리를 끝으로 다시 침묵이 찾아왔다.

"거 참, 무서운 녀석들이네."

담배를 깊이 들이마시며 율이 쌉쌀하게 속삭였다.

"……그러게."

"콜록!"

연기를 뿜어내려다 느닷없는 목소리에 깜짝 놀라 그만 사레에 걸리고 말았다. 콜록거리며 율이 사방을 훑어 내렸다. 누구지?

작고 앙증맞은 팔이 그를 향해 뻗더니 사레 들린 등짝을 토닥토닥 두드리기 시작했다.

"많이 놀랐어? 미안."

"……너니, 윤설?"

겨우 목소리를 쥐어짰다. 믿을 수가 없었다. 오랜 기다림 때문에 환청을 본 걸까?

"응."

휙, 몸을 돌려 제 등을 두드리는 작은 팔을 붙들었다. 짧은 머리카락이 목 언저리까지 길게 내려왔지만 분명, 설이었다.

"도, 돌아온 거야?"

"응. 나 돌아왔어."

믿기지 않는다. 정말 설이 맞는 걸까? 제 손에 닿은 그녀의 팔과, 그를 향해 웃는 미소, 반짝이는 눈동자와 눈처럼 하얀 피부. 모든 게 그가 기억하는 모습 그대로였다. 떨리는 손으로 율이 설의 뺨을 쓸었다.

행여 부서지지 않을까, 유리 인형처럼 조심스럽게 어루만지는 율의 손가락에 설은 편하게 뺨을 기댔다. 그의 손가락에서는 매캐하고 독한 담배 냄새가 배어 있었다. 그를 처음 만났던 그날, 맡았던 담배 냄새와 비슷하다. 눈물 대신 웃음을 보일 수 있어서 다행이었다.

율이 말한 대로 하나하나 엉킨 실타래를 풀다 보니 어느새 조금씩 정리가 되기 시작했다. 효의 가루가 뿌려진 수목장도 찾아가 보았다. 작은 연못가에 세워진 그의 나무는 작지만 튼실하게 땅에 뿌리를 박고 있었다. 가지 끝까지 싱그럽게 피어난 잎사귀가 돌보는 사람의 정성을 한눈에 느낄 수 있을 정도였다.

"잠깐 여기에 서서 지난 기억을 떠올리던 참에 율이 온 거야. 깜짝 놀라게 해줄 셈이었는데 저 아이들 때문에 내가 더 놀랐어. 율이 가르치는 아이들이야?"

"……응."

아직도 꿈만 같아 목소리가 조금 갈라지고 말았다. 그녀의 얼굴을 가리는 어둠이 싫다. 설의 손을 잡아, 다리 위쪽으로 올라섰다. 원하는 만큼은 아니지만 흐릿한 빛 속에 설의 얼굴이 조금 더 선명히 드러났다.

천천히 그녀의 얼굴을 쓸었다. 총명하게 반짝이는 눈동자와 붉고 도톰한 입술, 그리고 한기에 살짝 붉은 기가 서린 뺨과 찰랑이는 검은 머리카락. 새근대는 작은 숨소리.

그녀가 눈앞에 있다.

"네가 기다린다고 해서…… 돌아왔어, 율."

"그래."

"효의 작은 나무에도 가보고, 아버지에게도 갔어."

"그래."

세상 모든 걸 다 가진 후 돌아와도 좋았다.

"효의 작은 나무가 너무 잘 자라주어서 행복했어."

"아버지가 잘 돌보시니까."

"말레이시아에서 재혼한 아빠도 그렇더라. 내가 없어도 다들 행복하게 사는 게 좀 질투가 나긴 했지만 그래도 기분은 좋았어. 그래서 아빠를 용서할 수도 있었고."

그래…….

율이 속삭였다. 종알대는 입술에 키스를 하고 싶어 미칠 지경이었지만 그녀의 이야기가 끝날 때까지 기다렸다.

"징징거리는 문하 오빠 달래주고, 약국 일 마무리하느라 시간이 금방 지나가 버렸어. 이 근처에 혹시 약국 자리 나오지 않나 기다리느라 시간이 더 흘러 버렸고. 조금 더 빨리 올 생각이었는데. 늦어서 미안."

"늦지 않았어."

늦지 않았다. 기다림에 지쳐 가도, 그녀가 돌아온다면 언제라도 늦지 않았다. 잠깐 설의 말이 멈추었다. 촉촉해진 눈동자가 불빛 속에 어른거렸다.

"많이 기다렸어?"

율이 고개를 저었다. 아니.

설이 발끝을 세워 율의 얼굴에 가까이 다가섰다. 담배 냄새가 묻은 그의 입술에 살포시 제 입술을 대었다. 까칠한 수염 끝이 따끔거렸지만 그래도 좋았다. 그녀의 입맞춤에 참았던 율의 열정이

폭발하고 말았다. 힘껏 그녀를 끌어안은 채 율이 기다림 만큼 뜨거운 키스를 퍼붓기 시작했다. 얼마나 그리웠는지, 얼마나 많은 꿈속에서 그녀를 만났는지, 깨어나 꿈이었음에 얼마나 절망했는지…… 차마 말을 할 수가 없었다.

돌아오지 않을까, 두려웠고 두려움은 절망으로 변해갔었다.

제 입술에 느껴지는 그녀의 체온을 실감하며 비로소 율은 안도의 한숨을 내쉬었다.

그녀가 돌아왔다!

하얀 설원이 끝없이 펼쳐져 있었다. 넓고 탄탄한 벌판 위에 내린 소복한 눈 더미 속으로 발이 푹푹 빠져나갔다. 얇은 옷자락이 바람에 휘날렸지만 이상하게 설은 추위를 느끼지 못했다.

이상한 곳이야.

발목까지 빠지는 눈 더미를 밟고 있는 것도 역시 맨발이었다. 설원 위로 다시 함박눈이 쏟아지기 시작했다. 온통 하얀 세상인데도 마치 휘날리는 벚꽃나무 아래 선 것처럼 살갗에 닿는 바람은 따사롭고 온화했다. 설은 조금 더 발을 뻗었다.

뽀드득!

분명, 눈이 밟히는 소리다.

이상해, 율. 이곳은 봄의 설원 같아.

설이 속삭였다. 그런데 곁에 율이 보이지 않는다.

율?

다시 한 번 그를 불렀지만 여전히 그의 모습은 흔적조차 없었다. 어딜 간 걸까? 설은 울상을 지으며 설원 끝으로 향하기 시작했다. 그녀의 발자국 이외엔 아무것도 없는 눈의 벌판 위로 하얀 하늘이 넓게 펴져 있었다. 하늘과 땅이 마치 하나가 된 듯 온통 흰빛이었다.

율?

율, 어디 있어?

좀 더 소리를 내고 싶은데 설원에 퍼지는 그녀의 음성 역시 눈꽃처럼 투명하게 녹아지고 있었다. 기괴한 침묵만이 사방에 가득 찼다.

커흥!

그때였다. 마치 그녀를 부르듯 낯선 짐승의 소리가 울렸다. 야수의 냄새가 풍기는 울부짖음이었지만 무섭지는 않았다. 그녀가 딛고 선 세계는 기묘하고 비틀린 세상 같았다. 설은 짐승의 소리가 울리는 곳을 향해 빠르게 내딛기 시작했다. 그곳에 어쩐지 율이 있을 것 같은 예감이 들었다. 푹푹, 발목에 차는 눈 때문에 걷는 것조차 용이하지 않아 설은 있는 힘껏 발끝에 힘을 주었다.

그렇게 얼마를 걸었을까? 빛 하나 없이 온통 눈빛으로 가득 찬 세상 저쪽에 작은 그림자가 보였다. 옆으로 넓게 퍼진 그림자는 그녀를 기다리는 듯 가만히 그곳에 서 있었다.

기다려, 그곳으로 갈 테니까.

설이 말했다. 눈은 여전히 멈출 줄 모르고 그 하얀 빛 속에서 설은 열심히 그림자를 향해 발을 내디뎠다. 길고도 지루한 시간이 흘렀다.

"윤설."

어느 사이 그녀 앞에 그림자가 선뜻 다가와 있었다.

율?

빛 때문에 가려진 그의 얼굴에 설은 눈썹을 찡그렸다. 그녀처럼 하얀 옷을 입은 남자는 말갛게 미소를 짓고 있었다.

커흥!

조금 전 들었던 울음소리가 또다시 울렸다. 제 존재를 알아차리지 못한 그녀를 꾸짖는 음성이었다.

"율?"

설이 그의 앞으로 조금 더 다가섰다.

커흥! 커흥!

하얀빛 속에 가리어진 그가 조금 더 선명히 드러났다. 그의 양쪽엔 하얀 호랑이 녀석 두 마리가 나른하게 누워 있었다. 신기한 녀석들이다. 하얀 털 사이로 연한 회색빛 줄무늬를 가진 녀석들은 분명히 호랑이가 분명한데 어딘지 잘 길들여진 애완견 같은 품새였다.

"선물이야, 윤설."

선물?

설이 되물었다. 환하게 웃는 그의 모습이 어쩐지 포근하게 느껴졌다. 눈처럼 해맑다.

"효?"

그제야 제 앞에 선 남자가 율이 아니라는 생각이 들었다. 율보다는 순하게 보이는 동그란 눈매와 반듯한 콧날. 그리고 무엇보다 햇살처럼 웃는 경쾌한 미소. 한눈에 보아도 효가 분명했다. 갑자기 게으른 고양이처럼 발끝으로 털을 쳐대던 호랑이 녀석이 벌떡 자리에서 일어났다.

엇!

비명을 지를 사이도 없었다. 노란 눈동자를 번뜩이던 녀석들이 일제히 그녀를 향해 돌진했다.

후두둑!

땅 위로 떨어지는 힘찬 물줄기 소리에 설은 저도 모르게 벌떡 자리에서 일어나고 말았다.

"왜?"

미처 잠에서 깨지 못한 율이 상체를 일으키며 놀란 목소리로 물어왔다. 아직 꿈인 걸까? 자신에게 달려들던 노란 눈동자를 떠올리며 설은 사방을 두리번거렸다. 분명 율의 방이다. 아버지가 팔아버린 집을 되샀다는 율의 집, 그리고 율의 방.

"꿈꾼 거야?"

벌거벗은 율의 어깨 위엔 어제 그녀가 남겨놓은 붉은 흔적이 있었다. 어둠 속이라 다행이다. 자신이 남겨놓은 흔적에 얼굴을 붉히며 설은 고개를 끄덕거렸다.

"너무 선명한 꿈이라 잠깐 놀랐어."

"이리 와."

율이 제 옆을 두드리며 이불을 벌렸다. 그가 곁에 있다는 사실에 안도하며 설은 스르르 율의 곁에 몸을 뉘었다. 진한 남성의 체취가 이불에 스며 있었다.

"비가 오나 보다."

후두둑, 거리더니 비가 내리는 소리였나 보다. 율의 품에 안긴
채 설은 창밖으로 떨어지는 비를 바라보았다. 정원에 세워놓은 조
명 탓인지 하얗게 쏟아지는 비가 마치 눈처럼 보인다.

"가을에 오는 비는 겨울을 부르는 비라던데."

"겨울이 오며 좋겠어?"

하얀 눈이 쏟아지는 옥정호를 사랑한 효라서 그랬을까? 온통
땅과 하늘이 하얀빛이던 꿈 속의 설원을 떠올리며 설은 고개를 저
었다.

"올해 겨울은 너와 함께할 수 있어서 다행이야."

그녀의 머리카락에 입술을 맞추며 율이 속삭였다. 가만히 그의
품에 안겨 설이 제 배 위에 손을 올렸다.

"선물이야."

효의 음성이 아득한 곳에서 들려왔다. 그리고 제 품에 안긴 노
란 눈동자의 하얀 호랑이 두 녀석. 납작한 배를 쓰다듬는 설의 손
등을 율이 감쌌다. 금세 따스한 온기가 스민다.

"왜?"

"아니. 그냥……"

"아파?"

첫날밤, 함께 있어주지 못해서 그런지 율은 유독 고통에 약했
다. 몇 빈이나 그에게 안긴 덕분에 온몸에 뻐근하지 않은 곳이 없
었지만 설은 그저 미소만 지었다.

"효가 우리에게 선물을 주려나 봐."

"선물?"

율이 한쪽 눈썹을 치켜올렸다.

응. 아주 소중한 선물.

느낌이었을까?

뱃속 깊은 곳에서 작은 호랑이 녀석이 커흥! 울음소리를 내는 것 같다.

후두둑.

겨울을 부르는 가을비가 그날 새벽 내내 정원을 촉촉이 적셔내고 있었다. 납작한 배를 감싸며 설이 물었다.

너희들, 둘이니?

• 작가후기 •

결혼과 함께 정든 고향을 떠나 처음 도착한 전주는 내게 있어 답답한 유림의 도시이자 소박한 시골에 불과했다. 시끄럽고 화려한 도시의 번잡함에 익숙한 터라 정드는 것도 참 힘들었다. 그런 내게 어느 날, 남편이 전주 구경을 시켜주겠다고 데리고 간 곳이 옥정호였다. 굽이지는 산 중턱을 몇 번이나 꺾어지면 시원스럽게 펼쳐지는 작은 바다.

호반의 도시인 춘천 못지않고 크고 끝을 알 수 없는 옥정호는 마치 바다를 한 움큼 떼어다 놓은 것처럼 웅장하고 장엄하다.

감히 발조차 댈 수 없는 거만한 댐이나 상수원과 달리 옥정호는 사람 냄새가 풍긴다. 소설에 나오는 것처럼 까만 염소가 풀을 뜯는 것도 보았다. 근처로는 소박한 밭도 갈아 있고, 그 옆엔 어울리지 않는 예쁜 카페도 있다.

그 후로 매번 옥정호를 찾았던 것 같다. 비가 오는 옥정호, 눈이 오는 옥정호, 맑은 가을의 옥정호.

옥정호를 바라보며 가슴 아픈 사랑 이야기를 쓰고 싶다는 생각이 들었다. 율과 효, 그리고 설의 이야기는 그렇게 처음 내게 왔던 것 같다.

처음 쓴 글은 연중을 했고, 다시 3인칭으로 개작을 했다 다시 연중을 했다. 이 글이 세상에 나올 땐 더 완벽하게, 더 완벽하게…… 했던 욕심이 결국 연중까지 가게 된 이유였던 것 같다.

그땐, 나중에 아주 나중에 내공이 한참 더 쌓이면 그때 다시 써야지…….

그런 마음까지 먹었는데. 막상 글이 끝나고 나니, 내가 정말 이 녀석들을 잘 표현했을까, 하는 의구심이 든다. 정말 써억 멋있는 녀석들을 쓰고 싶었는데…….

내가 원했던 완벽한 모습으로 녀석들이 태어나긴 했을까?

설은 가슴 아프고, 율은 절절하고, 효는 사랑스럽다.

율 녀석에게도 애착이 가긴 하지만 누구보다 내 가슴에 든 녀석은 설이다. 효에게 벗어나지 못하는 설이 가끔 답답할 때도 있었지만, 또 그만큼 착하고 여린 녀석이다.

재수없이 공부도 잘하는 주제에 대인성은 부족하다. 얄미울 만큼 쌀쌀하지만 속마음은 소심하고, 한없이 여리다. 옥정호를 닮은 아이라면 단연코 설일 것 같다.

율은 두말할 것 없이 순정파다.

제 형의 여자임에도 가슴에 품은 탓에 10년 동안 스스로를 질책하지만 그래도 제 사랑을 끝내 놓지 못한다. 솔직히 내 작품에 나오는 녀석 중 가장 부드럽고 순정적이며 고집스럽다.

어린왕자 효는 떠났고, 이제 나도 겨우 숨을 돌리게 되었다. 갑자기 모든 걸 버리고 싶었을 때 다시 내게 힘을 실어주었고, 끝내 로맨스 작가의 길을 버리지 못하게 붙든 기특한 녀석이다.

이대로 흔적조차 남기지 않고 스러지려는 날 힘차게 붙들어준 지윤 씨에게 감사를 전한다. 정말 그녀의 전화가 아니었다면 훌쩍, 도망을 쳤을지도 모르겠다.

내가 없어도 세상은 돌아가고, 빈자리는 새롭게 채워지기 마련이니까.

그렇게 수면 밑으로 떨어진 내게 건장한 힘이 불쑥 튀어나와 수면 위로 끌어올려 주었다. 재미있는 책도 보내주고, 힘내라는 어색한 인사 전화까지 꼬박 챙겨주는…….

그래서 지윤 씨가 예쁘다.

별 볼일 없는 작가임에도 '청어람 작가' 라는 타이틀로 매번 챙겨주시는 청어람 식구들이 늘 고맙고, 이런 엄마를 너무나 자랑스러워하는 우리 두 꼬마 녀석에게도 고맙다.

벼르고 별러 겨우 떠난 가족 여행에서도 잊지 않고 노트북을 꼭! 챙겨주시는 우리 양 아저씨의 무서운 외조도 감사하다(하지만 다음엔 제발 잊어버려 주시길……).

끝으로 이 글을 읽어주시는 독자에게도 감사를 전하고 싶다. 팬이 없는 스타가 없듯이, 독자가 없는 작가는 존재하지 않으므로.

2008年 1月
—서야 拜上

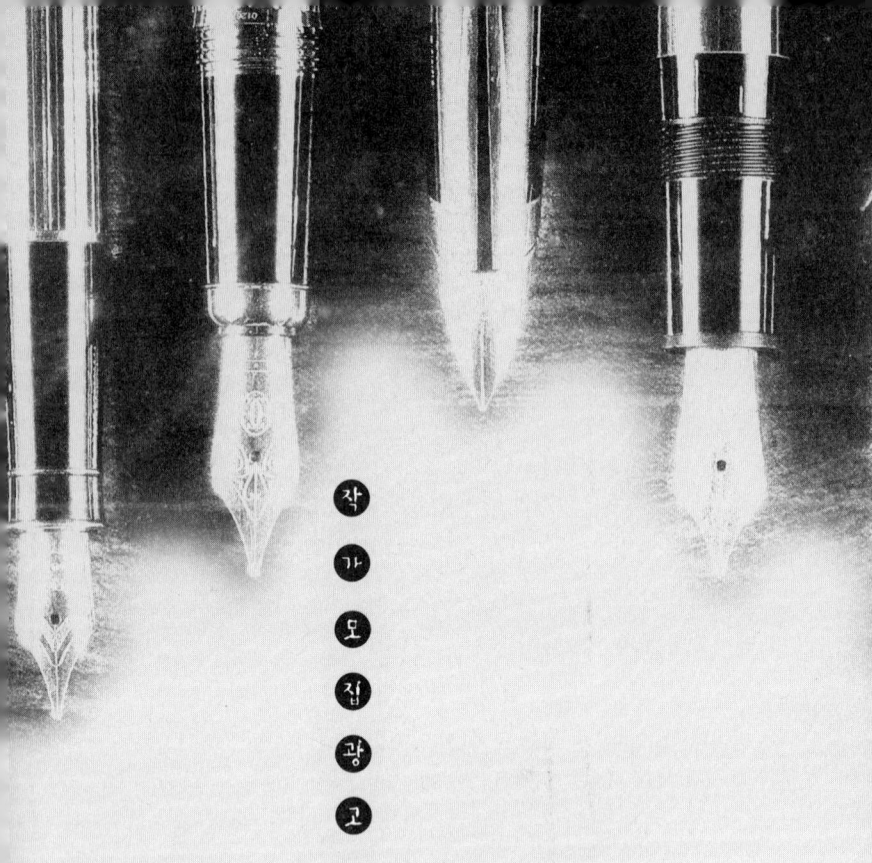

작

가

모

집

광

고

도서출판 청어람의 문은 항상 열려 있습니다.
실력있는 작가 분들의 많은 관심 부탁드립니다.

TEL:032–656–4452 • FAX:032–656–4453
http://www.chungeoram.com
http://chungeoram.egloos.com
e–mail:romance–eoram@hanmail.net